"Ich wollte ja nichts als das zu leben versuchen,
was von selber aus mir heraus wollte."

"내 속에서 솟아 나오려는 것,
바로 그것을 나는 살아 보려고 했다."
—헤르만 헤세

헤르만 헤세
#Hermann Hesse

디 에센셜
The essential

5

전영애 정서웅

민음사

차례

데미안

내면의 선악 사이에서 고민하던 싱클레어 앞에 나타난 신비한
소년 데미안. 성서 속 카인과 아벨 이야기로 선악의 진실을
들려주는 데미안과의 만남을 통해 싱클레어는 성장기에
맞닥뜨리는 시련들을 하나씩 딛고 완전한 자아에 이르는
과정을 성찰해 나아간다. '에밀 싱클레어'라는 가명으로 발표한
이 작품은 헤세 자신에게도 재출발을 의미하는 중요작으로
소년기의 심리, 엄격한 구도성, 문명 비판, 만물의 근원으로서의
어머니라는 관념 등 헤세의 전기, 후기 작품의 특징이 고루
나타나 있다. 1919년 작.

○○

데미안

○○

내 속에서 솟아 나오려는 것,
바로 그것을 나는 살아 보려고 했다.
그러기가 왜 그토록 어려웠을까?

내 이야기를 하려면 훨씬 앞에서부터 시작해야 한다.
할 수만 있다면 훨씬 더 이전 내 유년의 맨 처음까지, 또
아득한 나의 근원까지 거슬러 올라가야 하리라.
　　작가들은 소설을 쓸 때 자기들이 하느님이라도
되듯 그 누군가의 인생사를 훤히 내려다보고 파악하여,
하느님이 몸소 이야기하듯 아무 거리낌 없이 자신이
어디서나 핵심을 집어내 써 낼 수 있는 양 굴곤 한다. 나는
그럴 수 없다, 작가들이 그래서는 안 되듯이. 그리고 내게는
내 이야기가, 어떤 작가에게든 그의 이야기가 중요한
것 이상으로 중요하다. 나 자신의 이야기이기 때문이다.

또한 그것은 한 인간의 이야기, 즉 어떤 가공의 인물, 있을 수 있는 인물, 이상적인 인물, 어떻든 존재하지 않는 인물이 아니라 현실적이고 일회적인, 살아 있는 인간의 이야기이기 때문이다. 아무튼 현실적으로 살아 있는 인간이란 무엇인지, 지금은 그 어느 때보다도 더 혼미해져 버렸다. 하나하나가 자연의 단 한 번의 소중한 시도인 사람을 무더기로 쏘아 죽이기도 한다. 만약 우리가 이제 더 이상 단 한 번 살 수 있을 뿐인 소중한 목숨이 아니라면, 우리 하나하나를 총알 하나로 정말로 완전히 세상에서 없애 버릴 수 있다면, 이런저런 이야기를 쓰는 것도 아무런 의미가 없으리라. 그러나 한 사람 한 사람은 그저 그 자신일 뿐만 아니라 일회적이고, 아주 특별하고, 어떤 경우에도 중요하며, 주목할 만한 존재이다. 세계의 여러 현상이 그곳에서 오직 한 번 서로 교차되며, 다시 반복되는 일이 없는 하나의 점이다. 한 사람 한 사람의 이야기가 중요하고, 영원하고, 신성하다. 그래서 한 사람 한 사람은, 어떻든 살아가면서 자연의 뜻을 실현하고 있다는 점에서 경이로우며 충분히 주목할 만한 존재이다. 누구 속에서든 정신은 형상이 되고, 누구 속에서든 피조물이 괴로워하고 있으며, 누구 속에서든 한 구세주가 십자가에 매달려 있다.

　　사람이 무엇인지 아는 사람은 이제 별로 없다. 많은 사람들이 그것을 느끼기는 한다. 그리고 느끼는 만큼 수월하게 죽어 간다. 나도 이 이야기를 다 쓰고 나면 좀 더 수월하게 죽게 될 것이다.

나 자신을 학식이 풍부한 사람이라고는 감히 부를 수 없다. 나는 끊임없이 무언가를 찾는 구도자였으며, 아직도 그렇다. 그러나 이제 별을 쳐다보거나 책을 들여다보며 찾지는 않는다. 나는 내 피가 몸속에서 소리 내는 가르침을 듣기 시작하고 있다. 내 이야기는 유쾌하지 않다. 꾸며 낸 이야기들처럼 달콤하거나 조화롭지 않다. 무의미와 혼란, 착란과 꿈의 맛이 난다. 이제 더는 자신을 기만하지 않겠다는 모든 사람들의 삶처럼.

한 사람 한 사람의 삶은 자기 자신에게로 이르는 길이다. 길의 추구, 오솔길의 암시이다. 일찍이 그 어떤 사람도 완전히 자기 자신이 되어 본 적은 없었다. 그럼에도 누구나 자기 자신이 되려고 노력한다. 어떤 사람은 모호하게, 어떤 사람은 보다 투명하게, 누구나 그 나름대로 힘껏 노력한다. 누구든 출생의 잔재, 시원(始原)의 점액과 알껍데기를 임종까지 지니고 간다. 더러는 결코 사람이 되지 못한 채 개구리에 그치고 말며, 도마뱀에, 개미에 그치고 만다. 그리고 더러는 위는 사람이고 아래는 물고기인 채로 남는 경우도 있다. 그러나 모든 사람은 인간이 되기를 기원하며 자연이 던진 돌이다. 그리고 사람은 모두 유래가 같다. 어머니가 같다. 우리

모두는 같은 협곡에서 나온다. 똑같이 심연으로부터
비롯된 시도이며 투척이지만 각자가 자기 나름의 목표를
향하여 노력한다. 우리가 서로를 이해할 수는 있다. 그러나
그 풀이를 할 수 있는 건 누구나 자기 자신뿐이다.

두 세계

내가 열 살이고 작은 도시의 라틴어 학교에 다니던
시절의 체험 한 가지로 내 이야기를 시작하려 한다.

그 시절로부터 짙은 향기가 밀려와 속에서부터 아픔과
기분 좋은 전율로 마음을 뒤흔든다. 어두운 골목들과 환한
집들, 탑들, 시계 종 치는 소리와 사람들의 얼굴, 편안함과
따뜻한 쾌적함으로 가득 찬 방들, 비밀과 무시무시한
유령의 공포로 가득 찬 방들. 따뜻하고 비좁은 방의 냄새,
토끼들과 하녀들의 냄새, 민간요법 약 냄새와 마른 과일
향기가 난다. 그곳에서는 두 세계가 뒤섞였다. 밤과 낮이 두
극(極)으로부터 나왔다.

한 세계는 아버지의 집이었다. 그 세계는 협소해서
사실 그 안에는 내 부모님밖에 없었다. 그 세계는 나도
대부분 잘 알았다. 그 세계의 이름은 어머니와 아버지였다.
그 세계의 이름은 사랑과 엄격함, 모범과 학교였다. 그

세계에 속하는 것은 온화한 광채, 맑음과 깨끗함이었다.
그곳에는 부드럽고 다정한 이야기들, 깨끗이 닦은 손,
청결한 옷, 좋은 관습이 깃들어 있었다. 그곳에서는 아침에
찬송가를 불렀다. 그곳에는 성탄절 잔치가 있었다. 곧바로
미래로 이어지는 곧은 선과 길이 그 세계 속에 있었다.
의무와 책임, 양심의 가책과 고해, 용서와 선한 원칙들,
사랑과 존경, 성경 말씀과 지혜가 있었다. 인생이 맑고
깨끗하고, 아름답고 정돈되어 있으려면 그 세계를 향해
있어야만 했다.

　　반면 또 하나의 세계가 이미 우리 집 한가운데에서
시작되고 있었는데 그것은 완전히 다른 세상이었다.
냄새도 달랐고, 말도 달랐고, 약속하고 요구하는 것도
달랐다. 그 두 번째 세계 속에는 하녀들과 직공들이
있고 유령 이야기들과 스캔들들이 있었다. 무시무시하고
유혹하는, 무섭고 수수께끼 같은 물건들, 도살장과 감옥,
술 취한 사람들과 악쓰는 여자들, 새끼 낳는 암소들과
쓰러진 말들, 강도의 침입, 살인, 자살 같은 일들이
있었다. 아름답고도 무시무시한, 거칠고도 잔인한 그
모든 일들이 사방에, 바로 옆 골목, 바로 옆집에 있었고
경찰 끄나풀들과 부랑자들이 돌아다녔다. 주정뱅이들은
아내를 패고, 저녁때면 젊은 여자들의 무리가 뒤엉켜
공장에서 꾸역꾸역 나왔다. 늙은 여자들은 누군가에게

요술을 걸거나 병이 나도록 할 수 있었다. 숲에는 도둑 떼가 살았다. 방화자들은 뒤쫓는 경관에게 잡혔다. 어디서나, 어머니 아버지가 있던 우리 집 안 빼고는 어디서나 이 격렬한 두 번째 세계가 솟아 나오고 향기를 뿜었다. 그리고 그것은 아주 좋았다. 여기 우리 집에 평화와 질서, 안식이 존재한다는 것, 의무와 거리낌 없는 양심, 용서와 사랑이 존재한다는 것은 경이로웠다. 그리고 그 모든 다른 것들, 소란하고 요란한 것, 음침하고 폭력적인 것이 존재하며 그래도 그런 것들로부터 한 걸음이면 어머니한테 피신할 수 있다는 것도 경이로웠다.

그리고 가장 기이한 것은, 그 경계가 서로 닿아 있다는 사실이었다. 두 세계가 얼마나 가까이 함께 있었는지! 예를 들면 우리 집 하녀 리나는 저녁 기도 때 거실 출입문 옆에 앉아 씻은 두 손을 매끈하게 펴진 앞치마 위에 올려놓고 밝은 목소리로 함께 노래 불렀는데, 그럴 때 그녀는 아버지와 어머니, 우리, 밝음과 올바름에 속했다. 그 후 곧바로 부엌 혹은 장작을 쌓아 둔 광에서 내게 머리 없는 난쟁이들 이야기를 들려주거나 푸주한의 작은 가게에서 이웃 아낙네들과 싸움을 벌일 때 그녀는 딴사람이었다. 다른 세계에 속했다. 비밀에 에워싸여 있었다. 그런데 모든 것이 그랬다. 나 자신이 가장 심하게 그랬다. 물론 나는 밝고 올바른 세계에 속했다. 나는 내 부모님의 자식이었다.

그러나 내가 눈과 귀를 향하는 곳 어디에나 다른 것이
있었다. 나는 다른 것들 속에서도 살고 있었다. 비록
그것이 내게는 자주 낯설고 무시무시했고, 그곳에서는
규칙적으로 양심의 가책과 불안을 얻었을지라도. 심지어
한동안 내가 가장 살고 싶어 한 곳은 금지된 세계였다.
그리고 밝음 속으로의 귀환은(그것이 제아무리 필연적이고
제아무리 선하더라도) 덜 아름다운 것, 보다 지루한 것, 보다
황량한 것으로 돌아가는 것 같았다. 인생에서의 내 목표가
아버지 어머니처럼 되는 것, 그렇게 밝고 맑게, 그렇게
뛰어나고 단정하게 되는 것임을 나도 때로는 알았다.
그러나 거기까지 이르는 길은 멀었다. 그렇게 되기까지는
학교에서 배겨 내야 하고 대학 공부를 해야 하고 온갖
시험을 치러야 했다. 그 길은 자꾸자꾸 또 하나의 어두운
세계 옆을 지나거나 그 세계를 꿰뚫으며 이어져서 그
세계에 머무르고 그 안으로 가라앉아 버리는 것이 전혀
불가능한 일은 아니었다. 그렇게 된 탕아들의 이야기가
있었다. 그런 이야기들을 나는 열정적으로 읽었다. 그런
이야기들에서는 아버지에게로 그리고 선함에로의
귀환은 언제나 구원이며 위대한 것이었다. 어디까지나
그것만이 올바른 것, 선하고 소망할 만한 것이라고 나는
느꼈다. 그럼에도 악당들과 탕아들이 나오는 대목이
훨씬 더 마음을 사로잡았다. 이런 고백을 해도 된다면,

탕아가 참회하고 다시 받아들여지는 것이 어떤 때는
그야말로 유감이었다. 그러나 그런 말을 하지는 않았다.
그런 생각조차 하지 않았다. 그것은 한 가닥 예감이자
가능성으로 감정의 밑바닥에 막연히 자리 잡고 있었다.
악마를 상상하면 저 아래 길거리에 있는 모습으로
생생하게 떠올릴 수 있었다. 변장을 했거나 공공연하게
모습을 드러냈거나 가설시장 혹은 술집에 있는 모습으로.
그러나 결코 우리 집에 있는 모습으로 떠올릴 수는 없었다.
　　내 누이들 역시 밝은 세계에 속했다. 그들은 내 눈에
본질적으로 아버지 어머니와 더 가까운 듯 보였다. 그들은
나보다 선하고 도덕적이고 결함이 없었다. 그들에게도
부족한 점과 나쁜 습관이 있었지만 그런 점들은 내가
보기에는 그리 심각하지 않았다. 나와는 달랐다. 악과의
접촉이 자주 그토록 힘들고 고통스럽던, 어두운 세계에
훨씬 더 가까이 있던 나와 같지 않았다. 누이들은
부모님처럼 아낌받고 존중받아 마땅했다. 누이들과
다투었어도, 나중에 자신의 양심 앞에서 보면 늘 나
자신이 나쁜 사람, 용서를 빌어야 할 원흉이었다. 누이들을
모욕하는 것, 그것은 부모님을, 선함과 계율을 모욕하는
일이었다. 나에게는 누이들보다 오히려 가장 타락한
부랑아 쪽과 나눌 수 있는 비밀들이 있었다. 세상이 밝고,
양심에 거리낌 없는 기분 좋은 날이면, 그때는 누이들과

노는 것, 선하고 얌전하게 그들과 함께하며 착하고 고귀한
겉모습의 자신을 보는 일이 유쾌했다. 천사라면 분명
그래야 했으리라! 천사가 된다는 것은 우리가 아는 최고의
것이었다. 천사라는 것을 우리는 감미롭고 경이롭게
생각했다. 크리스마스나 행복처럼 밝은 음향과 향기에
에워싸인 것으로 생각했다. 그런 시간들과 나날들은
오, 얼마나 드문가? 놀이를 하며, 우리에게 허용된
악의 없는 좋은 놀이를 하며 나는 자주 열정과 격함에
사로잡혔고 그것이 누이들에게는 너무 심하게 느껴져
다툼과 불행으로 이어졌다. 그다음에 화가 치밀면 나는
끔찍해져서 닥치는 대로 이런저런 말과 행동을 했는데
그것이 타락임을 그렇게 행동하고 말하는 동안에 이미
스스로 뜨겁게 느꼈다. 그다음에는 어둡고 격앙된 후회와
회한의 시간이 왔다. 그다음에는 용서를 비는 고통스러운
순간이 오고, 그다음에야 몇 시간 혹은 잠깐 동안 다시 한
줄기 광명의 빛줄기, 분열 없는 한 가닥 고요하고 고마운
행복이 되돌아왔다.

　　나는 라틴어 학교에 다녔다. 시장의 아들과 수석
삼림관의 아들이 같은 반이라 이따금씩 우리 집에 왔다.
난폭한 사내아이들이었어도 허용된 선한 세계에 속한
애들이었다. 그럼에도 나는 여느 때 우리가 경멸하던 이웃
아이들, 공립 학교 학생들과 가까이 지냈다. 그들 중 한

명으로 내 이야기를 시작해야겠다.

어느 수업 없는 오후(열 번째 생일이 갓 지났을 때였다.)
나는 두 이웃 아이와 함께 집 근처를 이리저리 돌아다니고
있었다. 그때 우리보다 큰 아이가 왔다. 열세 살쯤 된 억센
사내아이, 공립 학교 학생으로, 재단사의 아들이었다. 그
애 아버지는 술꾼이었으며 온 가족이 악명이 나 있었다.
프란츠 크로머는 나도 잘 알았다. 나는 그 애가 무서웠다.
그 애가 불쑥 끼어들자 나는 기분이 좋지 않았다. 그 애는
벌써 어른 티가 났고 젊은 직공들의 걸음걸이와 말투를
흉내 냈다. 그가 시키는 대로 우리는 다리 옆에서 강가로
내려갔고, 첫 교각 밑에서 세상으로부터 몸을 숨겼다.
아치형의 교각과 천천히 흐르는 강물 사이 좁은 강변은
온통 쓰레기, 사금파리, 잡동사니 천지로, 녹슨 철사며
다른 쓰레기 뭉치들이 어지럽게 널려 있었다. 거기서
이따금씩 쓸 만한 것들이 발견되기도 했다. 우리는 프란츠
크로머의 지휘에 따라 그 구간을 샅샅이 뒤져 찾아낸
것을 그 애에게 보여야 했다. 그러면 그 애는 그것을
자기 호주머니에 집어넣든지 물에 던져 버렸다. 그 애는
우리에게 그 가운데 혹시 납, 구리 혹은 주석으로 된
것이 있는지 잘 살피라고 하고는 그런 것은 모두 자기
호주머니에 넣었다. 뿔로 만든 낡은 빗도 호주머니에
넣었다. 그 애와 어울려 있자니 마음이 몹시 조였다.

아버지가 알기라도 하면 이런 만남을 금하리라는 것을
알았기 때문만이 아니라 프란츠에 대한 무서움 때문이기도
했다. 그 애가 나를 받아들여 나를 다른 애들과 똑같이
취급한다는 것은 기뻤다. 그 애는 명령하고, 우리는
복종했다. 그러는 것이, 처음 그 애와 함께 있었건만 마치
오래 해 오던 일처럼 여겨졌다.

    마침내 우리는 땅바닥에 앉았고, 프란츠가 강물에다
침을 뱉었다. 그 애는 어른처럼 보였다. 잇새로 침을
탁 뱉는데 어디든 원하는 곳을 맞혔다. 그가 이야기를
시작했다. 그러자 소년들은 학생이 저지를 수 있는 온갖
종류의 영웅적 행동과 나쁜 짓거리를 자랑 삼아 떠벌렸다.
나는 아무 말도 하지 않았다. 그렇지만 바로 나의 말없음이
시선을 끌어 크로머의 노여움을 사지 않을까 두려웠다.
두 친구는 처음부터 나와는 거리를 두고 크로머 편이라고
공언한 터라 나는 그들 속의 이방인이어서, 내 옷차림이며
태도가 그 애들에게 거슬린다는 것을 알았다. 라틴어
학교 학생이며 좋은 집안 자식인 나를 크로머가 좋아할
리 없었다. 그리고 다른 두 아이는, 여차하면 내가 골탕을
먹어도 모르는 척 내버려 둘 것임을 나는 잘 알았다.

    두려운 나머지 마침내 나도 이야기를 늘어놓기
시작했다. 황당무계한 도둑 이야기를 꾸며 냈는데, 나를
주인공으로 만들었다. 모퉁이 물방아 옆 과수원에서 하고

나는 이야기를 시작했다. 어느 날 밤에 친구 하나와 커다란
자루 가득 사과를 훔쳤는데, 그냥 보통 사과가 아니라
전부 라이네테와 골트파르메네, 즉 최고의 품종이라고
했다. 순간의 위험을 피해 나는 이 이야기로 도피해
들어갔다. 이야기를 꾸며 내 들려주는 것은 나에게는 흔히
있는 일이었다. 금방 말이 막혀 더 고약한 일에 말려드는
사태만은 벌어지지 않도록 나는 온갖 기교를 동원해
이야기를 불려 나갔다. 둘 중 하나가 나무에 올라가서
사과를 밑으로 던지는 동안 다른 하나는 계속 망을
보아야 했다고 나는 이야기했다. 그런데 자루가 어찌나
무거웠는지 마침내 우리는 다시 풀어서 반을 놔두고 와야
했는데, 반 시간 뒤에 다시 가서 그것도 마저 가져왔다고.

　이야기를 다 했을 때 나는 박수를 조금 기대했다.
마지막에는 열이 올랐다. 이야기를 꾸며 내는 데에
스스로 도취했던 것이다. 작은 두 아이는 심드렁하니 말이
없었다. 그러나 크로머는 반쯤 뜬 실눈으로 나를 쏘아보며
위협하는 목소리로 물었다. "그 얘기 진짜야?"

　"그럼." 내가 말했다.

　"그러니까 진짜로 있었던 일이라 이거지?"

　"그래, 진짜로 있었던 일이야." 속으로는 겁이 나 숨이
막히는 것 같은데도 나는 고집스럽게 단언했다.

　"맹세할 수 있어?"

나는 몹시 놀랐지만, 즉시 그렇다고 했다.

"그럼 말해, 하느님을 걸고 목숨을 걸고 맹세한다고!"

내가 말했다. "하느님을 걸고 목숨을 걸고 맹세해."

"그러셔." 하더니만 그 애는 몸을 돌려 버렸다.

나는 그것으로 잘 끝났다고 생각했고, 그 애가 곧 일어나 집으로 돌아가는 길로 접어들자 기뻤다. 우리가 다리 위에 올라갔을 때, 나는 수줍게 이제 집으로 가야 한다고 말했다.

"집에 가는 게 뭐 그리 급해." 프란츠가 웃었다. "우린 같은 길로 가잖아."

어슬렁어슬렁 그 애는 계속 걸어갔고, 나는 감히 딴 데로 가지 못했다. 그런데 그 애가 정말로 우리 집 쪽으로 향해 갔다. 우리가 도착했을 때, 우리 집 현관문과 묵직한 구리 문 손잡이, 어머니 방의 커튼이 보였을 때 나는 숨을 깊이 내쉬었다. 오, 집으로 돌아왔구나! 오 축복받은, 선한 귀환, 집으로, 밝음 속으로, 평화 속으로의 귀환!

내가 얼른 문을 열고 살짝 빠져 들어가 등 뒤로 문을 닫으려는 참에 프란츠 크로머가 함께 밀고 들어섰다. 마당 쪽에서만 빛이 들어오는 서늘하고 침침한, 타일 깔린 복도에서 그 애가 내 곁에 서서 내 팔을 붙들고 나직이 말했다. "그렇게 급하게 굴지 마, 너!"

나는 놀라서 그 애를 응시했다. 내 팔을 움켜쥔 그

애의 손은 무쇠처럼 단단했다. 나는 생각해 보았다. 그
애가 대체 무슨 속셈을 가졌는지, 혹시 나를 괴롭히겠다는
것인지. 지금 내가 소리를 지른다면 하고 나는 생각했다.
요란하게 소리를 지른다면, 누군가가 위에서 제때 나를
구하러 내려올까? 그러나 나는 포기했다. 내가 물었다.

"뭐야? 어쩌겠다는 거야?"

"별거 아니야, 너한테 그냥 뭘 좀 물어봐야겠어. 다른
사람들은 들을 필요 없고."

"그래? 좋아. 나더러 무얼 더 말하라는 거야? 나는
올라가야 해, 알잖아."

"너도 알겠지." 프란츠가 나직이 말했다. "모퉁이
물방아 옆 과수원이 누구네 것인지?"

"아니, 난 몰라. 물방앗간 주인 거겠지 뭐."

프란츠가 내 어깨에 팔을 두르더니 나를 자기한테로
바싹 끌어당겼다. 이제 나는 바로 코앞에서 그 애의 얼굴을
보아야만 했다. 그 애의 두 눈은 사악했다. 그 애는 음흉한
미소를 띠었고, 그 얼굴에는 잔인함과 기운이 넘쳤다.

"그렇다면, 애야, 그 과수원이 누구네 것인지는
내가 말해 주지. 난 그 집 사과를 도둑맞았다는 걸 벌써
오래전부터 알고 있었어. 주인이 누가 과일을 훔쳐 갔는지
말해 주는 사람한테 2마르크를 주겠다고 말했다는
사실도 알고 있지."

"맙소사!" 내가 소리쳤다. "그래도 그 사람한테 무슨 말을 하진 않겠지?"

그 애의 명예심에 호소해 봐야 소용없다는 것을 나는 느꼈다. 그 애는 다른 세계에서 왔다. 배신 따위는 그 애에게 범죄가 아니었다. 이런 일에 있어서 '다른' 세계에서 온 사람들은 우리와 다르다는 것을 나는 정확하게 느꼈다.

"'무슨 말을 하진 않겠지?'" 크로머가 웃었다. "이봐, 친구, 내가 직접 2마르크 동전을 만들어 낼 수 있는 화폐 위조범이라도 된다고 생각하는 거야? 난 가난한 놈이야. 너처럼 부자 아버지가 없단 말이야. 그러니 2마르크를 벌 수 있다면 벌어야지. 어쩌면 주인이 더 줄지도 모르지."

그러더니 그가 갑자기 나를 다시 놓았다. 우리 집 현관 마루에서는 이제 더 이상 평화와 안전의 냄새가 나지 않았다. 내 주위에서 세계가 무너졌다. 그 애가 떠들고 다니겠지, 내가 죄를 지었다고. 그 말을 아버지한테도 하겠지, 어쩌면 경찰까지 오겠지. 모든 혼돈의 공포가 나를 위협했다. 모든 흉측하고 위험한 것이 일제히 나에게 맞섰다. 내가 훔치지 않았다는 것은 이제 문제가 되지 않았다. 내가 맹세까지 하지 않았던가. 세상에, 하느님 맙소사!

눈물이 핑 돌았다. 나는 매수를 해서 나를 구해야겠다고 느꼈다. 절망하여 모든 호주머니를 뒤졌다.

사과도 주머니칼도 없었다. 아무것도 없었다. 그때 내 시계
생각이 났다. 그것은 낡은 은시계였는데, 가지는 않았다.
'그냥 그렇게' 차고 다니는 것이었다. 할머니가 물려준
시계였다. 나는 얼른 그걸 꺼냈다. 내가 말했다.

"크로머, 들어 봐. 내 이름을 말해선 안 돼. 그건
너한테도 안 좋을 거야. 내 시계를 줄게, 자 봐. 미안하지만
다른 건 아무것도 없어. 너 가져도 돼. 이거 은이고 내부
장치도 좋아. 조금 고장 나기는 했지만, 고치면 돼."

그 애가 미소를 띠고 커다란 손으로 시계를
그러쥐었다. 그 손을 보며 나는 그것이 얼마나
우악스러우며 나에 대한 깊은 적개심으로 차 있는지
느꼈다. 그것이 내 삶과 평화를 움켜잡으려 뻗쳐 오고
있음을 느꼈다.

"그거 은이야." 내가 수줍게 말했다.

"네 고물 은시계 따위는 관심 없어!" 그가 깊은 경멸을
띠고 말했다. "너나 고쳐 써."

"하지만 프란츠." 나는 그가 휙 가 버리지 않을까
두려워하며 외쳤다. "잠깐만 기다려! 이 시계 가져! 정말
은이야, 진짜란 말이야. 그리고 난 다른 건 아무것도 없어."

그 애가 싸늘한 경멸을 띠고 나를 바라보았다.

"그러니까 알긴 아는구나. 내가 누구한테 갈 건지.
그 말을 경찰한테 할 수도 있어. 순경 아저씨를 내가 잘

아니까."

그 애가 가려고 몸을 돌렸다. 나는 그 애의 옷소매를 붙잡았다. 그렇게 되어서는 안 되었다. 그 애가 그렇게 떠나면 일어날 그 모든 것을 겪으니 차라리 죽는 편이 훨씬 나을 것 같았다. 흥분으로 목이 쉬어 내가 애걸했다.

"프란츠, 멍청한 짓 하지 마! 분명 그냥 재미로 그래 보는 거지?"

"그렇고말고, 재미로 그래 보는 거지. 하지만 네가 치를 값은 비쌀 수도 있지."

"말 좀 해 줘, 프란츠, 내가 어떻게 해야 할지! 뭐든 할게!"

그는 반쯤 내리깐 눈으로 나를 지그시 바라보더니 다시 웃었다.

"그렇게 멍청하게 굴지 마!" 그가 선심이라도 쓰듯 말했다. "너도 나처럼 훤히 알잖아. 난 2마르크를 벌 수 있어. 그리고 난 그런 돈을 내던져 버릴 수 있는 부자가 아니고 말이야. 그건 너도 알지. 그런데 넌 부자야. 시계도 있잖아. 넌 나한테 2마르크를 주기만 하면 돼. 그럼 끝이지."

나는 그 논리를 이해했다. 그러나 2마르크라니! 2마르크란 나한테는 10마르크, 100마르크, 1000마르크나 마찬가지로 도달할 수 없는 큰돈이었다.

나는 돈이 없었다. 어머니 옆에 놓아둔 저금통이 있었다. 거기에는 아저씨가 오신다든지 할 때 받은 몇 개의 10페니히 혹은 5페니히짜리 동전이 들어 있었다. 그 밖에는 아무것도 없었다. 그 나이에는 아직 용돈을 받지 않았던 것이다.

"난 아무것도 없어." 내가 슬프게 말했다. "난 돈이 없어. 하지만 그것 말고는 뭐든 줄게. 내게는 인디언 책이랑 병정들이 있고, 나침반도 하나 있어. 그걸 가져다줄게."

크로머는 다만 뻔뻔하고 심술궂게 입을 움찔하며 바닥에 침을 탁 뱉을 뿐이었다.

"헛소리 집어치워!" 그가 명령하듯 말했다. "네 고물 잡동사니들은 너나 가져. 나침반이라고! 날 더 이상 화나게 하지 마. 잘 들어. 돈을 가져와!"

"하지만 난 돈이 없는걸, 나는 돈을 받아 본 적이 없어. 어떻게 할 길이 없어!"

"내일 나한테 2마르크를 가져오는 거야. 학교가 끝난 뒤 저 아래 시장에서 기다릴게. 그럼 끝이야. 만약 돈을 안 가져오면 알지!"

"알겠어, 하지만 대체 어디서 돈을 가져오란 말이야? 하느님 맙소사, 난 돈이 없는데."

"너네 집에는 돈이 충분히 있잖아. 가져오고 안 가져오고는 네 일이지. 그럼 내일 학교 끝나고다. 말해 두지만, 만약 안 가져오면⋯⋯.” 그 애는 무서운 눈길로 내 눈을 쏘아보고, 또다시 침을 뱉고는 그림자처럼 사라졌다.

나는 계단을 올라갈 수가 없었다. 나의 인생이 산산이 부서져 있었다. 나는 달아나 다시는 돌아오지 않거나 물에 빠져 죽을 생각을 했다. 그렇지만 그러면 어떨지는 똑똑하게 떠오르지 않았다. 나는 어둠 속 계단 맨 아래 칸에 앉았다. 한껏 웅크리고 앉아 불행에 몸을 내맡겼다. 장작을 가지러 광주리를 들고 내려오던 리나가 내가 울고 있는 모습을 보았다.

나는 리나에게 위에 가서는 아무 말도 말라고 부탁하고 올라갔다. 유리문 옆의 옷걸이에는 아버지의 모자가 걸려 있었다. 어머니의 양산도 걸려 있었다. 이 모든 물건으로부터 왈칵 고향과 애정이 나에게로 밀려왔다. 나의 마음은 뭉클하게 그것들을 반겼다. 애원하고 감사하며, 탕아가 고향의 옛 방을 보고 냄새 맡으며 그러듯이. 그러나 그 모든 것은 이제 내 것이 아니었다. 그 모든 것은 아버지와 어머니의 밝은 세계였으며 나는 깊이 죄지은 채 낯선 홍수에 잠겨 있었다. 모험과 죄악에 얽혀 들어 적에게 위협받고 있었다. 위험, 불안, 치욕이 기다리고 있었다. 모자와 양산, 오래된 질 좋은 사암(砂岩) 바닥, 마루 장식장 위에 걸린 커다란 그림 그리고 그 안쪽 거실에서 들려오는 누나의 목소리, 그 모든 것이 그 어느 때보다도 더 사랑스럽고 다정하고 귀했다. 그러나 더 이상 위로가 아니었으며 확실한 자산도 아니었다. 온통 비난이었다. 그 모든 것은 더 이상 내 것이 아니었고 나는 그러한 명랑함과 고요함에 끼어들 수 없었다. 나는 내 구두에 더러움을 묻혀 왔다. 발깔개에 문질러 닦을 수 없는 더러움이었다. 고향의 세계는 알지 못하는 그림자를 끌고 왔던 것이다. 이제까지 얼마나 많은 비밀과 두려움을 가졌던가. 그러나 그 모든 것은 내가 오늘 이 공간으로 끌고 온 것에 비하면 놀이이고 장난이었다. 운명이 뒤쫓아 오고 있었다.

어머니가 알아서는 안 되는 손들이, 그 앞에서는 어머니도 나를 보호할 수 없는 손들이 나에게로 뻗쳐 오고 있었다. 이제 내 범행이 절도였든 거짓말이었든(나는 하느님과 목숨을 걸고 거짓 맹세를 하지 않았던가?) 그것은 마찬가지였다. 나의 죄악은 이것이냐 저것이냐가 아니었다. 나의 죄악은 내가 악마에게 손을 내밀었다는 사실 자체였다. 나는 왜 함께 갔던가? 나는 왜 일찍이 아버지의 말보다 크로머의 말에 더 귀를 기울였던가? 나는 왜 저 도둑질 이야기를 지어내고 영웅적 행위라도 되는 양 범행을 뽐냈을까? 이제 악마가 내 손을 잡았다. 이제 적이 나를 뒤쫓고 있었다.

한순간 나는 내일에 대한 공포는 더 이상 느끼지 않고 무엇보다도 나의 길이 이제 점점 더 비탈로, 암흑

속으로 빠져 들어가고 있다는 무서운 확신을 느꼈다. 나는
똑똑하게 감지했다. 나의 잘못에 이제 틀림없이 새로운
잘못들이 뒤이어지리라는 것, 누이들 곁에 내가 나타나고
부모님에게 인사하고 키스하는 것이 거짓이라는 것,
나만이 아는 운명과 비밀 한 가지를 지니게 되리라는 것을.

아버지의 모자를 보자 한순간 신뢰와 희망이 내
마음속에서 번쩍 떠올랐다. 아버지에게 모든 이야기를
하리라. 아버지의 판결과 아버지의 처벌을 받아들이고
아버지를 내 비밀의 공유자이자 구원자로 만들리라.
그것은 내가 자주 감내해 냈던 참회 한 번에 불과하리라.
힘들고 가혹한 시간, 힘들고 후회에 찬 용서를 구하는 것에
불과하리라.

이런 생각은 얼마나 달콤하게 들렸던가? 얼마나
아름답게 유혹했던가! 그러나 일이 그렇게 되지는 않았다.
내가 그러지 못하리라는 것을 나는 알았다. 내가 지금
하나의 비밀을, 하나의 죄를 지니고 있으며, 그것은 나
혼자 스스로 삼켜 내야 한다는 것을 알았다. 어쩌면 나는
바로 지금 갈림길에 서 있는지도 몰랐다. 어쩌면 나는
이 시각부터 영원히 나쁜 것에 소속되고, 나쁜 사람들과
비밀을 공유하고, 그들에게 종속되고, 그들에게 복종하고,
분명 그들 같은 사람이 될지도 몰랐다. 나는 잠시 어른
행세를, 영웅의 연기를 했더랬다. 이제 그 결과를 감당해야

했다.

　내가 방으로 들어섰을 때 아버지가 내 젖은 구두만 본 것이 나에게는 다행이었다. 그것이 관심을 돌려 아버지는 더 나쁜 것을 알아차리지 못했다. 그 정도 비난은 견딜 만했다. 그 비난을 나는 남몰래 다른 것과 연관시켰다. 그때 마음속에서 이상하게도 새로운 느낌이 불꽃처럼 번득였다. 뽑히지 않는 미늘이 가득 박힌 듯한 날카롭고 불길한 느낌이었다. 나는 내가 아버지보다 우월하다고 느꼈다! 한순간 아버지의 무지에 대해 약간의 경멸을 느꼈던 것이다. 젖은 구두에 대한 비난이 내게는 소소해 보였다. '아버지가 아신다면!' 하고 나는 생각했는데, 나 자신이 살인죄를 고백해야 되는 판에 조그만 빵 하나를 훔친 죄로 심문받는 범죄자처럼 느껴졌던 것이다. 그것은 추악하고도 꺼림칙한 느낌이었다. 그러나 강렬하고 몹시 매력적이었다. 그 느낌은 그 어떤 다른 생각보다도 더 단단하게 내 비밀과 죄에 나를 결박했다. 어쩌면 지금쯤 그 크로머 녀석이 벌써 경찰한테 가서 내 이름을 댔겠지. 천둥 번개가 이제 내 머리 위로 몰려오겠지.

　여기까지 이야기한 이 모든 체험에서는 이 순간이 중요하다. 그것은 아버지의 신성함에 그어진 첫 칼자국이었다. 내 유년 생활을 떠받치고 있던, 그리고 누구든 자신이 되기 전에 깨뜨려야 하는 큰 기둥에 그어진

첫 칼자국이었다. 우리 운명의 내면적이고 본질적인
선(線)은 아무도 보지 못한 이런 체험들로 이루어진다.
그런 칼자국과 균열은 다시 늘어난다. 그것들은 치료되고
잊히지만 가장 비밀스러운 방 안에서 살아 있으며 계속 피
흘린다.

　　그 새로운 느낌에 곧 나 자신이 무서워졌다. 나는
곧바로 엎드려 아버지의 발에 키스라도 하여 사죄하고
싶었다. 그러나 본질적인 것은 아무것도 사죄할 수 없는
법. 어린아이도 그쯤은 어떤 현자 못지않게 느끼고 안다.

　　나는 내 일에 대해 곰곰이 생각해 보고 내일 일에
대해 이리저리 궁리해 볼 필요성을 느꼈다. 그러나 거기에
이르지 못했다. 저녁 내내 나는 오로지 우리 거실의
달라진 공기에 익숙해지느라 여념이 없었다. 벽시계와
테이블, 성경과 거울, 벽에 붙은 책 선반과 그림들이
말하자면 나에게 이별을 고하고 있었다. 나의 세계가,
행복하고 아름다운 나의 삶이 과거가 되며 나로부터
떨어져 나가는 것을 나는 얼어붙는 가슴으로 바라보고
있어야 했다. 그리고 내가 빨아들이는 새 뿌리가 되어
바깥에, 어둠과 낯선 것에 닻을 내리고 붙박여 있는 것을
감지해야만 했다. 나는 처음으로 죽음을 맛보았다. 죽음은
쓴맛이었다. 왜냐하면 그것은 탄생이니까, 두려운 새 삶에
대한 불안과 걱정이니까.

　　마침내 침대에 눕게 되었을 때 나는 기뻤다! 조금
전에 마지막 연옥의 불로서 저녁 기도가 내 몸을 휘감고
지나간 터였다. 게다가 노래까지 한 곡 불렀는데, 내가
제일 좋아하는 노래 가운데 하나였다. 아, 나는 함께
노래하지 못했다. 음(音) 하나하나가 나에게는 쓸개즙이자
독약이었다. 나는 함께 기도하지 않았다. 아버지가 축복을
내리며 "저희 모두와 함께하소서!" 하고 끝낼 때, 그때 내
몸을 스쳐 간 경련이 나를 단번에 이 테두리에서 몰아냈다.
하느님의 은총이 식구들 모두와 함께 있었다. 그러나 이제
나와 함께 있지는 않았다. 나는 몹시 지쳐 떨며 그 자리를
떠났다.

　　한동안 내가 누워 있던 침대 속에서 따뜻함과
안정감이 다정하게 나를 감쌌을 때 나의 마음은 다시
불안 속을 헤매며 지나간 일 주위를 불안하게 퍼덕였다.
어머니는 내게 늘 그러듯이 잘 자라고 말했다. 어머니
발소리의 여운이 아직 방 안에 남아 있었다. 어머니가
든 촛불 빛이 아직 문틈에서 빛나고 있었다. 지금, 지금
어머니가 다시 한번 돌아오면(어머니는 느낀 것이다.) 나에게
입맞춤을 하며 묻겠지. 너그럽게 희망을 주며 묻겠지.
그러면 나는 울겠지. 그러면 내 목에 걸린 돌덩이가
녹겠지. 그러면 나는 어머니를 껴안고 어머니에게
말하겠지. 그러면 만사 해결인데, 그러면 구원인데!

문틈이 다시 어두워지고 나서도 한동안 나는 귀 기울이며 생각했다. 그런 일이 일어나리라고, 꼭 일어나리라고.

그다음 나는 당면한 문제로 되돌아와 나의 적의 눈을 응시했다. 그의 모습이 또렷하게 보였다. 그는 실눈을 뜨고 있었고 입가에는 야비한 웃음이 감돌았다. 그리고 내가 그를 바라보며 피할 수 없는 일을 속으로 삼키자 그는 더 커지고 더 추해졌다. 그의 사악한 눈이 번득였다. 그는 내가 잠들 때까지 내 곁에 바짝 붙어 있었다. 그러나 잠든 다음 그의 꿈을 꾸지는 않았다. 오늘에 대해서도 꿈꾸지 않았다. 꿈에 보인 것은 우리가, 부모님과 누이들과 내가 한배를 타고 가는데 온통 휴일의 평화와 광채가 우리를 에워싸는 것이었다. 한밤중에 깼는데, 그때까지도 그 행복의 뒷맛이 느껴졌고, 누이들의 흰 여름옷이 햇빛 속에서 빛나는 모습이 보였다. 그러고는 모든 낙원으로부터 다시 현실 속으로 떨어져 들어갔고, 나는 사악한 눈을 가진 적과 다시 마주 서 있었다.

아침에 어머니가 급히 와서 벌써 늦었다고 왜 아직도 잠자리에 누워 있느냐고 소리쳤을 때 나는 안색이 좋지 않았다. 어머니가 어디 아프냐고 묻자 토하고 말았다.

토하고 나니 좀 나았다. 나는 몸이 약간 아플 때 아침 내내 캐모마일 찻잔을 곁에 놓고 누워 옆방에서 어머니가 방을 치우는 소리, 리나가 바깥 복도에서 고기 팔러 온

사람과 주고받는 말을 듣는 것을 몹시 좋아했다. 학교에
가지 않는 오전은 무언가 마력적이고 동화적인 것이었다.
그럴 때면 햇살이 방 안으로 어른어른 장난치듯 비쳐
들었는데 학교에서 초록 커튼을 따라 떨어지던 그 햇살이
아니었다. 그런데 그것조차 오늘은 맛나지 않고 다른
음조를 띠고 있었다.

그래, 차라리 죽어 버렸으면! 그러나 나는 이미 자주
그랬던 것처럼 단지 조금 몸이 아플 뿐이었고, 그 정도로는
아무것도 되지 않았다. 그 정도는 학교 가는 일로부터
나를 보호해 주기는 했지만, 결코 11시에 시장에서
나를 기다릴 크로머로부터 나를 보호해 주지는 못했다.
어머니의 다정함도 이번에는 위로가 되지 못했다. 귀찮고
미안한 마음만 들었다. 나는 곧 다시 잠든 척하며 곰곰이
생각했다. 아무것도 소용없었다. 11시에는 시장에 가
있어야만 했다. 그래서 나는 10시에 자리에서 일어나 다시
나아졌다고 말했다. 그런 경우에는 대개 다시 잠자리로
가거나 오후에 학교로 가야 했다. 나는 학교에 가고 싶다고
했다. 한 가지 계획을 짜 놓았던 것이다.

돈을 안 가지고 크로머한테 갈 수는 없었다. 내 작은
저금통을 가져와야 했다. 충분한 돈이 들어 있지 않다는
것은 알았다. 어림도 없었다. 그러나 그래도 얼마는 되었다.
빈손보다는 조금이라도 들고 가는 편이 나으며 적어도

크로머를 달래기는 할 것이 틀림없다고 직감으로 느꼈다.

양말바람으로 살금살금 어머니 방으로 들어가 어머니 책상에서 내 저금통을 집어 들었을 때는 기분이 나빴다. 그러나 어제 일처럼 나쁘지는 않았다. 가슴이 뛰어 숨이 막혔다. 계단 아래에 와서야 비로소 저금통이 잠겨 있는 것을 발견했을 때에도 여전히 가슴은 뛰고 있었다. 저금통을 깨뜨려 열기는 아주 쉬웠다. 얇은 양은 막대 하나만 두 동강 내면 되었다. 그러나 부서진 자리를 보니 마음이 아팠다. 그로써 나는 비로소 도둑질을 한 것이었다. 그때까지 저지른 일이라고는 사탕이나 과일 같은 주전부리에 입을 댄 것뿐이었다. 그런데 이것은 비록 나 자신의 돈이지만 훔친 것이었다. 나는 크로머와 그의 세계에 다시 한 발자국 더 다가갔으며 이제부터는 일이 그렇게 시시각각 보기 좋게 내리막으로 가리라는 것을 느꼈고, 그것에 저항했다. 그러나 악마가 데려간다 하더라도 이제 되돌아갈 길은 없었다. 나는 걱정스레 돈을 헤아렸다. 저금통 안에서는 그렇게 가득한 소리를 냈는데 손에 쥐고 보니 비참하게도 얼마 안 되는 액수였다. 65페니히였다. 나는 저금통을 아래층 마루 밑에 감추고 돈을 손에 꼭 쥐고 집을 나섰다. 내가 이 문을 지났던 그 어느 때와도 다르게. 위에서 누군가가 나를 불렀다. 부르는 것만 같았다. 나는 얼른 그 자리를 떠났다.

아직 시간은 많았다. 달라진 도시의 골목들을 지나 한 번도 본 적 없는 구름 아래로, 나를 유심히 바라보는 집들을 지나고 나에게 혐의를 두는 사람들을 지나쳐 살짝 돌아가는 길로 접어들었다. 도중에 학교 친구 하나가 가축시장에서 1탈러를 주운 일이 떠올랐다. 하느님이 기적을 행하셔서 나에게도 그런 일이 이루어지게 해 달라고 기도하고 싶었다. 그러나 나는 이제 기도할 권리가 없었다. 설령 그럴 권리가 있었다 하더라도 저금통이 다시 온전해지지는 않았으리라.

프란츠 크로머는 멀리서 나를 알아보았다. 그렇지만 아주 천천히 나에게 다가오며 나를 눈여겨보지 않는 듯 굴었다. 가까이 왔을 때 그 애는 자기를 따라오라고 명령하는 눈짓을 하고는 한 번도 돌아보지 않고 유유히 계속 갔다. 슈트로 가세(Gasse, 골목)를 따라 내려가 좁은 판자 다리를 지나 마침내 집들이 끝나는 곳에서 공사 중인 어느 건물 앞에 멈추었다. 그곳에서는 작업을 하지 않았다. 벽들이 문도 창문도 없이 앙상하게 서 있었다. 크로머는 나를 돌아다보더니 안으로 들어갔고, 나도 뒤따라 들어갔다. 그 애가 벽 뒤로 가더니 자기한테 오라는 눈짓을 하고는 손을 내밀었다.

"그거 갖고 왔지?" 그 애가 싸늘하게 물었다.

나는 주먹을 꼭 쥔 손을 주머니에서 빼서 그 애의

펼친 손바닥에 돈을 쏟아 놓았다. 그 애가 헤아렸다.
마지막 5페니히짜리의 챙그랑 소리가 잦기도 전에
"65페니히로군." 하며 그 애는 나를 바라보았다.

"그래." 내가 수줍게 말했다. "이게 내가 가진 전부야.
너무 적지, 잘 알고 있어. 하지만 이게 전부야. 더는 없어."

"네가 좀 더 똑똑한 앤 줄 알았는데." 그 애가 거의
온화한 어조로 비난했다. "명예를 아는 남자들 사이에는
질서가 있어야지. 난 정당하지 않은 건 아무것도 가지지
않겠어, 그건 너도 알겠지. 네 쇠붙이들은 도로 가져가, 자!
딴 데 가면 에누리 없이 몽땅 받을 수 있어."

"하지만 난 없어, 더는 없다고! 이건 내 저금을 통째로
가져온 거야."

"그거야 네 사정이지. 널 불행하게 만들 생각은 없어.
넌 나한테 아직 1마르크 35페니히의 빚이 있어. 내가 그걸
언제 받지?"

"오, 반드시 줄게, 크로머! 지금은 모르지만 어쩌면
곧 더 생길 거야, 내일 아니면 모레. 내가 이 일을 우리
아버지한테 말할 수 없다는 건 이해하겠지."

"그건 나하고 아무 상관없는 일이야. 너한테 손해
끼칠 생각 없다고 했잖아. 난 내 몫의 돈을 오늘 오전
중에 가질 수도 있어, 너도 알겠지. 난 가난해. 넌 멋진
옷을 입었고, 나보다는 점심으로 뭔가 더 좋은 걸 먹겠지.

하지만 난 아무 말 않겠어. 조금 기다려 주겠다는 거야.
모레 휘파람을 불지, 오후에. 그땐 제대로 가져와야 해. 내
휘파람 소리 알지?"

그는 내 앞에서 휘파람을 불어 보였다. 여러 번 들은
소리였다. 내가 말했다.

"응, 알고 있어."

나를 남겨 두고 그 애는 갔다. 내가 자기와는 상관없는
사람이라는 듯이. 그것은 우리 사이의 거래였을 뿐 더는
아무것도 아니었다.

크로머의 휘파람 소리가 갑자기 다시 들린다면
오늘일지라도 나는 놀랄 것이다. 그때부터 자주 그 소리를
들었으며 지금도 그 소리가 자꾸 들리는 것 같다. 나를
예속시킨, 이제 나의 운명이 되어 버린 이 휘파람 소리가
뚫고 들어가지 않는 장소도, 놀이도, 일도, 생각도 없었다.
단풍이 곱던 어느 온화한 가을날 나는 내가 아주 좋아한
우리 집 작은 화단에 있곤 했다. 특별한 충동이 나로
하여금 어린 시절 소년들의 놀이를 다시 해 보게 했다.
나는 얼마만큼은 나보다 어린, 아직 선하고 자유롭고 죄
없고 안정감 있는 소년 역을 했다. 그러나 그 한가운데로,
늘 예상하고 있음에도 늘 놀라게 하는 크로머의 휘파람
소리가 어딘가로부터 울려 와 줄을 탁 끊고 상상들을

짓부쉈다. 그러면 나는 가야 했다. 나쁘고 추한 곳들로
나의 고문자(拷問者)를 따라가야 했다. 그에게 자초지종을
털어놓고 돈 때문에 경고를 받아야 했다. 그 모든 것이 불과
몇 주일 지속되었을 것이다. 그러나 나에게는 그것이 여러
해처럼, 영원처럼 느껴졌다. 내게 돈이 있는 적은 드물었다.
기껏해야 5페니히짜리 하나 혹은 10페니히짜리 하나가
있었다. 리나가 장바구니를 놔두면 부엌 식탁에서 훔친
것이었다. 번번이 나는 크로머로부터 욕을 먹었다. 내게
경멸이 퍼부어졌다. 그를 기만하고 그의 당당한 권리를
유보하려 한 것이 나였고, 그의 몫을 가로챈 것이 나였고,
그를 불행하게 만든 것이 나였다. 괴로움이 그렇게 심장
가까이 치솟은 적은 살면서 거의 없었다. 더 큰 절망, 더 큰
예속을 느껴 본 적은 없었다.

　　저금통은 장난감 돈으로 채워 다시 제자리에
놓아두었는데 아무도 그것에 대해 묻지 않았다. 그러나
어느 날이든 발각될 수 있는 일이었다. 나는 자주 크로머의
거친 휘파람 소리 이상으로 어머니를 무서워했다.
어머니가 가만히 내게로 다가설 때면 저금통에 대해서
물어보기 위해 온 게 아닐까 하는 생각이 들었다.

　　내가 여러 번 돈을 구하지 못한 채 내 악마에게
갔기 때문에 그는 나를 다른 식으로 괴롭히고 이용하기
시작했다. 나는 그를 위해 일해야만 했다. 그 애는 자기

아버지 심부름을 해야 했는데 그 심부름을 그 애 대신
내가 해야 했다. 혹은 그 애는 나에게 무언가 힘든 것을
시켰다. 십 분 동안 외발뛰기를 하게 한다든지 지나가는
사람의 재킷에 종이쪽지를 붙이게 한다든지. 이 괴로움은
여러 날 밤 꿈속에서도 계속되어 나는 악몽의 땀에 흠뻑
젖어 누워 있곤 했다.

한동안 아팠다. 자주 토하고 쉽게 오한이 났으며,
밤에는 땀과 열에 젖어 누워 있었다. 어머니는 무언가가
잘못되었다는 것은 느꼈는지 많은 관심을 보였는데 그것이
나를 괴롭혔다. 어머니의 관심에 신뢰로 부응할 수 없었기
때문이다.

한번은 저녁에 내가 이미 잠자리에 들었을 때 어머니가
초콜릿 하나를 가져왔다. 하루를 착하게 보내면 저녁에
잘 자라고 상으로 그런 위로의 주전부리를 받곤 하던 어린
시절을 상기시키는 일이었다. 이제 어머니가 거기 서서
나에게 그 초콜릿 조각을 내밀고 있었다. 나는 어찌나
괴로운지 다만 고개를 가로저을 뿐이었다. 어머니는
뭐가 잘못되었느냐고 물으며 내 머리를 쓰다듬었다. 나는
간신히 "아니요! 아니요! 아무것도 먹지 않을래요!"라고
할 수 있었을 뿐이다. 어머니는 초콜릿을 침대 머리 탁자에
놓고 갔다. 다음 날 어머니가 그 일에 대해 캐물으려 했을
때 나는 그것에 대해 아무것도 모르는 척했다. 한번은

의사를 데려왔다. 의사는 나를 진찰하고 아침에 차가운
물로 몸을 씻도록 처방을 내렸다.

　　그 시절 내 상태는 일종의 착란이었다. 우리 집
안의 정돈된 평화 한가운데서 나는 소심하게, 그리고
고통받으며 유령처럼 살고 있었다. 다른 사람들의 생활에
관여하지 않았다. 잠깐이라도 자신을 잊는 일은 드물었다.
자주 흥분하여 해명을 요구하는 아버지에게는 마음을
닫고 냉정히 대했다.

카인

구원은 전혀 예상치 못한 방향에서 왔다. 동시에 무언가 새로운 것이 나의 삶 속으로 들어왔고, 그것은 오늘날까지 계속 작용하고 있다.

우리 라틴어 학교에는 그 얼마 전에 한 학생이 새로 들어왔다. 우리 도시로 이사 온 어느 유복한 미망인의 아들로, 옷소매에 검은 띠를 두르고 있었다. 그는 나보다 한 학년 위였으며 나이도 몇 살 더 들었지만, 곧 모든 학생들처럼 나도 그를 주목했다. 이 이상한 학생은 보기보다 훨씬 더 나이가 든 것 같았고, 그 누구에게도 소년이라는 인상을 주지 않았다. 어른처럼, 아니 그냥 어른이라기보다는 신사처럼 낯설고도 성숙하게 우리 유치한 소년들 사이를 오갔다. 인기 있지는 않았다. 놀이에 끼지 않았고 싸움질에는 더더욱 끼지 않았다. 다만 선생님들에게 맞서는 그의 자신감 있고 단호한 어조가 다른 학생들 마음에 들었다. 이름은 막스 데미안이었다.

어느 날 학교에서 간혹 그러듯 무슨 이유에선가 매우 넓은 우리 교실에 한 반이 더 들어와 앉는 일이 있었다. 그것은 데미안네 반이었다. 우리 어린 학생들은 성경 이야기 시간이었고, 큰 학생들은 작문을 해야 했다. 우리가 카인과 아벨의 역사를 배우는 동안 나는 독특하게 나를 매료시키는 데미안의 얼굴을 자주 건너다보았다. 그 총명하고, 환하고, 엄청나게 단호한 얼굴이 작문 과제 위로 주의 깊고도 명민하게 숙여져 있는 모습이 보였다. 그는 전혀 과제를 하는 학생처럼 보이지 않고, 자기 자신의 문제들에 전념하는 연구자 같았다. 사실 좋은 감정이 들지는 않았다. 반대로 왠지 거부감이 들었다. 그는 나보다 우월하고 침착했다. 그의 본질은 너무나도 도전적일 만큼 안정적이었다. 그리고 그의 눈은 아이들이 결코 좋아하지 않는 어른의 표정을 띠었는데, 약간 슬픈 냉소를 담고 있었다. 그렇지만 그를 줄곧 바라보지 않을 수 없었다. 그가 호감을 주었던 것 같기도 하고 반감을 주었던 것 같기도 하다. 한번은 그가 내 쪽으로 눈길을 주었는데 나는 놀라서 얼른 눈길을 돌렸다. 지금 와서 그가 학생으로서 어떤 모습이었는지를 생각해 보면 나는 말할 수 있다. 그는 어떤 점에서 다른 학생들과 달랐으며 전적으로 특별하고 개인적 특징이 뚜렷하게 나타나 있어 그 때문에 눈에

띄었다고. 동시에 그는 눈에 띄지 않으려고 온갖 노력을
했다. 마치 농부들 가운데 있으면서 그들과 같아 보이려고
갖은 애를 다 쓰는 변장한 왕자 같은 몸가짐이었다.

학교에서 집으로 가는 길에 그가 내 뒤에서 왔다. 다른
아이들이 뿔뿔이 흩어지고 나자 나를 따라잡더니 인사를
했다. 이 인사도, 그가 학생다운 말투를 따라 했는데도
무척 어른스럽고 공손했다.

"잠깐 같이 갈까?" 그가 다정하게 물었다. 나는
아침이라도 받은 듯한 기분으로 고개를 끄덕였다.
그러고는 내가 어디 사는지 자세히 말해 주었다.

"아, 거기구나?" 그가 미소를 띠며 말했다. "그 집은
내가 벌써 아는걸. 현관문 위에 붙여 놓은 기묘한 것이
곧바로 내 관심을 끌더라고."

무엇을 두고 하는 말인지 나는 금방 알아차리지
못했다. 그가 우리 집을 나보다 더 잘 아는 것 같아 놀라울
뿐이었다. 아마도 대문 위 아치형의 돌림띠를 마무리하는,
맨 꼭대기에 박힌 돌로 된 일종의 문장(紋章)을 말한 것
같았는데, 그것은 세월이 흐르면서 편편해지고 페인트로
자주 덧칠된 것으로, 우리나 우리 가문과는 내가 아는 한
아무 상관없는 것이었다.

"그것에 대해서는 아는 게 없는데." 내가 수줍게
말했다. "그건 새나 뭐 그 비슷한 거야, 분명 아주 오래됐어.

건물이 예전에 한때 수도원의 일부였대.”

"그럴 수도 있겠군.” 그가 고개를 끄덕였다. "한번 잘 봐! 그런 것들은 대부분 아주 재미있단다. 그건 암컷 매일 거야.”

우리는 계속 걸었다. 나는 몹시 당황했다. 갑자기 데미안이 웃었다. 마치 뭔가 재미있는 것이 떠오르기라도 한 듯.

"그래, 내가 너희 반에 있었지.” 그가 활기 있게 이야기했다. "이마에 표적을 단 카인의 이야기였어, 그렇지? 그 이야기 마음에 들었니?”

그렇지 않았다, 우리가 배워야 했던 것들 중 어떤 것이 내 마음에 드는 일은 드물었다. 그러나 나는 감히 그렇게 말하지 못했다. 마치 어른과 이야기하고 있는 것 같았던 것이다. 그 이야기가 썩 마음에 든다고 나는 말했다.

데미안이 내 어깨를 툭툭 두드렸다.

"나한테는 그럴듯하게 꾸며 댈 필요 없단다, 얘야. 하지만 그 이야기는 정말로 특이해. 그 이야기는 수업 시간에 나오는 대부분의 다른 이야기들보다는 훨씬 특이해. 선생님은 그것에 대해 이야기를 많이 하지 않고 그냥 신과 죄악에 대한 다들 아는 이야기 따위만 하셨어. 그렇지만 내 생각에는 말이야.” 그가 말을 끊고 미소를 띠더니 물었다. "그런데 너 이런 거에 관심 있니?”

"그래, 그러니까 내 생각에는 말이야." 그가 계속했다.
"카인에 관한 이야기를 완전히 다르게 이해할 수도 있어.
우리가 배우는 것들은 대부분 분명히 진실이고 올바른
것이지만, 그것들 모두를 선생님들이 보는 것과는 다르게
볼 수도 있어. 그러면 대체로 훨씬 나은 뜻을 갖게 되지.
예를 들면 카인이나 그의 이마에 찍힌 표적에 우리가 설명
들은 대로 만족할 수는 없잖아. 너도 그런 것 같지 않니?
어떤 사람이 싸우다가 자기 형제를 때려죽이는 일은 분명
일어날 수 있어. 그리고 그 사람이 나중에는 더럭 겁이 나
굴복하는 것도 있을 수 있는 일이야. 그러나 그의 비겁함에
대해 일부러 훈장을 주어 표창했는데 그 훈장이 그를
보호하고, 다른 모든 사람들에게 겁을 준다니, 그거 정말
이상하잖니."

"물론이야." 내가 흥미로워하며 말했다. 그 일이
마음을 사로잡기 시작했던 것이다. "하지만 그 이야기를
어떻게 다르게 설명하라는 거지?"

그가 내 어깨를 쳤다.

"아주 간단해! 맨 처음에 존재하며 이야기를 이끌어
낸 것, 그건 표적이야. 어떤 사람이 있었는데, 그의 얼굴에
다른 사람들을 겁나게 하는 무언가가 있었어. 사람들은
감히 그를 건드리지 못했어. 그가 그들을 압도했던 거야,
그와 그의 자손들이. 어쩌면, 아니면 분명히 그것은 편지에

찍히는 소인처럼 정말로 이마에 찍힌 표적은 아니었을
거야. 사람이 사는 데 그렇게 단순한 일은 드물어. 오히려
그건 뭔가 거의 알아볼 수 없는 무시무시한 무엇이었을
거야. 그것은 오히려 시선에 담긴 비범한 정신과
담력이었을 거야. 그 남자에게는 힘이 있었고 사람들은
그를 겁냈어. 그는 '표적' 하나를 가지고 있었어. 그걸
사람들은 자기가 원하는 대로 설명할 수 있었어. 그리고
'사람들'은 언제나 자기들한테 편하고 자기들이 옳다고
여기는 것을 원하지. 사람들은 카인의 자손들이 무서웠어.
그들은 '표적'을 가지고 있었거든. 그러니까 사람들은 그
표적을, 그것의 원래 모습인 우월함에 대한 표창으로
설명하지 않고 반대로 설명한 거야. 사람들은 말했지, 이
표적을 가진 녀석들은 무시무시하다고. 또 그들이 실제로
그렇기도 했어. 용기와 나름의 개성이 있는 사람들은
다른 사람들한테 늘 몹시 무시무시하게 느껴지거든. 겁
없고 무시무시한 족속 하나가 돌아다닌다는 것은 몹시
불편한 일이었지. 그래서 이제 이 족속에게 별명과 우화를
덧붙여 놓은 거야. 복수하기 위해, 견뎌 낸 무서움을
모든 사람들을 위해 별로 해롭지 않게 억제해 두기 위해.
이해되니?"

　"응. 그러니까 카인은 그럼 전혀 나쁜 사람이 아니었단
말이야? 성경에 있는 모든 이야기가 실제로는 전혀 사실이

아니라는 말이야?”

“그렇기도 하고 그렇지 않기도 해. 그렇게 오래된, 해묵은 이야기들은 늘 사실이야. 그러나 언제나 사실대로 기록되어 있지도 않고, 언제나 사실대로 설명되지도 않지. 간단히 말해서 내 생각에 카인은 늠름한 젊은이였는데 그저 사람들이 그를 무서워했기 때문에 그에게 이 이야기를 매달아 놓은 거야. 이야기는 그냥 하나의 소문이었어. 사람들이 온 사방에 떠들고 다니는 무엇이었지. 그러나 카인과 그 자손들이 정말로 일종의 ‘표적’을 지녔고 대부분의 사람들과 달랐다는 것은 분명히 사실이야.”

나는 몹시 놀랐다.

“그렇다면 동생을 쳐 죽인 일도 전혀 사실이 아니라고 생각하는 거야?” 내가 충격을 받고 물었다.

“아니! 죽인 건 분명 사실이야. 강한 사람이 약한 사람 하나를 쳐 죽였어. 그것이 정말 자기 형제였는지야 의심할 여지가 있지. 정말 형제였는지 아니었는지는 중요하지 않아. 결국 모든 인간이 형제잖아. 그러니까 어떤 강한 사람이 어떤 약한 사람을 때려죽인 거야. 어쩌면 그건 영웅적 행위였을지도 모르고 어쩌면 아니었을 수도 있지. 어쨌든 다른 약한 사람들이 이제 잔뜩 겁이 난 거야. 그들은 몹시 탄식했지. 그런데 ‘왜 너희도 그 사람을 그냥

쳐 죽이지 않는 거지?'라고 누가 물으면 그들은 '우리가
겁쟁이이기 때문이죠.'라고 말하지 않고 '그럴 수 없습니다.
그는 표적을 가지고 있거든요. 하느님이 그에게 그려
주신 겁니다!'라고 말했지. 그 사기는 대략 그런 식으로
이루어졌을 게 틀림없어. 자, 내가 널 오래 붙들고 있구나.
그럼 안녕!"

　　그는 나를 내버려 두고 알트 가세로 접어들었고,
혼자 남은 나는 그 어느 때보다 혼란스러웠다. 그가 가
버리자마자 내게는 그가 한 모든 말이 터무니없어 보였다!
카인이 고귀한 인간이고, 아벨이 비겁자라고! 카인의
표적이 표창이라고! 그것은 어처구니없는 이야기였다.
신성모독이고 극악무도했다. 그렇다면 하느님은 어디 가
버리신 거야? 하느님은 아벨의 제물을 받지 않으셨던가,
아벨을 사랑하지 않으셨던가? 아니다, 말도 안 되는
소리다! 그리하여 나는 데미안이 나를 놀렸으며 나를
골탕 먹일 속셈이었다고 추측했다. 실로 빌어먹게
영리한 녀석이었다. 말은 잘도 했다. 그렇지만 그렇게……
아니다…….

　　어쨌든 나는 아직 한 번도 그 어떤 성서 이야기나
다른 이야기에 대해 그렇게 많이 생각해 본 적이 없었다.
오래전부터 한 번도, 저녁 내내 몇 시간 동안 프란츠
크로머를 그렇게 완전히 잊어버린 적은 없었다. 집에서

그 이야기를 다시 한번 통독했다. 성경에 쓰여 있는 그 이야기는 짧고 분명했다. 그리고 거기서 어떤 남모르는 특별한 풀이를 한다는 것은 완전히 미친 짓이었다. 데미안의 말대로라면 사람을 쳐 죽인 자도 스스로를 하느님이 사랑하시는 사람이라고 선언할 수 있었다! 아니다, 그건 말도 안 되는 이야기였다. 데미안이 세련된 태도로 그 이야기를 했을 따름이었다. 마치 모든 것이 자명한 일이나 되듯 그렇게 쉽고 멋지게, 게다가 그런 눈으로 말하다니!

　물론 나 자신도 아주 정상적인 상태는 아니었다. 심지어 몹시 혼란스러웠다. 나는 얼마 전까지 밝고 깨끗한 세계에서 살아왔다. 나 자신이 일종의 아벨이었다. 그런데 이제 나는 이토록 깊이 '다른' 것에 박혀 있었다. 이렇게 심하게 떨어지고 가라앉아 있었다. 그런데도 나는 마음 저 깊은 곳에서 이런 것에 그렇게 찬성할 수 없었다니! 어떻게 그럴 수 있었단 말인가? 그렇다. 그때 마음속에서 한 가지 기억이 번쩍 떠올라 한순간 거의 숨을 쉴 수 없었다. 비참한 이 상황이 시작된 그 고약한 저녁, 그때 나는 한순간 아버지와 아버지의 밝은 세계 그리고 지혜를 문득 꿰뚫어 본 듯 경멸했다! 그렇다, 그때 나는 카인이었고, 그의 표적을 단 나는 이 표적은 치욕이 아니라고, 이건 표창이라고 함부로 상상했다. 악의와 불행을 겪었기

때문에 내가 아버지보다 더 높은 곳에, 선하고 경건한
사람들보다 더 높은 곳에 서 있다고.

내가 당시 이렇게 명확한 사고의 형태로 그 일을
체험했던 것은 아니다. 그러나 이 모든 것이 그 안에
포함되어 있었다. 그것은 다만 느낌들이 한 번 타오른 것일
뿐이었다. 아픔을 주지만 그래도 나를 자랑으로 채운
기이한 움직임들에 의해 온갖 느낌들이 한꺼번에 타오른
것일 뿐이었다.

찬찬히 생각해 보면, 데미안은 겁없는 사람들과
비겁한 사람들에 대해 얼마나 이상하게 이야기했던가!
그는 카인의 이마에 찍힌 표적을 얼마나 기이하게
해석했던가! 그때 그의 눈, 그 독특한 어른의 눈은 얼마나
놀랍게 빛을 뿜었던가! 그리고 이런 생각이 어렴풋하게
나의 뇌리를 꿰뚫고 갔다. 그 자신이, 데미안이 카인
같은 존재 아닐까? 그 자신이 그와 비슷하다고 느끼지
않는다면 왜 그는 카인을 옹호했을까? 왜 그의 눈에는
그런 힘이 있었을까? 왜 그는 그렇게 '다른' 사람들, 겁 많은
사람들, 사실은 하느님 마음에 드는 경건한 사람들에 대해
비웃음을 띠고 말했던가?

나는 이런 생각을 끝없이 했다. 돌 하나가 우물 안에
던져졌고, 그 우물은 나의 젊은 영혼이었다. 그리고 긴,
몹시 긴 시간 동안 카인, 쳐 죽임, 표적은 바로 인식, 회의,

비판에 이르려는 내 시도들의 출발점이었다.

나는 다른 학생들도 데미안에게 관심이 많다는 것을
알아차렸다. 카인 이야기는 아무에게도 말하지 않았다.
그러나 그는 다른 학생들의 흥미도 끄는 듯했다. 적어도
'새로 온 애'에 대한 소문들이 돌았다. 내가 다 알기만
했더라면, 어느 소문이든 데미안의 면모를 조금이나마
밝혀 주었으리라. 어느 소문이든 해석될 수 있었으리라.
그러나 내가 안 것은 처음에 데미안의 어머니가 매우
부자라고 소문났다는 것뿐이다. 그녀는 교회에 가지 않고
아들도 마찬가지라는 말들도 했다. 어떤 사람은 데미안
모자가 유대인인 걸 안다고 주장했지만, 어쩌면 그들은
은밀한 회교도일 수도 있었다. 막스 데미안의 신체적 힘에
대해서도 더 동화 같은 이야기들이 떠돌았다. 그에게
싸움을 걸고는 그가 거절하자 비겁자라고 욕하는 그 반의
가장 힘센 학생에게 그가 무섭게 굴욕을 주었다는 것은
확실했다. 그곳에 있었던 아이들 말에 의하면 데미안이
그냥 한 손으로 덜미를 잡아 꽉 눌렀을 뿐인데 그 애가
창백해졌고 나중에는 슬금슬금 달아났는데 여러 날
팔을 쓰지 못했다는 것이다. 어느 저녁에는 심지어 그가
죽었다는 말까지 돌았다. 별별 이야기가 한동안 주장되고
믿어졌다. 모두 자극적이고 놀라운 소문들이었다. 그다음

한동안은 잠잠했다. 그러더니 얼마 지나지 않아 새로운 소문들이 우리 학생들 사이에서 떠돌았다. 데미안이 여자애와 사귀고 있으며 이미 "알 건 다 안다."라는 소문이었다.

그사이 프란츠 크로머와의 일은 불가피한 길을 계속 갔다. 나는 그로부터 헤어나지 못했다. 그 애가 드문드문 며칠간 나를 가만히 내버려 둔다 해도 나는 그에게 얽매여 있었기 때문이다. 내 꿈속에서 그 애는 내 그림자처럼 함께 살았다. 나의 환상은 그가 현실에서 나에게 저지르지 않은 것조차 꿈속에서 자행하게 했다. 꿈속에서 나는 전적으로 그의 노예였다. 나는 이 꿈들 속에서 현실에서보다 더 많이 살았다. 나는 본래 꿈을 많이 꾸는 편이었던 것이다. 이 그림자 때문에 나는 힘과 활기를 잃었다. 다른 꿈도 꾸었지만 크로머가 나를 학대하는 꿈, 나에게 침을 뱉고 나에게 올라타 무릎으로 짓누르는 꿈을 자주 꾸었다. 그리고 더 고약한 것은, 심한 범죄를 저지르도록 나를 유혹하는 꿈이었다.(유혹했다기보다는 그의 막강한 영향력을 그냥 마구잡이로 행사했다.) 이 꿈들 중 가장 무서운 꿈, 내가 반은 미쳐서 깨어나는 꿈은 아버지를 습격해 살해하는 꿈이었다. 크로머가 칼을 갈아 내 손에 쥐여 주고, 우리는 어느 가로수 길의 나무들 뒤에 서서 누군가를 노리고 있었다. 누구를 노리는지 나는 몰랐다. 그러나 누군가가 오고 크로머가 내 팔을 누르면서 내가 찔러 죽여야 하는 것이 저자라고 말했는데 바로 아버지였다. 그러다 잠이 깨었다.

이런 일들 때문에 나는 카인과 아벨에 대해 그때까지도 생각하고 있었다. 그러나 데미안 생각은 별로 더 하지 않았다. 그가 나에게 다시 가까이 온 것은 이상하게도 또 어느 꿈속에서였다. 나는 또다시 학대와 폭력을 견뎌 내는 꿈을 꾸었다. 그러나 내 몸을 타고 앉은 사람이 이번에는 크로머 대신 데미안이었다. 그리고 그것은 아주 새로웠고 나에게 깊은 인상을 주었다. 내가 크로머 때문에 고통과 저항 가운데서 겪은 모든 것, 그것을 나는 데미안 때문에는 기꺼이 그리고 기쁨과 무서움을 똑같이 느끼며 겪었다. 이 꿈을 나는 두 차례 꾸었고 그다음에는 데미안의 자리에 다시 크로머가 돌아왔다.

이 꿈들에서 내가 체험한 것 그리고 현실에서 체험한 것을 나는 오래전부터 더 이상 정확하게 구분하지 못한다. 어쨌든 크로머와 나의 나쁜 관계는 나름대로 진행되었고, 내가 작은 도둑질들을 해서 그 애에게 빚진 돈을 마침내 다 갚았을 때에도 끝나지 않았다. 끝날 리 없었다. 그 애는 내가 저지른 도둑질들에 대해 알았다. 늘 어디서 돈이 나오느냐고 물었기 때문이다. 그리하여 나는 그 어느 때보다 더 단단히 그 애의 손아귀에 들어 있었다. 그 애는 아버지에게 다 말하겠다고 빈번히 위협했다. 그리고 그럴 때 나의 두려움은 내가 그 일을 처음부터 스스로 하지 말았어야 했다는 깊은 후회 못지않게 컸다. 반면 아무리 비참했어도 나는 다 뉘우치지는 않았다. 적어도 늘 다 뉘우치지는 않았고, 이따금씩은 모든 것이 이럴 수밖에 없다는 느낌도 들었다. 내 위에 어떤 숙명이 드리워 있고 그것을 깨뜨리려는 시도는 소용없는 일 같았다.

부모님도 이런 상황으로 적지 않게 괴로웠을 것이다. 내가 이상한 귀신이 들려 그토록 친밀했던 우리 공동체와 더 이상 어울리지 않았던 것이다. 그 공동체를 향해 마치 잃어버린 낙원을 향한 것 같은 격렬한 향수가 자주 엄습했다. 특히 어머니는 나를 악동이라기보다는 환자처럼 취급했다. 그러나 상황이 진짜 어땠는지는 두 누이의 태도에서 가장 잘 알 수 있었다. 매우 아끼면서도 나를 끝없이 비참하게 만든 그들의 태도에 내가 일종의 신들린 사람이라는 것, 자신의 상태 때문에 비난당하기보다는 탄식을 받아야 할 사람이지만 그 속에 바로 악이 둥지를 틀고 앉은 사람이라는 것이 똑똑하게 드러났던 것이다. 나는 사람들이 나를 위해 여느 때와는 다르게 기도하는 것을 느꼈고, 이런 기도가 부질없음도 느꼈다. 안도에의 동경, 제대로 된 고해에의 욕구를 나는 자주 타는 듯 느꼈다. 그러면서 또한 내가

아버지에게도 어머니에게도 모든 것을 바로 말하고 설명할
수 없으리라는 것을 먼저 느꼈다. 나는 알았다. 사람들이
이 일을 다정하게 받아들이고 나를 몹시 아껴 주며 실로
유감스러워하겠지만 완전히 이해하지는 못하리라는
것을. 그 모든 것이 운명이었는데, 사람들은 일종의 궤도
이탈로나 보리라는 것을.

　　아직 열한 살도 안 된 아이가 그렇게 느낄 수 있다는
것을 믿지 못할 사람들도 더러 있을 줄 안다. 그런
사람들에게는 내 일을 이야기하지 않겠다. 인간을 보다
잘 아는 사람들에게 이야기하겠다. 자신의 감정들의
한 부분을 생각 속에서 수정하는 법을 익힌 어른은
어린아이에게 나타나는 이런 생각을 잘못 측정하고, 이런
체험들도 없었다고 생각한다. 그러나 내 인생에서 당시처럼
깊게 체험하고 괴로워했던 때도 드물다.

　　한번은 비 오는 날이었는데, 나의 박해자로부터
성 앞 광장으로 나오라는 부름을 받았다, 나는 광장에
서서 기다리며, 흠뻑 젖은 검은 나무들에서 떨어지는
축축한 마로니에 이파리를 두 발로 헤집고 있었다. 돈은
못 가져갔고, 크로머에게 뭐라도 줘야겠기에 케이크 두
조각을 가져가 들고 있는 참이었다. 나는 벌써 오래전부터
그렇게 어딘가 한구석에 서서 오래도록 그 애를 기다리는

데 익숙해진 터였다. 그리고 사람이 어떻게 바꿀 도리가
없는 것은 하는 수 없이 접어 두고 받아들이게 마련이듯 그
사실을 받아들이고 있었다.

마침내 크로머가 왔다. 그날 그 애는 오래 머무르지
않았다. 그 애는 내 가슴팍을 주먹으로 가볍게 몇 대
치고는 웃었고, 케이크를 받고, 심지어 축축한 담배를,
내가 받지는 않았지만 권하기까지 했다. 유별나게
친절했다.

"그래." 그가 떠나면서 말했다. "내가 잊지 않으려고 해
두는 말인데 말이야, 다음번에는 누나를 데려와, 큰누나
쪽으로 말이야. 누나 이름이 뭐였더라?"

나는 전혀 이해하지 못했고 대답도 못 했다. 그냥
어리둥절해하며 그 애를 물끄러미 바라보았다.

"못 알아듣겠어? 네 누나를 데려오라고."

"알아들었어, 크로머. 하지만 그건 안 돼. 나는 그러면
안 돼. 누나도 결코 나하고 오지 않을 거고."

나는 그것 역시 늘 그랬던 것처럼 다만 농간이고
구실에 지나지 않을 뿐이라고 판단했다. 그는 자주 그런
식이었다. 무언가 불가능한 것을 요구해 나를 놀라게 하고,
나에게 굴욕을 주고 그다음에는 서서히 자기와 협상하게
했다. 그러면 나는 약간의 돈이나 다른 선물로 몸값을 주고
빠져나가야 했다.

그러나 이번에는 전혀 달랐다. 거부했는데도 그 애는 화난 기색도 거의 없었다.

"글쎄." 그 애가 얼버무렸다. "네가 잘 생각해 보겠지. 너네 누나와 알고 지냈으면 한단 말이야. 한 번쯤 알고 지내는 거야 되겠지. 그냥 누나와 같이 산책하러 가. 그럼 내가 낄 테니까. 내일 휘파람으로 부를게. 그때 다시 한번 그 일에 대해 이야기하자."

그 애가 떠나고 나서 갑자기 그 애가 원하는 것의 의미를 어렴풋이나마 깨달았다. 나는 아직 완전히 어린아이였다. 그러나 소년들과 소녀들이 조금 나이가 들면 그 어떤 비밀에 찬, 금지된 상스러운 일들을 함께 벌일 수 있다는 것을 소문으로 알고 있었다. 이제 그러니까 아주 갑자기 그 일이 얼마나 엄청난지가 분명해졌다! 결코 그렇게 하지 않겠다는 나의 결심이 즉시 확고해졌다. 그러나 그다음에 무슨 일이 일어날지, 크로머가 내게 어떻게 복수할지에 대해서는 거의 생각할 엄두조차 나지 않았다. 나에게는 새로운 고문이 시작되었다. 아직도 충분치 않았던 것이다.

절망적으로 두 손을 호주머니에 넣은 채 나는 텅 빈 광장을 건너갔다. 새로운 고통, 새로운 노예 상태였다!

그때 상쾌하고 낮은 목소리가 나를 불렀다. 나는 놀라서 빨리 걷기 시작했다. 누군가가 나를 따라오더니 뒤에서 한 손이 나를 부드럽게 잡았다. 막스 데미안이었다.

나는 잡힌 척했다.

"형이었구나?" 내가 불안정하게 말했다. "깜짝
놀랐어."

그가 나를 바라보았다. 그의 시선이 그때보다 더
어른스럽고 압도적이며 꿰뚫어 보는 사람의 시선인 적은
없었다. 우리는 오랫동안 말을 하지 않고 지낸 터였다.

"그거 유감인데." 그가 특유의 공손하면서도 아주
단호한 태도로 말했다. "하지만 들어 봐, 누가 놀라게
한다고 그렇게 놀라서는 안 돼."

"그렇긴 하지, 하지만 그런 일도 있을 수 있지 뭐."

"그런 것 같네. 하지만 알아 둬. 너한테 아무 짓도
하지 않은 사람 앞에서 그렇게 두려워 떨면 그 사람은
생각해 보기 시작하는 거야. 이상하게 생각되는 거야,
궁금해지지. 그 사람은 생각하게 돼, 네가 이상하게도
잘 놀란다고. 그러고는 계속 생각하지. 사람이 저러는 건
바로 겁이 날 때라고. 겁쟁이들은 언제나 불안하지. 하지만
내 생각에 너는 원래 겁쟁이가 아니야. 아, 물론 영웅도
아니지. 지금 넌 뭔가 겁나는 일이 있어. 겁나는 사람도
있고. 그런데 그건 결코 있어서는 안 될 일이야. 그래,
사람을 무서워해서는 결코 안 돼. 날 무서워하진 않지?
아니면 무섭니?"

"오, 아니야, 전혀 무섭지 않아."

"그럴 테지. 하지만 네가 무서워하는 사람이 있는 거지?"

"몰라…… 날 내버려 둬, 나한테서 뭘 바라는 거야?"

그는 나와 나란히 걸었고(나는 더 빨리 걸었다, 도망칠 생각을 하며.) 곁에서 그의 시선이 느껴졌다.

"한번 가정해 봐." 그가 다시 말을 시작했다. "내가 널 좋게 생각하고 있다고 말이야. 아무튼 나한테는 겁낼 필요가 없다고. 너하고 실험을 한번 해 보고 싶어. 재미있기도 하고 네가 거기서 꽤 쓸모 있는 걸 배울 수도 있어. 한번 주의해 들어 봐! 나는 이따금씩 독심술(讀心術)이라고 부르는 기술을 써 보곤 해. 무슨 나쁜 마법이 있는 건 아니야. 어떻게 하는 건지 모르면 아주 이상해 보이지. 그걸로 사람들을 아주 놀라게 할 수 있어. 자아, 우리 한번 시험해 보자. 그러니까 내가 너를 좋아하거나 너에게 관심이 있는데 이제 네 마음속 모습이 어떤지를 밝혀 보고 싶은 거야. 그러기 위해 나는 이미 시작했어. 내가 널 놀라게 했지. 넌 그러니까 잘 놀라는 거야. 즉 넌 두려운 일이나 사람이 있는 거야. 그게 어디서 비롯되었을까? 그 누구도 두려워할 필요 없어. 누군가를 두려워한다면, 그건 그 사람에게 자신을 지배할 힘을 내준 데서 비롯해. 예를 들면 뭔가 나쁜 일을 했고 상대방이 그걸 알아. 그럴 때 그가 너를 지배할 힘을 가지는 거야. 알아들었니? 이제 분명하지, 안 그래?"

나는 어찌할 줄 모르고 그의 얼굴을 들여다보았다. 그 얼굴은 언제나 그렇듯 진지하고 영리했다. 그러면서도 너그러웠지만, 온갖 정다움이 깃들어 있다기보다는 오히려 엄격했다. 정의나 뭔가 그 비슷한 것이 있었다. 나는 내게 무슨 일이 벌어지는지도 몰랐다. 그는 마술사처럼 내 앞에 서 있었다.

"이해했니?" 그가 다시 한번 물었다.

나는 고개를 끄덕였다. 아무 말도 할 수 없었다.

"너한테 말하는데 말이야, 이건 우스꽝스러워 보여, 독심술 말이야. 그러나 이건 아주 자연스럽게 돼. 예를 들면 언젠가 카인과 아벨 이야기를 들려주었을 때 네가 나에 대해서 어떻게 생각했는지 네게 꽤 정확하게 말해 줄 수도 있어. 딴 이야기지만 말이야. 네가 한 번쯤 내 꿈을 꾸었으리라고 생각해. 하지만 그런 건 관두자! 넌 명석한 소년이야, 대부분의 아이들은 참 멍청하지! 나는 때때로 내가 신뢰하는 명석한 소년과는 어디서든 즐겨 이야기해. 괜찮겠지?"

"그럼, 괜찮고말고. 다만 난 전혀 이해하지 못하겠어."

"우리 한번 즐거운 실험을 계속해 보자! 그러니까 우리가 찾아낸 거야. S라는 소년이 잘 놀란다. 그 애는 누군가를 무서워한다. 필시 그 애와 이 상대방 사이에는 몹시 불편한 비밀이 하나 있다. 대강 맞지?"

꿈속에서처럼 나는 그의 목소리에, 그의 영향력에 굴복했다. 그 목소리는 나 자신에게서만 나올 수 있는 목소리 아니었을까? 모든 것을 아는 목소리 아니었을까? 나 자신보다 모든 것을 더 잘, 더 명확하게 아는 목소리 아니었을까?

데미안이 내 어깨를 힘차게 두드렸다.

"그럼 맞는 거지. 그럴 줄 알았어. 이제 딱 한 가지 질문만 더 할게. 아까 저기서 가 버린 애 이름이 뭔지 아니?"

나는 흠칫했다. 건드려진 나의 비밀이 고통스럽게 내 속에서 다시 움츠러들었다. 밖으로 나오려 하지 않았다.

"누구? 다른 애는 없었어, 나뿐이었지."

그가 웃었다.

"그냥 말해." 그가 웃었다. "그 애 이름이 뭐지?"

내가 조그맣게 말했다. "저 프란츠 크로머 말이야?"

그가 흡족해하며 고개를 끄덕였다.

"브라보! 넌 똑똑한 녀석이로구나, 우린 친구가 되겠다. 그런데 네게 해 줄 말이 있어. 그 크로머는 말이야, 아니면 이름이 뭐든 간에, 나쁜 녀석이야. 그 애 얼굴에 자기는 악당이라고 쓰여 있어! 넌 어떻게 생각하니?"

"응, 그래." 내가 한숨을 푹 내쉬었다. "그 애는 나빠, 사탄이야! 하지만 그 애가 아무것도 알아선 안 돼! 맙소사, 제발, 그 애가 알아선 안 돼! 그 애를 알아? 그 애가 형을 알아?"

"조용히 좀 해! 그 애는 갔어. 그리고 날 몰라. 아직은 모른다고. 하지만 그 애에 대해 알고 싶은걸. 그 애가 공립 학교에 다니니?"

"응."

"몇 학년인데?"

"5학년. 하지만 그 애한테 아무 말 하지 마! 제발, 제발 그 애한테 아무 말 하지 말아 줘!"

"걱정 마, 너에겐 아무 일도 안 일어날 거야. 아마도 넌 그 크로머에 대해 조금 더 들려줄 마음이 없겠지?"

"그럴 수 없어! 안 돼, 나를 내버려 둬!"

그는 한동안 말이 없었다.

그러더니 그가 말했다. "안됐다. 우리가 이 실험을 좀 더 해 볼 수도 있었을 텐데. 하지만 널 괴롭히지는 않을게. 그 애를 두려워하는 게 올바르지 않다는 건 너도 알지, 안 그래? 그런 두려움이 우리를 완전히 망가뜨리는 거야. 그런 건 떨쳐 버려야만 해. 넌 그 두려움을 떨쳐 버려야만 해, 제대로 된 사내 녀석이 되려면 말이야. 이해하겠니?"

"분명 형이 전적으로 옳아……. 하지만 그렇게 안

되는걸. 형은 몰라⋯⋯."

"어떤 면에서는 내가 네 생각보다 더 많이 안다는 걸 보았겠지. 너 그 애에게 혹시 돈 빚진 거라도 있니?"

"그래, 그렇기도 해. 그렇지만 그게 중요한 문제는 아니야. 난 말할 수 없어. 할 수 없다고!"

"네가 빚진 돈을 내가 갚아 주어도 아무 소용이 없다는 거니? 내가 너한테 줄 수도 있는데."

"아니야, 아니야, 그게 아니야. 부탁이야, 아무에게도 그 얘기 하지 말아 줘! 한마디도! 형은 날 불행하게 해!"

"날 믿어, 싱클레어. 넌 언젠가 너희 사이의 비밀을 나에게 알려 줄 거야."

"결코 그러지 않을 거야, 결코!" 내가 격렬하게 소리쳤다.

"다 너 좋을 대로 해. 난 그냥 어쩌면 네가 나중에 한 번 더 내게 말하겠지 하고 생각할 뿐이야. 당연히 자발적으로 말이야! 내가 그 크로머처럼 굴리라고 생각하는 건 아니겠지?"

"오, 아니야. 하지만 형은 그것에 대해서 전혀 모르는걸."

"전혀 모르지. 그것에 대해 곰곰이 생각할 뿐이지. 그리고 나는 결코 크로머처럼 굴지 않을 거야. 그건 믿어 줘. 또 넌 나한테는 아무것도 빚지지 않았잖니."

우리는 오랫동안 말이 없었다. 그리고 나는 점차
안정되었다. 그러나 데미안이 사실을 안다는 것이
나에게는 점점 수수께끼 같아졌다.

"이젠 집에 가 봐야겠다."라고 말하며 그가 빛 속에서
자기 외투를 더 단단히 여몄다. "한 가지만은 다시 말해
주고 싶어. 우리가 벌써 이만큼 왔으니까 말이야. 넌
그 녀석을 떨쳐야 할 것 같아! 달리 안 된다면 그 애를
때려죽여! 만약 네가 그렇게 한다면 나도 좋겠어. 내가 널
돕기도 할 거고."

나는 새롭게 겁이 났다. 카인의 이야기가 갑자기 다시
떠올랐다. 나는 무시무시해져 훌쩍훌쩍 울기 시작했다. 내
주위에 무시무시한 일들이 너무 많았던 것이다.

"그럼 좋아." 막스 데미안이 미소 지었다. "집에나
가! 우린 벌써 그 일을 하고 있어. 때려죽이는 편이 가장
간단하겠지만 말이야. 그런 일들에서는 가장 단순한 것이
늘 최선이지. 크로머와 어울리는 건 좋지 않아."

나는 집으로 왔다. 일 년쯤 떠나 있었던 것 같았다.
모든 것이 달라 보였다. 나와 크로머 사이에 미래 같은
무엇, 희망 같은 무엇이 있었다. 나는 더 이상 혼자가
아니었다! 그리고 얼마나 무섭도록 혼자 여러 주일 동안
내 비밀과 더불어 있었던가를 이제 비로소 알았다. 내가
이따금씩 깊이 했던 생각도 곧바로 떠올랐다. 부모님

앞에서 고해하면 후련하기야 하겠지만 그래 봐야 나를
완전히 구원할 수는 없으리라는 것이. 그러나 이제 나는
고해한 것이나 마찬가지였다. 다른 사람, 낯선 사람한테.
그리고 구원의 예감이 짙은 향기처럼 내게로 풍겨 왔다.

그 후에도 오랫동안 내 두려움은 극복되지 않았다.
나의 적과 길고도 무서운 대결을 벌일 각오를 하고 있었던
것이다. 그랬던 만큼 모든 것이 그렇게 고요하고 그렇게
완전히 비밀스럽고 조용히 흘러가는 것이 더 이상했다.

우리 집 앞에서 들리던 크로머의 휘파람 소리가
들리지 않았다. 하루, 이틀, 사흘, 한 주일 동안. 나는 감히
그 일을 믿을 수 없었고 속으로 망을 보고 있었다. 그 애가
갑자기, 전혀 예기치 않은 때에 그곳에 서 있지 않을까
하고. 그러나 그 애는 나타나지 않았다. 계속 나타나지
않았다! 새로운 자유가 믿어지지 않았다. 마침내 내가
프란츠 크로머와 마주치게 되었을 때까지도 나는 믿지
못했다. 그 애는 바로 맞은편에서 자일러 가세를 내려오고
있었는데 나를 보자 움칫했다. 그리고 얼굴을 험하게
찌푸리더니 나를 피해 그냥 홱 돌아섰다.

그것은 나로서는 놀라운 순간이었다! 내 적이 나를
피해 달아났다! 나의 사탄이 나를 두려워했다! 기쁨과
놀람이 나의 전신을 관통했다.

그 무렵 데미안이 다시 한번 나타났다. 학교 앞에서 나를 기다리고 있었다.

"안녕." 내가 말했다.

"안녕, 싱클레어. 네가 어떻게 지내는지 좀 들어 보고 싶었어. 크로머가 이젠 널 가만히 두지, 안 그래?"

"형이 그런 거야? 하지만 대체 어떻게? 대체 어떻게 했기에? 도저히 이해할 수 없어. 그 애는 아예 나타나지도 않아."

"그거 잘됐구나. 언젠가 다시 나타나기라도 하면, 안 그러겠지만 그 애야 뻔뻔한 녀석이니까 말이야, 그냥 그 애한테 데미안을 생각해 보라고만 해."

"그게 무슨 말이지? 그 애랑 싸운 거야, 때려 준 거야?"

"아니, 난 그런 짓은 별로 좋아하지 않아. 그 애하고도 그냥 이야기했어. 너하고 이야기했듯이 말이야. 그러면서 너를 가만히 내버려 두는 것이 그 애 자신한테도 이로우리라는 사실을 똑똑히 알게 해 주었지."

"오, 형이 그 애한테 돈을 준 건 아니겠지?"

"아니야. 그런 방법이라면 네가 벌써 시험해 봤잖아." 내가 자꾸 캐물으려 했지만 그는 자리를 떠났다. 그리고 나는 그에 대해 전에 느꼈던 느낌, 감사와 수줍음, 찬탄과 두려움, 헌신과 내면의 거부가 기이하게 뒤섞인 답답한 느낌으로 그 자리에 남아 있었다.

곧 그를 다시 보겠거니 했다. 그와 그 모든 것에 대해, 또 카인의 일에 대해서도 더 이야기를 나누었으면 했다.

하지만 그렇게 되지 않았다.

감사는 결코 내가 믿는 미덕이 아니었다. 그리고 그것을 어린아이에게 요구하는 것은 잘못된 일로 보였다. 그래서 내가 막스 데미안에게 전혀 감사해하지 않았다는 것이 지금도 별로 놀랍지 않다. 데미안이 나를 크로머의 손아귀에서 구해 주지 않았더라면 나는 평생 병들고 상했을 것이라고 지금도 나는 확신한다. 당시에도 나는 이 구원을 내 짧은 인생의 가장 큰 경험으로 느꼈다. 그러나 구원해 준 사람을, 그가 기적을 완수하자 나는 곧 제쳐 두었다.

감사해하지 않았다는 것은 이미 말했듯 내게는 이상하지 않았다. 내게 특이하게 느껴진 것은 오로지 내가 호기심을 보이지 않았다는 점이었다. 나를 데미안과 접속하게 했던 비밀들에 좀 더 가까이 가지 않은 채 어떻게 단 하루라도 평온하게 살아갈 수 있었을까? 카인에 대해, 크로머에 대해, 독심술에 대해 좀 더 듣고 싶다는 욕망을 내가 어떻게 억제할 수 있었을까?

거의 이해가 되지 않지만 실제로 그랬다. 내가 갑자기 악령이 씌운 그물에서 풀려났음을 나는 보았다. 다시 세계가 밝고 기쁘게 내 앞에 놓여 있는 것을 보았다.

나는 더 이상 두려움의 발작과 목을 죄는 심장의 격한 고동에 시달리지 않았다. 저주의 주문은 풀렸다. 나는 더 이상 괴롭힘당하는 저주받은 자가 아니었다. 나는 다시 평소와 같은 학생이었다. 내 본성은 될 수 있는 대로 빨리 균형과 안정에 이르려 했다. 그렇게 본성은 무엇보다 그 많은 추하고 위협적인 것을 떨쳐 버리려고, 잊어버리려고 노력했다. 내 죄와 불안의 긴 역사 전체가, 겉으로는 그 어떤 흉터도 인상도 남기지 않은 채 놀랍도록 빨리 내 기억에서 미끄러져 갔다.

나의 조력자이자 구원자에 대해서도 똑같이 빨리 잊어버리려 했다는 것도 이제는 이해하겠다. 손상당한 영혼의 모든 충동과 힘을 쏟아 나는 내게 내렸던 저주의 고해(苦海)로부터, 크로머에 대한 무서운 예속에서 도망쳐 돌아왔던 것이다. 내가 일찍이 행복하고 만족했던 곳으로, 다시 열리는 잃어버렸던 낙원으로, 아버지 어머니의 밝은 세계로, 누이들에게로, 정결함의 향기로, 아벨이 누렸던 신의 호의로.

데미안과의 짧은 대화를 나눈 날, 내가 다시 얻은 자유를 완전히 확신하고 이제는 재발을 두려워하지 않게 되었을 때, 그날로 나는 벌써 그토록 자주 그리워하며 소망한 것을 실행했다. 고해한 것이다. 어머니에게 가서 자물쇠가 망가지고 돈 대신 장난감 돈으로 채워진

저금통을 보여 드리고, 얼마나 오랫동안 자신의 죄 때문에
사악한 자에게 묶여 있었는지 이야기했다. 어머니는 다
이해하지는 못했지만 저금통을 보고, 변한 나의 시선을
보고, 변한 나의 목소리를 듣고, 내가 회복되었으며 내가
어머니에게 돌아왔다는 것을 느꼈다.

그리고 이제 나는 벅찬 감정으로, 내가 다시
받아들여진 것을 축하하는 축제를, 탕아의 귀향 의식을
벌였다. 어머니는 나를 아버지에게 데려갔고, 이야기가
되풀이되었으며 질문과 놀람의 탄성이 터져 나왔고,
부모님은 내 머리를 쓰다듬으며 긴 마음의 짓눌림을
떨치고 안도의 숨을 내쉬었다. 모든 것이 근사했다. 모든
것이 이야기 속 같았다. 모든 것이 놀랍도록 순조롭게
풀렸다.

이제 나는 정말 열정적으로 이 안정 속으로 도피해
들어갔다. 평화를 되찾고 부모님의 신뢰를 되찾았다는
생각은 아무리 해도 싫증 나지 않았다. 나는 집안의 모범
소년이 되었다. 그 어느 때보다 더 많이 누이들과 놀고,
기도 시간에는 구원받은 개종자의 심정으로 좋아하는 옛
노래들을 함께 불렀다. 그런 일은 충심에서 우러났으며
어떤 거짓도 섞이지 않았다.

그럼에도 그로써 모든 일이 해결된 것은 전혀
아니었다! 그리고 내가 데미안을 잊은 이유를 진정

그것으로 해명할 수 있다. 나는 그에게 고해를 했어야
했다! 그랬더라면 그 고해가 집에서처럼 화려하고
감동적이지는 않았을 테지만 그 결과는 나에게 보다
유익했을 것이다. 이제 나는 모든 뿌리를 뻗어 예전의
낙원 같은 세계에 매달렸다. 집으로 돌아와 관대하게
받아들여졌다. 그러나 데미안은 결코 이 세계에 속하지
않았다. 이 세계에 맞지 않았다. 그도, 크로머와는
다르지만 여전히 유혹자였다. 이제는 영원토록 조금도 더
알고 싶지 않은 또 다른 세계, 악하고 나쁜 세계와 나를
묶어 주는 유혹자였다. 지금, 바로 나 자신이 다시 한 명의
아벨이 된 지금 아벨을 포기하고 카인을 찬양하는 일을
도울 수 없었고 그러고 싶지도 않았다.

　겉으로 드러난 상황은 그랬다. 그러나 내면적 관계는
이랬다. 나는 크로머라는 악마의 손아귀에서 풀려났다.
그러나 나 자신의 힘과 노력을 통해서 풀려난 것이
아니었다. 나는 세상의 오솔길들을 똑바로 걸으려고
했는데, 그 길들이 내게는 너무 미끄러웠다. 친절한 손
하나가 나를 잡아 구해 낸 지금, 나는 한눈 한번 팔지
않고 곧장 어머니의 품속으로, 포근히 에워싸인 경건한
유년의 아늑함 속으로 달려왔다. 나는 자신을 자신보다
더 어리게, 더 의존적으로, 더 어린애처럼 만들었다. 나는
크로머에 대한 예속을 새로운 의존으로 대체해야만 했던

것이다. 혼자는 갈 수 없었기 때문이다. 그렇게 나는 눈먼
마음으로 아버지 어머니에의 의존, 그것이 유일한 것이
아님을 알아 버린 '밝은 세계'에의 의존을 택했다. 그렇게
하지 않았더라면 분명 나는 데미안 편이 되어 그에게
모든 것을 털어놓았을 것이다. 내가 그러지 않은 것,
그것이 당시에는 내게 그의 수상쩍은 생각에 대한 당연한
불신으로 보였다. 사실 그것은 두려움 말고 아무것도
아니었다. 데미안이 부모님보다 더 많은 것을, 훨씬 더 많은
것을 나에게 요구했을 테니까. 그는 충동과 경고로, 조롱과
반어로 나를 보다 자립적으로 만들려고 했을 테니까. 아,
지금은 안다. 자기 자신에게로 인도하는 길을 가는 것보다
더 인간에게 거슬리는 것이 세상에 아무것도 없다는 것을!

　　그럼에도 반년쯤 뒤, 나는 그 유혹에 저항할 수 없어
한번은 산책하는 길에 아버지에게 물어보았다. 어떤
사람들은 카인이 아벨보다 더 훌륭하다고 설명하는데
그 점을 어떻게 생각하느냐고. 아버지는 몹시 놀라며
그것은 새로울 것이 없는 견해라고 설명했다. 심지어
기독교 이전 시대에도 등장했으며 사이비 종파들에서
전수되었는데, 그중 하나는 스스로를 '카인교도'라고
불렀다고. 그러나 물론 이 미친 학설은 다름 아니라 우리의
신앙을 깨뜨리려는 악마의 시험이라고. 왜냐하면 카인이
옳고 아벨이 옳지 않다고 믿는다면 그 결과는 신이

오류를 범했다는 것이기 때문이라고. 그러니까 성서의
신이 올바른 신, 유일신이 아니라 틀린 신이라는 것이기
때문이라고. 정말로 카인교도들은 비슷한 것을 가르치고
설교하기도 했다고. 그렇지만 이 이교 짓거리는 오래전에
인류로부터 사라졌다고. 그래서 나의 학교 친구가 그것에
대해 무언가를 들을 수 있었다는 사실이 놀라울 뿐이라고.
아무튼 그런 생각은 버려야 한다고 아버지는 진지하게
경고했다.

예수 옆에 매달린 도둑

내 어린 시절에 대해, 아버지 어머니 곁에서 내가
누렸던 안정감에 대해, 어린아이가 사랑과 부드럽고
사랑스럽고 환한 환경 속에서 넉넉하게 즐기며 살아가는
것에 대해 아름답고 정답고 사랑스러운 이야기를 들려줄
수 있을 것이다. 그러나 내 인생에서 나에게 흥미로운 것은
오직 나 자신에게 이르기 위해 내가 내디딘 걸음들뿐이다.
그 모든 아리따운 휴식의 지점들, 행복의 섬들과 낙원들의
마력을 나도 모르지 않지만, 그 모든 것을 나는 먼 곳의
광채에 싸인 채 두고자 한다. 그곳에 다시 한번 발 디딜
욕심은 내지 않는다.

그래서 이 이야기가 아직 내 소년 시절에 머무르는
동안 더 할 이야기는 오직 어떤 새로운 것이 나에게
닥쳤는지, 무엇이 나를 앞으로 몰아갔는지, 나를 찢어
냈는지 하는 것에 대한 것뿐이다.

이런 충격들은 늘 '다른 세계'로부터 왔고 늘
두려움과 강압과 양심의 가책을 수반했다. 그것들은 늘
혁명적이었다. 내가 그 안에 그대로 머물고 싶던 평화를
위협했다.

허용된 밝은 세계에서는 숨기고 은폐해야 하는
하나의 원시적 충동이 나 자신 속에 살고 있다는 사실을
새롭게 발견해야만 하는 시절이 왔다. 어떤 사람에게나
그러듯이 천천히 눈뜨는 성(性)에 대한 감정이 나에게도
하나의 적이자 파괴자로, 금기로, 유혹과 죄악으로
들이닥쳤다. 나의 호기심이 찾은 것, 꿈과 기쁨과 두려움이
내게 가져다준 것, 사춘기의 큰 비밀, 그것은 내 유년의
평화에 감싸인 행복감에는 맞지 않았다. 나는 다른 모든
사람들처럼 행동했다. 이제 더는 어린아이가 아닌 아이의
이중생활을 영위했다. 내 의식은 집 안의 허용된 세계 속에
살았으며 어렴풋이 솟아오르는 새로운 세계는 부정했다.
그러나 동시에 나는 꿈, 충동, 은밀한 소망들 속에서
살았다. 그 위에서 저 의식적 삶이 만드는 다리는 점점 더
불안해졌다. 내 속에서 유년의 세계가 붕괴되고 있었기
때문이다.

거의 모든 부모들처럼 우리 부모님도 말없이 덮어
두며 눈뜨는 생명의 충동을 모르는 척했다. 그들은 다만
다함없는 세심한 배려를 기울여, 현실을 부인하며 점점 더

비현실적이고 위선적이 되어 가는 어린이의 세계에 좀 더
머무르려는 나의 절망적인 시도들을 도와주었을 뿐이다.
부모라는 존재가 이 점에서 얼마나 도움이 될 수 있는지는
모르겠으니 내 부모님을 비난하지는 않겠다. 자신을
다스리고, 나의 길을 찾아내는 것은 나 자신의 일이었다.
그런데 나는 유복하게 자란 대부분의 사람이 그러듯이
자신의 일을 잘 해내지 못했다.

　　누구나 이런 어려움을 겪는다. 평범한 사람들에게
이것은 인생의 분기점이다. 자기 삶의 요구가 가장
혹심하게 주변 세계와 갈등에 빠지는 지점, 앞을 향하는
길이 가장 혹독한 투쟁으로 쟁취되어야 하는 지점이다.
많은 사람이 우리의 운명인 이 죽음과 새로운 탄생을
경험한다. 삶에서 오로지 한 번, 유년이 삭아 가며 서서히
와해될 때, 우리의 사랑을 얻었던 모든 것이 우리를
떠나가려 하고 우리가 갑자기 고독과 우주의 치명적인
추위에 에워싸여 있음을 느낄 때 경험하는 것이다.
그리고 아주 많은 사람이 영원히 이 절벽에 매달려 있다.
돌이킬 수 없는 지나간 것에, 잃어버린 낙원의 꿈에, 모든
꿈 중에서 가장 나쁘고 가장 살인적인 그 꿈에 한평생
고통스럽게 들러붙는다.

　　내 이야기로 돌아가 보자. 내 유년의 끝이 왔음을
알리던 느낌들, 꿈의 영상들은 이야깃거리가 될 만큼

중요하지 않다. 중요한 것은 '어두운 세계', '다른 세계'가 다시 거기 있었다는 것이다. 한때 프란츠 크로머였던 것이 이제는 나 자신 속에 박혀 있었다. 그리고 그럼으로써 '다른 세계'가 바깥에서부터도 나를 지배하는 힘을 다시 얻었다.

크로머와의 일이 있은 지 몇 년이 지나고였다. 내 삶의 저 극적이고 죄에 찬 시절이 몹시도 멀리 있고 짧은 악몽처럼 흔적도 없이 사라진 때였다. 프란츠 크로머는 오래전부터 내 삶에서 사라져 어쩌다 마주치는 일이 있어도 내 쪽에서 거의 신경 쓰지 않을 정도였다. 그러나 내 비극의 다른 중요한 등장인물 막스 데미안은 그때까지도 아직 나의 주변에서 완전히 사라지지 않았다. 오히려 그는 눈에 보이게, 그러나 영향을 미치지는 않으면서 오랫동안 멀리 가장자리에 서 있었다. 그러던 그가 비로소 다시 서서히 가까이 다가섰고, 다시 힘과 영향력을 발산했다.

그 시절의 데미안에 대해 내가 무엇을 아는지 떠올려 본다. 일 년 남짓 그와 한 번도 이야기하지 않았던 것 같다. 내 쪽에서 그를 피했고, 그는 결코 재촉하지 않았다. 언젠가 우연히 마주쳤을 때 그는 고개를 끄덕여 주었다. 그다음에는 이따금씩 그의 다정함에 냉소와 묘한 비난의 섬세한 울림이 섞여 있는 것처럼 보였다. 그렇지만 그것은 내 상상이었을 수도 있다. 내가 그와 함께 겪은 사건이며

그가 당시 나에게 행사한 기이한 영향력은 그나 나나 모두
잊은 듯했다.

　　나는 그의 모습을 생각해 내려 한다. 그러니까 이제
그를 떠올려 보니, 그럼에도 그는 거기 있었고 내가 그의
존재에 주목했음을 알겠다. 그가 학교에 가는 모습이
보인다. 혼자 아니면 키 큰 학생들 사이에 있는 모습이,
자신의 공기에 에워싸여 자신의 법칙들 아래 살면서
낯설게, 외롭고 고요하게, 그들 사이에서 성좌처럼
거니는 모습이 보인다. 아무도 그를 사랑하지 않았다.
아무도 그와 친하지 않았다. 단 한 사람 그의 어머니
빼고는. 그런데 어머니와도 그는 어린아이처럼이 아니라
성인처럼 교류하는 듯 보였다. 선생님들은 그를 될 수
있는 대로 가만히 내버려 두었다. 그는 좋은 학생이었지만
누구의 마음에도 들려고 하지 않았다. 이따금 그가 어느
선생님에게 어떤 말을 하거나 주석을 달거나 항변을
했다는 소문을 들었다. 그것들은 더할 나위 없이 날카로운
도전이요, 비꼼이었다.

　　두 눈을 감고 떠올려 본다. 그의 모습이 보인다. 그곳이
어디였던가? 그렇다, 이제 다시 그곳이었다. 우리 집 앞
골목이었다. 그곳에서 하루는 그가 손에 수첩을 들고 서서
그림을 그리는 것을 보았다. 그는 우리 집 현관문 위의,
새가 있는 오래된 문장을 그리고 있었다. 그리고 나는

어느 창가에 서서 커튼 뒤에 몸을 숨기고 그를 바라보았다. 문장을 향한 그의 주의 깊고 서늘하고 환한 얼굴을 몹시 놀라워하며 바라보았다. 그것은 어른의 얼굴, 연구가 혹은 예술가의 얼굴, 뛰어나고 의지로 가득하며, 이상하게도 환하고 서늘한, 무엇을 아는 두 눈을 지닌 얼굴이었다.

　또다시 그의 모습이 보인다. 얼마 지나지 않아서 거리에서였다. 학교에서 돌아오는 길에 우리 모두는 쓰러진 말 한 마리를 에워싸고 서 있었다. 말은 농가에서 쓰는 수레 앞에서 끌채에 아직도 매인 채 무언가를 찾는 듯 간신히 열린 콧구멍으로 숨을 헐떡거리며 어딘가의 상처에서 피 흘리고 있었고, 말의 옆구리께에서는 거리의 하얀 먼지가 천천히 검붉게 피를 빨아들이고 있었다. 나는 메스꺼워서 그 광경에서 몸을 돌렸을 때 데미안의 얼굴을 보았다. 그는 앞으로 밀고 나와 있지 않았다. 편안하고 상당히 멋지게, 그에게 어울리게 멀찍이 뒤쪽에 서 있었다. 그의 시선은 말의 머리를 향해 있었고 다시금 그 깊고 고요하고 거의 광적이지만 격정적이지는 않은 주의력을 띠고 있었다. 나는 오래 그를 바라보지 않을 수 없었으며 비록 분명하지는 않았지만 무언가 매우 독특한 것을 그때 느꼈다. 나는 데미안의 얼굴을 보았다. 그가 소년의 얼굴이 아니라 어른의 얼굴을 가졌다는 것뿐만 아니라 더 많은 것을 보았다. 보았다고 혹은 감지했다고 믿었다. 그것이 남자의 얼굴만은 아니며 또 다른 무엇이라는 것을. 여자 얼굴도 그 안에 조금 들어 있는 듯했다. 특히 그 얼굴은 내게 한순간 남자답거나 어린이답지 않고, 왠지 수천 살은 된 것처럼, 왠지 시간을 초월한 듯 우리가 사는 것과는 다른 시대의 인장이 찍힌 것처럼 보였다. 짐승들 아니면 나무들 아니면 별들이 그렇게 보일 수 있었다. 지금 내가 성인이 되어 말하는 것을 그때는 알 수 없었고, 정확하게 느끼지 못했다. 다만 무언가 비슷한 것을 느꼈을 뿐이다. 어쩌면 그는 미남이었을 것이고, 어쩌면 내 마음에 들었을 것이고, 어쩌면 거슬리기도 했을 것이다. 그것 또한 구분이 되지 않았다. 내가 본 것은 오직 그가 우리와는 다르다는 사실, 그가 한 마리 짐승 아니면 유령 아니면 어떤 형상 같다는 것이었다. 그때 그의 모습이 어땠는지 모르겠지만, 그는 달랐다. 우리 모두와 상상할 수 없을 만큼 달랐다.

더는 기억이 나지 않는다. 어쩌면 이만큼도 부분적으로는 나중의 인상들에서 재구성한 것인지도 모르겠다.

몇 살 더 나이가 들었을 때에야 비로소 나는 마침내 다시 그와 더 가깝게 접촉하게 되었다. 데미안은 교회에서 관습에 따라 받는 견진 성사를 또래들과 함께 받지 않았으며, 그것에 대해서도 소문들이 당장 꼬리를 물었다. 학교에서는 그가 사실은 유대인이라고, 아니 이교도라고들

했다. 그리고 어떤 사람들은 그가 어머니와 함께 어떤 종교도 갖지 않았거나 어떤 황당하고 나쁜 소수 종파 소속이라고 생각했다. 그것과 연관해서 그가 어머니와 애인처럼 살고 있다는 의심도 받았던 것 같다. 추측건대 이랬을 것이다. 그는 그때까지 아무런 신앙 없이 자란 것 같았다. 그런데 그 점이 그의 장래에 불이익을 초래할지도 모른다는 우려를 낳았던 것 같다. 어쨌든 그의 어머니는 또래보다 이 년 늦게야 그를 견진 성사에 참여시킬 결심을 했다. 그렇게 해서 그가 몇 달간 견진 교리 수업을 나와 같이 듣게 되었다.

　　한동안 나는 그와 완전히 거리를 두었다. 그의 일에 관여하고 싶지 않았다. 그는 너무나도 소문과 비밀에 싸여 있었던 것이다. 그러나 무엇보다 거슬렸던 것은 크로머 사건 이래 내 마음속에 남아 있던 의무감이었다. 그리고 바로 당시 나는 나 자신의 비밀들에 열중하고 있었다. 나에게는 견진 교리 수업을 들은 시기와 성 문제에 결정적으로 눈을 뜬 시기가 일치했다. 그리고 그 때문에 선의에도 불구하고 경건한 가르침에 관심 갖기가 힘든 상태였다. 신부님이 말하는 일들은 나로부터 멀리 떨어져 고요하고 성스러운 비현실 속에 놓여 있었다. 그것들은 대단히 아름답고 가치 있을지언정 결코 현실적이거나 자극적이지 않았음에 반해 성에 눈을 떠 가는 일은 바로 목전의 현실이고 극도로 자극적이었다.

이러한 상태가 나를 수업에 무관심하게 만들수록 나의 관심은 막스 데미안에게 더 접근했다. 그 무언가가 우리를 묶어 주는 것 같았다. 나는 이 끈을 될 수 있는 대로 정확하게 따라가야겠다. 기억해 낼 수 있는 한에서 그것은 어느 이른 아침 수업 시간에 시작되었는데 아직 교실에 등불이 켜져 있을 때였다. 우리 종교 담당 선생님의 이야기가 카인과 아벨 이야기에 이르렀다. 나는 신부님 이야기에 거의 주목하지 않았다. 나는 졸렸고 거의 귀 기울이지 않았다. 그때 신부님이 목소리를 높여 카인의 표적에 관해 강하게 이야기하기 시작했다. 바로 그 순간 나는 무언가가 와 닿은 듯한, 혹은 경고를 받은 듯한 느낌이 들었다. 시선을 드는데, 줄지어 놓인 앞쪽 책상으로부터 데미안의 얼굴이 나를 향해 뒤로 돌려져 있는 것이 보였다. 조롱일 수도 진지함일 수도 있는 환하고 무언가를 말하는 듯한 눈으로. 그는 다만 한순간 나를 바라보았다. 나는 갑자기 한껏 긴장해 신부님의 말에 귀 기울였다. 카인과 그 표적에 대해 이야기하는 것을 들으며, 내 마음속 깊은 곳에서 한 가지 깨달음이 감지되었다. 그것은 신부님이 가르치는 것과 같지 않다는, 그것은 달리 볼 수도 있다는, 그 점을 비판할 수 있다는 깨달음이었다.

그 일 분간 데미안과 나 사이는 다시 결합되었다.

그리고 특이하게도 영혼이 서로에게 속해 있다고
느끼자마자 그 느낌이 얼마나 마술처럼 공간으로도
옮겨 가는지 나는 보았다. 그가 직접 그렇게 일을 만들
수 있었는지 아니면 순수한 우연이었는지는 모르지만
당시만 해도 나는 우연을 확고하게 믿었다. 며칠 지나지
않아 데미안이 종교 수업 시간에 갑자기 자리를 바꾸어
바로 내 앞에 앉았다.(넘치게 가득 찬 교실의 비참한 빈민들 냄새
한가운데서 그의 목덜미에서 풍겨 오는 감미롭고 신선한 비누 냄새
맡기를 내가 얼마나 좋아했던가를 아직도 기억한다.) 그러고는
다시 며칠 뒤 그가 다시 자리를 바꾸어 이제는 내 옆에
앉았는데, 겨울 내내 그리고 봄이 다 가도록 그 자리에
그대로 앉아 있었다.

　아침 수업 시간들은 완전히 변했다. 이제는 졸리거나
지루하지 않았다. 그 시간이 올 생각을 하면 미리부터
즐거웠다. 이따금씩 우리 둘은 집중하며 신부님의 말에
귀를 기울였다. 묘한 이야기, 이상한 격언을 나에게 시사해
주는 데에는 내 짝의 눈길 한 번이면 충분했다. 그리고
내 마음속에서 비판이나 회의를 일깨우기 위해 내게
경고하는 데에는 그의 다른 시선 한 번, 아주 단호한 눈길
한 번이면 충분했다.

　자주 우리는 나쁜 학생이었다. 수업을 전혀 듣지
않았다. 데미안은 선생님과 동급생에게 늘 공손했으며

나는 그가 남자아이들 특유의 멍청한 짓들을 저지르는
것을 한 번도 보지 못했다. 커다랗게 웃거나 떠드는 소리를
듣지 못했다. 그는 선생님의 비난이 한 번도 자신에게
돌려지지 않게 했다. 그러나 아주 나직하게, 그리고 소리
낮춘 귓속말들보다는 오히려 신호와 시선으로 나로
하여금 그가 나름으로 열중하는 일들에 관심을 갖게 할 줄
알았다. 그 일들은 부분적으로는 묘한 것들이었다.

　　예를 들면 그는 내게 학생들 중 누가 자기한테 관심이
있는지, 자기가 어떤 식으로 그들을 연구하고 있는지 말해
주었다. 어떤 애들에 대해서는 그가 아주 정확하게 알았다.
성경 구절 독송이 시작되기 전에 그가 말했다. "내가
너에게 엄지손가락으로 신호를 해 보이면 저 애가 우리
쪽을 돌아보거나 목덜미를 긁을 거야." 등등. 그러다 수업
중에, 그때쯤이면 좀 전에 들은 말은 생각하지도 않고 있을
때 막스가 갑자기 눈에 띄는 태도로 자기 엄지손가락을
돌려 보였다. 나는 얼른 그가 가리킨 학생을 지켜보았다.
그가 가리킨 아이가 번번이, 철사에 매여 당겨지기라도
하듯 요구받은 몸짓을 하는 것을 나는 보았다. 나는
선생님한테도 그것을 한번 시험해 보라고 막스를 졸랐다.
그렇지만 그것은 하려 하지 않았다. 그러나 한 번, 내가
수업에 들어가며 그에게 오늘은 예습을 해 오지 않아
신부님이 나에게 아무것도 묻지 않으면 정말 좋겠다고

말했을 때 그가 나를 도와주었다. 신부님은 교리 문답의
한 단락을 말하게 할 학생을 찾고 있었는데, 신부님의
떠돌던 시선이 죄의식에 찬 내 얼굴에서 멈추었다.
신부님이 천천히 다가와 나를 향해 손가락을 뻗치고 내
이름이 벌써 그 입술에 올려졌나 싶었을 때, 그때 갑자기
신부님의 얼굴이 산만해지더니 혹은 불안정해지더니
그가 옷깃을 당기며 자신의 얼굴을 똑바로 응시하고 있는
데미안에게 가서 뭔가를 물으려는 듯했다. 그러나 놀라
다시 그 자리를 떠나며 한동안 기침을 했고 그다음에는
다른 학생을 시켰다.

　　이 장난이 나를 몹시 흥겹게 하는 동안 내 친구가
나에게도 여러 번 똑같은 장난을 했다는 것을 나는 서서히
알아차렸다. 내가 학교 가는 길에서 갑자기, 데미안이
나보다 한 구간 뒤에서 오고 있다는 느낌을 받는 일이
있었다. 그래서 몸을 돌리면 바로 그곳에 그가 있곤 했다.

　　"도대체 어떻게 형은 다른 사람이 형의 뜻대로
생각하지 않을 수 없도록 만들 수 있는 거야?" 내가 그에게
물었다.

　　그는 침착하게 사실대로, 특유의 어른다운 태도로
선선히 알려 주었다.

　　"아니야." 그가 말했다. "그렇게 할 수는 없어.
신부님이 아무리 있다고 말씀하셔도 자유 의지란 없어.

다른 사람 쪽에서 그가 원하는 생각을 할 수도 없거니와
내 쪽에서 원하는 생각을 그가 하게 만들 수도 없어.
그러나 누군가를 잘 관찰할 수는 있는 것 같아. 그가 다음
순간에 무얼 할지 말이야. 그건 아주 간단해, 사람들이
모를 뿐이야. 물론 연습이 필요하지. 예를 들면 나비 종류
중에는 어떤 나방들이 있는데, 암컷이 수컷보다 훨씬 적어.
나비는 다른 모든 동물과 똑같이 번식해. 수컷이 암컷을
수태시키고, 그러면 암컷이 알을 낳지. 그런데 연구자들이
자주 시험해 본 바로는, 이 나방들 중에 암컷이 한 마리
있으면 밤에 수나방들이 이 암컷에게 날아오는데, 그것도
여러 시간 걸리는 곳에서 오는 거야, 여러 시간 걸리는
곳에서! 생각해 봐! 이 모든 수컷들은 몇 킬로미터 밖에서
그 지역에 있는 단 한 마리의 암컷을 감지하고 추적해 오는
거야! 그것을 설명하려고들 하지만 어려운 일이지. 그건
일종의 후각 같은 무엇일 거야. 이를테면 좋은 사냥개가
눈에 띄지 않는 짐승의 자취를 찾아내 따라갈 수 있는
것처럼 말이야. 이해하겠지? 그건 그런 일들이야. 자연은
그런 일로 가득하고, 아무도 그걸 밝힐 수 없어. 이런
말은 할 수 있겠지. 이 나방들 가운데 암컷이 수컷처럼
흔했더라면 수컷들의 코는 그렇게 예민해지지 못했을
거라고. 수컷들의 코가 그렇게 예민한 것은 다만 스스로를
그렇게 조련했기 때문이야. 어떤 짐승이나 사람이 자신의

모든 주의력과 모든 의지를 어떤 특정한 일로 향하게 하면 그는 그것에 도달하기도 하지. 그게 전부야. 네가 알고 싶어 한 일도 정확하게 같아. 어떤 사람을 충분히 자세히 바라봐. 그러면 그에 대해서 그 자신보다 네가 더 잘 알게 돼."

하마터면 '독심술'이란 단어를 입 밖에 내고 그로써 그렇게 오래전 일인 크로머와의 장면을 그에게 떠올리게 할 뻔했다. 그러나 그것은 이제 우리 둘 사이에 있는 이상한 일 가운데 하나이기도 했다. 그나 나나 결코 몇 년 전 그가 한 번 그토록 심각하게 내 인생에 개입한 일을 아주 살짝 암시하는 일조차 없었다. 마치 그 전에는 우리 사이에 아무 일도 없었던 듯했다. 아니면 양쪽 모두 상대방은 그것을 잊었다고 굳게 믿는 듯했다. 한 번 혹은 두 번, 심지어 우리가 함께 길을 가다가 그 프란츠 크로머를 마주친 일도 있었다. 그러나 우리는 눈길 한 번 주고받지 않았다. 그에 관해 한마디도 하지 않았다.

내가 물었다. "하지만 의지는 어떻게 되는 거지? 자유 의지란 없다고 말했잖아. 그런데 다시 오직 자기 의지만 확고하게 무언가에 쏟으면 된다고 말했지, 그러면 자기 목표에 도달할 수 있다고. 그건 앞뒤가 맞지 않잖아! 내가 내 의지의 주인이 아니라면 내 의지를 마음대로 이런저런 데로 향하게 할 수도 없는 것 아니야."

그가 내 어깨를 툭툭 쳤다. 그것은 내가 그를 기쁘게
할 때마다 그가 하는 행동이었다.

"네가 그걸 묻다니 훌륭해!" 그가 웃으며 말했다.
"언제나 물어야 해, 언제나 의심해야 하고. 그러나 일은
아주 간단해. 예를 들면 그런 나방이 자신의 뜻을 별이나
그 비슷한 곳까지 향하게 하려 했다면 그건 이룰 수 없는
일이겠지. 다만 나방은 그런 시도는 안 해. 나방은 자기에게
뜻과 가치가 있는 것, 자기가 필요로 하는 것, 자기가 꼭
가져야만 하는 것, 그것만 찾는 거야. 그리고 바로 그렇기
때문에 믿을 수 없는 일도 이루어지지. 자기 말고 다른
동물은 갖지 못한 마법의 육감을 개발하는 거야! 우리
같은 사람은 동물보다는 활동의 여지가 더 많고 관심도
더 크겠지. 그러나 우리도 얼마만큼은 정말 좁은 테두리에
매여 있어서 그걸 벗어날 수 없어. 상상 같은 건 해 볼 수
있지, 이런저런 상상의 날개를 펼 수는 있겠지, 북극에 꼭
가고 싶다든가 하는 것을. 그러나 그걸 수행하거나 충분히
강하게 원할 수 있는 것은 오로지 소망이 나 자신의
마음속에 온전히 들어 있을 때, 내 본질이 정말로 완전히
그것으로 채워져 있을 때뿐이야. 그런 경우라면, 너의
내면에서 명령하는 무언가를 네가 해 보기만 하면 그럴
때는 좋은 말에 마구를 매듯 네 온 의지를 팽팽히 펼 수
있어. 예를 들면 내가 지금 우리 신부님이 앞으로 안경을

안 쓰도록 힘써 봐야겠다고 한다면 그건 안 될 일이야.
그건 그냥 장난이야. 그러나 내가 그때 가을처럼, 저 앞에
있는 내 의자에서 자리를 바꿔야겠다는 확고한 의지를
가지면 그럴 때는 아주 잘되지. 그때 알파벳순으로 하면
내 앞에 앉아야 되는데 그때까지 아파서 등교하지 못해
자리가 없던 아이가 갑자기 나타났어. 그리고 누군가가
그에게 자리를 만들어 줘야 했고 물론 내가 그렇게 했지.
내 의지가 준비되어 있었기 때문에 즉시 기회를 포착한
거야.”

　“그래.” 내가 말했다. “그때 그 일도 아주 특이했더랬어.
우리가 서로 관심을 가진 순간부터 형은 내 자리에 점점 더
가까이 다가왔어. 그런데 그건 어떻게 된 거지? 처음부터
바로 내 옆에 앉지는 않았어. 몇 번 내 앞쪽에 앉았잖아, 안
그래? 어떻게 그렇게 됐지?”

　“그건 그랬어. 처음 자리를 떠났으면 했을 때 나 자신이
어디로 가고 싶은지 제대로 몰랐어. 내가 의식한 것은
멀리 뒤쪽에 앉고 싶다는 것뿐이었어. 너에게 가는 것이
내 뜻이었는데, 그게 그때만 해도 나 자신에게는 의식되지
않은 거야. 동시에 너의 의지가 나를 도와 함께 끌어 준
거야. 그러다 내가 거기 네 앞자리에 앉았을 때에야 비로소
내 소망의 절반이 이루어졌다는 생각에 이르게 되었지.
나는 알아차렸어. 내가 원래 원했던 것은 다름 아니라 네

옆에 앉는 것이었음을 말이야."

"하지만 그때는 새로운 애도 들어오지 않았는데."

"들어오지 않았지. 하지만 그때는 그냥 내가 원하는 것을 해 버렸어. 재빨리 네 곁에 앉아 버린 거지. 나하고 자리를 바꾼 아이는 다만 조금 의아해하며 그러라고 했어. 그리고 변화가 일어났다는 것을 신부님이 한 번 알아차리기는 하셨는데, 아무튼 번번이 신부님이 나하고 관계될 때면 남모르게 무언가가 신부님을 괴롭히는 거야. 내 이름이 데미안이고, 이름이 D로 시작하는 내가 거기 아주 뒤 이름이 S로 시작하는 아이들 가운데 앉아 있는 것이 맞지 않는다는 걸 아시거든! 그러나 그 사실이 의식 속으로까지 뚫고 들어가지 않는 거야. 내 의지가 거기에 맞서기 때문이고 내가 거듭거듭 그 점에서 그분께 장애가 되거든. 거기 뭔가가 맞지 않는다는 걸 거듭 알아차리시기는 하지. 그래서 나를 바라보고 연구를 시작하시는 거야, 그 선한 분이. 그러나 그때 내게는 단순한 방법이 있지. 매번 아주아주 똑바로 그분 눈을 들여다보는 거야. 그러면 거의 모든 사람이 못 견디지. 다들 불안해져. 만약 네가 누군가로부터 무언가를 얻으려 하고 느닷없이 아주 힘을 주고 똑바로 그의 눈을 쏘아보는데도 그가 전혀 불안해하지 않거든 포기해! 그런 사람에게서는 아무것도 이룰 수 없어, 결코! 하지만 그런 일은 아주 드물어. 내가 아는 사람 중에 그렇게 해 봐도 아무 소용 없는 사람은 사실 단 한 명뿐이었어."

"그게 누군데?" 내가 얼른 물었다.

그가 눈을 약간 가느스름히 뜨고 나를 바라보았다. 그는 생각에 잠기면 눈을 그렇게 떴다. 그러더니 그는 눈길을 딴 데로 돌리고 대답하지 않았다. 나는 몹시 궁금했지만 그 질문을 되풀이할 수는 없었다.

그러나 그때 그가 자기 어머니 이야기를 했다고 생각한다. 그는 어머니와 몹시 친하게 지내는 것 같았지만, 나에게는 한 번도 어머니 이야기를 하지 않았고, 나를 한 번도 집으로 데려간 적이 없었던 것이다. 그의 어머니가 어떻게 생겼는지조차 나는 잘 몰랐다.

당시 나도 이따금씩은 시험을 해 보았다. 그와 똑같이 내 의지를 무언가에, 내가 그것에 틀림없이 도달하도록 한데 모아 보았다. 나에게는 충분히 절실해 보이는 소망이 있었다. 그러나 내 의지는 모아지지 않았다. 데미안과 그 이야기를 해 볼 용기는 내지 못했다. 내가 소망하는 것을 그에게 고백할 수 없었던 것 같다. 그리고 그도 묻지 않았다.

종교 문제에 있어 나의 신앙에는 그사이 많은 빈틈이 생겼다. 그렇지만 전적으로 데미안의 영향을

받은 나의 생각은 완전한 불신을 굳이 내보이는
동급생들의 생각과는 뚜렷하게 구분되었다. 그렇게
불신을 굳이 내보이는 학생들이 몇 명 있었는데 그들이
이따금씩 흘리는 말은 어떤 신을 믿는 것은 우스꽝스럽고
인간으로서 품위 없는 일이라느니, 삼위일체에 관한
이야기나 예수의 동정녀 탄생과 같은 이야기들은
그저 웃기는 일이라느니, 오늘날까지 그런 잡동사니를
가지고 다니는 행상이 있다는 것은 수치라느니 하는
것이었다. 나는 결코 그렇게 생각하지 않았다. 때로
의심을 가지면서도 내 유년의 모든 체험에서 나는 우리
부모님이 사는 것 같은 경건한 삶의 현실에 관해서 충분히
알았다. 경건한 삶이란 품위 없는 것도 허위도 아님을
알았다. 오히려 종교적인 것에 대해 나는 예나 지금이나
지극히 깊은 경외심을 가지고 있다. 다만 데미안은 나로
하여금 성서의 설화들과 교리들을 보다 자유롭게, 보다
개인적으로, 보다 유희적으로, 보다 환상에 차서 바라보고
해석해 내는 데 익숙해지게 해 주었다. 적어도 나는 그가
친근하게 제시해 준 해석들을 늘 기꺼이 따랐다. 물론
많은 것이 나에게는 너무 갑작스러웠다. 카인에 대한 일도
그랬다. 그리고 한번은 견진 교리 수업 중에 그가 훨씬 더
대담한 견해로 나를 놀라게 했다. 선생님이 골고다 언덕에
대한 이야기를 막 끝낸 참이었다. 구세주의 고난과 죽음에

대한 성서의 보고가 나에게는 아주 어린 시절부터 깊은 인상을 남겼더랬다. 어린 소년이었을 적 이따금씩 성금요일 같은 때 아버지가 예수 수난사를 낭독하고 나면 나는 깊이 감동해 이 비통하게 아름답고, 창백하고, 섬뜩하지만 무시무시하게 생명력 있는 세계 속에서 살았다. 겟세마네 동산과 골고다 언덕에서 살았다. 그리고 바흐의 「마태 수난곡」을 들을 때면 비밀로 가득한 이 세계가 지닌 음울하면서도 힘 있는 열정의 광채가 온갖 신비로운 전율로 나를 뒤덮었다. 나는 오늘도 이 음악과 '비극적 행위'에서 모든 시와 모든 예술적 표현의 총괄 개념을 발견한다.

그런데 그 수업 시간의 끝에 데미안이 생각에 잠겨 나에게 말했다. "저기엔 무언가가 있어, 싱클레어, 내 마음에 들지 않는 무언가가. 이 이야기를 한번 따라 읽어 봐. 그리고 한마디 한마디 음미해 봐. 맥 빠진 맛이 나는 무언가가 있어. 예수와 함께 십자가에 매달린 두 도둑에 대한 이야기 말이야. 언덕 위에 십자가 세 개가 나란히 서 있는 모습은 굉장하지! 하지만 우직한 도둑들에 대한 감상적인 선교 전단용 이야기야! 도둑은 처음에 수치스러운 행위를 저지른 범죄자였어. 신은 그 모든 것을 알아. 그런데 이제 막판에 와서 마음이 누그러져 그런 개전(改悛)과 회개의 징징거리는 축제를 치르는 거야!

무덤에서 두 발자국 떨어진 곳에서 하는 그런 회개가, 너에게 묻겠는데, 무슨 의미가 있다고 생각해? 그건 또 정말 엉터리 신부님의 설교일 뿐 그 이상은 아니야. 달착지근하고 부정직하고 지극히 교화적인 배경에 측은지심의 엿기름을 곁들인 거지. 만약 네가 오늘 그 도둑들 중 하나를 친구로 택해야 한다면, 혹은 둘 중 누구를 더 신뢰할 수 있겠는지 생각해야 한다면, 그건 아주 분명히 이 징징거리는 개종자 쪽은 아닐 거야. 다른 쪽이야. 회개하지 않은 도둑이야말로 사나이잖아, 개성 있고 말이야. 그는 개종 따위를 우습게 알았어. 그런 건 그의 처지에서는 그저 듣기 좋은 말이겠지. 그는 자신의 길을 끝까지 갔어. 그리고 자신이 거기까지 가도록 도와준 악마로부터 마지막 순간에 비겁하게 도망가지 않았어. 그는 당당한 개성을 가졌어. 성서 이야기에서는 개성을 가진 사람들이 자주 손해를 보지. 어쩌면 그도 카인의 후예일 거야. 그렇게 생각하지 않니?"

　나는 몹시 당황했다. 이 십자가 수난 이야기는 나 자신이 내 집처럼 편안히 확신해도 된다고 믿었는데 지금 비로소 내가 얼마나 개성 없이, 얼마나 상상력과 환상 없이 그것들을 듣고 읽었는지 알았다. 그럼에도 데미안의 새로운 생각은 치명적으로 들렸고 그 존속을 고수해야 한다고 믿었던 내 안의 개념들을 전복시키려 위협했다.

아니다. 그렇게 아무나, 지고(至高)의 성인(聖人)까지 마구 함부로 다룰 수는 없었다.

언제나 그러듯이 내가 그 무언가를 말하기도 전에 그는 나의 저항을 즉시 알아차렸다.

"나도 이미 알아." 그가 체념하며 말했다. "그건 오래된 이야기지. 심각할 거 없어! 하지만 네게 뭔가를 말하고 싶었어. 여기에 이 종교의 흠을 아주 똑똑하게 볼 수 있는 점이 하나 있는 거야. 중요한 건 이 온전한 유일신, 구약과 신약의 신이 탁월한 분이기는 하지만 원래 그가 표상하는 신은 아니라는 점이야. 그는 선, 고귀함, 아버지다움, 아름답고 드높은 것, 감상적인 것이지. 옳아! 그러나 세계는 다른 것으로도 이루어져 있어. 그런데 다른 건 죄다 그냥 악마한테로 미뤄지는 거야. 세계의 이 다른 부분이 통째로, 이 절반이 통째로 숨겨지고 묵살되는 거야. 바로 사람들이 신을 모든 생명의 아버지로 기리면서도 생명이 근거하는 성생활은 간단히 묵살하고 어쩌면 악마의 일이며 죄악이라고 선언하는 거야! 이런 신을 여호와라고 존경하는 것에 대해서는 전혀 반대하지 않아, 조금도 반대하지 않아. 하지만 우리는 모든 것을 존경하고 성스럽게 간직해야 한다고 생각해. 인위적으로 분리시킨 이 공식적인 절반뿐만 아니라 세계 전체를 말이야! 그러니까 우리는 신을 위한 예배와 더불어 악마를 위한 예배도 가져야 해. 그게 올바른 일인 것 같아. 혹은 예배를 하나 더 만들어야 할 것 같아. 악마도 그 안에 포함하고, 지극히 자연스러운 세상일들이 일어날 때 그 앞에서는 눈을 감지 않아도 되는 신을 위해서 말이야."

그는 평소답지 않게 거의 격해졌다. 그렇지만 곧바로 다시 미소를 띠었고 더 이상은 나에게 강요하지 않았다.

그러나 내 마음속에서는 이 말들이 소년 시절 내내 매 순간 내 안에 지니고 다니면서 누구에게도 한마디도 하지 않았던 수수께끼에 적중했다. 데미안이 그때 신과 악마에 대해, 신적이고 공식적인 것과 묵살된 악마적 세계에 대해 말했던 것, 그것은 실로 바로 나 자신의 생각, 나 자신의 신화, 두 세계 혹은 세계의 두 절반, 밝은 세계와 어두운 세계에 관한 생각이었다. 나의 문제가 모든 인간의 문제, 모든 삶과 생각의 문제라는 통찰이 갑자기 신성한 그림자처럼 나를 뒤덮었다. 그리고 가장 나다운 개인적인 삶과 생각이 얼마나 깊이 거대한 사유의 영원한 흐름에 관여되어 있는가를 보고 갑자기 느끼게 되자 두려움과 경외심이 나를 압도했다. 그 통찰은 즐겁지 않았다. 확인해 주고 행복하게 해 주는 것이었는데도 왠지 즐겁지 않았다. 그 통찰은 가혹했다. 떫은맛이었다. 그 안에는 일말의 책임의식이, 이제는 어린아이일 수 없다는, 홀로 서 있다는 울림이 들어 있었기 때문이다.

내 생에서 처음으로 그토록 깊은 비밀을 드러내면서 나는 내 친구에게 아주 어린 시절부터 존속한 '두 세계'에 대한 견해를 들려주었다. 그리고 그는 즉시, 그것을 통해 나의 가장 깊은 느낌이 그의 말에 동의하고 그를 옳다고 여긴다는 것을 알았다. 그렇지만 무언가를 그렇게 남김없이 이용하는 것은 그의 방식이 아니었다. 그는 그 어느 때보다 더욱 주의 깊게 귀 기울이며 내 눈을 들여다보았다. 마침내 내가 눈을 돌려야만 했다. 왜냐하면 나는 그의 시선 속에서 다시 그 이상한, 동물적인 시간 초월성, 그 생각해 낼 수 없는 아득한 나이를 보았기 때문이다.

"그 얘긴 다음에 더 하자." 그가 배려해 주듯 말했다. "네가 누구에게 말할 수 있는 것보다 더 많이 생각한다는 걸 알았어. 하지만 그렇다면 넌 네가 생각한 것을 결코 그대로 다 체험하지 못했다는 것도 아는 거야. 그런데 그건 좋지 않아. 생각이란 우리가 그대로 따르고 살 때에만 가치 있어. 네 '허용된 세계'가 세계의 절반에 불과하다는 걸 넌 알았어. 그리고 두 번째 절반을 감추려고 했어. 신부님들과 선생님들이 그러듯이. 넌 그걸 감추지 못할 거야! 누구도 안 돼, 일단 생각을 시작하면 말이야."

그 말이 나에게 깊이 와닿았다.

"하지만……." 내가 소리치다시피 말했다. "하지만

실제로 금지된 추한 일들이 있어, 그건 형도 부인하지
못할 거야! 그런 일들이 일단 금지돼 있으면 우리는 그걸
포기해야만 해. 살인 그리고 별별 악덕들이 존재한다는 건
알아. 하지만 그것이 존재한다는 이유만으로 나더러 가서
범죄자가 되라는 거야?"

　"우리가 오늘 이 이야기를 다 끝낼 수는 없겠다."
막스가 나를 가라앉혔다. "너더러 누굴 쳐 죽이라든지
소녀를 강간 살인하라는 건 물론 아니야, 아니지. 하지만
'허용되었다', '금지되었다'라는 것이 사실 무엇인지 통찰할
수 있는 곳에 넌 아직 가 보지 못했어. 비로소 하나의
진실을 느낀 것뿐이야. 다른 게 또 올 거야. 그것에 자신을
내맡겨 봐! 예를 들면 넌 일 년 전쯤부터 네 속에서 다른
모든 충동보다 강한 한 가지 충동을 느끼고 있을 거야.
그런데 그건 '금지된' 것으로 간주되지. 그리스인들 그리고
다른 많은 민족들은 반대로 이 충동을 신성하게 여기고
큰 축제를 벌이며 그것을 기렸어. '금지되었다'라는 것은
그러니까 영원하지 않아, 바뀔 수 있는 거야. 오늘도
누구든 어떤 여인과 함께 신부님 앞에서 결혼하고 나면
동침해도 돼. 다른 민족들에게서는 달라, 오늘날에도
말이야. 그러니까 우리 누구나 자기 스스로 찾아내야
해, 무엇이 허용되고 무엇이 금지되어 있는지, 자기에게
금지되어 있는지. 금지된 것은 결코 할 수 없어. 금지된

것을 하면 대단한 악당이 될 수 있지. 거꾸로 악당이라야 금지된 일을 할 수 있기도 하고 말이야. 사실 그건 그냥 편안함의 문제거든! 지나치게 편안해서 스스로 생각하고 스스로 자신의 판결자가 되지 못하는 사람은 금지된 것 속으로 그냥 순응해 들어가지. 늘 그러게 마련이듯이 그런 사람은 살기가 쉬워. 다른 사람들은 운명을 자기 속에서 스스로 느끼지. 그들에게는 명예로운 남자라면 누구나 날마다 하는 일들이 금지돼 있어. 그러나 다른 곳에서는 폄하되는 다른 일들은 허용돼 있어. 그러니 누구나 자기 자신 편에 서야 해."

그는 갑자기 그렇게 말을 많이 한 것을 후회하는 듯 말을 뚝 끊었다. 그가 어떻게 느끼는지 그때 나는 느낌으로 벌써 어느 정도 이해할 수 있었다. 그렇게 편안하게 그리고 겉보기에 경솔하게 그가 떠오른 생각들을 말하곤 했어도, 그가 언젠가 말했듯 '오로지 말을 늘어놓기 위한' 대화를 그는 결코 견디지 못했다. 그런데 나에게서는 진정한 관심과 더불어 너무 많은 유희, 너무 많은 재치 있는 수다에 대한 기쁨 혹은 그 비슷한 무엇을, 간단히 말해서 완벽한 진지함의 부족을 감지했던 것이다.

내가 방금 쓴 마지막 말('완벽한 진지함')을 다시 읽어
보니 갑자기 다른 장면 하나가 다시 떠오른다. 내가 아직
절반은 어린아이이던 그 시절에 막스 데미안과 겪은 가장
강렬한 장면이다.

우리의 견진 성사가 다가오고 있었다. 종교 수업의
마지막 몇 시간에 우리는 최후의 만찬에 관해 배우게
되었다. 신부님에게는 그것이 중요했고, 그래서 더 신경을
썼으며, 이 시간에는 얼마만큼 축성의 분위기가 느껴졌다.
그러나 바로 마지막 교리 수업 몇 시간 동안에 나의
생각은 다른 것에 묶여 버렸다. 바로 내 친구라는 인물에.
교회 공동체 안으로 장엄하게 받아들여지는 의미를
가지는 견진 성사가 닥쳐오는 것을 보면서 내게는 대략
반년간의 교리 수업의 가치가 우리가 교실에서 배운 것
가운데보다는 데미안의 곁에, 그 영향을 받은 것에 있다는
생각이 물리칠 수 없게 밀려왔다. 이제 내가 받아들여질
준비가 된 것은 교회가 아니라 무언가 전혀 다른
것이었다. 그것은 어떻게든 지상에 존재함에 틀림없는, 그
대표자이자 사신(使臣)이 내 친구라고 느껴지는 사상과
개성의 종단(宗團)이었다.

나는 이 생각을 밀쳐놓으려 해 봤다. 그 모든
것에도 불구하고 견진 성사 잔치를 어느 정도 품위 있게
경험하리라고 엄숙하게 생각했던 것이다. 그런데 그

품위는 나의 새로운 생각들과는 별로 어울리지 않는 것
같았다. 그렇지만 나는 내가 원하는 것을 하고 싶었다.
나 나름의 생각이 있었고, 그 생각이 서서히 다가온
교회 축제에 대한 생각과 연결되어 나는 이 잔치를 다른
사람들과는 다르게 치를 준비가 되어 있었다. 나에게는 그
잔치가 데미안 덕에 알게 된 사고의 세계로 받아들여짐을
뜻할 터였다.

그 무렵이었다. 다시 한번 우리는 활발한 논쟁을
벌였다. 바로 교리 수업 전이었다. 내 친구는 단추라도
채워진 듯 꽤 노숙하고 점잔 빼는 것이었을 내 이야기에
아무런 기쁨을 느끼지 못했다.

"우리 이야기를 너무 많이 한다." 그가 서먹할 만큼
진지하게 말했다. "똑똑한 이야기를 늘어놓는 건 전혀
가치 없어, 아무 가치도 없어. 자기 자신으로부터 떠나는
건 죄악이지. 자기 자신 안으로 완전히 기어들 수 있어야
해, 거북이처럼."

그 직후 우리는 넓은 교실로 들어갔다. 수업이
시작되었다. 나는 주목하려고 애썼고, 데미안은 그러는
나를 방해하지 않았다. 한참 뒤에 그가 앉아 있는 내
옆쪽에서 무언가 이상한 느낌이 왔다. 마치 자리가 보이지
않게 비어 버린 듯 일종의 공허 혹은 서늘함 혹은 그
비슷한 무엇이 느껴졌다. 그 느낌이 조여들기 시작했을 때

나는 옆쪽을 보았다.

그곳에 내 친구가 앉아 있는 것을 보았다. 여느 때처럼
꼿꼿하고 바른 태도로. 그러나 그럼에도 그는 여느 때와는
아주 달랐다. 내가 알지 못하는 무언가가 그에게서
나왔고 무언가가 그를 에워싸고 있었다. 나는 그가 눈을
감았다고 생각했다. 그러나 그는 눈을 뜨고 있었다. 그
눈은 그러나 아무것도 바라보지 않았다. 보는 것이 아니라
굳어 있었고 내면을 향해 혹은 아주 먼 곳을 향해 있었다.
전혀 꼼짝달싹도 않고 그는 거기 앉아 있었다. 숨도 쉬지
않는 것처럼 보였으며 그의 입은 나무나 돌로 깎아 놓은
것 같았다. 그의 얼굴은 핏기가 없었고 돌처럼 고르게
창백했다. 갈색 머리카락만 살아 있는 것 같았다. 그의
두 손은 물건처럼, 돌이나 열매처럼 생명 없이 고요히,
창백하고 까딱도 없이 그의 앞 긴 의자 위에 놓여 있었다.
그렇지만 맥없이 늘어지지는 않고 숨겨진 강한 삶을
에워싸고 있는 단단하고 훌륭한 껍데기 같았다.

그 광경에 나는 떨었다. '그가 죽었다!'라고 나는
생각했다. 크게 소리 내어 말할 뻔했다. 그러나 그가 죽지
않았다는 것을 나는 알았다. 나는 마법에 걸린 시선을
그의 얼굴에서, 이 핏기 없고 돌 같은 가면에서 떼지
못했다. 그리고 나는 느꼈다. 저게 데미안이었다! 나와
함께 걷고 이야기하던 여느 때의 그는 다만 반쪽짜리

데미안이었다. 이따금씩 한 역할을 연기하는, 순응하는, 내키면 함께하는 사람이었다. 그러나 진짜 데미안은 저런 모습이었다. 지금 이 사람 같은, 저렇게 냉담한, 태고처럼 늙은, 동물 같은, 돌 같은, 아름답고 찬, 죽었는데 남모르게 전대미문의 생명으로 가득 차 있는 모습이었다. 그리고 그의 주위를 둘러싼 이 고요한 공허, 이 정기(精氣)와 별들의 공간, 이 고독한 죽음!

지금 그가 완전히 자신 속으로 들어가 버렸음을 나는 전율하며 느꼈다. 나는 한 번도 저토록 고독해진 적이 없었다. 나는 그와 아무 관계도 없었다. 나에게 그는 도달할 수 없는 사람이었다. 나에게는 그가 세상에서 가장 먼 섬에 있는 것보다 더 멀리 있었다.

나 말고는 아무도 그 광경을 보지 못한 것을 거의 이해할 수 없었다! 모두가 보아야만 했다. 모두가 전율을 느껴야만 했다. 그러나 아무도 그에게 주의하지 않았다. 그가 그림처럼, 우상처럼 빳빳하게 앉아 있다고 생각할 수밖에 없었다. 파리 한 마리가 그의 이마에 내려앉아 천천히 코와 입술 위를 기어갔다. 그는 주름살 하나 움칫하지 않았다.

어디에, 그는 지금 어디에 가 있단 말인가? 무엇을 생각하는가, 무엇을 느끼는가? 그는 천국에 가 있는가, 지옥에 가 있는가? 그것을 그에게 물어볼 수는 없었다.

수업 시간 끝에 그가 다시 살아나 숨 쉬는 것을 보았을
때, 그의 시선이 나의 시선과 맞닥뜨렸을 때 그는 전과
다름없었다. 그는 어디에서 왔을까? 어디를 다녀왔을까?
그는 피곤해 보였다. 얼굴은 혈색을 되찾았고, 두 손은
다시 움직였다. 그러나 갈색 머리카락은 광채가 없고
피곤해 보였다.

그다음 며칠 동안 나는 침실에서 몇 번인가 새로운
연습에 몸을 내맡겼다. 깎아지른 듯 몸을 곧추세우고
의자에 앉았다. 눈은 감지 않았다. 전혀 꼼짝하지 않고
기다렸다. 내가 얼마나 오래 그것을 견뎌 내고 그러면서
무엇을 느끼는지 보려고. 그렇지만 나는 그저 피곤해지고
눈꺼풀에 심한 경련이 일었을 뿐이다.

그 뒤 곧 견진 성사가 있었는데 그것에 대해서는
중요한 기억이 남아 있지 않다.

이제 모든 것이 달라졌다. 유년은 나의 주변에서
폐허가 되었다. 부모님은 어느 정도 당황하며 나를
바라보았다. 누이들은 아주 낯설어졌다. 각성이 나의
익숙한 느낌들과 기쁨들을 일그러뜨리고 퇴색시켰다.
정원은 향기가 없었고 숲은 마음을 끌지 못했다. 내
주위에서 세계는 낡은 물건들의 떨이판매처럼 서 있었다.
맥없고 매력 없이. 책들은 종이였고, 음악은 서걱임이었다.
그렇게 어느 가을 나무 주위로 낙엽이 떨어진다. 나무는

그것을 느끼지 못한다. 비, 태양 혹은 서리가 나무를 타고 흘러내린다. 그리고 나무 속에서는 생명이 천천히 가장 좁은 곳, 가장 내면으로 되들어간다. 나무가 죽는 것은 아니다. 기다리는 것이다.

방학이 지나면 다른 학교로 가기로, 처음으로 집을 떠나기로 결정되었다. 이따금씩 내게 어머니가 특별히 다정하게 대하면서, 미리 작별을 하며, 사랑, 향수 그리고 잊지 못할 것들을 내 마음속에 마력으로 심어 주려 애썼다. 데미안은 여행을 떠났다. 나는 혼자였다.

베아트리체

내 친구를 다시 만나지 못한 채, 방학이 끝날 무렵에 나는 장크트○○시로 갔다. 부모님이 함께 가 갖은 세심함을 있는 대로 기울여 나를 어느 김나지움 선생님 집인 소년 하숙집에 맡겼다. 그때 나를 어떤 일들 속으로 들어가게 해 놓았는지 알았더라면 부모님은 놀라서 몸이 굳었을 것이다.

시간이 가면서 내가 좋은 아들, 쓸모 있는 시민이 될 수 있을지, 아니면 나의 본성이 다른 길들로 밀려갈지는 여전히 의문이었다. 부모님의 그늘, 정신의 그늘 속에서 행복해지려 한 나의 마지막 시도는 오래 걸렸고, 가끔 성공하는 듯도 했지만 결국은 완전히 실패로 끝났다.

견진 성사를 마치고 나서 방학 동안에 내가 처음으로 느낀 묘한 공허와 고립감(후에 이런 감정을 어떻게 또 알게 되었던가, 이 공허, 이 엷은 공기를!)은 그렇게 빨리 지나가지 않았다. 고향과의 이별은 이상하도록 쉽게 이루어졌다.
더 슬프지 않아 사실은 부끄러웠다. 누이들은 이유 없이
울었다. 나는 울 수 없었다. 나 자신에게 놀랐다. 늘 감정이
풍부한 아이였는데, 바탕이 꽤 선한 아이였는데. 지금
나는 완전히 변해 버렸다. 바깥 세계에 대해서는 전혀
아무런 관심도 없이 행동했으며 여러 날을 자신의 내면에
귀 기울이고, 강물 소리를, 거기 내 마음속 지하에서
출렁이는, 금지된 어두운 강물 소리를 듣는 데만 열중했다.
지난 반년 동안에 나는 매우 빨리 자랐다. 그리하여 키가
훌쩍 크고, 마르고 미완성인 채 세계를 들여다보았다.
소년의 사랑스러움은 내게서 완전히 사라졌다. 사람들이
나를 별로 사랑할 수 없다는 것을 나 자신도 느꼈으며
스스로도 자신을 결코 사랑하지 않았다. 나는 막스
데미안에 대한 커다란 그리움을 자주 느꼈다. 그러나 어떤
때는 그를 미워하기도 했으며 몹쓸 병처럼 떠맡은 내 삶의
빈곤화를 그의 책임으로 돌리기도 했다.

하숙집에서 나는 처음에는 사랑받지도 주목받지도
못했다. 사람들은 처음에는 나를 놀리다가 그다음에는
나로부터 물러났으며 나에게서 음침하고 패기 없는 사람,
불쾌한 괴짜를 보았다. 그런 역할을 하는 자신이 마음에
들어 나는 그 역을 더 과장했으며, 고독 속에 칩거했다.
남몰래 자주 비애와 절망이라는, 사람을 좀먹는 발작에

짓눌렸는데도 그 고독은 바깥에서 보면 지극히 남자답게
세상을 경멸하는 것처럼 견고해 보였다. 학교에서는 새로
배우는 것 없이 집에서 쌓은 지식만 소모해 나갔다. 이
학급은 전에 다니던 곳에 비해 약간 진도가 뒤처져 있었고,
나는 내 또래들을 다소 경멸적으로, 어린아이들로 보는
습관을 길렀다.

한 해 남짓 그렇게 지나갔다. 방학이 되어 처음 집에
다녀갈 때도 새로울 것이 없었다. 기꺼이 다시 떠났다.

11월 초였다. 나는 날씨가 어떻든 짧은 산책을 하며
생각에 잠기는 습관을 들였다. 그런 산책길에 자주 희열
같은 것을 맛보았다. 우수와 세상에 대한 경멸과 자신에
대한 경멸로 가득한 희열이었다. 그렇게 나는 어느 저녁
축축하고 안개 낀 어스름에 도시 주변을 어슬렁어슬렁
거닐었다. 시립 공원의 넓은 가로수 길이 완전히 버려진 채
나를 부르는 듯했다. 길에는 낙엽이 두껍게 쌓여 있었고,
나는 어두운 쾌락을 느끼며 낙엽들을 발로 헤집었다.
축축하고 쌉쌀한 냄새가 났다. 멀리 있는 나무들이 안개를
뚫고 유령처럼 커다랗고 희미하게 불쑥불쑥 나타났다.

가로수 길 끝에서 나는 어정쩡하게 멈추어 서 검은
이파리 속을 응시하며 그 축축한 부패와 사멸의 향기를
탐닉하며 들이마셨다. 나의 내면에서 무언가가 응답하며
그 향기를 반겼다. 오, 삶의 맛은 얼마나 밍밍했던지!

곁길에서 어떤 사람이 다가왔다. 그의 외투가 바람에
나부꼈다. 나는 가던 길을 그대로 가려고 했다. 그때 그가
나를 불렀다.

"어이, 싱클레어!"

그가 따라왔다. 우리 하숙집에서 제일 나이가 많은
학생 알폰스 베크였다. 나는 그를 보면 좋았고, 그에게
아무런 반감도 없었다. 그가 다른 모든 후배한테나
나한테나 늘 비꼬는 듯한 말투를 쓰고 아저씨처럼 군다는
것 말고는. 그는 곰처럼 힘이 세다고 알려져 있었다. 우리
하숙집 주인도 꼼짝 못 하게 제 손안에 넣었다는 것이었다.
그는 김나지움 학생들 사이에 떠도는 많은 소문의
주인공이었다.

"여기서 대체 무얼 하지?" 더 큰 사람들이 이따금씩
자기보다 어린 애들 중 하나에게 다가올 때의 어투로 그가
붙임성 있게 물었다. "자아, 어디 내기해 볼까, 너 시를
지었지?"

"그런 생각 안 했는데." 내가 무뚝뚝하게 잘랐다.

그는 웃음을 터뜨리더니 내 곁에서 걸으며 이야기를
늘어놓았다. 내게 전혀 익숙지 않은 방식으로.

"두려워할 필요 없어, 싱클레어, 내가 이해하지 못할까
하고 말이야. 사람이 이렇게 안개 속을 걷는다면, 이렇게
가을 생각에 잠겨서 말이야, 그럼 뭔가가 있는 거야. 그럴

때는 시를 즐겨 짓지. 난 벌써 알아. 물론 죽어 가는 자연에 대해 그리고 자연과 닮은 잃어버린 청춘에 대해 시를 짓지. 하인리히 하이네를 봐."

"난 그렇게 감상적이지 않아." 내가 방어적으로 말했다.

"그럼 좋도록 해! 그렇지만 이런 날씨에는, 내 생각에 말이야, 술 한잔 아니면 그 비슷한 것이 있는 조용한 장소를 찾는 게 낫겠어. 같이 가지 않겠어? 나는 지금 아주아주 외롭거든. 싫은 거야? 네가 굳이 모범생이고자 한다면 이봐, 너를 유혹할 마음은 없어."

그 뒤 곧 우리는 어느 조그만 교외 술집에 앉아 품질이 수상한 포도주를 마시며 두꺼운 유리잔을 부딪쳤다. 처음에는 별로 마음에 들지 않았지만 어쨌든 그것은 무언가 새로운 것이기는 했다. 나는 술에 익숙지 않았던 터라 곧 몹시 말이 많아졌다. 내 속에서 창문 하나가 활짝 열린 듯했다. 세계가 들어오는 것 같았다. 얼마나 오래, 얼마나 끔찍하게 오래 나는 영혼에 관해 아무 말도 하지 못했던가! 나는 상상의 날개를 펴기 시작했고, 그 한가운데서 카인과 아벨의 이야기를 화젯거리로 내놓았다.

베크는 즐겁게 내 말에 귀 기울였다. 마침내 누군가가 내 말에 귀 기울이고, 그에게 내가 무언가를 주었던

것이다! 그가 내 어깨를 두드렸다. 나를 굉장한 녀석이라고
불렀다. 그리고 나는 이야기하고 싶고 뭔가를 전하고 싶은
고이고 고인 욕구를 실컷 쏟아 내는 기쁨에, 인정받는다는
기쁨에, 연장자에게 다소 인정받는다는 기쁨에 가슴이
부풀어 올랐다. 그가 나를 천재적인 멋들어진 녀석이라고
불렀을 때는 그 말이 감미로운 독주처럼 영혼 속으로
번졌다. 세계가 새로운 색깔로 불탔다. 생각들이
수백 개의 철철 솟는 샘에서 나와 흘러갔다. 속에서
정기(精氣)와 주정(酒精)의 뜨거움이 활활 타올랐다.
우리는 선생님들이며 친구들에 대해 이야기했는데, 서로
근사하게 통하는 것 같았다. 우리는 그리스에 대해서
그리고 이교(異敎)에 대해 이야기했고, 베크는 나더러
사랑의 모험에 대해 무조건 털어놓으라고 했다. 그런데 그
점에서는 내가 함께 이야기할 것이 없었다. 경험한 것이
전혀 없었다. 이야기를 들려줄 경험이 아무것도 없었다.
그리고 내가 마음속에서 느끼고, 구성하고, 상상의 날개를
편 것, 그것은 불타듯 내 속에 들어앉아 있었다. 술로도
풀리지 않았으며 전달할 수 없었다. 여자에 대해서 베크는
훨씬 더 아는 게 많았다. 그리고 나는 열이 올라 그런 동화
같은 이야기들에 귀 기울였다. 나는 그곳에서 믿을 수 없는
것을 들었다. 결코 가능하다고 여기지 않았던 것이 밋밋한
현실 속으로 들어왔고 자명해 보였다. 알폰스 베크는

아마 열여덟 살일 텐데 벌써 경험이 많았다. 그 가운데는
소녀들과의 일이 이러저러하다는 것도 있었다. 소녀들은
자기들에게 아첨하고 예절 바르게 구는 것만 바라는데
그것이 실로 근사하기는 해도 진짜는 아니라는 것이었다.
그래서 더 큰 성공은 나이 든 부인들에게서 기대할 수
있다는 것이었다. 예를 들면 문구점을 하는 야겔트 부인,
그 부인하고는 이야기가 통하는 것 같으며 그 가게 계산대
뒤에서 벌써 무슨 일들이 있었는지는 책에서도 볼 수
없다는 것이었다.

　　나는 완전히 매료되어 멍하니 앉아 있었다. 아무튼
나라면 야겔트 부인을 곧바로 사랑할 수는 없었으리라.
하지만 어쨌든 그것은 들어 본 적 없는 이야기였다.
그곳에는 내가 꿈꾸어 본 적도 없는 원천이, 적어도 좀
더 나이 든 사람들에게는 있는 것 같았다. 어딘가 틀린
대목이 있기는 했다. 그리고 그 모든 것의 맛은 내가
생각한 사랑의 맛보다는 보잘것없고 일상적이었다. 그러나
어쨌든 그것은 현실이었다. 삶이고 모험이었다. 그것을
이미 경험했고, 그것을 당연한 일로 보는 사람이 내 곁에
앉아 있었다.

　　우리의 대화는 약간 수준 낮은 것이었고, 무언가가
빠져 있었다. 나는 이제 더 이상 천재적인 작은 사나이가
아니었다. 아직 그저 어른의 말에 귀 기울이고 있는

소년일 뿐이었다. 그러나 그것은 몇 달 동안의 내 삶보다는
근사하고 낙원 같았다. 그 밖에도 술집에 앉아 있는
것부터 우리가 이야기하고 있는 것까지 그 모든 것이
내가 비로소 서서히 느끼기 시작한 대로 금지된 것이었다.
엄격하게 금지된 것이었다. 아무튼 나는 그 가운데서
뜨거운 감정을 맛보고 혁명적 파격을 맛보았다.

　　그날 저녁을 지금도 똑똑하게 기억한다. 우리 둘이
느지막이 흐릿하게 타고 있는 가스등을 지나 서늘하고
축축한 어둠 속에서 집으로 가는 길에 접어들었을 때
나는 처음으로 취해 있었다. 근사하지는 않았다. 극도로
고통스러웠다. 그렇지만 그것에는 또한 무언가가 있었다.
하나의 매력, 감미로움이 있었다. 그것은 반란이며
비의였다. 삶이며 정신이었다. 나보고 머리 꼭대기에
피도 안 마른 초보라고 호되게 욕하면서도 베크는 나를
용감하게 떠맡았다. 나를 절반은 떠메고 집으로 데려갔다.
집에 가서는 열린 복도 창문으로 나를 살짝 집어넣고
자기도 그렇게 숨어 들어왔다.

　　잠깐 죽은 듯 잠을 잔 후 나는 고통스럽게 깨어났다.
술이 깨자 멍한 고통이 나를 엄습했다. 나는 침대에 앉아
있었다. 낮에 입었던 셔츠를 아직도 입고 있고, 내 옷가지며
신발은 바닥에 널려 있고 담배 냄새와 토사물 냄새가
났다. 두통과 메스꺼움과 심한 갈증 사이에서 내가 오래

직시하지 않던 영상 하나가 떠올랐다. 고향과 부모님 집, 아버지, 어머니, 누이들과 정원이 보였다. 조용하고 아늑한 내 침실이 보였다. 학교와 시장 광장이 보였다. 데미안과 견진 교리 수업 시간들이 보였다. 그리고 그 모든 것은 환했다. 모든 것이 흐르는 광채로 에워싸여 있었다. 모든 것이 놀라웠다. 신성하고 깨끗했다. 그리고 모든 것, 모든 것이 어제만 해도, 몇 시간 전만 해도 나의 것이었고, 나를 기다렸는데 지금은, 지금 이 시각에는 타락하고 저주받았다는 것을 알게 되었다. 더 이상 내 것이 아니었다. 나를 밀쳐내고 있었다. 구역질을 하며 나를 주시하고 있었다! 가장 먼 유년의 황금빛 정원들까지 되돌아가 부모님 품에서 경험한 모든 사랑스럽고 친근한 것, 어머니의 입맞춤 하나하나, 성탄절 하나하나, 집에서의 경건하고 환한 일요일 아침 하나하나, 정원의 꽃 하나하나, 이 모든 것이 황폐화되었다. 모든 것을 나 자신의 두 발로 짓밟아 버렸던 것이다! 그때 추적자가 와서 나를 묶고는 인간 폐물이며 신전 모독자라고 교수대로 데려갔다면 나는 동의하고 기꺼이 따라갔으리라. 그렇게 하는 것이 바르고 합당한 처사라고 느꼈을 것이다.

그러니까 내 내면의 모습이 그랬던 것이다! 빙빙 돌며 세상을 경멸하던 나! 정신에 있어서 자부심이 충만하고 데미안과 생각을 공유했던 나! 나의 모습이 그랬다,

취하고 더러워지고 구역질 나고 비열한 인간 폐물이자
잡놈, 야비한 충동의 기습을 받은 살벌한 야수였다!
모든 것이 정결함, 광채 그리고 우아한 사랑스러움인 저
정원에서 온 내가, 바흐의 음악과 아름다운 시를 사랑하던
내가! 아직도 속이 메스껍고 격분한 내 귀에 자제력 없이
멍청하게 헉헉 터뜨려 대는 취한 웃음소리가 들렸다.
그것은 나였다!

　　그러나 그 모든 것에도 불구하고 이 고통들을 겪으며
상당한 쾌감을 느꼈다. 그토록 오래 내가 맹목적이고
둔감하게 웅크리고 있었기에, 그토록 오래 내 마음은
침묵하고 가난해져 구석에 앉아 있었기에 이러한 자기
고발, 이 전율, 이 모든 영혼의 불쾌한 감정도 환영받았다.
감정이 있었다! 불꽃이 솟았다. 그 속에서 심장이
경련했다! 나는 비참의 한가운데서 해방이자 봄 같은
무엇을 혼란스럽게 느꼈다.

　　밖에서 보면 그동안 나는 착실히 내리막길을 걷고
있었다. 처음으로 취한 것이 곧 처음으로 끝나지 않았다.
우리 학교 학생들은 술집 출입이 잦았고 행패를 부리기도
했다. 그런데 가담하는 학생들 가운데 나는 제일 어린
축에 들었다. 그러나 나는 더 이상 '끼워 주는' 어린애가
아니라 주모자요, 스타였다. 유명한, 대담무쌍한 술집
출입객이었다. 나는 다시 어두운 세계, 악마 소속이었고,

그 세계에서 명사(名士)였다.

그러면서도 기분은 참담했다. 나는 자신을 파괴하는 방탕 속에서 살아갔다. 학교에서는 지도자이자 굉장한 녀석으로, 대단히 과단성 있고 재치 있는 녀석으로 인정받은 반면 내 마음속 깊은 곳에서는 두려움으로 가득한 영혼이 불안으로 퍼덕이고 있었다. 어느 일요일 오전에 어느 술집을 나서다 길거리에서 아이들이 노는 모습을 보고서 눈물 흘린 일을 지금도 기억한다. 환하고 즐겁게, 갓 빗질한 머리에 일요일 정장을 차려입고. 그리고 보잘것없는 술집의 더러운 테이블, 맥주가 쏟아져 고인 곳에서 내가 전대미문의 냉소주의로 내 친구들을 놀리고 놀라게 하는 동안에도, 실제로 나는 내가 냉소하는 모든 것에 경외심을 가지고 있었으며 마음속으로 울며 내 영혼 앞에서, 내 과거 앞에서, 어머니 앞에서, 신 앞에서 무릎을 꿇은 채 엎드려 있었던 것이다.

내가 한 번도 내 동행자들과 하나가 되지 않았던 데에는, 그들 가운데서 늘 외로웠고 그래서 그렇게까지 괴로웠던 데에는 그럴 만한 이유가 있었다. 나는 술집의 영웅이었지만 아주 거친 것은 심정적으로 경멸했다. 나는 총기가 있었고 선생님들, 학교, 부모, 교회에 대한 생각을 이야기할 때는 패기를 과시했다. 직접 하지는 못했지만 음담패설도 태연히 들었다. 그러나 내 패거리가

여자들한테 갈 때 함께 간 적은 없었다. 나는 혼자였고
사랑에 대한 타는 그리움으로, 절망적 그리움으로 가득 차
있었다. 내가 하는 말을 누가 들으면 나를 분명 후안무치한
향락자로 여겼을 텐데, 누구도 나만큼 쉽게 상처받지
않았고 누구도 나만큼 부끄러워하지 않았다. 이런저런 때
양가(良家)의 소녀들이 귀엽고 깨끗하게, 환하고 우아하게
내 앞에서 걸어가는 것을 보아도 그들은 나에게 놀랍고
깨끗한 꿈이었다. 나보다 천배는 더 선하고 너무 깨끗했다.
한동안 나는 야겔트 부인의 문구점에도 갈 수 없었다.
그 여자를 보고, 알폰스 베크가 그 여자에 대해 들려준
이야기를 생각하면 얼굴이 빨개졌기 때문이다.

　　이제 새로운 친구들 가운데서도 끊임없이 외롭고
남과 다르다는 것을 알면 알수록 나는 더욱 그들에게서
벗어나지 못했다. 술 퍼마시고 허풍 치는 것이 그때 나에게
즐거운 일이기나 했는지 그것도 이제는 정말 모르겠다.
마시는 일에도 결코, 번번이 고통스러운 결과를 느끼지
않을 정도로는 익숙해지지 않았다. 모든 것이 일종의
강압 같았다. 나는 내가 해야만 하는 것을 했다. 달리 나
자신을 어떻게 해야 할지 전혀 몰랐기 때문이다. 오래 혼자
있기가 두려웠다. 늘 내 마음이 기울었다고 느끼는, 그
많은 부드럽고 부끄럽고 은밀한 감정의 내습이 두려웠다.
그토록 자주 엄습하는 부드러운 사랑에 대한 생각이

두려웠다.

내게 가장 결핍된 한 가지, 그것은 친구였다. 내가 바라보기를 아주 좋아하는 두셋의 친구가 있기는 했다. 그러나 그들은 착한 사람들에 속했고, 나의 악덕은 오래전부터 이미 누구에게도 비밀이 아니었다. 그들은 나를 피했다. 모든 학우들에게 나는 두 발 밑의 땅이 흔들리는, 희망 없이 노는 학생으로 간주되었다. 선생님들은 나에 대해 잘 알았다. 나는 몇 차례 엄하게 벌을 받았고, 최종적으로 학교에서 쫓겨나는 일만 남았는데 내 쪽에서도 그 일을 기다렸다. 나 자신도 알았다. 나는 벌써 오래전부터 더 이상 좋은 학생이 아니었다. 퇴학당하기까지 그리 오래 걸리지 않으리라는 느낌으로 근근이 건들건들 헤쳐 가고 있었다.

신이 우리를 외롭게 만들어 우리 자신에게로 인도할 수 있는 길은 많다. 그런 길을 그때 신이 나와 함께 갔던 것이다. 악몽과도 같았다. 더러움과 끈적거림 너머로, 깨진 맥주잔과 독설로 지새운 밤 너머로 내 모습이 보였다. 내가, 주문에 걸린 몽상가가, 추하고 더러운 길을 쉬지 않고 고통당하며 기어가는 모습이. 공주님을 찾아가는 길인데, 오물 웅덩이에, 악취와 쓰레기 가득한 뒷골목에 박혀 있는 꿈들이었다. 내 형편이 그랬다. 이렇게 그다지 세련되지 못한 방식으로 나는 외로워지도록, 무정하게 환히 웃는

문지기들이 지키고 있는 잠긴 낙원의 문 하나를 나와
유년 사이에 세우도록 정해져 있었다. 그것은 시작이고 나
자신에 대한 향수에의 눈뜸이었다.

아버지가 하숙집 주인의 편지로 경고를 받아
장크트〇〇시에 처음 나타나 느닷없이 나를 마주했을
때만 해도 나는 놀라고 움칫했다. 그 겨울 끝 무렵
아버지가 두 번째로 왔을 때 나는 벌써 냉혹하고
무관심했다. 아버지가 욕을 하다가 애원을 하다가
어머니를 상기시켰을 때에도 모르는 척했다. 아버지는
마지막에는 몹시 격분하여 내가 달리 안 된다면 수모와
창피를 무릅쓰고 학교에서 나를 끌고 나와 감화원에
처넣겠다고 했다. 그러시라지! 그때 아버지가 떠나자
마음이 좋지 않았다. 아버지는 아무것도 이루지 못했다.
나에게로 오는 어떤 길도 찾아내지 못했다. 그리고 어떤 때
나는 일이 그렇게 된 것이 당연하다고 느끼기도 했다.

내가 무엇이 되건 나로서는 아무래도 좋았다.
특별하고 별로 곱지 못한 방식으로 술집에 앉아
의기양양하게 굴면서 나는 세상과 싸움을 벌이고 있었다.
그것은 나 나름의 저항의 방식이었다. 그러면서 나 자신을
망가뜨렸고, 이따금씩은 내 일을 대략 이렇게 보았다.
세상이 나 같은 사람을 필요로 하지 않는다면, 나 같은
사람들에게 줄 좀 더 나은 자리, 좀 더 높은 과제를 갖고

있지 않다면 이제 나 같은 사람들은 이렇게 망가지는
것이라고. 그래 봐야 세상 손해지, 뭐.

　　그해의 성탄절 휴가는 즐겁지 않았다. 나를 다시
보았을 때 어머니는 놀랐다. 더 키가 컸고, 살은 늘어지고
눈 가장자리에 염증이 난 내 마른 얼굴은 잿빛에 황폐해
보였다. 막 돋기 시작한 콧수염과 얼마 전부터 쓴 안경이
나를 그들에게 더욱 낯설어 보이게 만들었다. 누이들은
뒤로 물러나 킬킬거렸다. 모든 것이 유쾌하지 않았다.
서재에서 나는 아버지와의 대화가 씁쓸했으며 유쾌하지
않았다. 몇몇 친척들의 반가워하는 인사도 유쾌하지
않았다. 무엇보다 성탄절 저녁이 유쾌하지 않았다.
성탄절이란 내가 태어난 이래 우리 집에서 가장 성대한
날이었다. 잔치 분위기, 사랑과 감사의 저녁, 부모님과
나의 유대를 새롭게 하는 저녁이었다. 이번에는 모든
것이 다만 마음을 짓누르고 당황하게 만들 뿐이었다.
여느 때처럼 아버지는 벌판의 양치기에 관한 복음서를
읽었다. "그들은 바로 그곳에서 양 떼를 지켰다." 여느
때처럼 누이들은 환히 웃으면서 그들의 선물이 놓인 탁자
앞에 서 있었다. 그러나 아버지의 음성은 즐겁지 않았고,
얼굴은 늙고 짓눌려 보였으며, 어머니는 슬퍼했다. 그리고
나에게는 모든 것, 선물과 덕담, 복음서와 크리스마스트리
그 모두가 거북하고 원하지 않은 것이었다. 후추와 꿀이 든

랩케이크에서는 달콤한 냄새가 났고, 그보다 더 감미로운
추억의 뭉게구름이 콸콸 흘러나왔다. 전나무는 향기를
풍기며 이제는 존재하지 않는 것들에 대해 이야기했다.
나는 그 저녁과 휴일의 나날이 어서 끝나기만 바랐다.

온 겨울이 그렇게 갔다. 바로 얼마 전에 나는
교무회로부터 심각한 경고를 받았다. 퇴학의 위험이
임박해 있었다. 오래 걸리지는 않을 터였다. 그럼 좋으실
대로, 나야 별로 이의가 없었다.

막스 데미안에게는 특별한 유감이 있었다. 그를 그동안
한 번도 보지 못했다. 나는 그에게 장크트○○시에서의
학창 시절 초기에 두 번 편지를 썼지만 답장을 받지
못했다. 그래서 방학 때도 찾아가지 않았다.

가을에 알폰스 베크와 만났던 공원에서 초봄에
있었던 일이다. 어떤 소녀가 내 눈에 띈 것은 가시나무
울타리가 막 초록이 되기 시작할 때였다. 꺼림칙한
생각과 근심으로 가득한 채 나는 혼자 산책하고 있었다.
건강이 나빠진 데다 지속적으로 돈에 쪼들렸기 때문이다.
학우에게 빚을 졌는데, 집으로부터 또 조금 받아 내자면
필요 불가결한 지출을 꾸며 내야만 한 데다 몇몇 가게에
담배나 그 비슷한 물건들의 외상도 불어 가고 있었다.
이 근심이 몹시 심각해지지야 않았지만. 머지않아

이곳에 있는 것도 끝이 나고 내가 물속으로 들어가든지
감화원으로 보내지면 이 몇 가지 소소한 일들도 결코 문제
되지 않았을 테니 말이다. 그러나 나는 내내 그런 아름답지
못한 일들과 똑바로 대면하고 살면서 그것들에 시달렸다.

그 봄날 공원에서 나의 시선을 강하게 끄는 소녀를
만났다. 그녀는 키가 크고 날씬했으며, 옷차림이 멋지고,
영리한 소년의 얼굴이었다. 나는 첫눈에 곧바로 그녀가
마음에 들었다. 그녀는 내가 좋아하는 유형으로, 나의
상상력을 바쁘게 했다. 그리고 나보다 별로 나이가 더
들어 보이지 않았지만, 훨씬 성숙하고 고상하고 윤곽이
뚜렷하고, 벌써 숙녀가 다 된 터였다. 그러면서도 내가
지독하게 좋아하던 오만과 소년다움의 흔적이 얼굴에
있었다.

나는 그때까지 마음을 빼앗긴 여성에게 성공적으로
접근한 적이 없었는데, 이 소녀도 마찬가지였다. 그러나 그
인상은 이전의 모든 여성들보다 더 깊었고, 이번에 빠진
사랑이 나의 삶에 미친 영향은 강력했다.

갑자기 다시 하나의 영상이, 존경할 만하고 드높은
영상이 내 앞에 서 있었다. 아, 그런데 나의 내면에서는
그 어떤 욕구도, 그 어떤 충동도 외경과 숭배만큼 깊고
격렬하지 않았다! 나는 그녀에게 베아트리체라는 이름을
주었다. 단테는 읽지 않았지만 베아트리체에 대해서는

알았다. 어느 영국 그림에서 봤는데, 그 복제품을
내가 간직하고 있었다. 그 그림은 영국 라파엘 전파의
소녀상으로, 팔다리가 몹시 길고 날씬하며 얼굴도 작고
길었으며 두 손과 표정은 영혼이 깃든 분위기로 표현되어
있었다. 내가 사랑한 날씬한 자태와 소년다움을 보여 주고
영혼이 깃든 분위기를 얼굴에 조금 띠고 있었음에도 나의
아름다운 젊은 소녀는 그 소녀상과 똑같지는 않았다.

베아트리체와 단 한마디도 말을 나눈 적은 없다.
그럼에도 그녀는 당시 나에게 지극히 깊은 영향을 주었다.
자신의 영상을 내 앞에 내세워 보여 준 것이다. 나에게
성소(聖所)를 열어 주었다. 나를 사원 안의 기도자로
만들었다. 그날로 나는 술집 출입과 밤에 나돌아 다니는
일로부터 멀어졌다. 나는 다시 혼자 있을 수 있었다. 다시
책을 즐겨 읽고 즐겨 산책했다.

나의 갑작스러운 변화는 충분한 조소를 받았다.
그러나 이제 나는 무언가를 사랑하고 숭배해야 했다.
다시 하나의 이상(理想)을 가졌던 것이다. 삶은 다시
예감과 비밀에 찬 영롱한 여명이었다. 그 점이 나를
조소에 무관심하게 만들었다. 나는 다시 나 자신에게로
편안히 안착했다. 비록 오로지 존경하는 영상의 노예이자
봉사자가 되어서였지만.

얼마만큼의 감동 없이는 그 시절을 회상할 수 없다.

나는 부서진 삶의 한 시기의 폐허들로부터 자신을 위해
하나의 '환한 세계'를 지으려 더없이 열렬하게 다시
노력했다. 다시 나는 내 속의 어둠과 악을 떨치고 완전히
빛 속에, 신들 앞에 무릎 꿇고 그대로 머물려는 단 하나의
욕구 속에서 살았다. 하여튼 지금의 이 '환한 세계'는 어느
정도 나 자신이 창조한 것이었다. 어머니에게로 그리고
책임 없는 아늑함 속으로 다시 도망쳐 가고 기어드는 것이
아니었다. 나 자신이 창안하고 요구한 새로운 예배, 책임과
자기 기율이 있는 예배였다. 내가 시달렸으며 자꾸만
도피했던 성 문제는 이제 이 성스러운 불 속에서 정신과
기도로 승화되었다. 캄캄한 것은 아무것도 있어서는 안
되었다. 어떤 추한 것도 있어서는 안 되었다. 신음하며
지새운 밤들도, 방종한 영상들 앞에서 뛰던 심장의 고동도,
금지된 문 앞에서의 도취도, 육욕도. 나는 그 모든 것 대신
베아트리체의 영상으로 나의 제단을 세웠다. 그리고 나
자신을 그녀에게 바침으로써 나 자신을 정신과 신들에게
봉헌했다. 내가 어두운 힘들에서 뺏어 낸 삶의 몫을 나는
환한 힘들에게 제물로 바쳤다. 나의 목표는 쾌락이 아니라
정결함이었다. 행복이 아니라 아름다움과 정신성이었다.

　　이 베아트리체 예배가 나의 삶을 송두리째 바꾸어
놓았다. 어제만 해도 조숙한 냉소주의자였던 내가 지금은
성인(聖人)이 되겠다는 목표를 지닌 사원의 하인이었다.

나는 익숙했던 평범한 삶을 떨쳤을 뿐만 아니라 모든 것을
바꾸려고 했다. 모든 것에 정결함, 고귀함, 품위를 부여하려
했다. 먹고 마시면서도, 말을 하고 옷을 차려입으면서도
나는 그 생각을 했다. 냉수욕으로 아침을 시작했다.
처음에는 심하게 자신을 다스려야 했다. 진지하고 품위
있게 처신했으며, 몸을 꼿꼿이 했고, 걸음걸이를 좀 더
느리고 품위 있게 했다. 구경꾼에게는 우스꽝스럽게
보였을지도 모른다. 나의 내면에서 그것은 모두 예배였다.

　이 모든 새로운 연습들 중 하나가 내게 중요해졌다.
그것에서 나의 새로운 신념을 위한 표현을 찾아냈다.
나는 그림을 그리기 시작했다. 내가 가지고 있던 영국
베아트리체상이 그 소녀와 충분히 닮지 않았다는 데서
시작된 일이었다. 나는 나 자신을 위해 그녀를 그리고
싶었다. 아주 새로운 기쁨과 희망을 가지고 나는 얼마
전부터 갖게 된 내 방에 아름다운 종이, 물감과 붓을 모아
들였고, 팔레트, 유리잔, 도자기 접시, 연필을 가지런히
놓았다. 그중에는 산화 크로뮴 그린이 있었다. 그 불타는
초록 물감이 하얀 작은 접시에서 처음으로 빛을 발하던
모습이 아직도 눈에 선하다.

　나는 조심스럽게 시작했다. 얼굴을 그리기가 어려워
우선 다른 것으로 시험해 보았다. 장식품, 꽃 그리고 작은
상상의 풍경, 예배당 옆에 있는 나무 한 그루, 사이프러스

나무들이 있는 로마의 다리를 그렸다. 때로는 이 장난 짓에 완전히 정신없이 빠져들어 크레파스를 선물받은 어린아이처럼 행복해했다. 마침내 나는 베아트리체를 그리기 시작했다.

나뭇잎 몇 개는 완전히 실패하여 버렸다. 때때로 거리에서 마주친 그 소녀의 얼굴을 떠올려 보려 할수록 더 잘되지 않았다. 마침내 나는 소녀를 그리는 것을 포기하고 그냥 얼굴 하나를 그리기 시작했다. 환상에 따라 시작만 해 놓고는 붓 가는 대로, 물감과 붓에서 저절로 나오는 선에 따라 그렸다. 그렇게 나온 것은 내가 꿈꾸던 얼굴이었다. 별로 불만족스럽지 않았다. 그렇지만 나는 즉시 계속 시도했다. 새로운 종이 한 장 한 장이 그 무언가를 더 분명하게 말했다. 비록 결코 실물에 가깝지는 않아도 그 유형에는 가까워져 갔다.

나는 점점 더 몽환적인 붓놀림으로 대상이 없는, 장난 같은 더듬음에서, 무의식에서 나오는 선을 긋고 면을 채우는 데 익숙해져 갔다. 마침내 어느 날 거의 무의식적으로 얼굴 하나를 완성했는데, 전에 그린 것들보다 더 강하게 나에게 말을 던져 왔다. 그것은 그 소녀의 얼굴이 아니었고, 결코 그럴 수도 없었다. 무언가 다른 것, 무언가 비현실적인 모습이었다. 그렇지만 그렇다고 가치가 덜하지 않았다. 그것은 소녀의 얼굴이기보다는 오히려 청년의 머리처럼 보였다. 머리카락은 나의 예쁜 소녀처럼 환한 금색이 아니고 불그스름한 기운이 도는 갈색이었고, 턱은 강하고 윤곽이 뚜렷했으며, 입은 붉게 꽃피어 있었다. 그 모든 것이 다소 뻣뻣하고 가면 같았지만, 인상적이고 신비스러운 생명으로 가득했다.

완성된 그림 앞에 앉아 있자니 기이한 인상을 받았다. 그것은 내게 일종의 신상(神像) 혹은 성인의 가면처럼 보였다. 절반은 남자이고 절반은 여자이며, 나이가 없고, 의지가 굳세면서도 몽상적이며, 굳어 있으면서도 남모르게 생명력 있어 보였다. 이 얼굴은 나에게 무언가 할 말이 있는 듯했다. 그것은 나의 일부였다. 나에게 요구를 내세웠다. 그리고 누군지는 모르겠지만 그 누군가와 비슷했다.

그때부터 그 초상이 한동안 나의 모든 생각을 따라다니며 나의 삶을 함께했다. 나는 그것을 서랍에 감추어 두었다. 아무도 그것을 훔쳐보고 그것 가지고 나를 비웃게 해서는 안 되었던 것이다. 그러나 혼자 내 작은 방 안에 있을 때면 나는 곧바로 그 그림을 꺼내어 들여다보곤 했다. 저녁에는 침대에서 마주 보이는 벽지 위쪽에 핀으로 붙여 놓고 잠들 때까지 바라보았으며 아침이면 나의 첫 눈길이 그곳으로 갔다.

바로 그 시절에 나는 어린아이 때 늘 그랬듯이 다시

꿈을 많이 꾸기 시작했다. 여러 해 동안 꿈을 꾸지 않았던 것 같다. 이제 꿈이 다시 나타났다. 전혀 새로운 종류의 영상들 그리고 매우 자주 그 초상이 꿈속에서 떠올랐다. 살아서 이야기하며, 친절하거나 적대적으로, 어떤 때는 얼굴을 찡그렸고 어떤 때는 무한히 아름답고 조화롭고 고귀했다.

그리고 어느 아침 그런 꿈들을 꾸다 깨어났을 때, 나는 갑자기 그 그림의 실체를 알아보았다. 그 그림은 참으로 기막히도록 친숙하게 나를 바라보고 있었다. 내 이름을 부르는 것 같았다. 나를 잘 아는 것 같았다. 어머니처럼 아득한 시절부터 내내 나를 향해 있었던 것 같았다. 가슴이 뛰는 것을 느끼며 나는 그림을 응시했다. 숱 많은 갈색 머리카락을, 절반쯤 여자의 것인 입술을, 특별하게 밝은(저절로 그렇게 말랐다.) 뚜렷한 이마를, 그리고 점점 더 분명하게 인식을, 재발견을, 앎을 느꼈다.

나는 자리에서 벌떡 일어났다. 그 얼굴 앞에 서서 아주 가까이에서 그것을 바라보았다. 크게 뜬, 초록빛 도는 굳은 두 눈을 들여다보았다. 오른쪽 눈이 다른 쪽보다 약간 더 높이 있었다. 그런데 문득 그 오른쪽 눈이 찡긋했다. 가볍고 섬세하게, 그러나 분명하게 찡긋했다. 그리고 이 찡긋거림 덕에 나는 그림을 알아보았다.

어떻게 내가 그것을 그렇게 늦게야 비로소 찾아낼 수

있었단 말인가! 그것은 데미안의 얼굴이었다.

후에 나는 이 그림을 내 기억 속에서 찾아낸 데미안의 진짜 표정과 자주 비교했다. 비슷하기는 해도 전혀 똑같지는 않았다. 하지만 그래도 데미안이었다.

언젠가 초여름 저녁 햇빛이 비스듬하고 붉게 서향인 내 창으로 비쳐 들었다. 방 안이 어스름해졌다. 그때 베아트리체 혹은 데미안의 초상을 창문 가운데 교차하는 창살에 핀으로 꽂아 놓고 석양이 그것으로 비쳐 들면 어떤지 봐야겠다는 생각이 들었다. 얼굴은 윤곽이 흐릿해졌지만, 불그스름하게 테 둘린 눈, 환한 이마와 진홍의 입이 종이 면으로부터 튀어나와 속속들이 야성적으로 작열했다. 나는 빛이 사라지고 나서도 오랫동안 그것을 마주 보고 앉아 있었다. 그런데 차츰차츰 그것이 베아트리체도 데미안도 아니며 나라는 느낌이 왔다. 그 그림은 나를 닮지 않았으며 그럴 리도 없다고 느꼈다. 그러나 그것은 나의 삶을 결정하는 것이었다. 그것은 나의 내면, 나의 운명 혹은 내 속에 내재하는 수호신이었다. 만약 내가 언젠가 다시 친구를 찾아낸다면 내 친구의 모습이 저러리라. 언제 애인을 얻게 된다면 내 애인의 모습이 저러리라. 나의 삶이 저럴 것이며 나의 죽음이 저럴 것이다. 이것은 내 운명의 울림이자 리듬이었다.

그 몇 주 동안 나는 책을 한 권 읽기 시작했는데, 전에 읽은 모든 것보다 더 깊은 인상을 받았다. 나중에도 책을 그렇게 경험한 일은 드물었다. 어쩌면 니체나 그랬을지. 그것은 노발리스의 책으로, 편지와 잠언 들이 들어 있었는데, 그중 많은 것을 이해하지 못했는데도 모든 것이 말할 수 없이 나를 매혹하고 긴장시켰다. 잠언 하나가 아직도 생각난다. 그 잠언을 펜으로 초상화 밑에 적어 놓았다. "운명과 심성은 하나의 개념에 붙여진 두 개의 이름이다." 그 말을 그때 이해했다.

베아트리체라고 부른 소녀는 여전히 자주 마주쳤다. 이제는 아무런 동요를 느끼지 않았다. 그러나 늘 한 가닥 부드러운 일치감, 한 가닥 감정 넘치는 예감을 느꼈다. 넌 나와 연결돼 있어. 그러나 너 말고 네 영상만 말이야. 넌 내 운명의 일부거든.

막스 데미안에 대한 그리움이 다시 거세졌다. 나는 그에 대해서 아무것도 몰랐다. 몇 해째 아무것도 모르고 지냈다. 딱 한 번 방학 때 그를 맞닥뜨렸다. 이 짧은 만남을 내 기록에서 일부러 빠뜨렸다는 것을 지금 알겠다. 그것이 부끄러움과 허영심에서 일어난 일이었다는 것도 알겠다. 만회해야겠다.

한번은 방학 중에 권태롭고 늘 다소 피곤한

얼굴로, 즉 술집을 드나들던 시절의 얼굴로 고향 도시를
어슬렁거리며, 산책용 지팡이를 빙빙 돌리며, 속물들의
변함없이 똑같은, 경멸스러운 늙은 얼굴들을 들여다보고
있는데 그때 내 옛 친구가 맞은편에서 걸어왔다. 그를
보자마자 나는 움칫했다. 그리고 번개처럼 재빨리
프란츠 크로머를 생각했다. 데미안이 그 이야기를 정말로
잊어버렸기를! 그에게 의무를 지고 있다는 것이 무척
불쾌했다. 사실 정말이지 멍청한 어린애들 이야기였다.
그래도 마음의 빚이 있기는 했다.

　　데미안은 내가 그에게 인사하려는 것인지 보려고
기다리는 것 같았다. 내가 될 수 있는 대로 태연하게
인사를 하자 그가 손을 내밀었다. 그것은 다시금 그다운
악수였다! 그렇게 굳고 따뜻하고, 그러면서도 서늘하고
남자다웠다!

　　그가 주의 깊게 내 얼굴을 들여다보며 말했다. "너
컸구나, 싱클레어." 그 자신은 전혀 달라 보이지 않았다.
똑같이 나이 들고, 똑같이 어렸다. 언제나 그렇듯이.

　　우리는 함께 산책을 하며 온통 소소한 일들에
대해서만 이야기했고, 당시에 대해서는 아무 말도 하지
않았다. 내가 그에게 언젠가 몇 번 편지를 썼는데 답장받지
못한 일이 생각났다. 아, 그가 그것도 잊어버렸으면 좋을
텐데, 그 멍청한, 멍청한 편지들을! 그는 그것에 대해서도

아무 말이 없었다.

당시에는 베아트리체도, 초상도 존재하지 않았다.
나는 아직 내 황량한 시절 한가운데 있었다. 교외에서
나는 그에게 함께 술집에 가자고 했다. 그가 따라왔다.
나는 떠벌리면서 술 한 병을 시키고, 따르고, 잔을
부딪치며 대학생식의 음주 관습들에 익숙하다는 것을
과시했다. 첫 잔을 단숨에 비우기도 했다.

"술집에 많이 가는구나?" 그가 나에게 물었다.

"아, 그래." 내가 굼뜨게 대답했다. "달리 무얼 하겠어?
그게 결국은 그래도 늘 제일 신나는 일이잖아."

"그렇게 생각해? 그럴 수도 있겠지. 그것에도 아주
멋진 면이 있긴 해. 도취, 바쿠스적인 것! 하지만 내가
보기에 그런 멋진 요소는 술집에 많이 앉아 있는 대부분의
사람들에게서 완전히 사라진 것 같아. 바로 술집
출입이야말로 뭔가 정말 속물적인 것 같다는 느낌이 들어.
그래, 하룻밤 불타는 횃불을 들고, 제대로 된 멋진 도취와
비틀거림으로! 그거야 좋지. 하지만 그렇게 홀짝홀짝
한 잔 한 잔 마셔 대는 건 아마 진짜가 아닐걸? 이를테면
저녁이면 저녁마다 단골 술집 테이블에 앉아 있는
파우스트를 상상할 수 있겠어?"

나는 술을 마시고 적의에 차 그를 바라보았다.

"그래, 그렇지만 누구나 파우스트 같은 사람은

아니잖아." 내가 짧게 말했다.

그가 약간 어리둥절해하며 나를 바라보았다.

그러더니 웃었다. 예전의 신선함과 우월함을 보이며.

"자, 뭐 하러 그런 걸 가지고 너와 다투겠니? 아무튼 술꾼이나 방탕아의 삶은 아마도 나무랄 데 없는 시민의 삶보다 생기가 있겠지. 그런데 언젠가 읽었는데 말이야, 방탕아의 삶은 신비주의자를 위한 최고의 준비 가운데 하나라는군. 예언자가 된 성 아우구스티누스 같은 사람들이 늘 있기도 하고 말이야. 성 아우구스티누스는 한때 향락주의자이자 방탕아였지."

나는 미심쩍었으며 결코 그로부터 훈계를 듣고 싶지 않았다. 그래서 권태롭다는 듯 말했다. "그래, 누구든 자기 취향에 따르겠지! 털어놓고 고백하면, 나는 예언자 같은 무엇이 되는 일 따위에는 전혀 관심 없어."

데미안이 눈을 가느스름하게 뜨고 알겠다는 듯 나를 쏘아보았다.

"이봐, 싱클레어." 그가 천천히 말했다. "너한테 유쾌하지 않은 말을 하려는 건 아니었어. 아무튼 어떤 목적으로 네가 지금 술을 마시는지는 우리 둘 다 알 수 없어. 하지만 너의 인생을 결정하는, 네 안에 있는 것은 그걸 벌써 알아. 이걸 알아야 할 것 같아. 우리 속에는 모든 것을 알고, 모든 것을 하고자 하고, 모든 것을 우리 자신보다 더 잘 해내는 어떤 사람이 있다는 것 말이야. 미안하지만 난 집에 가 봐야겠다."

우리는 짧게 작별 인사를 했다. 나는 기분이 몹시 언짢은 채 그대로 앉아 잔을 다 비웠다. 술집을 나설 때 데미안이 벌써 계산을 했다는 것을 알았다. 그것 때문에 더욱 화가 났다.

내 생각은 다시 이 작은 사건에 머물렀다. 내 생각은 데미안으로 가득 찼다. 그가 그 교외 술집에서 한 말들이, 기이하게도 신선하게 내 기억 속에 고스란히 다시 떠올랐다. "이걸 알아야 할 것 같아. 우리 속에는 모든 것을 아는 어떤 사람이 있다는 것 말이야!"

나는 창문에 걸려 있는, 이제는 빛이 완전히 사라진 그림을 쳐다보았다. 빛이 사라졌는데도 보였다. 두 눈은 아직도 활활 타고 있었다. 그것은 데미안의 시선이었다. 혹은 내 속에 있는 사람, 모든 것을 아는 그 사람이었다.

데미안이 얼마나 그리웠던가? 그에 대해서는 아무것도 몰랐다. 그는 연락이 되지 않는 사람이었다. 내가 아는 것은 아마도 지금은 어딘가에서 대학을 다니고 있다는 것, 그의 김나지움 시절이 끝나고 나서 그의 어머니가 우리 도시를 떠났다는 것뿐이었다.

크로머와의 이야기로 돌아가기까지 나는 내 마음속에서 막스 데미안에 대한 모든 추억을 찾았다.

얼마나 많은 것이 그때 다시 울리기 시작했는지. 그가
언젠가 나에게 해 준 말이나 그 밖의 모든 것이 오늘까지도
의미가 있었고, 당면 문제였으며, 나에게 관계되었다!
그다지 즐겁지 않았던 우리의 마지막 만남에서 그가
방탕자와 성인에 대해 말한 것도 갑자기 내 영혼 앞에
환하게 떠올랐다. 나도 꼭 그렇게 된 것 아니었을까?
나는 취기와 더러움 속에서, 마비와 상실 속에서 산 것이
아니었을까? 마침내 새로운 인생의 충동에 의해 바로
반대의 것이, 정결함에의 욕구, 성스러움에의 동경이 내
마음속에서 살아날 때까지?

　　그렇게 계속 기억을 따라갔다. 벌써 오래전에 밤이
되었고 바깥에서는 비가 내리고 있었다. 내 기억 속에서도
빗소리가 들렸다. 그것은 마로니에 나무들 밑, 그가
언젠가 프란츠 크로머 때문에 나한테 캐묻고 나의 첫
비밀들을 알아맞힌 때였다. 하나하나가 나타났다. 학교
가는 길에서의 대화들, 견진 교리 수업 시간들 그리고
마지막으로 막스 데미안과의 첫 만남이 떠올랐다. 그때는
무엇이 문제되었던가? 나는 얼른 대답이 떠오르지 않았다.
천천히 생각했다. 그 생각에 완전히 침잠했다. 그런데 이제
다시 떠올랐다, 그것도. 우리는 우리 집 앞에 서 있었다.
그가 나에게 카인에 대한 자신의 의견을 알려 준 뒤였다.
그곳에서 그는 우리 집 현관문 위에 붙어 있는, 밑에서부터

위쪽으로 넓어지는 마감석에 새겨진, 오래되어 마모된 문장(紋章)에 대해서 말했다. 그가 말했다. 그 문장이 흥미롭다고, 그런 것들에 유의해야 한다고.

그날 밤 나는 데미안과 문장 꿈을 꾸었다. 문장의 모습이 끊임없이 바뀌었다. 데미안이 그것을 두 손에 들고 있었다. 작고 회색인가 하면 거대하고 여러 색깔이다. 그러나 데미안은 그렇지만 그것이 언제나 똑같은 것이라고 설명해 준다. 그러나 마침내 그가 나에게 억지로 문장을 먹였다. 그것을 삼키자 삼킨 문장이 내 속에 살아 있어 나를 다 채우고 안에서부터 나를 파먹어 오기 시작하는 것이 느껴져 나는 엄청나게 놀랐다. 죽음에 대한 두려움으로 가득해진 나는 펄쩍 뛰어 일어나며 잠에서 깨었다.

잠이 싹 달아났다. 한밤중이었다. 방 안으로 비가 들이치는 소리가 들렸다. 나는 창문을 닫으려고 일어났다. 그러다 방바닥에 떨어져 있는 무언가 환한 것을 밟았다. 아침에 보니 그것은 내가 그린 그림이었다. 그림은 종이가 축축해진 채 방바닥에 놓여 있고 불룩하게 뒤틀려 있었다. 마르라고 그림을 압지 사이에 끼워 무거운 책 속에 펴 넣었다. 다음 날 다시 찾아보니 말라 있었다. 그러나 그림이 달라져 있었다. 붉은 입이 바래고 약간 좁아져 있었다. 이제 완전히 데미안의 입이었다.

새 종이에 문장의 새를 그리기 시작했다. 새가 원래
어떤 모습이었는지 이제는 똑똑히 알 수 없었고 그 가운데
몇 가지는, 내가 아는 바로는 가까이에서도 이제 잘
알아볼 수 없기도 했다. 문장이 낡은 데다가 자주 페인트를
덧칠했기 때문이다. 그 새는 무언가의 위에 서 있거나 앉아
있었는데, 어쩌면 한 송이 꽃 아니면 광주리나 둥우리
혹은 화관 위였는지도 모른다. 그것을 더는 신경 쓰지
않고 뚜렷한 표상을 가진 것에서부터 시작했다. 명확하지
않은 욕구에 따라 나는 즉시 강한 색채로 시작했다. 새의
머리는 내 도화지 위에서 황금빛이었다. 기분 내키는 대로
계속해서 며칠 내로 완성했다.

이제 그것은 날카롭고 대담한 매의 머리를 가진
한 마리 맹금이었다. 몸의 절반은 어두운 지구 땅덩이
속에 박혀 있는데, 커다란 알에서부터인 듯 땅덩이에서
나오려고 푸른 하늘 바탕 위에서 애쓰고 있었다. 그림을 꽤
오래 물끄러미 바라보고 있자니 점점 더 마치 내 꿈속에서
나타났던 색깔 있는 문장 같았다.

데미안에게 편지를 쓰는 일은 나로서는 불가능했던
것 같다. 설령 어디로 보내야 하는지 알았더라도 말이다.
그러나 당시에 내가 매사를 처리했던 것과 똑같이 꿈 같은
예감에 사로잡혀, 보낸 그림이 그에게 닿든 닿지 않든 간에
그에게 매 그림을 보내기로 결정했다. 그림에는 아무것도

쓰지 않았다. 내 이름도 쓰지 않았다. 가장자리들을 조심스럽게 자르고 커다란 종이봉투를 사서 그 위에 내 친구의 예전 주소를 적었다. 그러고는 보냈다.

시험이 다가오고 있었고 나는 여느 때보다 더 학업을 위해 공부해야만 했다. 내가 형편없는 방황을 갑자기 청산하고부터 선생님들이 너그럽게도 나를 다시 받아들였다. 당시에도 나는 훌륭한 학생은 아니었겠지만, 나도 또 다른 누구도 반년 전에 나에게 벌로 내려졌던 정학 처분이 누가 봐도 있음 직한 일이었다는 생각을 하지 않게 되었다.

아버지도 이제는 비난도 위협도 없이 다시 전 같은 어조로 편지를 썼다. 그렇지만 나는 아버지나 그 누구에게 어떻게 나에게 변화가 일어났는지 설명하려는 충동을 느끼지 않았다. 이 변화가 우리 부모님과 선생님들의 소망과 일치한 것은 우연이었다. 이 변화는 나를 다른 사람들에게로 데려가지 않았다. 나를 그 누구에게도 접근시키지 않았다. 나를 더 고독하게 만들 뿐이었다. 그것은 그 어딘가를 목표로 삼고 있었다. 데미안을, 먼 운명을. 나 스스로는 몰랐다. 나야 그 한가운데 있었잖은가. 베아트리체로 일이 시작되었으나, 얼마 전부터 나는 그림 그려진 종이들 그리고 데미안에 대한 생각들과 더불어 살고 있었다. 얼마나 완벽하게 비현실적인 세계

속에서 살았는지 베아트리체마저 시야에서, 생각에서 까마득히 사라졌다. 내 꿈들, 내 기대들, 내 내면의 극심한 변화에 대해 나는 아무에게도 한마디도 말할 수 없었던 것 같다. 설령 그렇게 하고자 했더라도 못 했을 것이다.

하지만 내가 어떻게 그러고 싶어 할 수 있었겠는가?

새는 알에서 나오려고 투쟁한다

내가 그린 꿈속의 새는 내 친구를 찾아 날아갔다. 너무 놀랍게도 나에게 답장이 왔다.

학교 우리 반 교실 내 자리에서 한번은 쉬는 시간이 끝난 뒤 다음 수업이 미처 시작되기 전에 쪽지 하나가 내 책에 꽂혀 있는 것을 발견했다. 그것은 우리 반 학생들이 수업 시간에 몰래 서로 쪽지를 보낼 때 흔히 접는 것과 똑같이 접혀 있었다. 내가 놀랐던 것은 다만 누가 나한테 그런 쪽지를 보냈을까 하는 생각에서였다. 나는 어떤 학우와도 그런 식으로 사귀는 사이가 아니었기 때문이다. 나야 끼지 않을 테지만, 어떤 학생다운 장난을 하자는 것이겠거니 하고 쪽지를 읽지도 않은 채 책 앞쪽에 끼워 넣었다. 수업 도중에 우연히 그 쪽지가 다시 손에 들어왔다.

종이를 만지작거리다 아무 생각 없이 폈는데 그 안에 몇 마디 말이 적혀 있는 것을 보았다. 그 위로 시선을 한 번

던지고는 말 한마디에 사로잡혀 버렸다. 나는 놀라 읽었다.
그사이 나의 가슴은 운명 앞에서 큰 추위가 닥친 듯
오그라들었다.

　"새는 알에서 나오려고 투쟁한다. 알은 세계이다.
태어나려는 자는 하나의 세계를 깨뜨려야 한다. 새는
신에게로 날아간다. 신의 이름은 아브락사스."

　이 글줄을 몇 차례 읽은 뒤 나는 깊은 생각에
빠졌다. 어떤 의심도 불가능했다. 이것은 데미안이 보낸
답장이었다. 나와 그 말고 그 새에 대해 아는 사람은 있을
수 없었다. 내 그림을 그가 받은 것이다. 그는 이해하였고
내가 해석하는 것을 도운 것이다. 하지만 이 모든 것이
서로 무슨 관련이 있단 말인가? 그리고 무엇보다 나를
괴롭힌 것은 아브락사스란 무엇인가 하는 의문이었다.
들어 본 적도 읽어 본 적도 없는 말이었다. "신의 이름은
아브락사스!"

　수업을 조금도 듣지 못한 채 그 시간이 갔다. 다음
시간이 시작되었다. 오전의 마지막 수업이었다. 그 시간은
젊은 보조 선생님 담당이었다. 대학을 갓 졸업했는데,
그렇게 젊다는 것 그리고 우리에게 거짓 품위를 보이려
들지 않았다는 것만으로도 벌써 우리의 호감을 산
분이었다.

　우리는 그 폴렌스 선생님의 지도로 헤로도토스를

읽고 있었다. 이 강독은 내가 흥미를 가진 몇 안 되는 과목이었다. 그러나 이번에 나는 정신이 딴 데 팔려 있었다. 기계적으로 책을 폈으나, 번역을 따라가지 않고 내 생각에 빠져 있었다. 아무튼 나는 데미안이 그때 종교 수업 시간에 말한 것이 얼마나 옳은지 이미 몇 차례 경험을 통해 알고 있었다. 사람이 충분히 강렬하게 소망하는 것, 그것은 정말 이루어졌다. 수업 중에 내가 아주 강렬하게 나 자신의 생각에 열중하고 있으면, 선생님도 나를 그대로 둘 만큼 열중해 있으면 나는 조용히 있을 수 있었다. 그렇다, 산만하거나 졸고 있을 때는 선생님이 갑자기 와 있었다. 여느 때 나도 그런 일을 겪었다. 그러나 정말 생각하고, 정말 침잠해 있을 때는 지켜졌다. 뚫어질 듯 바라보는 일은 나도 벌써 시험해 보았고 믿을 만한 것임을 알았다. 그때 데미안과 만나던 시절에는 되지 않았는데, 이제는 자주 시선과 생각으로 아주 많은 것을 달성할 수 있다는 것을 느꼈다.

　그때도 나는 그렇게 앉아 헤로도토스와 학교로부터 멀리 떨어져 있었다. 그러나 나도 모르는 사이 선생님의 목소리가 번개처럼 내 의식을 치고 들어왔다. 화들짝 깨어났다. 선생님의 목소리가 들렸다. 바로 내 곁에 바싹 다가와 서 있는 것이었다. 내 이름을 부른 줄 알았는데 선생님은 나를 보지 않았다. 나는 안도의 숨을 내쉬었다.

그때 선생님의 목소리가 다시 들렸다. 그 목소리는 커다랗게 '아브락사스'라고 말했다.

나는 처음 부분은 듣지 못했는데 폴렌스 선생님이 계속 설명했다. "우리는 저 종파의 세계관과 고대의 신비주의적인 합일을, 합리주의적인 관찰의 입장에서 보듯이 그렇게 단순하게 상상해서는 안 됩니다. 오늘날 우리가 말하는 의미의 학문이란 고대에는 존재하지도 않았습니다. 그 대신 아주 고도로 발달된, 철학적 신비주의적 진실들을 다루는 연구가 있었습니다. 거기에서 부분적으로는 아마 자주 사기와 범죄로도 이어지는 주술과 게임도 나왔습니다. 주술에도 고귀한 유래와 깊은 사상이 있는 것입니다. 내가 앞서 예로 든 아브락사스 학설도 그렇습니다. 오늘날에도 사람들은 이 이름을 그리스의 주문과 연관 지어 일컫습니다. 오늘날에도 미개 민족들이 믿는 마술 부리는 악마의 이름쯤으로 생각하는 것입니다. 그러나 아브락사스는 훨씬 더 많은 의미를 가지는 것 같습니다. 우리는 그 이름을 신적인 것과 악마적인 것을 결합하는 상징적 과제를 지닌 어떤 신성의 이름쯤으로 생각할 수 있겠습니다."

그 조그맣고 학식 많은 분이 섬세하고도 열정적으로 계속 이야기를 해 나갔다. 주목하는 사람은 아무도 없었다. 그리고 아브락사스라는 이름이 더 이상 나오지 않자 나의 주의력도 나 자신 안으로 가라앉았다.

"신적인 것과 악마적인 것을 결합"한다는 말의 여운이
귀에 남아 있었다. 나는 이 말에서 연결시킬 수 있었다. 그
말은 우리 우정의 마지막 시절 데미안과 나눈 대화들에서
친숙한 것이었다. 당시에 데미안이 말했다. 우리는 아마도
우리가 존경하는 하나의 신을 가지고 있겠지만, 그는
함부로 갈라놓은 세계의 절반만 나타낸다고.(그것은
공식적이고, 허용된 '환한' 세계였다.) 그러나 세계 전체를
존중할 수 있어야 한다고. 그러니까 악마이기도 한 하나의
신을 갖든지, 아니면 신을 위한 예배와 더불어 악마를 위한
예배도 만들어야 한다는 것이었다. 그러니까 아브락사스는
신이기도 하고 악마이기도 한 신이었다.

한동안 나는 아주 열성적으로 계속 그 자취를 찾았다.
진전은 없었다. 아브락사스를 찾아 온 도서관을 성과 없이
뒤지기도 했다. 그렇지만 기껏해야 손안에 든 돌 하나에
머물러 있는 진실만을 찾아내는 식의 직접적이고 의식적인
탐구에 나의 본질이 깊이 열중하지는 못했다.

얼마 동안 내내 그토록 열렬히 열중했던 베아트리체의
영상이 이제 서서히 가라앉았다. 아니면 오히려 천천히
나로부터 떠나갔다. 점점 더 지평선에 접근해서, 더
그림자 같고, 더 멀어지고, 더 빛바래 갔다. 이제는 영혼을
충족하지 못했다.

이제 특이하게 나 자신 속으로 자아 넣은 현존 속에서, 내가 몽유병자처럼 영위하는 현존 속에서 새로운 형성이 이루어지기 시작했다. 삶에의 동경이, 아니 그보다는 사랑에의 동경이 내 안에서 꽃피었다. 그리고 한동안 베아트리체 숭배를 통해 해소될 수 있었던 성욕이 새로운 영상과 목표를 요구했다. 아직 여전히 그 어떤 성취도 이루지 못했다. 동경을 기만하고 내 친구들이 그들의 행복을 찾는 소녀들로부터 무언가를 기대하는 것은 나로서는 그 어느 때보다 더 불가능했다. 나는 다시 심하게 꿈을 꾸었다. 그것도 밤보다 낮에 더 많이. 상상들이, 영상들 혹은 소망들이 내 안에서 솟아올라 나를 바깥 세계와 분리시켰다. 나는 현실의 환경보다 내 마음속의 이 영상들, 이 꿈들 혹은 그림자들과 더 현실적으로, 더 생생하게 교류하며 살았다.

특정한 꿈 혹은 거듭 나타나는 한 가지 환상의 유희가 나에게 극히 중요해졌다. 이 꿈, 내 인생의 가장 중요하고 가장 불길한 꿈은 대략 이랬다. 내가 부모님 집으로 돌아간다. 현관문 위에는 문장의 새가 푸른 바탕 위에서 노란색으로 빛을 내고 있다. 집 안에서 어머니가 나를 향해 온다. 그러나 내가 들어서며 어머니를 포옹하려 했을 때, 그것은 어머니가 아니라 한 번도 본 적 없는 인물이었다. 키 크고 힘 있는 인물, 막스 데미안이나 내가 그린 그림과

비슷한데 또 달랐다. 그리고 힘이 있는데도 완전히
여성적이었다. 이 인물이 나를 자기에게로 끌어당겨
전율을 일으키는 깊은 사랑의 포옹을 했다. 희열과
오싹함이 뒤섞였다. 그 포옹은 예배였고 그만큼 범죄였다.
나를 포옹한 인물 속에는 어머니에 대한 너무 많은 추억,
내 친구 데미안에 대한 너무 많은 추억이 유령처럼 서려
있었다. 그 인물의 포옹은 모든 경외심을 배척했으나,
그럼에도 축복의 희열이었다. 나는 자주 깊은 행복감을
느끼며, 죽음에의 두려움과 격심한 양심의 가책을 느끼며
무서운 죄악에서 벗어나듯 이 꿈에서 깨어났다.

　　다만 서서히 그리고 무의식적으로 이 완전히 내면적인
영상과 바깥으로부터 내게로 온, 찾아야 할 신에 대한
신호 사이에서 하나의 결합이 이루어졌다. 그리고 이
결합은 그 후 더 긴밀해지고 더 내밀해졌으며 나는 바로
이 예감의 꿈속에서 내가 아브락사스를 불렀음을 느끼기
시작했다. 희열과 오싹함이 섞이고, 남자와 여자가
섞이고, 지고와 추악이 뒤얽히고, 깊은 죄에는 지극한
청순함으로 충격을 주었다. 나의 사랑의 꿈의 영상은
그러했다. 그리고 아브락사스도 그러했다. 사랑은 이제 더
이상 처음에 겁을 먹고 느꼈던 것처럼 동물적인 어두운
충동이 아니었다. 그리고 그것은 이제 또한 더 이상 내가
베아트리체의 영상에 바친 것 같은 경건하게 정신화된

숭배 감정도 아니었다. 사랑은 그 둘 다였다. 둘 다이며
그것들을 훨씬 넘어서는 것이었다. 사랑은 천사상이며
사탄이고, 하나가 된 남자와 여자, 인간과 동물, 지고의
선이자 극단적 악이었다. 이 양극단을 살아가는 것이 나의
운명으로 정해져 있는 것처럼 보였다. 이것을 맛보는 것이
나의 운명으로 보였다. 나는 운명을 동경하고, 운명을
두려워했지만, 운명은 늘 그곳에 있었다. 늘 내 위에
있었다.

　　이듬해 봄에 나는 김나지움을 떠나 대학으로 가기로
되어 있었다. 아직 어디서 무얼 해야 할지 몰랐다. 코
밑에는 수염이 조금 자랐다. 나는 성인이었다. 그렇지만
완벽하게 무력하고 목표가 없었다. 단 한 가지 내 속의
목소리, 그 꿈의 영상만 확실했다. 나는 그 영상의 인도에
맹목적으로 따라가야 한다는 의무를 느꼈다. 그러나
어렵게 느껴졌다. 그리고 날마다 반항했다. 내가 돌았나
보다고 때때로 생각했다. 어쩌면 내가 다른 사람들과
같지 않은 걸까? 그러나 다른 사람들이 해내는 것은 나도
전부 할 수 있었다. 약간 열심히 애쓰면 플라톤을 읽을
수 있었고, 삼각법 과제를 풀거나 화학 분석을 따라갈
수 있었다. 나는 단 한 가지만 할 수 없었다. 내 안에
어둡게 숨겨진 목표를 끌어내 내 앞 어딘가에 그려 내는
일, 교수나 판사, 의사나 예술가가 될 것이며, 그러자면

얼마나 걸리고, 그것이 어떤 장점들을 가질지 정확하게
아는 다른 사람들처럼 그려 내는 일, 그것은 할 수 없었다.
어쩌면 나도 언젠가 그런 무엇이 될지도 모르지만, 내가
그것을 어떻게 안단 말인가? 어쩌면 나도 찾고 또 계속
찾아야겠지. 여러 해를, 그러고는 아무것도 되지 않고,
어떤 목표에도 이르지 못하겠지. 어쩌면 나도 하나의
목표에 이르겠지만 그것은 악하고, 위험하고, 무서운
목표일지도 모른다.

　내 속에서 솟아 나오려는 것, 바로 그것을 나는 살아
보려 했다. 그러기가 왜 그토록 어려웠을까?

　나는 자주 내 꿈속 강렬한 사랑의 영상을 그려 보려
했다. 그러나 한 번도 성공하지 못했다. 성공했더라면
그림을 그린 종이를 데미안에게 보냈을 텐데. 그는 어디에
있을까? 나는 알지 못했다. 아는 건 오직 그가 나와
결합되어 있다는 것뿐. 언제 그를 다시 볼 수 있을까?

　베아트리체 시절의 저 몇 주일, 몇 달의 다정한 안정이
오래전에 사라졌다. 나는 그때 하나의 섬에 도달했고
평화를 찾아냈다고 생각했다. 그러나 늘 그랬다. 하나의
상태를 좋아하게 되자마자, 하나의 꿈이 편안해지자마자
그것은 어느새 벌써 시들고 흐려졌다. 부질없다, 그
뒷모습을 보며 탄식함은! 나는 이제 가라앉지 않은 욕망,
팽팽한 기대의 불 속에서 살았다. 그것은 자주 나를

완전히 난폭하게, 미치게 만들었다. 꿈속 연인의 영상이 자주 살아 있는 연인의 모습보다 더 똑똑하게 눈앞에 보였다, 나 자신의 손보다 훨씬 더 똑똑하게. 나는 그 영상과 더불어 이야기하고, 그 앞에서 울고, 그것으로부터 도피했다. 나는 그것을 어머니라고 부르고 그 앞에서 눈물을 흘리며 무릎 꿇었다. 연인이라고 부르고 모든 것을 이루어 주는 그 성숙한 입맞춤을 예감했다. 그것을 악마며 창녀, 흡혈귀며 살인자라고 부르면 그 영상은 더할 나위 없이 애정 어린 사랑의 꿈으로, 파렴치한 황음(荒淫)으로 나를 유혹했다. 그 영상에게는 그 무엇도 지나치게 선하고 귀하지 않았다. 그 무엇도 너무 나쁘고 저열하지 않았다.

　　나는 온 겨울을 묘사하기 어려운 내면의 폭풍 속에서 보냈다. 외로움에는 오래전부터 익숙해져 있었다. 외로움은 나를 짓누르지 않았다. 나는 데미안과 새와 내 운명이자 연인이었던 위대한 꿈속의 영상과 함께 살았다. 그 안에서 사는 것으로 충분했다. 모든 것이 위대함과 광대함을 지향했고, 모든 것이 아브락사스의 암시였다. 그러나 이 꿈들 중 어느 것도 나에게 복종하지 않았다. 어느 것도 내가 부를 수는 없었다. 그것들이 와서 나를 가졌다. 나는 그것들의 다스림을 받았다. 그것들에 의해 살았다.

　　바깥에서 보기에는 내가 아마 안정되어 있었을

것이다. 나는 사람을 무서워하지 않았다. 그것을 내
학우들도 알아서 내게 남모르는 존경을 보내 자주 나의
미소를 자아냈다. 원한다면 나는 그들 대부분을 아주
잘 꿰뚫어 볼 수 있었고 이따금씩 그렇게 해서 그들을
깜짝 놀라게 할 수 있었다. 다만 내게 그러고 싶은 마음이
드물게 생기거나 전혀 생기지 않았다. 나는 늘 나에게
열중해 있었다. 늘 나 자신에게. 그리고 이제 마침내 한번
인생의 한 토막을 살아 보기를, 나에게서 나온 무언가를
세계 속에다 주기를, 세계와 관계를 가지고 싸움을
벌이기를 열렬히 갈망했다. 이따금씩 저녁에 거리를 걸을
때 그리고 초조함에 자정까지도 집으로 돌아올 수 없을
때, 그럴 때 나는 이따금씩 생각했다. 지금, 바로 지금
틀림없이 나의 연인이 내게 오고 있을 것이라고, 다음
모퉁이를 지나고 있을 것이라고. 그 모든 것이 때로는 견딜
수 없이 고통스러워 죽어 버릴 작정도 했다.

당시에 나는 흔히들 말하는 대로 '우연'에 의해 특이한
도피처를 찾아냈다. 그러나 그런 우연이란 존재하지
않는다. 무언가를 절실하게 필요로 하는 사람이 자신에게
정말로 필요한 것을 찾아내면, 그것은 그에게 주어진
우연이 아니라 그 자신이, 그 자신의 욕구와 필요가 그를
그것으로 인도한 것이다.

두세 번 시내를 오가는 길에 어느 교외의 자그마한

교회에서 오르간 연주 소리를 들었다. 그곳에 머물지는 않았다. 다음번에 지나갈 때 그 소리를 또 들었다. 그리고 바흐가 연주된다는 것을 알았다. 나는 문으로 갔다. 문은 잠겨 있었다. 그리고 골목에는 사람이 거의 없어 교회 옆 방충석(防衝石)에 앉아 외투 깃을 세우고는 귀 기울였다. 크지는 않지만 그래도 좋은 오르간이었다. 그런데 연주가 놀라웠다. 극도로 개인적인 의지와 끈질김의 표현이어서 마치 기도처럼 들렸다. 이런 생각이 들었다. 저기서 연주하는 사람은 이 음악에 보물 하나가 숨겨져 있다는 것을 안다. 그래서 자신의 생명을 얻듯 이 보물을 얻어 내려고 구하고, 가슴 두근거리고, 애쓰고 있다고. 나는 기교면에서는 음악을 잘 이해하지 못하지만, 바로 이런 영혼의 표현은 어린 시절부터 본능적으로 이해했으며 음악적인 것을 내 안의 자명한 것으로 느끼고 있었다.

음악가는 이어서 현대 음악도 연주했다. 레거의 곡인 것 같았다. 교회는 거의 완전히 어두웠다. 다만 아주 엷은 빛 한 줄기가 바로 옆 창문을 뚫고 들어갔다. 나는 음악이 끝날 때까지 기다렸다. 그다음에 이리저리 거닐고 있자니 마침내 오르간 연주자가 나오는 것이 보였다. 나보다 나이가 들었어도 아직 젊은 사람이었다. 체격이 다부지고 땅딸막했는데, 힘차면서도 내키지 않는 듯한 걸음으로 급히 그곳을 떠났다.

그때부터 이따금씩 나는 저녁 시간에 그 교회 앞에서 앉아 있거나 오락가락했다. 한번은 문이 열려 있는 것이 보였다. 그 오르간 연주자가 높은 곳에 매달린 빈약한 가스등 불빛 속에서 연주하는 동안 나는 추위에 떨면서도 행복하게 반 시간을 교회 회중석에 앉아 있었다. 그가 연주하는 음악에서 내가 들은 것은 그 사람 자신만은 아니었다. 그가 연주하는 모든 것이 자기들끼리 밀접하게 관계 맺고 있는 듯했다. 남모르는 연관을 갖고 있는 것 같았다. 그가 연주하는 모든 것에 신앙심이 담겨 있었다. 헌신적이고 경건했다. 그러나 교회 가는 사람들이나 목사님들처럼 경건한 것이 아니라 중세의 걸인 순례자처럼 경건했다. 모든 종파를 초월하는 세계 감정에의 남김 없는 헌신으로 경건했다. 바흐 이전의 대가들과 옛 이탈리아인들의 음악이 노련하게 연주되었다. 그리고 모든 연주곡들이 한결같이 같은 것들을 말했다. 모두가 그 음악가의 영혼에 담긴 것을 나타냈다. 그리움, 더없이 열렬한 세계의 포착, 세계와의 가장 난폭한 재결별, 자신의 어두운 영혼에 대한 절실한 귀 기울임, 헌신에의 도취와 경이로움에 대한 깊은 호기심을.

한번은 교회에서 나오는 오르간 연주자를 몰래 따라갔는데, 멀리 도시 외곽의 작은 선술집으로 들어가는 것이었다. 나는 마음에 맞서지 못하고 이끌린

듯 그를 따라 들어갔다. 그곳에서 처음으로 그 사람의
모습을 똑똑하게 보았다. 그는 작은 술집 한 모퉁이에
있는 주인 맞은편 테이블에 머리에는 까만 펠트직
모자를 쓰고, 포도주 한 잔을 앞에 놓은 채 앉아 있었다.
그의 얼굴은 내가 기대했던 대로였다. 못생기고, 약간
거칠었으며, 탐색적이고, 완고하고, 고집스럽고, 의지에
차 있었다. 그러면서도 입 주위는 부드럽고 어린아이
같았다. 남성다운 강함은 모두 눈과 이마에 모여 있었다.
얼굴의 아랫부분은 여리고 미성숙했다. 자제되지 않고
부분적으로는 약간 약했다. 우유부단함이 여실히 보이는
턱은 이마나 시선과는 대조적으로 소년다웠다. 자부심과
적의에 찬, 짙은 갈색 눈이 호감을 주었다.

　　나는 말없이 그 맞은편에 앉았다. 술집에 다른
사람은 아무도 없었다. 그가 마치 쫓아 버리려는 듯이
나를 쏘아보았다. 그렇지만 나는 버텨 냈으며 마침내
그가 우악스럽게 툴툴거릴 때까지 눈을 떼지 않고 그를
바라보았다. "대체 뭐 때문에 그렇게 빌어먹게 쏘아본단
말요, 나한테 원하는 거라도 있소?"

　　"선생님한테 원하는 건 없습니다." 내가 말했다. "벌써
선생님에 대해 많은 것을 알고 있는데요."

　　그가 이마를 찌푸렸다.

　　"그래, 음악 팬이오? 음악 때문에 얼빠지는 게 난

구역질 나는데.”

나는 겁먹고 물러서지 않았다.

“벌써 선생님 음악을 들었습니다. 저 바깥에 있는 교회에서요.” 내가 말했다. “아무튼 귀찮게 할 생각은 없습니다. 선생님 곁에서 어쩌면 무얼 찾아낼지도 모른다고 생각했지요. 뭔가 특별한 것, 뭔지는 잘 모르겠지만요. 그런데 선생님은 제 말을 전혀 듣고 싶지 않으신 것 같군요! 저는 선생님께 귀 기울이는데요, 교회에서 말입니다.”

“난 언제나 문을 잠그는데.”

“최근에 그걸 잊어버리셨습니다. 저는 안에 앉아 있었고요. 보통 때는 바깥에 서 있거나 방충석 위에 앉아 있습니다.”

“그래요? 다음번에는 들어오시구려, 안은 한결 따뜻하오. 그럴 때는 그냥 문을 두드리시오. 노크는 힘차게 해야 해요. 내가 연주하는 동안은 하지 말고. 자, 시작합시다. 무슨 말을 하려 했소? 아주 젊은 사람이로군. 아마 학생이거나 대학생이겠군. 음악가요?”

“아뇨. 음악을 즐겨 듣습니다. 그러나 그냥 선생님이 연주하시는 것 같은 거요. 아주 절대적인 음악, 한 인간이 천국과 지옥을 흔들고 있다고 느껴지는 음악요. 음악이 정말 좋아요. 음악은 별로 도덕적이지 않기 때문이라고

생각합니다. 다른 모든 것은 도덕적이지요. 저는
도덕적이지 않은 무언가를 찾고 있습니다. 늘 도덕적인
것에 시달렸거든요. 저 자신을 잘 표현할 수가 없네요.
아시죠, 신인 동시에 악마인 신이 틀림없이 있다는 것?
그런 신이 있었다지요. 그런 이야기를 들었습니다."

　　음악가는 넓은 모자를 약간 뒤로 젖히고 검은색
머리카락을 넓은 이마로부터 흔들어 쓸어 넘겼다.
그러면서 나를 꿰뚫을 듯 바라보며 테이블 너머 나에게로
얼굴을 숙였다.

　　나직하면서도 호기심에 찬 목소리로 그가 물었다.
"조금 전에 말한 신의 이름이 뭐요?"

　　"유감스럽게도 그 신에 대해서는 거의 모릅니다. 사실
이름밖에 몰라요. 그 이름은 아브락사스입니다."

　　음악가가 미덥지 않다는 듯 주위를 둘러보았다. 마치
누군가가 우리를 엿듣기라도 하듯이. 그러더니 나에게
다가와 속삭이듯 말했다. "그러려니 했소. 당신은 누구요?"

　　"저는 김나지움 학생입니다."

　　"아브락사스는 어디서 알았소?"

　　"우연히 알았습니다."

　　그가 테이블을 쳤다. 그의 술이 잔에서 넘쳤다.

　　"우연이라고! ……멍청한 소리 하지 마, 이 사람아!
아브락사스는 우연히 알게 되는 게 아니야. 알아 두게.

아브락사스에 대해 더 이야기할 테니. 난 아브락사스에
대해 좀 알거든.”

그가 입을 다물고 자기가 앉은 의자를 뒤로 밀었다.
내가 잔뜩 기대에 차서 바라보자 그는 얼굴을 찌푸렸다.

“여기서는 아니고! 다음번에. 그때 들으시오.”

그러면서 그는 벗어 놓은 외투 호주머니를 뒤져 군밤
몇 개를 꺼내 내게로 던졌다.

나는 아무 말도 하지 않고 그것을 받아서 먹었고 매우
만족했다.

“그러니까!” 그가 한참 뒤에 나직이 말했다. “어디서
알았소, 그에 대해서?”

나는 망설이지 않고 말했다.

“저는 혼자였고 어쩔 줄 모르고 있었습니다.”
내가 이야기를 시작했다. “그때 예전의 친구 하나가
떠올랐습니다. 아는 게 많다고 생각했던 친굽니다.
무언가를, 새 한 마리를 그렸습니다. 지구를 뚫고 나오려는
새였지요. 그 그림을 그에게 보냈습니다. 얼마 뒤, 이제
답장을 받으리라고 기대도 안 하게 되었을 때쯤 쪽지
하나를 받았는데, 거기에 이렇게 적혀 있었습니다. ‘새는
알에서 나오려고 투쟁한다. 알은 세계이다. 태어나려는
자는 하나의 세계를 깨뜨려야 한다. 새는 신에게로
날아간다. 신의 이름은 아브락사스.’라고요.”

그는 아무 대꾸가 없었다. 우리는 밤껍질을 벗겨 포도주에 곁들여 먹었다.

"한 잔 더 할까?" 그가 물었다.

"괜찮습니다. 술을 좋아하지 않아요."

그가 다소 실망하며 웃었다.

"좋으실 대로! 난 술을 좋아하지. 난 여기 좀 더 있을 테니 먼저 가 보시오!"

다음번에 오르간 음악이 끝난 뒤 그와 함께 걸었을 때 그는 별로 이야기하려고 하지 않았다. 그는 나를 어느 오래된 골목 안 낡았지만 위풍 있는 집 위층으로 인도해 올라갔다. 커다랗고 다소 황량하고 지극히 보잘것없는 방 안으로. 그곳에는 피아노 한 대 외에는 음악과 상관있어 보이는 것은 아무것도 없었다. 한편 커다란 책장과 책상이 있어 무언가 학자의 방 같은 분위기를 풍겼다.

"책이 참 많군요!" 내가 감탄하며 말했다.

"일부는 우리 아버지 장서요. 아버지 댁에 살고 있거든. 그래, 젊은이, 난 아버지 어머니 집에 살아. 그러나 자네를 부모님께 소개할 수는 없어, 나의 교우 관계가 이 집에서는 크게 존중받지 못하거든. 나는 버려진 자식이오, 아시겠지. 우리 아버지는 빌어먹게 존경할 만한 분이지, 이 도시에서 유명한 목사님이고 설교자시지. 그런데 나는, 바로 환히 알아 두시도록 말하자면 그분의 재능 있고

장래가 촉망되는 아드님이시고. 그러나 궤도를 벗어나
어느 정도 돌아 버린 아들이지. 나는 신학도였는데 국가
고시 직전에 그놈의 답답한 대학을 그만두어 버렸소. 사실
개인적인 연구를 보면 나는 여태도 신학도인데 말이오.
때에 따라 사람들이 어떤 신들을 그때그때 생각해 냈는지,
그것이 나에게는 늘 가장 중요한 관심사였소. 그 외에 나는
지금 음악가이며, 곧 자그마한 오르간 연주자 자리를 얻게
될 것 같소. 그러면 나도 교회에 돌아가게 되는 거지."

　　나는 꽂힌 책들을 작은 스탠드의 약한 불빛이 밝혀
주는 데까지 죽 살펴보았다. 그리스어, 라틴어, 히브리어
책 제목들이 보였다. 그사이 그 사람은 벽 옆의 캄캄한
방바닥에 엎드려 무언가를 하고 있었다.

　　"이리 와 보시오." 그가 한참 뒤에 말했다. "우리 이제
철학 좀 해 봅시다. 철학을 한다는 건 '아가리 닥치고 배
깔고 엎드려 생각하기'라고 하오."

　　그가 성냥을 켜서 그의 앞에 있는 벽난로 속의
종이와 장작에 불을 붙였다. 불꽃이 높이 솟았다. 그가
아주 조심스럽게 불을 쑤석였다. 나는 그 옆 낡아 올이
풀린 양탄자 위에 엎드렸다. 그가 불을 응시했다. 불이
내 마음도 끌어당겼다. 우리는 말없이 아마 한 시간은
배를 깔고 타닥거리는 장작불 앞에 엎드려 불길이 활활
타오르고 싯싯거리고 가라앉아 휘어지고 가물거리고

움칫거리다 마침내 사그라진 조용한 화염 속에서 잦아드는
모습을 바라보았다.

"배화(拜火)는 인간이 창안해 낸 것 중 가장 멍청한
짓만은 아니었어." 그가 혼자서 한 번 웅얼거렸다. 그
밖에는 둘 중 누구도 한마디도 하지 않았다. 나는 굳은
눈으로 불을 응시하며 꿈과 정적 속으로 침잠해 연기
속에서 어떤 영상들을 보았고 재 속에서도 영상들을
보았다. 한번은 내가 화들짝 놀랐다. 함께 불을 보고 있던
그 사람이 이글거리는 불 속에 송진을 조금 던졌던 것이다.
조그맣고 날렵한 불꽃이 솟았다. 그 속에서 나는 노란색
매의 머리를 가진 그 새를 보았다. 꺼져 가는 난롯불이
황금빛으로 작열하는 실 가닥을 한데 모아 그물로
만들었다. 문자와 영상들이 나타났다. 얼굴들, 동물들,
식물들, 벌레와 뱀 들에 대한 추억들이 나타났다. 문득
정신이 들어 상대방 쪽을 바라보니 그는 턱을 두 주먹 위에
놓은 채 몰두하여 신들린 듯 재 속을 응시하고 있었다.

"이제 가야겠는데요." 내가 나직이 말했다.

"그럼 가시오. 또 봅시다!"

그는 일어나지 않았다. 등불이 꺼졌기 때문에 나는
더듬거리며 어두운 방과 어두운 복도며 계단을 가까스로
지나 그 저주받은 낡은 집을 나왔다. 거리에서 멈추어
그 낡은 집을 쳐다보았다. 어느 창에도 불빛이 없었다.

주석으로 만든 작은 문패가 문 앞의 가스등 불빛 속에서
반짝였다.

'수석 목사 피스토리우스'라고 적혀 있었다.

집에 가서 저녁을 먹고 혼자 내 작은 방에 앉아 있을
때 비로소 내가 아브락사스에 대해서도, 피스토리우스에
대해서도 아무것도 듣지 못했으며 우리가 주고받은 말이
열 마디도 안 된다는 생각이 들었다. 그러나 나는 그 집을
찾아갔던 것에 아주 만족했다. 게다가 그가 다음번에는
아주 뛰어난 오래된 오르간 음악 작품인 북스테후데의
파사칼리아를 들려주겠다고 약속한 터였다.

나는 몰랐지만, 내가 그와 함께 벽난로 앞 그의
침울한 은둔자 방의 바닥에 엎드려 있던 때 오르간 연주자
피스토리우스가 나에게 첫 수업을 해 준 것이었다. 나는
불을 들여다보는 것이 기분 좋았다. 불을 들여다보는 것은
내 안에 잠재되어 있었지만 사실 한 번도 보살핀 적 없는
내면의 성향들을 강화하고 확인시켜 주었다. 차츰 내게
부분부분 그것들이 명확해졌다.

어린아이일 때부터 나는 때때로 형태가 기괴한
자연물을 바라보는 버릇이 있었다. 그냥 관찰하는 것이
아니라 그 고유한 마력, 그 얽히고설킨 깊은 언어에 골똘히
몰두하여 관찰했다. 고목처럼 드러난 기다란 나무뿌리,

암석 속에 있는 색색의 결, 물 위에 뜬 기름얼룩, 유리에
난 금 같은 것들이 종종 나에게 커다란 마력을 발휘했다.
특히 물과 불, 연기, 구름, 먼지 그리고 눈을 감으면 보이는
아주 특별하게 선회하는 색 얼룩이. 피스토리우스를 처음
찾아간 뒤 며칠 동안 그런 것들 생각이 다시 떠올랐다.
왜냐하면 그 이후 내가 느낀 활기와 기쁨, 감정의 고조는
그대로 드러난 불을 오래 응시한 덕분이라는 것을
알아차렸기 때문이다. 불을 응시하는 것은 이상하게도
기분 좋고 풍요로워지는 느낌을 주었다!

내가 그때까지 본래의 삶의 목표로 가는 길에서
찾아낸 얼마 안 되는 경험들에 이 새로운 경험이
추가되었다. 그런 모습을 가만히 바라보는 것,
비이성적이고 얽히고설킨, 기이한 자연의 형태들에
몰두하는 것은 우리 내면에서 이 영상을 이루어지게 한
내면의 의지와의 일치감을 낳는다.(우리는 곧 그 일치감을
우리 자신의 기분으로, 우리 자신의 창조로 여기고 싶다는 유혹을
느낀다.) 우리는 우리와 자연 사이의 경계가 흔들리고
흐려지는 것을 보고, 분위기를 알게 된다. 그 분위기
속에서 우리 망막 위의 이 영상들이 바깥의 인상들로부터
비롯됐는지 내면의 인상에서 비롯됐는지 구분할 수
없게 된다. 그 어디에서도 이런 연습에서처럼 간단하고
쉽게 발견해 낼 수 없다. 우리가 어느 정도나 창조자인지,

우리 영혼이 얼마나 지속적으로 세계의 끊임없는 창조에
관여하는지를. 우리 안에서 그리고 자연 안에서 활동하는
것은 오히려 똑같은 불가분의 신성이다. 바깥 세계가
몰락한다 해도 우리 중 하나는 그 세계를 다시 세울 수
있다. 산과 강, 나무와 잎, 뿌리와 꽃, 자연의 모든 영상이
우리 마음속에 미리 만들어져 있어 영혼에서 나오기
때문이다. 영혼의 본질은 영원이며, 그 본질을 우리는
알 수 없다. 그러나 그 본질은 대개 우리가 사랑의 힘과
창조력으로 느낄 수 있도록 주어진다.

몇 해가 지나서야 나는 어느 책에서 이 관찰을
뒷받침할 여러 근거들을 발견했다. 즉 많은 사람들이 침을
뱉어 놓은 담벼락을 바라보는 것이 얼마나 훌륭하고 깊은
자극을 주는지에 대해서 언젠가 이야기한 레오나르도
다빈치, 축축한 담벼락에 있는 그 얼룩들 앞에서 그는
피스토리우스와 내가 불 앞에서 느낀 것과 똑같은 것을
느꼈다. 우리가 다음번에 함께 있게 되었을 때 그 오르간
연주자는 설명했다.

"우리는 우리의 개성의 경계를 늘 너무나도 좁게
그어! 우리는 늘 우리가 개인적이라고 구분해 놓은 것,
상이하다고 인식하는 것만 개성이라고 생각해. 그러나
우리는 세계의 총체로 이루어져 있어. 우리 하나하나가
말이야. 그리고 우리 몸이 진화의 계보를 물고기에 이르고

훨씬 더 멀리까지 자신 안에 지니고 있는 것과 똑같이
우리 영혼도 일찍이 인간 영혼들 속에 살았던 모든 것을
지니고 있지. 그리스인들이나 중국인들에게서든 아프리카
종족에게서든 일찍이 존재했던 모든 신과 악마가 우리
속에 있어. 거기 있는 거야. 가능성으로, 소망으로,
탈출구로. 인류가 멸종하고, 아무런 교육도 받지 않았지만
상당한 재능을 지닌 어린아이 하나만 남는다면 이 아이는
사물들의 전체 과정을 다시 찾아낼 거야. 그 애가 신이
되어 수호신, 낙원, 계율과 금기, 신약과 구약 모든 것이
다시 만들어질 수 있을 거야."

　"좋습니다." 내가 이의를 제기했다. "하지만 그렇다면
개인의 가치는 어디에 있는 겁니까? 우리가 모든 것을 우리
속에 이미 완성된 상태로 가지고 있다면 왜 우리는 아직도
애써 나아가는 거지요?"

　"그만!" 피스토리우스가 격하게 외쳤다. "세계를 그냥
자기 속에 지니고 있느냐 아니면 그것을 알기도 하느냐
하는 게 큰 차이지. 미친 사람이 플라톤을 연상시키는
생각을 내놓을 수 있고, 헤른후트파 학교의 신앙심
깊은 조그만 학생이 영지(靈智)파나 조로아스터에게서
나타나는 심오한 신화적 연관을 창조적으로 숙고할 수도
있어. 그러나 그들은 세계가 자기 안에 있다는 사실은
몰라. 한 그루 나무거나 돌인 거지, 기껏해야 동물이고. 그

사실을 모르는 한 말이야. 그러나 이런 인식의 첫 불꽃이 희미하게 밝혀질 때, 그때 그는 인간이 되지. 자네는 그렇다고 모두를, 저기 거리를 걸어 다니는 두 발 달린 동물 모두를, 그들이 똑바로 걷고 새끼를 아홉 달 배 속에 품고 있다고 해서 인간이라고 여기지는 않겠지? 그들 중 얼마나 많은 사람이 물고기거나 양, 버러지거나 거머리인 줄은 알겠지. 얼마나 많은 사람이 개미인지, 얼마나 많은 사람이 벌인지! 자아, 그들 하나하나 속에 인간이 될 가능성이 있지. 그러나 각자가 그 가능성들을 예감함으로써, 부분적으로는 심지어 그것들을 의식하는 것을 배움으로써 비로소 그 가능성들은 자기 것이 된다네."

우리의 대화는 대략 이런 식이었다. 대화에서 완전히 새로운 것, 전적으로 놀라운 것이 나오는 일은 드물었다. 그러나 모든 대화가, 가장 진부한 대화마저도 나직하고 꾸준한 망치질로 내 마음속의 한 점을 계속 두드렸다. 모든 대화가 나의 형성에 도움이 되었다. 모든 대화가 내 허물을 벗는 일에, 알껍데기를 부수는 일에 도움이 되었다. 그리고 한 번 한 번의 대화에서 짓부서진 세계의 껍데기를 뚫고 마침내 나의 노란색 새가 머리를 조금 더 높이, 조금 더 자유롭게 쳐들어 그 아름다운 맹금의 머리를 불쑥 내밀었다.

빈번히 우리는 서로의 꿈에 대해 이야기했다.

피스토리우스는 꿈 풀이를 할 줄 알았다. 놀라운 예 한 가지가 아직도 기억에 남아 있다. 내가 날 수 있는 꿈을 꾸었다. 나는 알 수 없는 힘에 의해서 어느 정도 큰 도약으로 대기를 가르고 내던져졌다. 이 비상의 느낌이 기운을 북돋았으나, 내가 의지와 상관없이 위태로운 고공을 휙휙 날게 되자 곧 두려움으로 변했다. 그러나 호흡을 멈추었다가 한꺼번에 힘껏 토하는 식으로 상승과 하강을 조절할 수 있다는 구원 같은 발견을 했다.

    그 꿈에 대해 피스토리우스가 말했다. "자네를 날게 만든 도약, 그것은 누구나 가지고 있는 우리 위대한 인류의 재산이지. 그것은 모든 힘의 뿌리와 연결되어 있다는 느낌이야. 그러나 그것이 곧 두려워져! 그것은 빌어먹게 위험하지! 그래서 대부분의 사람들은 저렇듯 차라리 날기를 포기하고 법 규정에 따라 인도(人道) 위를 걷는 쪽을 택하지. 그런데 자네는 그러지 않아. 자네는 계속 날고 있어. 유능한 젊은이에게 합당하게 말이야. 그리고 보게, 자네는 놀라운 것을 발견해. 자네가 점차 그 주인이 되는 것을 말이야. 자네를 계속 낚아채 가는 커다랗고 알 수 없는 보편적 힘에 하나의 섬세하고 작은 자신의 힘이 더해지는 것을 발견해. 하나의 기관, 하나의 방향키 말일세! 이건 대단한 거야. 그것이 없다면 그냥 공중에 떠 있을 테지, 미친 사람들이 그러듯이 말이야.

자네에게는 인도를 걸어 다니는 사람들에게보다 더 깊은
예감이 주어졌어. 그러나 거기에 맞는 열쇠와 방향키가
없어. 바닥 없는 곳으로 솨악 빨려들고 있지. 그러나
자네는 말이야, 싱클레어, 자네는 그 일을 하고 있어!
그런데 어떻게 그러냐고? 자네는 아직 전혀 모르겠지.
자네는 그것을 새로운 기관, 즉 호흡 조절기로 하고 있어.
이제 자네의 영혼이 근본에 있어서 얼마나 '개인적'이지
못한가를 알 수 있을 거야, 이런 조절기를 고안해 낸 게
자네 영혼은 아니니까 말이야. 조절이란 새로운 게 아니야!
그것은 일종의 차용이지. 수천 년 전부터 존재하는 거야.
그것은 물고기의 평형 기관인 부레지. 실제로 부레가
동시에 허파여서 상황에 따라서는 정말로 숨 쉬는 데
부레를 이용하는, 진화가 덜 된 희귀한 물고기 몇 종류가
오늘날에도 있지. 그러니까 자네가 꿈에서 날 때 비행용
기포로 사용한 허파와 한 치도 어긋나지 않고 똑같이
말이야!"

　　그는 나에게 동물학 책까지 한 권 가져와 진화가
덜 된 그 물고기들의 이름과 도판도 보여 주었다. 나는
마음속에서 한 가닥 특이한 전율을 느끼며 진화의 초기
단계에서 나온 한 가지 기능을 생생하게 느꼈다.

야곱의 싸움

특이한 음악가 피스토리우스로부터 아브락사스에
대해 들은 것을 짧게 다시 들려줄 수 없지만 그에게
배운 가장 중요한 것은 나 자신에게로 가는 길 위의 또
한 걸음이었다. 나는 당시에 열여덟 살의 평범치 않은
젊은이였다. 수백 가지 일에서 조숙하고, 다른 수백 가지
일에서 몹시 뒤처지고 무력했다. 때때로 다른 사람들과
자신을 비교하면 자주 우쭐하고 교만해졌으나, 꼭 그만큼
자주 의기소침해하고 굴욕스러워했다. 어떤 때는 자신을
천재로 생각하는가 하면 어떤 때는 절반쯤 돌았다고
생각했다. 또래들의 기쁨과 생활을 같이할 수 없었고, 자주
비난과 근심으로 자신을 소모했다. 마치 내가 절망적으로
그들로부터 떨어져 있기라도 하듯이, 마치 삶이 내게 닫혀
있기라도 하듯이.
    그 자신이 성숙한 괴짜였던 피스토리우스는 내게

용기와 스스로에 대한 존경을 간직하는 법을 가르쳤다. 그는 내가 한 말들, 내가 꾼 꿈들, 나의 환상과 생각에서 늘 가치 있는 것을 찾아내고, 그것들을 언제나 중요하게 받아들이고 진지하게 논평하면서 나에게 예를 제시했다.

그가 말했다. "나한테 이야기했지. 음악을 사랑하는 건 음악이 도덕적이지 않기 때문이라고. 나야 아무래도 괜찮아. 하지만 자네 자신이 도덕주의자가 아니기도 해야지! 자신을 남들과 비교해서는 안 돼, 자연이 자네를 박쥐로 만들어 놓았다면, 자신을 타조로 만들려고 해서는 안 돼. 더러 자신을 특별하다고 생각하고, 대부분의 사람들과는 다른 길을 가고 있다고 자신을 나무라지. 그런 나무람을 그만두어야 하네. 불을 들여다보고 구름을 바라보게. 예감들이 떠오르고 자네 영혼 속에서 목소리들이 말하기 시작하거든 곧바로 자신을 그 목소리에 맡기고 묻지는 마. 그것이 선생님이나 아버지 혹은 그 어떤 하느님의 마음에 들까 하고 말이야. 그런 물음이 자신을 망치는 거야. 그런 물음들 때문에 인도(人道)로 올라서고 화석이 되어 가는 거지. 이봐, 싱클레어, 우리의 신은 아브락사스야. 그런데 그는 신이면서 사탄이지. 그 안에 환한 세계와 어두운 세계를 가지고 있어. 아브락사스는 자네의 어떤 생각에도, 어떤 꿈에도 이의를 제기하지 않아. 결코 잊지 말게. 하지만

자네가 언젠가 나무랄 데 없이 정상적인 인간이 되어 버릴
때, 그때는 아브락사스가 자네를 떠나. 그때는 자신의
사상을 담아 끓일 새로운 냄비를 찾아 그가 자네를
떠난다네."

내 모든 꿈들 가운데서 저 어두운 사랑의 꿈이
가장 끈질기게 이어졌다. 자주, 자주 나는 그 꿈을
꾸었다. 문장의 새 밑을 지나 오래된 우리 집 안으로
들어섰다. 어머니를 포옹하려 했는데, 어머니 대신 키가
크고 절반은 남자이고 절반은 어머니인 여자를 안았다.
그녀가 무서웠는데도 불타는 욕망이 나를 그녀에게로
끌었다. 그런데 이 꿈은 내 친구에게 결코 이야기할 수
없었다. 다른 모든 것을 그에게 열어 보이고 나서도 이
꿈만은 간직해 두었다. 그것은 나만의 모퉁이, 나의 비밀,
피난처였다.

마음이 짓눌릴 때면 피스토리우스에게 전에 들은
북스테후데의 파사칼리아를 연주해 달라고 청했다. 그럴
때면 어두운 저녁 교회 안에서 나는 그 자체에 몰두하고,
그 자체에 귀 기울이는 이 기이하고 내밀한 음악에
몰입하여 앉아 있었다. 그 음악은 번번이 기분 좋았고 나로
하여금 더욱더 영혼의 목소리들을 인정할 준비가 되도록
도와주었다.

때로 우리는 오르간 소리가 잦아들고 나서도 한동안

그대로 교회에 앉아 희미한 빛이 뾰족한 아치형의 높은 창문을 통해 비쳐 들다가 가물가물 사라지는 모습을 바라보았다.

"우습게 들리겠지." 피스토리우스가 말했다. "내가 한때 신학도였고 목사까지 될 뻔했다는 게 말이야. 그러나 내가 당시에 저지른 것은 형식상의 오류였을 뿐이야. 사제라는 것, 그건 아직도 내 직업이자 목표이지. 다만 난 너무 일찍 만족했고 나를 마음대로 쓰시도록 여호와에게 맡겼지. 아브락사스를 알기 전이었어. 아, 어느 종교든 좋아. 종교는 영혼이야. 기독교적 성찬을 들든지 메카로 순례를 가든지 마찬가지야."

"그렇다면 정말 목사가 되실 수도 있었겠네요." 내가 말했다.

"아니, 싱클레어, 아니야. 난 거짓말을 해야만 했어. 우리의 종교는 마치 그것이 종교가 아닌 것처럼 훈련받아. 종교가 인간 오성의 산물인 듯 취급되지. 가톨릭은 급하면 아쉬운 대로 괜찮을지도 몰라. 하지만 신교 목사, 아니! 진짜 신자들, 그런 사람들을 몇 명 아는데, 그들은 성경의 자자구구에 매달리지. 그 사람들한테 그리스도는 나에게 그냥 인물이 아니라 하나의 영웅, 하나의 신화라고, 엄청난 그림자상(像)이라고 말할 수 없어. 그 그림자 안에서 인류는 스스로의 모습이 영원의 벽에 그려진 것을

보는데 말이야. 그리고 다른 사람들, 똑똑한 말 한마디를
들으려고, 한 가지 의무를 완수하려고, 아무것도 놓치지
않으려고 등등의 이유로 교회에 가는 사람들, 그들에게
내가 무슨 말을 할 수 있었을까? 그들을 개종시켜야 하나?
하지만 그건 전혀 내 뜻이 아니야. 사제란 개종시키려
하지 않아. 다만 신자들 가운데서, 자기와 비슷한 사람들
안에서 살려고 하지. 그리고 우리가 우리의 신을 만들어
내는 감정의 보유자이자 표현이고자 하는 거야."

거기서 그가 말을 뚝 끊었다. 그러더니 다시 계속했다.
"우리가 지금 아브락사스라는 이름으로 부르는 우리의
새로운 신앙은 좋은 거야, 우리가 가지고 있는 최상의
것이라네. 그러나 그는 아직 젖먹이지! 아직 날개가
돋아나지 않았어. 아, 외로운 종교, 그건 아직 진정한
종교가 아니야. 그것은 공통의 것이 되어야 해. 예배와
도취, 축제와 비밀 의식(儀式)을 가져야 해……."

그는 생각하며 자신 속으로 침잠했다.

"비밀 의식이라면야 혼자서도 혹은 아주 작은 범위
안에서도 행할 수 있지 않나요?" 내가 망설이며 물었다.

"할 수야 있지." 그가 고개를 끄덕였다. "나는 벌써
오래 그렇게 해 오고 있어. 예배를 드렸지. 만약 사람들이
알게 된다면 그것 때문에 여러 해를 교도소에 박혀 있어야
할지도 모를 예배이지. 알아. 이 예배는 아직은 옳은 것이

아니야."

갑자기 그가 내 어깨를 쳤다. 나는 움칫 몸을
오그렸다. "이봐." 그가 집요하게 말했다. "자네도 비밀
의식을 가지고 있군. 자네는 틀림없이 나한테 이야기하지
않은 꿈을 꿀 거야. 알 생각은 없네. 그러나 말해 두겠는데,
그것을, 그 꿈들을 그대로 살게, 그것을 유희하게, 그것에
제단을 세워 주게! 그것은 아직 완전하지는 않지만,
하나의 길이야. 우리가, 자네와 나 그리고 몇몇 다른
사람들이 세계를 한번 새롭게 개혁할지 그러지 못할지야
두고 봐야지. 그러나 저 안쪽 우리 마음속에서 우리는
그것을 날마다 새롭게 해야 하네. 그러지 않으면 우리는
아무것도 아니야. 그걸 생각해 보게! 자넨 열여덟 살이네,
싱클레어. 길거리 창녀한테로 달려가지 말고 사랑의 꿈,
사랑의 소망을 가져야 하네. 어쩌면 그 꿈들은 자네가
무서워하는 종류겠지. 무서워하지 말게! 그것들은
자네가 지닌 최상의 것이야. 나를 믿어도 되네. 나는 꿈을
많이 잃어버렸어. 자네 나이에 사랑의 꿈들을 능욕했지.
그래서는 안 되는데. 아브락사스를 알면 더 이상 그래서는
안 돼. 아무것도 무서워해서는 안 되고 영혼이 우리
마음속에서 소망하는 그 무엇도 금지되었다고 해서는 안
되지."

내가 놀라서 이의를 말했다. "그러나 생각나는 모든

것을 행동으로 옮길 수는 없잖아요! 어떤 사람이 마음에 들지 않는다고 죽여서는 안 되잖아요.”

그가 나에게 다가왔다.

“상황에 따라서는 죽여도 돼. 다만 죽이는 건 대체로 오류지. 머리를 스친 모든 생각을 그냥 행동으로 옮기라는 게 아닐세. 다만 좋은 뜻을 가진 착상들을 몰아내고 그걸 이리저리 도덕화해서 해롭게 만들지 말라는 걸세. 자신이나 다른 사람을 십자가에 못 박는 대신 장엄한 사상의 잔으로 술을 마시면서 비밀스러운 희생 의식 생각을 할 수 있지. 그런 것도 모두 나름의 의미가 있거든. 다시 한번 무언가 정말 근사한 생각 혹은 죄 많은 생각이 떠오르거든 싱클레어, 누군가를 죽이거나 어떤 어마어마하게 불결한 짓을 저지르고 싶거든 한순간 생각하게. 그렇게 자네 속에서 상상의 날개를 펴는 건 아브락사스임을! 자네가 죽이고 싶어 하는 인간은 결코 아무개 씨가 아닐세. 그 사람은 분명 하나의 위장에 불과하네. 우리가 어떤 사람을 미워한다면 우리는 그의 모습에서 바로 우리 자신 속에 들어앉아 있는 무언가를 보고 미워하는 거지. 우리 자신 속에 있지 않은 것, 그건 우리를 자극하지 않아.”

피스토리우스가 가장 은밀한 부분에서 내게 그토록 깊이 명중하는 말을 한 적이 전에는 한 번도 없었다. 나는 대답을 할 수 없었다. 그러나 가장 강하게 그리고 가장 특별하게 내 마음에 와닿은 것은 이 위로가, 내가 여러 해 전부터 마음속에 지니고 있던 데미안의 말과 울림이 같다는 사실이었다. 피스토리우스와 데미안은 서로에 대해서 아무것도 모르는데, 둘이 나에게 똑같은 말을 한 것이다.

피스토리우스가 나직이 말했다. "우리가 보는 사물들은 우리 마음속에 있는 것과 똑같은 사물들이지. 우리가 우리 마음속에 가지고 있지 않은 현실이란 없어. 그렇기 때문에 대부분의 사람들이 그토록 비현실적으로 사는 거지. 그들이 바깥에 있는 물상들만 현실로 생각해서 마음속에 있는 그들 자신의 세계가 전혀 발언되지 못하게 하기 때문이야. 그러면서 행복할 수는 있겠지. 그러나 일단 다른 것을 알면 그때부터는 대부분의 사람들이 가는 길을 가겠다는 선택이란 없어져 버리지. 싱클레어, 대부분의 사람들이 가는 길은 쉬워. 우리의 길은 어렵고. 우리 함께 가 보세."

며칠 뒤, 두 차례 그를 기다렸으나 허탕을 친 다음 저녁 늦게 길거리에서 그와 마주쳤다. 추운 밤바람 속에서 그는 외롭게 모퉁이를 돌아 바람에 불려 왔다. 비틀거리며 완전히 취해서. 나는 그를 부르고 싶지 않았다. 그는 나를 보지 못한 채 내 곁을 스쳐 지나갔다. 마치 알 수

없는 것으로부터 오는 어두운 외침을 따르기라도 하듯
이글이글 타는 외로워진 눈으로 앞을 응시하고 있었다.
나는 길 하나가 끝날 때까지 그를 뒤따라갔다. 그는
마치 보이지 않는 철사에 매여 당겨지는 듯 끌려갔다.
열광적으로, 그렇지만 흐트러진 걸음걸이로 마치
유령처럼. 슬퍼져서 나는 집으로, 구제받지 못한 나의
꿈들로 돌아갔다.

  '저렇게 그는 이제 자기 속의 세계를 새롭게 하고
있구나!' 나는 생각했으며 같은 순간에 그것은 저열하며
도덕적인 발상이라고 느꼈다. 그의 꿈에 대해 내가 무얼
안단 말인가? 그는 어쩌면 그렇게 술에 취해서, 불안에
휩싸인 나보다 오히려 더 안전한 길을 갔을 것이다.

  수업 시간 사이 쉬는 시간에 이따금씩 내가 한 번도
주의한 적 없었던 급우가 내게 가까이 오려고 애쓰고 있는
것이 눈에 띄었다. 작고 허약해 보이는 가냘픈 젊은이로,
붉은빛 도는 숱 적은 머리에 행동에는 무언가 나름의
것이 있는 친구였다. 어느 저녁 내가 집으로 갈 때 그가
골목길에서 지켜보고 있다가 내가 자기를 지나쳐 가게
놔두더니 다시 뒤쫓아 와서 우리 집 현관문 앞에 서서
머물러 있었다.

  "너 나한테 뭐 할 말이 있니?" 내가 물었더니 그가

수줍게 말했다.

"그냥 너하고 한번 이야기를 나누고 싶었어. 몇 걸음만 함께 걷자."

나는 그를 따라 걸었는데, 그가 몹시 상기되고 기대감으로 가득 차 있는 것이 느껴졌다. 그의 두 손이 떨렸다.

"넌 심령술을 하니?" 그가 난데없이 불쑥 물었다.

"아니야, 크나우어." 내가 웃으며 말했다. "전혀 아니야. 어떻게 그런 생각을 했지?"

"그럼 접신을 하니?"

"그것도 아니야."

"아, 그렇게 숨기지 마! 너한테는 뭔가 특별한 것이 있다는 걸 나는 아주 잘 느끼고 있어. 넌 그것을 눈에 담고 있어. 네가 영(靈)들과 교류한다는 걸 확실하게 믿어. 호기심에서 묻는 게 아니야, 싱클레어. 아니야! 나 자신이 구도자거든. 그리고 난 너무도 외로워."

"이야기해 봐!" 내가 그를 격려했다. "난 영들에 대해서는 전혀 모르지만, 내 꿈속에서 살고 있어. 네가 그걸 감지했구나. 다른 사람들도 꿈속에서 살아. 그러나 자기 자신의 꿈속이 아니야. 그게 차이지."

"그래, 어쩌면 그럴지도 모르겠다." 그 애가 나직이 말했다. "어떤 종류의 꿈속에서 사느냐 하는 것만 문제라는 거지. 백주술(白呪術)이라는 말 들어 본 적 있니?"

나는 아니라고 해야 했다.

"그건 자기 자신을 지배하는 법을 배우는 거라더라. 죽지 않을 수 있고 요술도 할 수 있다는데. 너 그런 연습 한 번도 안 해 봤어?"

그 연습에 대해 호기심 어린 질문을 하자 그가 처음에는 뭔지 숨기는 듯 알 수 없이 굴어서 마침내 나는 가려고 몸을 돌렸다. 그러자 그가 주섬주섬 털어놓기 시작했다.

"예를 들면 잠들고자 하거나 집중하고자 할 때 나는 그런 연습을 해. 무언가를, 예를 들면 단어 하나 혹은 이름 하나 혹은 기하학 도형 하나를 생각해. 그다음에는 그것들을 생각하면서 몸속으로 집어넣어. 할 수 있는 한 한껏 집중해서 그것들이 내 안에, 내 머릿속에 있다고 상상해 보려 해. 마침내 내 몸속에 있다는 느낌이 올 때까지. 그런 다음 그것이 목에 걸렸다고 생각하지. 그런 식으로 마침내 내 몸이 완전히 그것으로 가득 찰 때까지 생각해. 그다음에는 완전히 확고해지지. 그러면 그때부터는 그 무엇도 나를 안정에서 벗어나게 하지 못하지."

그가 무슨 생각을 하는지 어느 정도는 이해가 되었다. 그렇지만 그가 정작 하고 싶어 하는 말은 다른 것임이 잘 느껴졌다. 그는 기이하게 흥분해 있고 조급했다. 나는 그의 질문을 가볍게 해 주려고 했다. 그러자 곧 그가 자기 자신의 고유한 관심사를 내놓았다.

"너도 금욕을 하지?" 그가 불안스럽게 물어 왔다.

"무슨 뜻이지? 성(性) 문제 말인가?"

"그래, 그래. 나는 지금 이 년째 금욕을 하고 있어, 그 학설에 대해 안 다음부터. 그전에는 죄를 지었더랬어. 너도 벌써 알겠지만. 너는 그러니까 여자하고 잔 적이 없지?"

"없는데." 내가 말했다. "그럴 상대를 못 찾았어."

"그러나 만약 마음에 드는 여자를 찾아내고 맞는 상대라면, 그렇다면 그 여자하고 자겠구나?"

"그래, 물론이야. 그 여자가 반대하지 않는다면 말이야." 내가 약간 비꼬듯 말했다.

"오, 그 점에서 길을 잘못 들어선 거야! 내면의 힘은 완전히 금욕할 때에만 키울 수 있어. 나는 그렇게 했어. 이 년 동안. 이 년하고도 한 달 조금 더 됐지! 그건 참 힘들어! 어떤 때는 거의 견딜 수 없을 정도야."

"이봐, 크나우어. 난 금욕이 그렇게 대단히 중요하다고 생각하지 않아."

"나도 알아." 그가 방어적으로 말했다. "다들 그렇게 말하지. 그래도 너는 그러지 않을 줄 알았어. 좀 더 높은 정신적인 길을 가는 사람은 늘 몸이 정결해야 해, 반드시!"

"그래, 그래, 그렇다면 그렇게 해! 하지만 난 이해하지 못하겠어. 자신의 성을 억누르는 사람이 왜 다른 사람보다 '더 정결'하다는 건지. 아니면 너는 성을 모든 생각과 꿈에서도 배제할 수 있다는 거니?"

그가 절망적으로 나를 바라보았다.

"아니야, 그런 게 아니야! 하느님 맙소사, 그렇지만 그래야만 해. 나는 밤에 꿈을 꿔, 나 자신한테조차 이야기할 수 없는 꿈을 꾸는걸! 무서운 꿈이라고!"

나는 피스토리우스가 했던 말을 기억했다. 그의 말이 참으로 옳다는 것을 느끼면서도 그 말을 그대로 전할 수는 없었다. 나 자신의 체험에서 나온 것이 아니며, 그것을 따르기에 나 자신이 아직 성숙하지 못했다고 느끼는 충고를 남에게 해 줄 수는 없었다. 나는 입을 다물었다. 누군가가 나에게 충고를 구했는데, 해 줄 말이 전혀 없다는 사실이 굴욕적이었다.

"나는 별별 시도를 다 해 봤어!" 크나우어가 내 옆에서 탄식했다. "할 수 있는 건 다 해 봤어. 찬물도 뒤집어써 보고 눈 속에도 있어 보고 체조도 해 보고 달리기도 해 보고. 그러나 다 아무 소용없었어. 밤마다 생각도 해선 안 되는 꿈을 꾸다가 화들짝 깨어나곤 해. 끔찍한 건 그러다 보니 내가 그동안 정신적으로 배운 모든 것이 내게서 차츰 다시 없어진다는 거야. 그러고 나면 그때부터는 아무리

해도 집중하거나 잠들 수 없어. 자주 누워서 밤을 꼬박
새워. 그걸 결코 오래 견뎌 내지 못하겠어. 마침내 내가 그
싸움을 해낼 수 없으면, 항복하고 다시 자신을 더럽히면
그다음에 나는 한 번도 싸워 본 적 없는 다른 모든
사람들보다 더 나쁜 거야. 이해하겠니?"

　　나는 끄덕였지만 해 줄 말이 없었다. 그가 지루해지기
시작했고, 그가 공공연하게 드러낸 괴로움과 절망이
나에게 그다지 깊은 인상을 남기지 못하는 것에 내심
놀랐다. 나의 느낌은 다만 '난 너를 도울 수 없어.'라는
것이었다.

　　그가 마침내 기진맥진하여 슬프게 말했다. "그러니까
넌 전혀 모르는 거지? 전혀 모르겠다고? 그래도 분명히
뭔가 길이 있을 거야! 넌 대체 어떻게 하지?"

　　"말해 줄 수 있는 게 아무것도 없구나, 크나우어.
사람들은 그런 일에서는 서로 도울 수 없어. 나를 도와준
사람도 아무도 없었어. 너 스스로 생각해 내려고 애써야
해, 그러고는 정말로 네 본질로부터 나오는 것, 그걸 하면
돼. 다른 길은 존재하지 않아. 네가 너 자신을 찾아낼 수
없으면 다른 영(靈)들도 찾아낼 수 없을 거야."

　　그 작은 녀석이 실망하여 갑자기 말을 뚝 끊더니 나를
물끄러미 바라보았다. 그러더니 그의 시선이 갑작스러운
증오의 빛을 띠며 이글이글 타올랐다. 그가 나에게

얼굴을 찡그리더니 화를 내며 소리쳤다. "아, 너야 멋진 성인이시지! 너도 죄를 짓겠지, 알아! 너는 마치 현인처럼 굴면서 남몰래 나나 다른 사람들과 똑같이 더러운 것에 매달리는 거지! 넌 돼지야, 돼지, 나와 마찬가지로. 우리는 모두 돼지야!"

나는 그를 그곳에 남겨 둔 채 떠났다. 그가 두세 걸음 나를 따라오더니 그다음에는 그대로 멈추었다가 몸을 돌려 달아났다. 연민과 혐오의 느낌으로 속이 메슥거렸다. 마침내 집에 와 내 작은 방에서 내 그림 몇 개를 주위에 둘러 세우고 더없이 간절한 마음으로 나 자신의 꿈들에 열중했을 때에야 비로소 그 느낌에서 벗어날 수 있었다. 그러자 곧 나의 꿈이 다시 떠올랐다. 현관문과 문장에 대한, 어머니와 낯선 여성에 대한 것이었다. 그 여성의 표정이 어찌나 또렷하게 보이는지 그날 저녁에 그녀의 모습을 그리기 시작했다.

며칠 뒤 스케치가 완성되자 의식을 잃은 듯 몽환적인 상태에서 칠까지 하여 저녁에 벽에 걸고, 독서 등을 그 앞으로 밀어 놓고는 결판이 나도록 싸워야 하는 신 앞에 선 듯 그 앞에 서 있었다. 그것은 얼굴이었다. 전의 것과 비슷하고, 내 친구 데미안과 비슷하고, 몇몇 표정에서는 나 자신과도 비슷했다. 한 눈이 다른 눈보다 눈에 띄게 높이 달려 있고, 시선은 침잠해 응결되고 운명으로 가득한 채 나를 넘어 어딘가로 향해 있었다.

　　그림 앞에 서서 나는 내적인 긴장으로 가슴속까지
써늘했다. 나는 그 그림에게 물었다. 그림을 비난했다.
그림을 애무했다. 그림에게 기도했다. 나는 그 그림을
어머니라고 불렀다. 연인이라고 불렀다. 창녀이고
매춘부라고 불렀다. 아브락사스라고 불렀다. 그러는 사이
피스토리우스의 말이(아니면 데미안의 말이었을까?) 떠올랐다.
언제 그 말을 들었는지는 기억할 수 없었다. 그러나
다시 들리는 것 같았다. 그것은 야곱과 천사의 싸움에
대한 말이었다. "나에게 축복을 내리지 않으면 보내지
않겠다."라는 말.

　　그려진 얼굴은 등불의 빛 속에서 그때그때의 간청에
따라 변했다. 환하게 밝아지다가 까맣게 어두워지고,
꺼져 가는 눈 위로 파리한 눈꺼풀을 감다가는 다시 떠
이글거리는 시선으로 쏘아보았다. 그것은 여자였다.
남자였다. 소녀였다. 어린아이였다. 동물이었다. 얼룩 한
점으로 흐릿해졌다가 다시 크고 뚜렷해졌다. 끝에 가서
나는 마음속에서 들리는 뚜렷한 부름을 따르며 눈을
감았고, 이제 그 그림을 내 마음 안에서 보았다. 더욱
강하게, 더욱 힘 있게. 나는 그림 앞에 무릎을 꿇으려 했다.
그러나 그림이 어찌나 내 안으로 들어가 버렸는지 그것을
나 자신과 갈라놓을 수 없었다. 마치 그림이 온통 나

자신이 되어 버린 듯이.

그때 마치 봄의 폭풍인 듯 어둡고 무거운 포효 소리가 들렸다. 나는 불안과 체험의 형언할 수 없이 새로운 느낌에 휩싸여 몸을 떨었다. 별들이 내 앞에서 번쩍거리다가 꺼졌다. 최초의, 아주 잊힌 유년으로까지, 실로 전생과 생성의 초기 단계까지 이르는 기억들이 나를 스쳐 콸콸 흘러갔다. 나의 온 생애를 가장 비밀스러운 것까지 되풀이하는 듯한 기억들은 어제오늘로 그치지 않았다. 계속 나아가 미래를 비추었고, 나를 오늘로부터 낚아채 새로운 삶의 형식들 속으로 넣었다. 그 새로운 삶의 영상들은 엄청나게 환하고 눈부셨으나 그중 어느 것도 나중에는 제대로 기억할 수 없었다.

밤에 깊은 잠에서 깨어나 보니 나는 옷을 입은 채로 침대에 비스듬히 걸쳐 누워 있었다. 불을 켰다. 무언가 중요한 것을 생각해 내야만 할 것 같은 느낌이었다. 몇 시간 전의 일을 아무것도 알 수 없었다. 불을 켰다. 차츰 기억이 돌아왔다. 나는 그림을 찾았다. 그림이 이제는 벽에 걸려 있지 않았다. 책상 위에 놓여 있지도 않았다. 확실치 않았지만 내가 그것을 불태워 버린 것 같기도 했다. 아니면 내가 그것을 내 손으로 불태우고 재를 먹어 버린 것이 꿈이었을까?

몸이 푸들푸들 떨리는 큰 불안이 나를 몰아댔다.

나는 어떤 강압을 받는 듯이 모자를 쓰고 집과 골목을
지나쳤다. 폭풍에 불려 가듯 거리와 광장들을 빠른
걸음으로 내처 걸었다. 내 친구의 어두운 교회 앞에서 귀를
기울였고, 어두운 충동에 휩싸여 무엇을 찾는지도 모르는
채 찾고 또 찾았다. 사창가가 있는 교외를 지나갔다.
그곳은 여기저기 아직 불이 켜져 있었다. 더 먼 곳에는
공사 중인 건물들과 기왓장 더미가 있고, 일부는 충충한
눈으로 덮여 있었다. 몽유병자처럼 알 수 없는 힘에 눌려
이 황량한 곳을 헤매다 보니 언젠가 나의 고문자 크로머가
처음으로 계산을 하자고 나를 끌고 갔던 고향 도시의
공사장이 생각났다. 비슷한 공사장이 잿빛 어둠 속에서
내 앞에 있고, 검은 문구멍들이 내 앞에서 입을 벌리고
있었다. 그것이 나를 안으로 끌었다. 물러서려다가 모래와
허섭스레기에 걸려 비틀거렸다. 충동 쪽이 더 강했다. 나는
들어가야 했다.

　판자와 짓부서진 벽돌들 너머로 나는 비틀비틀 그
황량한 공간 속으로 들어갔다. 축축한 냉기와 돌 냄새가
희미하게 났다. 모래 더미가, 좀 밝은 잿빛인 지점이 한
군데 있었다. 그 밖에는 온통 캄캄했다.

　거기서 놀란 목소리가 나를 불렀다. "맙소사,
싱클레어, 어디서 내게로 온 거야?"

　그러면서 내 옆 어둠 속에서 사람 하나가, 작고

마른 사내가 유령처럼 몸을 일으켰다. 나는 머리카락이 곤두설 정도로 놀랐지만 그것이 내 학우 크나우어임을 알아보았다.

"어떻게 여기로 온 거야?" 흥분으로 제정신이 아닌 듯 그가 물었다. "어떻게 나를 찾아낼 수 있었지?"

나는 무슨 소리인지 알 수 없었다.

"난 너를 찾지 않았어." 내가 당황하여 말했다. 한마디 한마디가 힘들어 그 말은 얼어붙은 듯 무겁고 죽은 입술 사이로 가까스로 나왔다.

그가 나를 응시했다.

"찾지 않았다고?"

"찾지 않았어. 이끌려 온 거야. 네가 나를 불렀니? 네가 나를 부른 게 틀림없어. 너 여기서 대체 뭘 했어? 밤인데."

그가 가는 두 팔로 나를 으스러져라 껴안았다.

"그래, 밤이야. 머지않아 틀림없이 아침이 될 테고. 오, 싱클레어, 네가 나를 잊지 않았다니! 날 용서할 수 있겠니?"

"대체 뭘 용서하지?"

"아, 내가 그렇게 추하게 굴었잖아!"

비로소 우리가 나누었던 대화가 기억났다. 사나흘 전이었던가? 나에게는 그때 이후 한평생이 지나간 것만 같았다. 그러나 그 순간 나는 갑자기 모든 것을 알았다.

우리 사이에 무슨 일이 있었던가뿐만 아니라 왜 내가
이리로 오게 되었으며 크나우어가 이곳에서 무엇을 하려
했던가도.

"너 그러니까 죽으려 했구나, 크나우어?"

그가 추위와 두려움으로 몸을 덜덜 떨었다.

"그래, 그러려고 했어. 그럴 수 있었을지 없었을지는
모르겠어. 아침이 될 때까지 기다릴 생각이었어."

나는 그를 바깥으로 끌고 나갔다. 수평의 첫 새벽빛이
잿빛 공중에서 말할 수 없이 차갑고 냉담하게 어렴풋이
빛나고 있었다.

나는 얼마간 더 그의 팔을 잡고 데리고 갔다. 나에게서
말이 나왔다. "이제 집으로 가, 그리고 아무한테도 아무
말도 하지 마! 넌 길을 잘못 들어 헤맸던 거야. 그냥 길을
잘못 들었던 거라고! 그리고 우린 네 생각처럼 돼지가
아니야. 우린 인간이야. 우린 신을 만들고 신들과 싸우지.
그러면 신들이 우리를 축복해."

우리는 말없이 더 걷다가 헤어졌다. 집으로 돌아가자
날이 완전히 밝아 있었다.

그 시절 장크트○○시에서 내게 주어진 최고의 것은
피스토리우스와 오르간 옆에 혹은 벽난로 앞에 서 있는
시간이었다. 우리는 아브락사스에 대한 그리스어로 된 글을

함께 읽었다. 그가 베다경의 번역을 부분부분 읽어 주었고
나에게 신성한 '옴(Om)'을 말하는 법을 가르쳐 주었다.
그사이 나를 내면적으로 키워 준 것은 학식이 아니라
오히려 그 반대였다. 기분 좋았던 것은 나 자신 속에서
앞으로 나아가는 것이었다. 나 자신의 꿈, 생각, 예감에
대한 신뢰가 커 가는 것이었다. 그리고 내가 나 자신 안에
지니고 있는 힘에 대한 앎이 늘어나는 것이었다.

    피스토리우스와 더불어 나는 어떤 식으로든 나
자신을 이해했다. 나는 다만 그에 대한 생각을 강하게
하기만 하면 되었다. 그러면 나는 그 자신이나 그가 보내는
인사가 나에게 온다는 것을 확신했다. 나는 그에게,
데미안에게 그랬듯이 그 자신이 그곳에 없어도 무언가를
물어볼 수 있었다. 그의 모습을 집중해서 그려 보기만
하면 되었고 나의 물음들을 집중해서 그에게로 보내기만
하면 되었다. 그러면 물음에 담은 모든 영혼의 힘이 대답이
되어 내 마음속으로 되돌아왔다. 다만 내가 상상한 것은
피스토리우스라는 인물이 아니었다. 데미안이라는 인물도
아니었다. 내가 불러야 했던 것은 내가 꿈꾸고 그린 그림,
남자면서 여자인 영상, 내 수호신의 영상이었다. 그것은
이제 더 이상 내 꿈속에서만 살지 않았으며 종이 위에
그려지는 것에 그치지 않고 내 마음속에 소망의 상이 되어,
상승된 나 자신이 되어 살고 있었다.

자살 실패자 크나우어가 나와 맺게 된 관계는
특이하고 이따금씩은 우스꽝스러웠다. 내가 그에게 보내진
밤부터 그는 나에게 매달렸다. 충직한 하인이나 개처럼.
그의 삶을 나의 삶에 연결하려 하고 맹목적으로 나를
따랐다. 그는 더할 나위 없이 놀라운 물음들, 소망들을
들고 나에게 왔다. 영들을 보려고 했으며 카발라를 배웠고
내가 그런 모든 일을 전혀 이해하지 못한다고 단언해도
나를 믿지 않았다. 그는 나에게 무슨 힘이든 다 있다고
믿었다. 그러나 기이했던 것은 그가 자주 놀랍고도 멍청한
질문들을 들고 나를 찾아온 것이 바로 내 마음속에서
어떤 매듭 하나가 풀려야 할 때였고 그의 변덕스러운
착상들과 관심사들이 나에게는 자주 화두이자 해결의
실마리가 되었다는 점이다. 충직한 그가 귀찮아 종종
보내 버리면서도 그 또한 나에게 보내진 사람임을 나는
느꼈다. 내가 그에게 준 것이 갑절이 되어 그에게서도 나와
내 마음속으로 되돌아옴을, 그 또한 나에게는 하나의
인도자이고 하나의 길임을 느낄 수 있었다. 그가 그 속에서
자신의 구원을 찾고 나한테 들고 오는 놀라운 책들과
글들은 나에게 내가 순간에 통찰할 수 있었던 것 이상의
가르침을 주었다.

이 크나우어가 나중에는 나도 모르는 사이에 내
길에서 사라져 버렸다. 그와는 대결이 필요하지 않았던

것이다. 그러나 피스토리우스와는 필요했다. 이 친구와
함께 나는 장크트○○시에서의 내 학생 시절이 끝나 갈
무렵에 또 한 번 특이한 체험을 했다.

악의 없는 인간도 살면서 한 번쯤 혹은 몇 번은 경건과
감사라는 아름다운 도덕과 갈등을 겪게 마련이다. 누구든
한 번은 자신을 아버지로부터, 스승들로부터 갈라놓는
걸음을 떼야 한다. 누구든 고독의 혹독함을 조금은
느껴야 한다. 대부분의 사람이 그것을 잘 견딜 수 없어
다시 밑으로 기어들기는 해도. 나는 내 부모님과 그들의
세계, 내 유년의 '환한' 세계로부터 격렬한 싸움 속에서
결별하지 않고 천천히 거의 눈에 띄지 않게 그들로부터
멀어지고 낯설어졌다. 마음이 좋지 않았다. 그래서 고향을
찾아갈 때면 자주 쓸쓸한 시간을 보냈다. 그러나 그것이
마음속까지 가지는 않았다. 견딜 만했다.

그러나 우리가 습관에서가 아니라 지극히 고유한
욕구에서 사랑과 경외를 표했던 곳, 우리가 더없이
진정으로 사도이자 친구였던 곳, 바로 그곳에 쓸쓸하고
무서운 순간이 온다. 우리 마음속의 이끌어 가는 물결이
사랑하는 사람으로부터 멀어져 가려 함을 갑자기
알아차렸을 때 말이다. 그곳에서는 친구이자 스승을
거부하는 생각 하나하나가 독침으로 우리 자신의 심장을
찌른다. 그곳에서는 방어의 타격 하나하나가 자기 자신의

얼굴에 적중한다. 그곳에서는 한 가지 유효한 도덕을
마음속에 지니고 있다고 생각한 사람에게 '충직하지
못함'과 '배은망덕'이라는 이름이 떠오른다. 치욕적인
기억과 낙인처럼. 그곳에서는 놀란 가슴이 두려움에 차
유년의 미덕들이 있는 아늑한 골짜기로 도망쳐 돌아가며
이런 결렬이 이루어지고 이런 끈도 끊어져야 한다는 것을
믿지 못하게 된다.

　　시간이 가면서 서서히 내 마음속에서 하나의
느낌이 내 친구 피스토리우스를 그렇게 절대적 지도자로
인정하는 것에 저항했다. 내 청년 시절 극히 중요한 몇
달 동안 내가 체험한 것은 그와의 우정이고 그의 충고,
그의 위로, 그의 친근함이었다. 그를 통해 신이 나에게
말했다. 그의 입으로부터 내 꿈들이 나에게로 되돌아왔다.
밝혀지고 해석되어서. 그는 나에게 나 자신에게 가는
용기를 선사했다. 아, 그런데 이제 서서히 자라 가면서
나는 그에 대한 저항을 감지했다. 이제 들으니 그의 말에는
지나치게 많은 가르침이 담겼고, 그가 완전히 이해하는
것은 나의 일부일 뿐이라고 느껴졌다.

　　우리 사이에 다툼은 없었다. 요란한 장면도 없었다.
결론도, 청산조차도 없었다. 나는 그에게 다만 단
한마디의, 사실은 무해한 말을 했다. 그러나 그 해롭지
않은 한마디가 던져진 바로 그 순간 우리 사이에 있었던

환상이 색색의 조각으로 깨져 흩어졌다.

어떤 예감이 이미 한동안 나를 짓누르고 있었다.
그것이 분명한 느낌으로 구체화된 것은 어느 일요일 그의
낡은 서재에서였다. 우리는 불 앞 방바닥에 엎드려 있었고
그는 비밀 의식들과 종교 형태들을 이야기했다. 그는 그런
것들을 연구하고 명상하며, 그 가능한 미래에 열중하고
있었다. 그러나 나에게는 그 모든 것이 인생을 결정할
만큼 중요하다기보다는 오히려 기이하고 재미있는 것으로
보였다. 나에게는 그저 현학적인 과시로 들렸다. 내 귀에는
이전 세계들의 폐허를 뒤지는 고달픈 탐색의 소리로
들렸다. 그리하여 문득 나는 이 모든 방식, 이런 신화 예배,
전승된 신앙 형식을 모자이크처럼 짜 맞추는 유희에
거부감을 느꼈다.

"피스토리우스." 내가 갑자기 말했다. 스스로도 놀랄
만큼 악의가 담겨 있었다. "제게 다시 한번 꿈 이야기를
들려주셔야겠어요. 밤에 꾸신 진짜 꿈 이야기를요. 지금
말씀하시는 것, 그건 참 빌어먹게 골동품 냄새가 나네요!"

내가 그런 식으로 말하는 것을 그는 들어 본 적이
없었다. 나 자신도 말하는 바로 그 순간에 번개같이, 내가
그에게 쏘아 버리고 그의 심장을 맞힌 화살이 그 자신의
무기고에서 꺼낸 것이었음을 수치와 충격으로 느꼈다.
그가 냉소적 음색으로 이따금씩 내뱉던 자기 비난의

어휘들을 이제 악랄하게도 내가 그에게 한껏 극단화된
형태로 던졌던 것이다.

그도 순간적으로 그것을 느꼈다. 그리고 즉시
잠잠해졌다. 마음속으로 두려움을 느끼며 그를 보고
있자니 그가 무섭게 창백해졌다.

길고 무거운 침묵 후에 그가 새 장작을 불에 얹고
가라앉은 음성으로 말했다. "자네 말이 전적으로 옳아,
싱클레어. 자네는 영리한 친구야. 나는 골동품으로 자네를
지켜 주려 하는 걸세."

그가 매우 침착하게 말했지만, 나는 그가 입은 상처의
고통을 잘 느낄 수 있었다. 내가 무슨 짓을 했던가!

눈물이 나올 것 같았다. 진심으로 그에게로 향하고
싶었다. 그에게 용서를 빌고 싶었다. 그에게 나의 사랑,
나의 애정 어린 감사를 확인시키고 싶었다. 감동적인
말들이 떠올랐다. 그러나 말할 수 없었다. 나는 그냥
엎드려 불을 들여다보며 말이 없었다. 그도 말이 없었다.
그렇게 우리는 누워 있었고 불은 타 내려가 다 꺼졌다.
탁탁 튀기며 꺼지는 불꽃 하나와 함께 다시는 돌아올
수 없는 아름다움과 친밀함도 다 타서 날아가 버리는
느낌이었다.

"제 말을 잘못 이해하셨을까 봐 두렵습니다." 내가
마침내 몹시 풀이 죽어 건조하고 쉰 목소리로 말했다. 마치

신문 연재소설을 낭독하듯이 멍청하고 무의미한 말들이
기계적으로 내 입술 너머로 새어 나왔다.

"난 자네 말을 정확히 이해했네." 피스토리우스가
나직이 말했다. "자네가 옳아." 조금 뜸을 들인 다음 그가
천천히 계속했다. "한 인간이 다른 사람에게 맞서 옳을 수
있는 만큼 말일세."

아니, 아니, 나는 마음으로 외쳤다. 제가 틀렸어요!
그러나 아무 말도 할 수 없었다. 내가 단 한마디 보잘것없는
말로써 그의 본질적인 약점, 그의 괴로움과 상처를 가리켜
보였다는 것을 알았던 것이다. 그가 자신을 불신하지
않을 수 없는 바로 그 지점을 내가 건드렸던 것이다. 그의
이상에서는 '골동품 냄새가 났다.' 그는 과거를 향한
구도자였다. 그는 낭만주의자였다. 그리고 나는 갑자기
깊이 느끼게 되었다. 피스토리우스는 그가 나에게 준 것을
그 자신에게는 줄 수 없었으며 내 눈에 비친 그의 모습도
그의 실체는 아니었다는 사실을. 그는 길잡이인 자신도
넘어서지 못하고 떠나야 했던 길로 나를 인도했던 것이다.

어떻게 그런 말이 나왔는지는 신이나 아실 일! 나는
전혀 나쁜 뜻이 아니었고 파국의 예감도 없었다. 말을 입
밖에 내는 순간에도 무엇을 말하는 것인지 전혀 의식하지
못한 무언가를 입 밖에 냈던 것이다. 약간 재치 있고 약간
악의 있는 소소한 착상에 굴복했던 것이다. 그것이 운명이

되어 버렸다. 나는 부주의한 작은 횡포를 저질렀는데
그에게는 그것이 심판이 되어 버렸다.

당시에 나는 얼마나 간절히 소망했던가. 그가
화를 냈으면, 그가 자신을 방어하고 나한테 소리쳐
주었으면! 그는 아무것도 하지 않았다. 그 모든 것을
내가, 내 마음속에서, 스스로 해야만 했다. 만약 할 수만
있었더라면 그는 미소 지었으리라. 그가 그럴 수 없었다는
것, 그것에서 나는 내가 얼마나 심한 타격을 주었는지 가장
잘 볼 수 있었다.

그리고 피스토리우스는 주제넘고 배은망덕한 제자의
공격을 그렇게 소리 없이 받아들임으로써, 침묵하고 내가
옳다고 인정함으로써, 나의 말을 운명으로 인정함으로써
내가 나 스스로를 미워하도록 만들었다. 그는 나의
경솔함을 천배 더 크게 만들었다. 때리려 달려들었을 때
나는 방어력 있는 강한 사람을 쳤다고 생각했다. 그런데
맞은 사람은 인고하는 고요한 인간, 말없이 항복하는
무방비한 사람이었다.

오랜 시간 우리는 다 타 버린 불 앞에 그대로
엎드려 있었다. 불 속에서 타오르는 모습 하나하나가,
구부러져 들어가는 막대 모양의 재 하나하나가 행복하고
아름답고 풍요로웠던 시간들을 내 기억 속에 불러왔고
피스토리우스에게 내가 진 빚더미를 점점 더 크게

쌓아 올렸다. 마침내 나는 더 견디지 못했다. 일어서서
방을 나갔다. 나는 오래 서 있었다. 그의 방 문 앞에서,
어두운 계단 위에서, 집 바깥에서 그가 혹시 나와서
나를 따라오지 않을까 한동안 더 기다리며. 그다음에는
계속 걸었다. 몇 시간이고 시내와 교외, 공원과 숲을
돌아다녔다. 저녁까지. 그리고 당시에 나는 처음으로 내
이마에 찍힌 카인의 표적을 느꼈다.

하지만 서서히 나는 생각하게 되었다. 나의 생각은
모두 나 자신을 비난하고 피스토리우스를 옹호하려는
것이었다. 하지만 모든 것이 그 반대로 끝나 버렸다. 수천
번이나 나는 나의 경솔했던 말을 후회했고 다시 거두어
담을 용의가 있었다. 그러나 그래도 그것은 사실이었다.
이제 비로소 피스토리우스가 이해되었다. 그의 모든 꿈을
떠올려 볼 수 있었다. 이런 꿈이었다. 사제가 되어 새로운
종교를 알리는 꿈, 찬양과 사랑, 예배의 새로운 형식을
주고 새로운 상징들을 세우려는 꿈이었다. 그러나 그것은
그의 힘으로 될 일이 아니었다. 그의 직분이 아니었다. 그는
너무도 편안하게 이미 존재하는 것 속에 머물렀다. 그는
예전의 것을 너무도 정확하게 알았다. 그는 이집트에 대해,
인도에 대해, 미트라에 대해, 아브락사스에 대해 너무도
많이 알았다. 그의 사랑은 이미 지구가 본 형상들에 매여
있었다. 그러면서 마음속 가장 깊은 곳에서 그 스스로가

잘 알았다. 새로운 것은 새롭고도 달라야 하며 새 땅에서
솟아야지 수집되거나 도서관에서 길어 내져서는 안
된다는 것을. 그의 직분은 어쩌면 나에게 해 주었듯이
인간이 그 자신에게 이르도록 돕는 일이었을 것이다.
그들에게 전대미문의 것, 새로운 신들을 제시하는 것,
그것은 그의 직분이 아니었다.

　　그리고 여기서 갑자기 예리한 불꽃 같은 인식이 나를
불태웠다. 누구에게나 하나의 '직분'이 있지만, 누구도
직분을 자의로 택하고 고쳐 쓰고 마음대로 주재해도
되는 것은 아니라는 것. 새로운 신들을 원하는 것은
잘못되었다. 세계에 무언가를 주겠다는 것은 완전히
잘못된 생각이었다! 각성된 인간에게는 한 가지 의무
외에는 아무런, 아무런, 아무런 의무도 없었다. 자기
자신을 찾고, 자신 속에서 확고해지는 것, 자신의 길을
앞으로 더듬어 나가는 것. 어디로 가든 마찬가지였다. 그
생각이 내 마음을 깊이 뒤흔들었다. 그리고 그것이 내게는
이 체험에서 얻은 열매였다. 나는 자주 미래의 영상들을
가지고 유희했더랬다. 어쩌면 시인 혹은 예언자 혹은 화가
혹은 어떻게든 나를 위해 예비되었을 역할들을 꿈꾸곤
했다. 그 모든 것이 아무것도 아니었다. 나는 시를 짓기
위해, 설교하기 위해, 그림을 그리기 위해 존재하는 것이
아니었다. 또 다른 어떤 인간이 되라고 존재하는 것이

아니었다. 그 모든 것은 다만 부수적으로 생성된 것이었다.
모든 사람에게 진실한 직분이란 단 한 가지였다. 즉 자기
자신에게로 가는 것. 사람들은 결국 시인 혹은 광인이,
예언가 혹은 범죄자가 될 수도 있었다. 그것은 관심 가질
일이 아니었다. 그런 것은 궁극적으로 중요하지 않았다.
누구나 관심 가져야 할 일은 아무래도 좋은 운명 하나가
아니라 자신의 운명을 찾아내는 것이며, 운명을 자신
속에서 완전히 그리고 굴절 없이 다 살아 내는 일이었다.
다른 모든 것은 반쪽의 얼치기였다. 시도를 벗어남이고,
패거리의 이상(理想)으로의 재도피이고, 자기 자신에
대한 무비판적 적응이자 두려움이었다. 새로운 영상이
무섭고도 성스럽게 눈앞에서 솟았다. 수백 번 예감했고
어쩌면 자주 입 밖에 냈지만 이제 비로소 체험한 것이었다.
나는 자연이 던진 돌이었다. 불확실함 속으로, 어쩌면
새로운 것 속으로, 어쩌면 무(無)로 던져졌다. 그리고
측량할 길 없이 깊은 곳으로부터의 이 던져짐이 남김없이
이루어지게 하고, 그 뜻을 마음속에서 느끼고 그것을
완전히 내 것으로 만드는 것, 그것만이 나의 직분이었다.
오직 그것만이!

　　나는 이미 많은 고독을 맛보았다. 이제 예감했다. 더
깊은 고독이 있으며 그 고독에서는 벗어날 수 없다는 것을.
　　나는 피스토리우스와 화해하려 하지 않았다. 우리는

변함없이 친구였다. 그러나 관계가 달라졌다. 다만 단 한 번 우리는 그것에 대해 이야기했다. 아니, 사실 그렇게 한 것은 그였다. 그가 말했다. "나에게는 사제가 되려는 소망이 있어. 그걸 자네도 알지. 우리가 그토록 예감하는 새로운 종교의 사제가 가장 되고 싶었어. 난 결코 사제가 될 수 없을 걸세. 그걸 알아. 전에도 알았지. 자신에게 그걸 완전히 고백하지는 않았어도 벌써 오래전부터 말이야. 나는 바로 다른 사제 봉사를 하려 하네. 어쩌면 오르간 건반 위에서, 어쩌면 다른 곳에서. 그러나 나는 늘 무언가, 내가 아름답고 성스럽게 느끼는 것에 에워싸여 있어야 해. 오르간 음악과 비밀 의식이든, 상징과 신화든 나는 그런 것이 필요해. 그리고 그런 것에서 떠나지 않겠네. 그게 나의 약점이지. 왜냐하면 나도 때때로 싱클레어, 내가 그런 소망을 가져서는 안 되리라는 걸 알아. 그것이 사치이며 약점임을 알아. 만약 내가 아주 단순하게 아무런 요구 없이 운명에 자신을 내맡긴다면 그 편이 더 위대한 일일 거야. 더 올바른 일일 거야. 그러나 나는 그럴 수 없어. 그건 내가 할 수 없는 유일한 일이지. 어쩌면 자네는 언젠가 할 수 있을 거야. 그렇게 운명에 자신을 내맡기는 건 어려워. 그건 세상에서 유일한 진짜 어려움이라네. 이보게, 나는 자주 그 꿈을 꾸었지. 그러나 그럴 수 없어. 그 앞에서 몸서리쳐. 나는 그렇게 완전히 벌거벗은 채 외롭게 서 있을 수 없어. 나 또한 약간의 온기와 먹이를 필요로 하고 이따금씩은 자기 비슷한 것들을 곁에서 느끼고 싶어 하는 한 마리 가엾은 약한 개라네. 자신의 운명 말고는 정말로 아무것도 원하지 않는 자, 그에게는 그때부터 자기 비슷한 사람이 없어. 완전히 홀로 서 있지. 주위에는 오직 차가운 우주뿐이지. 자네 알지, 그건 겟세마네 동산의 예수야. 기꺼이 십자가에 못 박히려는 순교자들이 있었어. 그러나 그들도 영웅은 아니었어, 해방되지 않았어. 그들 또한 무언가를 원했지, 그들에게 익숙하며 고향 같은 것을. 그들에게는 모범이 있었어. 이상이 있었지. 아직도 오로지 운명만을 원하는 자, 그에게는 이제 모범도 이상도 없어. 사랑스러운 것이 아무것도 없어. 위로가 되는 것이 아무것도 없어, 그에게는! 그리고 사실은 이 길을 가야 하는 것 같아. 나나 자네 같은 사람들은 정말로 고독해. 그러나 우리는 아직도 함께 가지고 있는 것이 있지. 우리는 남들과 다르다는, 거역한다는, 비범한 것을 원한다는 남모르는 만족을 가지고 있지. 이 만족 또한 버려야 해. 그 길을 완전히 가고자 한다면 말이야. 혁명가가 되려 해서도 안 돼, 모범이 되려 해서도, 순교자가 되려 해서도 안 돼. 상상할 수도 없지만 말이야."

그렇다. 상상할 수도 없었다. 그러나 꿈꿀 수는 있었다. 미리 느낄 수는 있었다. 예감할 수 있었다. 아주 고요한 시각을 찾아낼 때면 몇 번 그것을 조금 느꼈다. 그럴 때면 나는 내 마음속으로 눈길을 보내며 똑똑하게 뜨여 있는, 내 운명의 영상의 두 눈을 들여다본다. 그 눈은 지혜로 가득한 것 같았다. 광기로 가득한 것 같았다. 사랑이 환히 빛나는 것 같기도 하고 깊은 악의가 빛나는 것 같기도 했다. 아무래도 좋았다. 그중 그 무엇도 택할 권리가 없었던 것이다. 그 무엇도 원할 권리가 없었던 것이다. 스스로 갖기를 원할 수 있는 것은 오직 자신의 운명뿐이었다. 그것으로 가는 한 구간을 피스토리우스는 나의 길잡이로 봉사했다.

그때 나는 눈먼 듯 이리저리 헤매었다. 내 마음속에서는 폭풍이 포효하고 있었다. 한 걸음 한 걸음이 위험이었다. 앞에는 지금까지의 모든 길이 들어가 가라앉아 버리고 마는 수렁의 어둠밖에 보이지 않았다. 그리고 나의 내면에서는 인도자의 모습을 보았다. 그 사람은 데미안을 닮았으며 그 눈에 내 운명이 적혀 있었다.

나는 종이에 적었다. "한 인도자가 나를 떠났습니다. 나는 완전한 어둠 속에 서 있습니다. 한 발자국도 혼자 디딜 수 없습니다. 도와주십시오!"

나는 데미안에게 그 종이를 보내려 했다. 그렇지만 그만두었다. 내가 그러려고 하면 번번이 그것이 멍청하고 무의미해 보였던 것이다. 그러나 나는 그 작은 기도를

외웠고 그것을 자주 마음속에서 되뇌었다. 그 말은
매시간 나와 함께 있었다. 기도가 무엇인지 나는 예감하기
시작했다.

　내 학생 시절이 끝났다. 나는 방학 동안 여행을 했다.
아버지가 생각해 낸 일이었다. 그리고 다음에는 대학에
가기로 되어 있었다. 어떤 대학에 갈지는 몰랐다. 철학을
한 학기 듣기로 했다. 다른 과목을 들었더라도 마찬가지로
만족스러웠을 것 같다.

에바 부인

방학 중에 한 번 몇 해 전 막스 데미안이 어머니와
함께 살던 집으로 가 보았다. 어떤 늙은 부인이 뜰에서
산책을 하고 있어 말을 걸었더니 그 집 주인이었다. 데미안
일가에 대해 물었다. 잘 기억했지만 그들이 지금 어디
사는지는 몰랐다. 내가 관심을 가진 것을 알고는, 나를 집
안으로 데리고 가서 가죽 앨범을 찾아내 데미안 어머니의
사진을 보여 주었다. 내게 그녀에 대한 기억은 거의 없었다.
그러나 작은 사진을 보았을 때 심장의 고동이 멈추었다.
그것은 내 꿈의 영상이었다! 그녀였다. 키가 크고 거의
남자 같은 여성의 모습, 아들과 비슷한데 어머니다운 표정,
엄격한 표정, 깊은 열정의 표정을 지녔으며, 아름다우면서
유혹적이고, 아름다우면서 접근할 수 없었다. 수호자이자
어머니, 운명이자 연인이었다. 그녀였다!

내 꿈의 영상이 지상에 살아 있음을 그렇게 알게

되었을 때, 그것은 엄청난 기적처럼 내 온몸을 꿰뚫었다!
그런 모습의 여성, 내 운명의 표정을 지닌 여성이 존재했던
것이다! 그녀는 어디에 있을까? 어디에! 그런데 그녀가
데미안의 어머니였다.

그 뒤 곧 나는 여행을 떠났다. 특별한 여행이었다!
나는 그때그때 떠오르는 생각을 따라 이곳저곳으로
쉬지 않고 돌아다녔다. 줄곧 그녀를 찾으면서. 그녀를
상기시키는 모습, 그녀를 닮은 모습, 뒤엉킨 꿈속에서처럼
낯선 도시들의 골목길들을 지나 역들을 지나 기차로 나를
끌어들이는 모습, 온통 그런 모습들만 만나는 날들이
있었다. 내가 그렇게 찾아다니는 것이 얼마나 부질없는
일인가를 통찰하는 다른 날들이 있었다. 그런 날에는
아무것도 하지 않고 그 어딘가에, 공원에, 호텔 정원에,
대합실에 앉아 내 마음을 들여다보았고 내 마음속의 그
영상을 살아 있게 만들려 했다. 그러나 그것은 이제 부끄럼
타듯, 도망치듯 사라지곤 했다. 한 번도 잠을 제대로 잘
수 없었다. 기차를 타고 알 수 없는 풍경들을 지나며 나는
십오 분 정도씩 끄덕끄덕 졸았다. 한번은 취리히에서
어떤 여자가 나를 쫓아왔다. 예쁘지만 다소 뻔뻔스러운
여자였다. 나는 그녀의 모습을 거의 쳐다보지도 않고 계속
갔다. 마치 그녀가 공기이기라도 하듯이. 다른 여성에게
한시라도 관심을 보내느니 차라리 즉시 죽어 버리는 편이

나을 것 같았다.

나는 내 운명이 나를 끌어당기고 있음을 감지했다.
성취가 가까이 있음을 감지했다. 성취를 위해 나 자신은
아무것도 할 수 없다는 초조로 미칠 것 같았다. 한번은
어느 역에서, 인스부르크에서였던 것 같은데, 방금 출발한
기차의 창가에서 그녀를 상기시키는 모습을 보았고 그래서
여러 날 불행했다. 그런데 갑자기 그 모습이 밤에 꿈속에서
나타났다. 내 추적의 무의미함에 대한 부끄럽고 황량한
느낌으로 깨어나 나는 곧바로 집으로 돌아갔다.

몇 주 뒤 나는 H대학에 등록했다. 모든 것이
실망스러웠다. 내가 들은 철학사 강의는 대학에서
공부하는 젊은이들의 방랑과 똑같이 실체 없고
공장식이었다. 모든 것이 찍어 낸 것 같았다. 이
사람이나 저 사람이나 같은 것을 했다. 그리고 소년 티
나는 얼굴들에 어린 달아오른 즐거움은 보는 사람이
우울할 정도로 텅 비고 기성품처럼 보였다! 그러나 나는
자유로웠다. 나 자신을 위해 온 하루를 쓸 수 있었다.
교외의 오래된 낡은 집에서 조용하고 아름답게 지냈고,
내 책상 위에는 니체가 몇 권 놓여 있었다. 나는 니체와
함께 살았다. 그의 영혼의 고독을 느꼈다. 그를 그침 없이
몰아간 운명의 냄새를 맡았다. 그와 함께 괴로워했다.
그토록 가차 없이 자신의 길을 간 사람이 존재했다는 것이

행복했다.

한번은 저녁 늦게 한가롭게 시내를 걷고 있었다. 불어오는 가을바람 속에서 대학생 무리들이 술집들에서 노래 부르는 소리가 들렸다. 열린 창문에서 담배 연기가 자욱하게 솟아 나왔다. 큰 홍수처럼 쏟아져 나오는 노랫소리는 크고 요란했지만 활기가 없고 생명 없이 획일적이었다.

나는 어느 길모퉁이에 서서 귀 기울였다. 정확하게 연습된 젊음의 쾌활함이 두 술집으로부터 울려 나와 어둠 속으로 치솟았다. 어디를 가도 모임이, 어디를 가도 함께 쭈그리고 앉는 모임이 있었다. 어디서나 운명의 짐 풀기와 따뜻한 아궁이 곁으로의 도피가 있었다!

내 뒤에서 남자 둘이 천천히 지나갔다. 나는 그들의 대화를 조금 들었다.

"어느 흑인 부락에 있는 청년 집회소나 여기나 똑같지 않아요?" 한 사람이 말했다. "다 똑같지요. 심지어 문신이 아직도 유행이고. 알아 두시오. 이게 신(新)유럽이오."

그 목소리는 놀랍게 경고적이고 귀에 익은 것이었다. 나는 어두운 골목에서 두 사람을 따라갔다. 한 사람은 키가 작은 멋쟁이 일본인이었다. 어느 가로등 밑에서 그의 미소 띤 노란 얼굴이 문득 환히 빛나는 것이 보였다.

그러자 다른 사람이 다시 말했다.

"그런데 당신네 일본에서도 더 나을 게 없겠지요. 패거리를 뒤쫓지 않는 사람은 어디서나 드물어요. 여기에도 조금 있을 뿐입니다."

그 말 한마디 한마디가 기쁜 놀라움으로 나의 뇌리를 꿰뚫었다. 말하는 사람은 내가 아는 사람이었다. 데미안이었다.

바람 부는 어둠 속에서 나는 그와 일본 사람을 따라 어두운 골목들을 지났고, 그들의 대화에 귀 기울였으며 데미안의 목소리의 울림을 즐겼다. 그 목소리는 예전의 음색을 지니고 있었다. 오래된, 아름다운 안정감과 평안을 지니고 있었고 나를 지배하는 힘을 지니고 있었다. 이제 모든 것이 잘됐다. 그를 찾아낸 것이다.

어느 교외 거리의 끝에서 일본 사람이 작별 인사를 하고 현관문을 열었다. 데미안은 그 길을 되돌아왔다. 나는 그대로 멈추어 선 채로 길 한가운데에서 그를 기다렸다. 뛰는 가슴으로 나는 그가 나를 향해 마주 오는 모습을 보고 있었다. 꼿꼿하고 탄력 있으며, 갈색 레인코트를 입고, 팔에는 가느다란 단장을 걸고 있었다. 그는 특유의 고른 보조를 유지한 채로 내 바로 앞까지 와서 모자를 벗고 환한 얼굴을 내게 보였다. 결단력 있게 다문 입에, 넓은 이마가 특이하게 환한 얼굴을.

"데미안!" 내가 외쳤다.

그가 내게로 손을 뻗었다.

"너로구나, 싱클레어! 널 기다렸어."

"내가 여기 있는 걸 알았단 말이야?"

"정확하게는 몰랐지만 확신을 가지고 희망했어. 보는 건 오늘 저녁이 처음이고. 너 저녁 내내 우리를 뒤따라왔지."

"그럼 난 줄 금방 알았단 말이야?"

"물론이지. 네가 변하기는 했지만. 그래도 여전히 그 표적을 가지고 있구나."

"그 표적? 무슨 표적 말이야?"

"우리가 전에 카인의 표적이라고 그랬지. 아직 기억할 수 있다면 말이야. 그건 우리의 표적이지. 넌 그걸 언제나 가지고 있었어. 그래서 내가 네 친구가 되었고. 그런데 지금은 그 표적이 더 분명해졌구나."

"난 몰랐어. 아니면 사실 알고 있었는지도 모르겠어. 한번은 형 모습을 그렸어. 그런데 놀랍지. 그게 나하고도 비슷했어. 그것이 그 표적이었을까?"

"맞아, 그 표적이었어. 네가 이제 여기 있으니 좋구나! 우리 어머니도 기뻐하실 거야."

나는 놀랐다.

"형 어머니? 여기 계셔? 날 전혀 모르시잖아."

"아니, 너에 대해 아셔. 널 잘 아실 거야, 네가

누구인지. 내가 말씀드리지는 않았지만. 넌 오래 아무
소식이 없었지."

"오, 자주 편지를 쓰려고 했지만 잘 안됐어. 얼마
전부터는 틀림없이 형을 곧 찾아내리라는 느낌이 들었어.
날마다 기다렸어."

그가 내 팔짱을 끼고 나와 함께 계속 걸었다. 그에게서
안정감이 나와 내 마음속으로 흘러들었다. 우리는 곧
예전처럼 이런저런 이야기를 했다. 학생 시절을, 견진 교리
수업을, 당시 방학 때의 저 불행한 만남도 기억했다. 다만
두 사람 사이의 가장 긴밀한 최초의 끈 프란츠 크로머에
대해서만은 그때도 이야기가 없었다.

어느새 우리는 기이하고도 예감에 찬 대화
한가운데로 빠져들었다. 데미안이 그 일본인과 나누었던
대화를 상기하며 대학 생활에 대해 이야기했고
그것에서부터 다른 이야기로 옮아갔다. 멀리 있는 것처럼
보이던 다른 문제도 데미안의 말 가운데에서 긴밀하게
연관되었다.

그는 유럽의 정신과 이 시대의 징표에 대해
이야기했다. 어디서나 연합과 패거리 짓기가 기세를 떨치고
있지만 그 어디서도 자유와 사랑은 없다고 그가 말했다.
대학생 서클과 노래 동호인 모임에서 국가에 이르기까지의
이 모든 공동체는 두려움에서, 무서움에서, 당황에서

비롯되었는데, 그런 공동체는 내부가 상해 있고 낡고
와해가 임박했다는 것이었다.

"연대란⋯⋯." 데미안이 말했다. "멋진 일이지. 그러나
지금 도처에 만발해 있는 것은 결코 연대가 아니야. 진정한
연대는 개개인들이 서로를 앎으로써 새롭게 생성될 테고,
한동안 세계의 모습을 바꾸어 놓을 거야. 지금 연대라며
저기 저러고 있는 것은 다만 패거리 짓기일 뿐이야.
사람들이 서로에게로 도피하고 있어. 서로가 두렵기
때문이야. 신사는 신사들끼리, 노동자는 노동자들끼리,
학자는 학자들끼리! 그런데 그들은 왜 불안한 걸까?
자기 자신과 하나가 되지 못하기 때문에 불안한 거야.
그들은 한 번도 자신을 안 적이 없기 때문에 불안한 거야.
그들 모두가 그들의 삶의 법칙들이 이제는 맞지 않음을,
자기들은 낡은 목록에 따라 살고 있음을 느끼는 거야.
종교도 도덕도 그 모두가 이제는 우리가 필요로 하는 것에
맞지 않아. 100년 그리고 그 이상을 유럽은 그저 연구만
하고 공장이나 지었지. 사람들은 정확히 알아. 사람 한
명을 죽이는 데 화약이 몇 그램 필요한지. 그러나 신에게
어떻게 기도해야 하는지는 모르지. 한 시간을 어떻게
유쾌하게 보낼 수 있는지조차 모르는걸. 저런 대학생
술집을 한번 봐! 아니면 부자들이 가는 유흥장들을 봐!
절망적이지! 이봐, 싱클레어, 그 모든 것에서는 진정한

명랑함이 나올 수 없어. 저렇게 겁을 먹고 서로 뭉친
사람들은 두려움과 악의로 가득해. 아무도 남들을
신뢰하지 않아. 그들은 이제 더 이상 이상(理想)이 되지
못하는 이상들에 매달려 있어. 그러면서 새로운 이상을
내세우는 사람에게는 돌을 던지지. 싸움이 있으리라는
게 느껴져. 싸움들이 다시 벌어질 거야. 날 믿어. 곧
벌어진다고! 물론 그것들이 세계를 '개선'하지는 못하지.
노동자들이 그들의 공장주를 쳐 죽이든지 러시아와
독일이 서로 총질을 하든지 주인만 바뀌겠지. 그러나 헛된
일은 아닐 거야. 오늘날의 이상이 얼마나 가치 없는지
밝혀지겠지. 석기 시대의 신들을 청소하게 되겠지. 지금
있는 대로의 이 세계는 죽으려 하고 있어. 멸망하려 하고
있어. 그리고 멸망할 거야."

"그럼 우리는 어떻게 될까?" 내가 물었다.

"우리? 오, 어쩌면 우리도 함께 멸망하겠지. 우리가
우리 같은 사람을 쳐 죽일 수도 있지. 제발 그럼으로써
우리가 다 없어져 버리는 일만 없기를. 우리에게서 남는
것 혹은 우리 중에서 그 후에도 살아남는 자들 주위에
미래의 의지가 집결되겠지. 우리 유럽이 한동안 자신의
기술 및 학문의 대목 시장을 펼쳐 놓고 소리소리 질러
대는 통에 들리지 않았던 인류의 의지가 드러날 거야.
그리고 그다음에는 인류의 의지가 결코 그 어디서도

오늘날의 공동체들, 국가들과 민족들, 협회들과 교회들의
의지와 같지 않다는 게 드러나겠지. 오히려 자연의 의지는
개개인들 속에 적혀 있어. 네 마음속과 내 마음속에. 예수
속에 적혀 있고 니체 속에 적혀 있지. 유일하게 중요한 이
흐름들을 위한(그런 건 물론 날마다 모습이 다를 수 있겠지만)
공간이 생길 거야. 오늘날의 공동체들이 와해되고 나면
말이야."

　　우리는 늦게 강가에 있는 어느 뜰 앞에서 멈추었다.

　　"여기가 우리 집이야." 데미안이 말했다. "곧 한번 와!
우리는 널 몹시 기다리고 있어."

　　나는 기쁜 마음으로 서늘해진 어둠을 뚫고 먼
거리를 걸어서 돌아갔다. 이곳저곳에서 집으로 돌아가는
대학생들이 시끌벅적 휘청거리며 시내를 지나갔다.
나는 때로는 결핍감을 느끼며, 때로는 비웃으며 그들의
우스꽝스러운 즐거움과 나의 외로운 삶이 대립됨을
자주 느꼈다. 그러나 그런 것이 나하고 얼마나 무관한지,
이런 세계가 나한테는 얼마나 멀리 실종된 것인지를
오늘처럼 안정감과 남모르는 힘으로 느껴 본 적은 아직
한 번도 없었다. 내 고향 도시의 관리들, 그 늙고 위엄
있는 신사들이 기억났다. 그네들은 축복받은 천국의
기념품처럼 그들이 술집에서 허비한 대학 시절의 추억에
매달리며 그들의 학창 시절의 사라져 버린 '자유'를

예찬했다. 여느 때 시인이나 다른 낭만주의자들이 유년에 바치는 숭배와도 같이. 어디서나 똑같았다! 어디서나 그들은 이미 지나가 버린 시간 속 어딘가에서 '자유'와 '행복'을 찾았다. 오로지 두려움에서 그들은 자기 자신의 책임을 기억하고 자신의 길을 가라는 경고를 받았을 수도 있을 것이다. 몇 년 술 퍼마시고 방종한 생활을 하다가 그다음에는 밑으로 기어들어 국가에 봉사하는 근엄한 신사가 된 것이다. 그렇다. 썩어 있었다. 우리가 사는 곳은 썩어 있었다. 그리고 세상에는 이 대학생들의 멍청함보다 더 멍청하고 더 나쁜 수백 가지 다른 멍청함이 있었다.

그렇지만 내가 멀리 떨어진 숙소에 도착해 잠자리에 들었을 때 이 모든 생각은 날아가 버리고 없었다. 나의 생각은 온통 이 하루가 준 큰 약속에 쏠려 있었다. 내가 원하기만 하면 내일이라도 데미안의 어머니를 볼 수 있을 것이다. 대학생들이 술판을 벌이든 얼굴에다 문신을 새기든, 세계가 썩어 몰락을 기다리고 있든 나와 무슨 상관이란 말인가! 나는 기다릴 뿐이었다. 나의 운명이 새로운 모습으로 나를 향해 오기를.

아침 늦게까지 깊이 잠을 잤다. 새로운 날은 소년 시절의 성탄절 잔치 이후 더는 겪어 보지 못한 장엄한 축제일처럼 밝아 왔다. 나는 속속들이 동요했다. 그러나 불안은 전혀 없었다. 나에게 중요한 하루가 밝았다고

느꼈고 나를 에워싼 세계가 변화했음을, 나와 깊은 관련을
갖고서 장엄하게 기다리고 있음을 보고 느꼈다. 나직하게
내리는 가을비조차도 아름답고 고요하게, 축일답게
엄숙하고도 즐거운 음악으로 가득했다. 처음으로 바깥
세계가 나의 내면세계와 어울려 순수한 화음을 냈다.
그다음은 영혼의 축제일이었다. 그다음은 살아 볼
만했다. 어떤 집도, 어떤 쇼윈도도, 골목의 어떤 얼굴도
거슬리지 않았다. 모든 것이 분명 그래야 하는 대로였지만
일상적이고 익숙한 것의 공허한 얼굴을 지닌 것이 아니라
기다리는 자연이었으며 경건하게 운명을 맞을 채비가
되어 있었다. 어린 소년일 적 큰 축제일 아침에, 성탄절이나
부활절 아침에 세계를 그렇게 바라보았더랬다. 세상이
아직도 그렇게 아름다울 수 있다는 것을 나는 그때까지
알지 못했다. 나는 내면을 향해 가는 삶을 살아가는
데 익숙했다. 또한 내가 바깥에 있는 것에 대한 감각을
상실했다는 사실, 반짝이는 색채들의 상실은 유년의
상실과 불가피하게 연관된다는 사실, 영혼의 자유로움과
남성다움을 이 아름다운 광채의 포기로 어느 정도는
지불해야만 한다는 사실을 감수하는 데도 익숙했다.
그런데 이제 나는 매혹되어 인식했다. 그 모든 것이 다만
엎질러지고 어두워져 버렸다는 것을, 그러나 유년의
행복을 포기하고 자유로워진 사람도 세계가 빛을 뿜는

모습을 바라보고 어린이다운 시각의 내밀한 전율을 맛볼
수 있다는 것을.

막스 데미안과 지난밤 작별했던 교외의 정원을 내가
다시 찾아가는 시간이 왔다. 비에 젖어 잿빛이 도는 키 큰
나무들 뒤로 작은 집이 환한 빛을 발하며 아늑하게 숨겨져
있었다. 커다란 유리벽 뒤에는 키 큰 다년생 화초들이,
말갛게 닦인 창문 뒤에는 그림들과 서가가 달린 어두운
벽들이 있었다. 현관문은 따뜻하게 해 놓은 작은 홀로
곧바로 이어졌다. 검은 옷에 흰 앞치마를 입은 말없는 늙은
하녀가 나를 맞아들여 외투를 벗겨 주었다.

그녀는 나를 현관홀에 혼자 남겨 두었다. 주위를
둘러보았다. 곧바로 나는 내 꿈 한가운데 있었다. 문 뒤,
위쪽 짙은 색 목재 벽에 걸린 검은색 유리 액자에 내가 잘
아는 그림이, 지각(地殼)을 뚫고 나오려고 몸을 솟구치는
황금빛 매의 머리를 가진 나의 새가 들어 있었다. 나는
사로잡힌 듯 멈추어 서 있었다. 마음이 무척 기쁘기도 하고
슬프기도 했다. 마치 이 순간에 내가 행하고 경험한 모든
것이 대답과 성취가 되어 내게로 되돌아오는 것만 같았다.
번개같이 빠르게 한 무리의 영상들이 뇌리를 스쳐 갔다.
대문 아치 위에 오래된 돌 문장이 있는 고향 부모님 집,
그 문장을 그리던 소년 데미안, 나의 적 크로머의 나쁜
마술에 얽혀들어 꼼짝 못 하며 두려움에 차 있는 소년인

나, 조용한 교실 책상에서 내 그리움을 그림으로 그리는 청년인 나, 마음의 실 가닥들이 얽힌 그물에 스스로 얽혀든 영혼 그리고 이 순간까지의 모든 것, 모든 것이 나의 마음속에서 메아리쳤다. 나의 마음속에서 긍정되고, 대답되고, 시인되었다.

축축해진 눈으로 나는 나의 그림을 응시하며 내 마음을 읽었다. 그때 내 시선이 아래로 향했다. 새 그림 아래 열린 문에 짙은 색 옷을 입은 키 큰 여성이 서 있었다. 그녀였다.

나는 아무 말도 할 수 없었다. 자기 아들의 얼굴과 똑같이 시간과 나이 없이 영혼이 깃든 의지로 충만한 얼굴로 아름답고 기품 있는 여성이 나를 향해 다정하게 미소 짓고 있었다. 그녀의 시선은 성취였다. 그 인사가 뜻하는 것은 귀향이었다. 말없이 나는 그녀에게 두 손을 내밀었다. 그 손을 그녀가 힘 있고 따뜻한 두 손으로 마주 잡았다.

"싱클레어죠. 금방 알아봤어요. 어서 오세요!"

그녀의 목소리는 깊고 따뜻했다. 나는 감미로운 포도주인 듯 그 목소리를 들이켰다. 그리고 이제 눈을 들어 그녀의 고요한 얼굴을, 깊이를 헤아리기 어려운 검은 눈을 들여다보았다. 신선하고 성숙한 입을, 자유롭고 당당한, 그 표적을 지닌 이마를 쳐다보았다.

"얼마나 기쁜지 모르겠습니다!" 내가 그녀에게 말하며 두 손에 키스했다. "제 모든 생애는 늘 길 위에 있었던 것 같습니다. 그런데 지금 집으로 돌아왔습니다."

그녀가 어머니처럼 미소 지었다.

"결코 집으로 아주 돌아오지는 못하지만……." 그녀가 다정하게 말했다. "친한 길들이 서로 만나는 곳, 거기서는 온 세계가 잠깐 고향처럼 보이지요."

그녀가 말하는 것은 내가 그녀에게 오는 길에 느낀 것이었다. 그녀의 목소리, 그녀의 말은 아들과 매우 닮았으면서도 전혀 달랐다. 모든 것이 더 성숙하고, 더 따뜻하고, 더 자명했다. 그러나 막스가 예전에 누구에게도 소년의 인상을 주지 않았던 것과 똑같이 그의 어머니는 전혀 장성한 아들을 둔 어머니처럼 보이지 않았다. 그녀의 얼굴과 머리카락 주위로 감도는 숨결은 그토록 젊고 감미로웠다. 그녀의 금빛 도는 피부는 그렇게 팽팽하고 주름이 없었다. 입은 그렇게 꽃피어 있었다. 내 꿈속에서보다도 더 당당하게 그녀는 내 앞에 서 있었다. 그녀 곁에 있음은 사랑의 행복이었다. 그녀의 시선은 성취였다.

이것은 내 운명이 나에게 스스로의 모습을 보여 준 새로운 영상이었다. 더 이상 엄격하지 않고, 더 이상 고립시키지 않으며, 아니 성숙하고 흔쾌하게, 흥겹게 보여 주었다! 나는 결단을 내리지 않았다. 맹세도 하지 않았다. 나는 목적에 도달해 있었다. 높은 길이 난 곳에. 그곳에서 보면 앞으로 갈 길이 멀리 찬란하게 언약의 땅을 향하여 나 있었다. 가까운 행복의 나무 그늘이 드리우고, 가까운 갖가지 즐거움의 정원들에서 식은 길이었다. 어떻게 되어 가든 나는 행복했다. 세상에서 이 여성을 안다는 것이, 그 목소리에 젖어 든다는 것이, 그녀 곁에서 숨 쉰다는 것이. 그녀가 내게 어머니가 되든, 연인이 되든, 여신이 되든 그녀가 거기 있기만 하다면! 나의 길이 그녀의 길에 가깝기만 하다면!

그녀가 나의 매 그림을 가리켰다.

"이 그림을 받았을 때만큼 우리 막스가 기뻐한 적은 없어요." 그녀가 생각에 잠겨 말했다. "나도 그렇고요. 우린 당신을 기다렸답니다. 그리고 이 그림이 왔을 때, 당신이 우리에게로 오는 길이라는 것을 알았지요. 당신이 어린 소년이었을 때, 싱클레어, 그때 어느 날 내 아들이 학교에서 오더니 말했지요. '이마에 표적을 지닌 소년이 하나 있어요. 그 애는 분명 내 친구가 될 거예요.' 그것이 당신이었어요. 사는 게 쉽지 않았겠지요. 그러나 우린 당신을 믿었답니다. 한번은 방학에 집에 왔을 때 다시 막스와 만났지요. 열여섯 살 때쯤이었을 겁니다. 막스가 나한테 그 이야기를 했어요."

내가 중단시켰다. "오, 형이 그런 말을 하다니! 그때는 제가 가장 비참하던 시절이었어요!"

"그래요, 막스가 나한테 이러더군요. '지금 싱클레어에게 가장 큰 어려움이 닥쳤어요. 그 애는 다시 한번 공동체 속으로 도피하려는 시도를 하고 있어요. 심지어 술집 단골이 되었어요. 그러나 그렇게는 안 될 거예요. 그의 표적이 가려져 있지만 그 표적이 아무도 모르게 그를 불태우고 있거든요.' 그러지 않았나요?"

"오, 그래요, 그랬어요, 꼭 그랬어요. 그다음에 저는 베아트리체를 발견했고 그다음에 마침내 다시 저를 저 자신에게로 이끄는 인도자가 왔지요. 그의 이름은 피스토리우스예요. 그때야 저는 왜 저의 소년 시절이 그토록 막스 형과 결합되었는지, 왜 제가 그로부터 벗어날 수 없었는지 분명히 알게 되었습니다. 아주머니, 아니 어머니, 전 당시에 자주 생각했어요, 죽어야겠다고요. 그 길은 누구에게나 그렇게 어렵습니까?"

그녀가 바람처럼 가볍게 손으로 내 머리카락을 쓸어 넘겨 주었다.

"그건 늘 어려워요, 태어나는 것은요. 아시죠, 새는 알에서 나오려고 애를 쓰지요. 돌이켜 생각해 보세요, 그 길이 그렇게 어렵기만 했나요? 아름답지는 않았나요? 혹시 더 아름답고 더 쉬운 길을 알았나요?"

나는 고개를 가로저었다.

"그건 힘들었어요." 내가 잠꼬대처럼 말했다.
"힘들었어요. 꿈이 올 때까지는요."

그녀가 고개를 끄덕이며 꿰뚫을 듯 나를 바라보았다.

"그래요. 자신의 꿈을 찾아내야 해요. 그러면 그
길이 쉬워지지요. 그러나 영원히 지속되는 꿈은 없어요.
어느 꿈이든 새 꿈으로 교체되지요. 그러니 어느 꿈에도
집착하면 안 돼요."

나는 몹시 놀랐다. 놀람이 벌써 하나의 경고였을까?
방어였을까? 그러나 경고든 방어든 상관없었다. 나는
그녀의 인도를 받으며 목적지에 대해서는 묻지 않을
용의가 있었다.

"모르겠습니다." 내가 말했다. "얼마나 오래 제 꿈이
지속될는지. 이것이 영원하기를 소망합니다. 새 그림
아래서 제 운명이 저를 맞아 주었습니다. 어머니처럼
그리고 연인처럼요. 제 주인은 운명입니다. 달리 그 누구도
아닙니다."

"그 꿈이 당신의 운명인 한 당신은 그 꿈에 변함없이
충실해야겠지요." 그녀가 진지하게 확인시켜 주었다.

한 가닥 슬픔이 나를 사로잡았다. 이 마력으로 불러온
듯한 시간에 죽었으면 하는 간절한 소망이. 눈물이(얼마나
오래 나는 울지 않았던가!) 걷잡을 수 없이 안에서 솟구쳐

나를 압도할 것 같은 느낌이었다. 나는 격하게 그녀로부터 몸을 돌려 창가로 가서 흐려진 눈으로 화분의 꽃들 너머를 바라보았다.

등 뒤에서 그녀의 목소리가 들렸다. 목소리는 침착하면서도 술이 넘치도록 채워진 잔처럼 애정으로 가득 차 있었다.

"싱클레어, 어린아이로군요! 당신의 운명은 당신을 사랑하는데요. 언젠가 그것은 완전히 당신 것이 될 거예요. 당신이 꿈꾼 대로요. 당신이 변함없이 충실하면요."

나는 자제하고 얼굴을 다시 그녀에게 향했다. 그녀가 손을 내밀었다.

"내게는 친구가 몇 명 있어요." 그녀가 미소를 띠고 말했다. "몇 안 되는 아주 가까운 친구들이죠. 그들은 나를 에바 부인이라고 불러요. 당신도 나를 그렇게 불러요, 원한다면요."

그녀가 나를 문까지 데려가더니 문을 열며 정원을 가리켰다. "저기 바깥에서 막스를 찾을 수 있을 거예요."

나는 큰 나무들 아래 마비되고 온통 뒤흔들린 채 서 있었다. 일찍이 그 어느 때보다 더 깨어 있는지 아니면 더 꿈꾸고 있는지, 그것은 알 수 없었다. 나뭇가지들에서 빗방울이 가볍게 떨어지고 있었다. 나는 천천히 정원 안으로 들어섰다. 정원은 강기슭을 따라 멀리 이어졌다.

마침내 데미안을 찾아냈다. 그는 문이 열린 작은 정자에 웃통을 벗은 채로 서서 걸려 있는 샌드백을 상대로 권투 연습을 하고 있었다.

나는 놀라서 멈추었다. 데미안은 화사해 보였다. 넓은 가슴, 단단하고 남자다운 머리통, 근육이 팽팽한 쳐든 두 팔은 탄탄하고 실팍했다. 허리, 어깨, 팔 관절이 마치 좔좔 솟는 샘처럼 움직였다.

"데미안!" 내가 불렀다. "거기서 뭐 해?"

그가 즐겁게 웃었다.

"연습하는 거야. 그 작은 일본 사람하고 레슬링을 한 판 벌이기로 했거든. 그자는 고양이처럼 날쌔고 꼭 그만큼 꾀도 있지. 그러나 나를 해치우지는 못할걸. 그에게 아주 작은 굴욕을 당했는데 그걸 갚아야 해."

그가 셔츠와 재킷을 걸쳤다.

"벌써 우리 어머니를 만나고 왔니?" 그가 물었다.

"그래. 형, 어쩌면 그렇게 근사한 어머니가 있지! 에바 부인이시라지! 이름이 완벽하게 어울리시더라. 모든 본질의 어머니 같으셔."

그가 한순간 생각에 잠겨 내 얼굴을 들여다보았다.

"그 이름을 벌써 아는구나? 이봐, 넌 자랑스러워해도 되겠다. 어머니가 처음 만났을 때 벌써 그 이름을 말해 준 건 네가 처음이야."

그날부터 나는 아들이자 형제처럼 또한 연인처럼
그 집을 드나들었다. 등 뒤로 집 문을 닫고 들어설 때면
멀리서 정원의 큰 나무들이 보이기만 해도 나는 벌써
풍요롭고 행복했다. 바깥에는 '현실'이 있었다. 바깥에는
거리와 집 들, 사람과 시설 들, 도서관과 강의실 들이
있었다. 그러나 이곳 안에는 사랑과 영혼이 있었다.
이곳에서는 동화가, 꿈이 살았다. 그리고 그렇다고 우리가
세상으로부터 차단되어 사는 것은 결코 아니었다. 우리는
생각과 대화 가운데서 자주 그 세계 한가운데에서
살았다. 다만 우리는 다수의 사람들과 어떤 경계선에 의해
갈라져 다른 벌판에 있는 것이 아니라 오로지 다르게
바라봄에 의해 갈라져 있었다. 우리의 과제는 세계 안에서
하나의 섬을 제시하는 것, 어쩌면 하나의 모범을, 아무튼
살아가는 다른 가능성을 알리는 것이었다. 내가, 오래
고립되어 있던 사람인 내가 완전한 혼자임을 맛본 사람들
사이에 존재하는 공동체를 알게 되었다. 다시는 행복한
사람들의 연회를, 즐거운 사람들의 축제를 갈망하지 않을
것이다. 결코 다시는 다른 사람들의 연대를 보고 시샘이나
향수를 떠올리지 않을 것이다. 그리고 나는 천천히 '그
표적'을 지닌 사람들의 비밀을 전수받았다.

표적을 가진 우리는 세상의 눈에는 이상한 사람들,
위험한 광인들로 비칠지도 몰랐다. 그것도 틀린 말은

아니지만. 우리는 깨어난 사람들 혹은 깨어나는
사람들이었다. 그리고 우리의 노력은 점점 더 완벽한 깨어
있음을 지향했다. 반면 다른 사람들의 노력과 행복 추구는
그들의 의견, 그들의 이상과 의무, 그들의 삶과 행복을 점점
더 긴밀하게 패거리에 묶는 것이었다. 그곳에도 노력은
있었다. 그곳에도 힘과 위대함은 있었다. 그러나 우리의
견해로는 표적을 가진 우리는 새로운 것, 개별화된 것
그리고 미래의 것을 향한 자연의 뜻을 제시하는 반면,
다른 사람들은 고수(固守)의 의지 속에 살고 있었다.
그들에게는 인류가, 그들도 우리처럼 사랑하는 인류가
무언가 완성된 것, 보존되고 지켜져야만 하는 것이었다.
반면 우리에게는 인류가 하나의 먼 미래, 우리 모두가 향해
가는 도중에 있고, 그 모습은 아무도 모르는, 그 법칙은 그
어디에도 쓰여 있지 않은 미래였다.

　　에바 부인, 막스 그리고 나 말고도 우리 모임에는
다소 멀든 가깝든 간에 매우 다양한 종류의 구도자들이
있었다. 그들 중 일부는 특별한 오솔길을 걸어갔다.
뚝 떨어진 목표를 세워 놓고 특별한 의견과 의무 들에
매달렸는데, 그들 가운데는 천문학자와 카발라 연구가
들도 있었고 톨스토이 추종자도 한 사람 있었으며 온갖
종류의 다정하고 수줍어하며 상처 입을 수 있는 사람들,
새로운 소수 종파의 추종자, 요가 장려자, 채식주의자

등등이 있었다. 이런 모든 사람들과 우리는 누구든 다른
사람의 비밀스러운 꿈을 존중한다는 것 외에는 사실
정신적으로 아무것도 공유하지 않았다. 다른 사람들은
우리에게 좀 더 가까웠는데, 과거의 신(神)들이며 새로운
최고의 이상에 대한 인류의 추구를 추적하고 있어서
그들의 연구가 자주 피스토리우스를 상기시켰다. 그들은
책을 가져왔고, 고대어로 쓰인 글을 우리에게 번역해
주었으며, 옛 상징들과 의식(儀式)들의 도면을 보여 주고
보는 법을 가르쳐 주었다. 지금까지의 인류가 가졌던 모든
이상이 꿈들로, 인류가 그 가운데서 더듬거리며 미래의
가능성의 예감을 따라갔던 꿈들로 이루어져 있다는 것을
그들은 가르쳐 주었다. 기독교에의 귀의라는 방향 전환이
이루어지기까지의 경이로운, 머리가 수천 개인 고대
세계의 신들이 엉킨 덩어리를 우리는 그렇게 훑어보았다.

　　고독하고 경건한 사람들의 신앙 고백은 우리가 잘
알았다. 민족에서 민족으로 이어지는 종교의 변천도 잘
알았다. 그리고 우리가 모은 모든 것에서는 우리 시대와
지금의 유럽에 대한 비판이 나왔다. 유럽은 엄청난 노력을
기울여 인류의 막강한 새로운 무기를 만들어 냈으나
마침내는 깊은, 결국 통탄할 정신의 황폐화에 빠져 버리고
말았다. 유럽은 온 세계를 획득했는데, 그러느라 자신의
영혼을 잃어버리고 말았던 것이다.

이곳에도 특정한 희망과 구원의 교리를 믿는 신도와
신봉자 들이 있었다. 유럽을 개종시키려는 불교도들이
있었고 톨스토이 추종자들이 있었으며 다른 신앙도
있었다. 작은 모임 안에서 우리는 귀 기울여 들었고
어떤 교리도 다만 상징으로 받아들였다. 미래에 어떤
모습을 줄지 근심하는 것은 우리 표적을 지닌 사람들의
책임이 아니었다. 우리가 보기에는 어떤 종교든지, 어떤
구원론이든지 애초부터 죽어 있고 무익했다. 우리가
의무이자 운명이라고 느끼는 것은 오로지 이런 것이었다.
불확실한 미래가, 그것이 가져올 어떤 것에나 우리가
준비되어 있음을 발견할 만큼 우리 누구든 그토록 완전히
자기 자신이 되고, 기꺼이 자기 속에서 작용하는 자연의
싹의 요구에 그토록 완전히 따르며 살리라는 것.

왜냐하면 이것이, 하나의 신생과 지금 것의 와해가
가까웠음을 느낄 수 있다는 사실이 이미 말했든 말하지
않았든 우리 모두의 감정 속에서 분명했기 때문이다.
데미안은 나에게 이따금씩 말했다. "지금 오는 것은
생각할 수도 없는 무엇이야. 유럽의 영혼은 무한히 오래
묶여 있던 짐승이야. 자유로워지면 그의 첫 활동은 그다지
사랑스럽지 않을 거야. 그러나 그렇게 오랫동안 거듭거듭
없는 것처럼 거짓말하고 마비시켜 놓은 영혼의 진정한
곤궁이 드러나기만 하면 어느 길로 가든 어느 우회로로

가든 그건 아무래도 괜찮아. 그때면 우리의 날이 되는
거야. 그러면 사람들이 우리를 필요로 해. 인도자나
새로운 입법자로서가 아니라(우리는 새로운 법을 살아서 겪지
못하겠지.) 오히려 뜻있는 자로, 함께 가고 운명이 부르는
곳에 서 있을 용의가 있는 사람들로 말이야. 봐, 모든
사람이 자신의 이상이 위협당할 경우 믿을 수 없는 일도 할
용의가 있어. 그러나 새로운 이상, 새로운 움직임, 어쩌면
위험하고 무시무시한 발전의 움직임이 와서 문 두드릴
때는 거기에 아무도 없어. 그때 거기 있다가 함께 갈 얼마
안 되는 사람들이 우리일 거야. 그러라고 우리에게는
표적이 찍혀 있어. 무서움과 증오를 일으켜 당시의 인류를
그 옹색한 목가적 생활로부터 끌어내 위험하게 넓은
곳으로 몰아가도록 카인에게 표적이 찍혀 있었던 것처럼
말이야. 인류가 가는 길에 영향력을 발휘한 사람들은
모두 하나같이 그들에게 닥친 운명을 받아들일 준비가
돼 있었기 때문에, 오로지 그 때문에 능력을 발휘하고
영향을 미칠 수 있었어. 그것은 모세와 부처에게 적용되고
나폴레옹과 비스마르크에게도 적용되지. 어떤 흐름에
봉사하느냐, 어떤 극(極)의 다스림을 받느냐 하는 것은
자신이 택할 수 있는 문제가 아니야. 만약 비스마르크가
사회민주주의자들을 이해하고 그들을 위해 준비돼
있었더라면 그는 현명한 신사는 될 수 있었을지 몰라도

운명의 인간은 되지 못했을 거야. 나폴레옹이 그랬고,
카이사르가 그랬고, 로욜라가 그랬어. 다들 그랬어! 그것을
늘 생물학적으로, 발전사적으로 생각해야 해! 지표 위에서
일어난 지각 변동이 물에 살던 동물을 뭍으로, 뭍에
살던 동물을 물로 던져 넣었을 때, 그때 운명에 준비된
예들이 있었지. 들어 보지도 못한 새로운 것을 완수하고
새롭게 적응하며 자신의 종(種)을 구해 낼 수 있었던 예들
말이야. 전에 그들의 종 안에서 누가 보수주의자, 현상
유지자였는지 혹은 괴짜며 혁명가였는지 우리는 지금
몰라. 다만 그들은 준비가 되어 있었고 그래서 그 모든 것
너머로 그들의 종을 건져 새로운 발전 속으로 구해 낼 수
있었어. 그 사실을 우리는 알아. 그래서 우리는 준비하고
있으려는 거야."

그런 대화들을 나눌 때 에바 부인이 자주 함께 있었다.
그러나 그녀 자신은 이런 식의 이야기를 함께 나누지
않았다. 그녀는 자신의 생각을 말하는 우리 모두에게
신뢰와 이해심이 가득한 경청자였다. 이런저런 생각이
모두 메아리처럼 그녀에게서 나와서 그녀에게 되돌아가는
듯 보였다. 그녀 가까이에 앉아서 이따금씩 그녀의
목소리를 듣고 그녀를 에워싼 성숙과 영혼의 분위기에
젖는 것이 나에게는 행복이었다.

나의 마음속에 어떤 변화가, 흐려짐이나 새로워짐이

진행되고 있으면 그녀는 즉시 그것을 느꼈다. 내가 자면서
꾼 꿈들은 마치 그녀가 불어넣어 준 영감인 것처럼 보였다.
나는 그녀에게 자주 꿈 이야기를 들려주었다. 그 꿈들은
그녀에게는 이해되고 자연스러운 것이었다. 그녀가 그
맑은 느낌으로 좇을 수 없는 것은 특별히 없었다. 한동안
나는 우리가 낮에 나눈 대화들을 그대로 옮겨 놓은 것
같은 꿈들을 꾸었다. 온 세계가 뒤흔들리는 꿈을, 나 혼자
혹은 데미안과 함께 긴장하고 위대한 운명을 기다리는
꿈을 꾸었다. 운명은 여전히 가려져 있었다. 그러나 왠지
에바 부인의 표정을 지니고 있었다. 그녀에게 선택되었든
배척당했든 그것은 운명이었다.

　더러 그녀가 나에게 미소를 띠고 말했다. "당신의 꿈은
완전치 않아요, 싱클레어, 최상의 것을 잊어버렸어요."
그리하여 그다음에 그 생각이 다시 떠오르고, 어떻게
그것을 잊어버릴 수 있었는지 이해하지 못하는 일도
있었던 것 같다.

　때때로 나는 만족하지 못하고 욕망에 시달렸다.
그녀를 포용하지 않고 곁에서 바라보는 것을 더 이상 견딜
수 없다고 생각했다. 한번은 며칠 그 집에 가지 않다가
그다음에 마음이 산란한 채 다시 가니 그녀가 나를
한쪽으로 데려가서 말했다. "당신이 믿지 않는 소망들에
몰두해서는 안 돼요. 당신이 무얼 원하는지 나는 알아요.

그런 소망들을 버릴 수 있어야 합니다. 아니면 완전히 올바르게 소망하든지요. 일단 당신 자신의 마음속에서 성취를 확신하며 소망할 수 있다면, 그렇다면 성취도 있는 거예요. 그러나 당신은 소망하고, 다시 후회하고 그러면서 두려워하지요. 그 모든 것을 극복해야만 합니다. 동화 하나를 들려드리지요."

그리고 그녀는 나에게 별과 사랑에 빠진 어떤 청년의 이야기를 들려주었다. 그 청년은 바닷가에 서서 두 손을 뻗고 별에게 기도했고, 별에 대해 꿈꾸고, 그의 생각을 별에게로 기울였다. 그러나 그는 알았다. 혹은 안다고 생각했다. 별은 인간의 포옹을 받을 수 없다는 것을. 그는 성취하리라는 희망도 없이 별을 사랑하는 것을 자신의 운명으로 여겼다. 그리고 그는 이 생각에서 포기와 말과 변함이 없는 고통, 자신을 개선하고 정화할 고통에 관한 삶 전체를 다룬 시를 지었다. 그의 꿈들은 그러나 모두 별에게로 쏠렸다. 한번은 그가 다시 밤에 바닷가 높은 절벽에 서서 별을 쳐다보며 별에 대한 사랑으로 불타고 있었다. 그런데 극도로 커진 그리움의 한순간 그는 별을 향해 펄쩍 뛰어 허공으로 몸을 던졌다. 그러나 뛰는 순간 번개같이 퍼뜩 그를 스쳐 가는 생각이 있었다. 이건 있을 수 없는 일이야! 결국 그는 바닷가에 떨어져 으스러지고 말았다. 그는 사랑을 이해하지 못했다. 만약 뛰어드는

순간에 성취를 굳건하게, 확실하게 믿는 영혼의 힘을
가졌더라면, 그는 위로 날아올라 별과 하나가 되었을지도
모른다.

　"사랑은 간청해서는 안 돼요." 그녀가 말했다.
"강요해서도 안 됩니다. 사랑은 그 자체 안에서 확신에
이르는 힘을 가져야 해요. 그러면 사랑은 더 이상 끌리지
않고 스스로 끕니다. 싱클레어, 당신의 사랑은 나에게
끌리고 있어요. 언젠가 내가 아니라 당신의 사랑이
나를 끌면, 그러면 내가 갈 거예요. 나는 선물을 주지는
않겠어요. 쟁취되겠습니다."

　그러나 다음번에 그녀는 다른 동화를 들려주었다.
희망 없이 사랑하는 연인이 한 명 있었다. 그는 그 자신의
영혼 속으로 완전히 되돌아가 사랑에 다 타 버리고 있다고
생각했다. 그에게는 세상이 없어져 버렸다. 그는 푸른
하늘도 초록 숲도 더는 보지 않았다. 개울물도 그에게는
소리를 내지 않았고, 하프도 그에게는 울리지 않았다. 모든
것이 가라앉았으며 그는 가엾고 비참해졌다. 그러나 그의
사랑은 커 갔다. 사랑하는 그 아름다운 여인을 소유하지
못하느니 차라리 죽어 썩어 버렸으면 했다. 그때 그는
자신의 사랑이 그의 마음속의 다른 것을 모두 불태워
버렸음을 감지했다. 사랑은 힘이 강해져 당기고 당겼으며
아름다운 여인은 따를 수밖에 없었다. 그녀가 왔다. 그는

두 팔을 활짝 벌리고 서서 그녀를 자기에게 끌어당겼다.
그러나 그녀가 그 앞에 섰을 때 그녀의 모습은 완전히
달라져 있었다. 자기가 잃어버린 모든 세계를 자기에게
끌어당겨 놓았음을 그는 전율하며 느끼고 보았다. 그녀가
그 앞에 서서 그에게 자신을 헌신했다. 하늘과 숲 그리고
개울, 모든 것이 새로운 색깔로 신선하고 찬란하게 그를
마주해 왔다. 그것들은 그의 것이었고 그의 언어로
말했다. 그리고 그는 그저 한 여자를 얻는 대신 마음속에
온 세계를 소유했다. 하늘의 별 하나하나가 그의 안에서
불타고 그의 영혼을 통해 기쁨의 빛을 뿜어냈다. 그는
사랑했고 그러면서 자신을 발견했다. 그러나 대부분의
사람들은 사랑하면서 자신을 잃어버린다.

에바 부인에 대한 사랑이 내 삶의 단 하나의 내용처럼
보였다. 그러나 그녀는 날마다 달라 보였다. 더러 나는
나의 본질이 이끌려 지향해 가는 것이 그녀라는 인물이
아니고 그녀는 다만 나 자신의 내면의 한 가지 상징이며
나를 다만 나 자신 속으로 더 깊게 인도하려 한다는 것을
확실하게 느낀다고 생각했다. 나는 나를 뒤흔드는 화급한
물음들에 대한 나의 무의식의 대답처럼 들리는 말을
자주 그녀로부터 들었다. 그다음에는 다시 내가 그녀
곁에서 관능적 욕구로 불타며 그녀에게 닿았던 물건들에
입 맞추는 순간들이 있었다. 그리고 점차 관능적이며

비관능적인 사랑이, 현실과 상징이 서로 포개지며
밀려왔다. 그다음에는 내가 내 방에서 고요하고 열렬하게
그녀를 생각하면, 그럴 때 그녀의 손이 나의 손에, 그녀의
입술이 내 입술 위에 느껴진다고 생각하는 일이 있었다.
혹은 내가 그녀의 집에서 그녀의 얼굴을 보고, 그녀와
말하고, 그녀의 목소리를 듣고 있으면서도 그녀가 정말로
그곳에 있는지, 꿈은 아닌지 잘 분별할 수 없기도 했다.
어떻게 하나의 사랑을 지속적으로, 불멸하게 소유할 수
있는지 나는 예감하기 시작했다. 나는 어떤 책을 읽다가
새로운 인식을 갖게 되었는데, 그것은 에바 부인의 입맞춤
같은 느낌이었다. 그녀가 내 머리카락을 쓰다듬고, 나에게
그녀의 성숙하고 향내 나는 온기를 미소로 보내 주었을
때 나는 마치 내가 나 자신 안에서 한 걸음 진보를 이루어
냈을 때와 똑같은 느낌을 가졌다. 나에게는 운명이자
중요한 것이 모두 그녀의 모습을 가졌다. 그녀의 모습이 내
생각 하나하나 속으로 녹아들고, 내 생각 하나하나가 그녀
속으로 들어갔다.

　　부모님 집에서 지낸 성탄절 휴가 때 나는 두려웠다.
두 주일이나 에바 부인으로부터 떨어져 살아야 하는
것은 틀림없이 고통스러우리라 생각했기 때문이다.
그러나 그것은 큰 고통이 아니었다. 집에 있으면서 그녀를
생각하는 것은 근사했다.

H시로 되돌아오고 나서도 나는 이틀 동안 그녀의 집에 가지 않았다. 이 안정과 그녀의 감각적 현존으로부터의 독립을 누리기 위해서였다. 또한 나는 그녀와 나의 결합이 새롭고 비유적인 방식으로 완수되는 꿈을 꾸었다. 그녀는 바다였고, 나는 그 안으로 흘러들고 있었다. 그녀는 별이었고, 나 자신도 별로서 그녀에게로 가고 있었는데, 우리는 만났고 우리가 서로를 끌어당겼음을 느꼈다. 우리는 함께 머물렀고 희열에 차 서로 가까이에서 소리가 울리는 원을 영원히 돌았다.

처음으로 다시 찾아갔을 때 나는 이 꿈을 그녀에게 이야기해 주었다.

"그 꿈 아름다운데요." 그녀가 조용히 말했다. "그 꿈을 실현하세요."

이른 봄날 결코 잊을 수 없는 하루가 있었다. 나는 현관홀로 들어섰다. 창문이 열려 있었고 한 줄기 미풍이 히아신스의 짙은 향기를 온 방 안에 퍼뜨리고 있었다. 아무도 보이지 않아 나는 계단을 올라 막스 데미안의 서재로 들어갔다. 늘 익숙했던 대로 가볍게 문을 두드리고 대답을 기다리지 않고 들어섰다.

방은 어두웠다. 커튼이 모두 쳐져 있었다. 막스가 화학 실험실을 설비해 놓은 작은 곁방으로 통하는 문이 열려 있었다. 거기서부터 봄 태양의 환한 흰 빛이 비구름을 뚫고 빛났다. 나는 아무도 없다고 생각하고 커튼을 젖혔다.

그곳의 작은 걸상, 커튼 쳐진 창 가까이에 막스 데미안이 기이하게 변해서 웅크리고 앉아 있었다. 한 가지 생각이 번개처럼 나를 스치고 갔다. 이미 한 번 본 모습이다! 두 팔은 꼼짝도 않고 늘어져 있었다. 두 손은 무릎에, 약간 앞으로 숙인 채 두 눈을 뜬 얼굴은 시선이 없고 죽어 있었다. 동공 속에서는 마치 유리 조각에서처럼 번들거리는 작은 빛이 반사되어 번쩍였다. 창백한 얼굴은 스스로에 침잠했는데, 엄청난 응결 말고는 다른 표정이 없었다. 그 얼굴은 마치 사원 현관에 있는 태곳적 동물의 가면처럼 보였다.

기억이 나를 전율케 했다. 저렇게, 꼭 저렇게 하고 있는 그의 모습을 여러 해 전, 내가 아직 어린 소년일 때 벌써 한 번 본 적이 있었다. 두 눈은 저렇게 내면을 향해 응결되어 있었다. 그때도 두 손은 저렇게 생명 없이 나란히 가지런히 놓여 있었다. 파리 한 마리가 그의 얼굴 위를 기어갔더랬다. 또 당시에도, 아마 여섯 해쯤 전일 텐데, 바로 저렇게 늙고 저렇게 시간을 초월한 듯 보였다. 얼굴의 주름 하나도 오늘과 다르지 않았다.

두려움이 엄습해서 나는 가만히 방을 나가 층계를 내려갔다. 현관홀에서 에바 부인을 만났다. 그녀는 창백하고 지쳐 보였다. 그녀에게서 보지 못하던

모습이었다. 그림자 하나가 창문을 스쳐 갔다. 눈부신 흰
태양이 갑자기 사라졌다.

"막스 형한테 갔다 왔어요." 내가 얼른 낮은 소리로
말했다. "무슨 일이 있었나요? 형은 자고 있어요. 아니면
침잠해 있어요. 잘 모르겠어요, 전에도 한 번 저런 모습을
봤어요."

"그 앨 깨우진 않았죠?" 그녀가 급하게 물었다.

"네. 제 소릴 듣지 못했어요. 저는 얼른 다시 나왔고요.
에바 부인, 말해 주세요. 형이 왜 그런 거죠?"

"진정해요, 싱클레어. 그 애한테 아무 일도 일어나지
않았어요. 돌아가 있는 거랍니다. 오래 걸리지 않을
거예요."

그녀가 일어나 비가 오는데도 정원으로 나갔다. 함께
가서는 안 될 것 같았다. 그래서 나는 현관홀에서 왔다
갔다 했다. 히아신스의 마비시키는 향내를 맡았다. 문
위에 있는 나의 새 그림을 응시하고 마음 조이며 그날 아침
이 집을 채우고 있던 기이한 그림자를 호흡했다. 그것은
무엇이었을까? 무슨 일이 일어났을까?

에바 부인은 곧 돌아왔다. 빗방울이 그녀의 짙은
색 머리카락에 방울방울 맺혀 있었다. 그녀가 자신의
안락의자에 앉았다. 피로가 그녀의 온몸을 뒤덮고 있었다.
나는 그녀 곁으로 다가서 그녀 위로 몸을 숙이고 그녀의

"맞아, 그건 내 매였어. 노란색이고 거대했는데 검푸른 하늘 속으로 날아갔어."

데미안이 깊은 숨을 내쉬었다.

노크 소리가 났다. 늙은 하녀가 차를 가져왔다.

"들어 봐, 싱클레어. 네가 그 새를 우연히 본 게 아니라고 생각하는데?"

"우연히? 그런 것들을 우연히 볼 수 있어?"

"좋아, 그럴 수 없지. 거기에는 무언가 뜻이 있지. 무슨 뜻인지 알겠니?"

"아니. 그 뜻이 어떤 충격이라는 것, 운명 속의 한 걸음이라는 것만은 느끼겠어. 우리 모두의 문제인 것 같아."

그가 격하게 이리저리 오갔다.

"운명 속의 한 발자국이라고!" 그가 크게 외쳤다. "똑같은 것을 나는 지난밤에 꿈꾸었어. 우리 어머니는 어제 예감을 느끼셨고. 그것도 같은 의미였어. 꿈속에서 내가 나뭇등걸인가 탑에 놓인 어떤 사다리를 타고 위에 올라가니 온 나라가 보였어. 그것은 커다란 평지였는데 도시들과 마을들이 있는 온 나라가 불타고 있는 거야. 나는 아직 다 이야기해 주지 못하겠어. 아직 내게도 분명하지 않거든."

"그 꿈을 자신과 관련지어 해석해?" 내가 물었다.

"자신과 관련짓느냐고? 물론이지. 아무도 자기하고 관계없는 꿈을 꾸지는 않아. 그러나 나만 관계되는 것도 아냐. 그 점에서는 네가 옳아. 난 꿈들을 꽤 정확하게 구분하지. 나 자신의 영혼 속의 움직임을 알려 주는 꿈들과 다른 꿈들, 매우 드물지만 온 인류의 운명이 암시되는 꿈들을 말이야. 그런 꿈들은 매우 드물게 꾸고, 예언이었으며 성취되었다고 말할 만한 꿈은 한 번도 꾸지 않았어. 해석은 너무도 불확실하지. 그러나 그건 분명히 알아. 나는 나 혼자만 관련된 게 아닌 무언가를 꿈꾸었어. 그 꿈은 전에 꾼 꿈의 속편이었는데 예전의 꿈이 계속되었어. 이런 꿈이었어, 싱클레어. 거기서 내가 느낀 예감은, 전에도 말했지만 우리의 세계는 정말 썩어 있다는 거야. 우린 알지. 그렇지만 그건 몰락이나 그 비슷한 걸 예언할 이유는 못 될 거야. 그러나 몇 년째 꿈들을 꾸었는데, 거기서 추론하거나 느끼는 혹은 무엇이든 간에, 거기서 내가 느끼는 것은 낡은 한 세계의 와해가 가까이 다가오고 있다는 거야. 처음에는 아주 약하고 멀리 떨어진 예감이었어. 그러나 점점 더 분명하고 강해졌어. 아직 내가 아는 건 나 자신에게도 관련된 무언가 큰 것, 무서운 것이 저벅저벅 다가오고 있다는 것뿐이야. 싱클레어, 우리는 우리가 이따금씩 이야기한 것을 겪게 될 거야! 세계가 새로워지려 해. 죽음의 냄새가 나. 그 어떤 새로운

것도 죽음 없이 오지 않아. 내가 생각했던 것보다 더
충격적이야."

나는 놀라서 그를 응시했다.

"형의 꿈의 나머지를 이야기해 줄 수 없겠어?" 내가
수줍게 청했다.

그가 고개를 가로저었다.

"못 하겠어."

문이 열리고 에바 부인이 들어왔다.

"여기 함께 있구나! 얘들아, 너희 슬퍼하는 건
아니겠지?"

그녀는 산뜻해 보이고, 이제 더 이상 전혀 피곤해
보이지 않았다. 데미안이 그녀에게 미소 지어 보였다.
어머니가 겁먹은 아이들에게로 가듯 그녀가 우리에게 왔다.

"슬프지는 않아요, 어머니. 저희는 다만 이 새로운
표적의 수수께끼를 약간 풀어 보려 했어요. 그러나
거기에는 아무것도 없네요. 오려고 하는 것은 갑자기
와 있을 겁니다. 그러면 우리가 알아야 할 것을 겪게
되겠지요."

나는 기분이 언짢았다. 작별 인사를 하고 혼자
현관홀을 지나가는데, 히아신스 향기가 시들고 맥 빠지고
시체같이 느껴졌다. 그림자 하나가 우리 위에 드리웠던
것이다.

종말의 시작

나는 여름 학기에도 H시에 머물 수 있게 해 놓았다.
우리는 이제 거의 언제나 집에 있는 대신 강가의 정원에
있었다. 레슬링 시합에서 보기 좋게 진 일본인은 떠났고,
톨스토이 추종자도 없었다. 데미안은 날이면 날마다
끈질기게 말을 타고 돌아다녔다. 나는 자주 그의 어머니와
단둘이 있었다.

이따금씩 내 삶의 평화로움에 놀라곤 했다. 나는 워낙
오래 홀로 있었고, 포기를 연습하고, 나 자신의 고통으로
힘들게 허우적거리는 데 익숙했던 터라 H시에서의 이 몇
달은 꿈의 섬처럼 느껴졌다. 그곳에서 나는 요술에 걸린
듯 편안하게 오직 아름답고 유쾌한 일과 생각 들 속에서
살 수 있었다. 이것이 우리가 구상하는 보다 높은 새로운
공동체의 전조임을 예감하고 있었다. 나는 넘치는 만족과
쾌적함 속에서 숨 쉬도록 태어난 사람이 아니었다. 고통과

쫓김이 필요했다. 언젠가 이 아름다운 사랑의 영상에서 깨어나 오로지 고독과 싸움뿐인, 평화나 공존이란 없는 타인들의 차가운 세계 속에서 홀로, 다시 온전히 홀로 서게 되리라는 것을 느끼고 있었다.

그래서 나는 내 운명이 아직도 이 아름답고 고요한 얼굴을 지니고 있다는 데 기뻐하며 갑절의 다정함으로 에바 부인에게 바짝 다가갔다.

여름 몇 주일은 빠르고 쉽게 흘러갔다. 여름 학기가 벌써 끝나 가고 있었다. 이별이 곧 닥칠 터였다. 나는 그것을 생각해서는 안 됐고 생각하지도 않았다. 나비가 꿀이 많은 꽃에 매달려 있듯 나는 아름다운 나날에만 매달려 있었다. 그것은 나의 행복한 시절이었다. 내 인생의 첫 성취였으며 동맹에 받아들여진 것이었다. 그다음에는 무엇이 올까? 나는 어쩌면 다시 싸워 나가리라, 그리움으로 괴로우리라, 꿈을 꾸리라, 혼자이리라.

이 나날 중의 어느 날 이런 예감이 너무도 강렬하게 엄습하여 에바 부인에 대한 나의 사랑이 갑자기 고통스럽도록 활활 타올랐다. 맙소사, 나는 이제 곧 그녀를 더 이상 보지 못할 것이다. 그녀의 안정되고 다정한 발걸음이 집 안을 거니는 소리를 다시는 듣지 못할 것이며 내 책상 위에는 더 이상 그녀의 꽃이 없으리라. 그런데 내가 무엇에 도달했던가? 나는 꿈꾸었고 행복에 잠겨

흔들렸다. 그녀를 획득하는 대신, 그녀를 얻기 위해 싸우는
대신, 그녀를 영원히 내게로 단숨에 끌어오는 대신!
그녀가 일찍이 진정한 사랑에 대해 내게 한 모든 말이
떠올랐다. 그 많은 다정하면서도 경고하는 말들, 그 많은
나직한 유혹들, 어쩌면 약속들이. 그것으로 내가 무엇을
이루었는가? 아무것도! 아무것도 이룬 것이 없었다!

　　나는 내 방 한가운데 서서 모든 의식을 모아 에바
부인을 생각했다. 내 영혼의 힘들을 한데 모으려 했다. 내
사랑이 느껴지도록, 그녀를 내게로 끌어당기도록. 그녀가
와서 나의 포옹을 열망해야 했다. 나의 입맞춤이 그녀의
성숙한 사랑의 입술을 끝없이 헤쳐야 했다.

　　나는 서서 손가락과 발부터 싸늘해질 때까지
긴장했다. 내게서 힘이 빠져나가는 것을 느꼈다. 잠시
내 속의 무언가가 단단하고도 긴밀하게 한데 모였다,
무언가 밝고도 환한 것이. 나는 잠시 심장에 수정 한
덩이를 지니고 있는 듯한 느낌이었다. 그리고 그것이 나의
자아라는 것을 알았다. 냉기가 가슴까지 차올랐다.

　　무서운 긴장에서 깨어났을 때 무언가가 오는 것
같은 느낌이 들었다. 죽도록 탈진해 있었으나 에바 부인이
방 안으로 들어오는 것을 바라볼 준비가 되어 있었다.
불타오르며 황홀하게.

　　그때 따가닥따가닥 말 달리는 소리가 긴 길에서 망치

치듯 다가왔고, 가까이에서 거세게 울리다가 갑자기
멈추었다. 나는 창가로 뛰어갔다. 밑에서 데미안이 말에서
내리고 있었다. 나는 달려 내려갔다.

"무슨 일이야, 형? 어머니께 무슨 일이 있는 건
아니겠지?"

그는 내 말을 귀담아듣지 않았다. 몹시 창백했으며
땀이 이마 양쪽에서 뺨으로 흘러내리고 있었다. 그가 열로
달아오른 말의 고삐를 정원 울타리에 매고는 내 팔을 끼고
함께 거리를 걸어 내려갔다.

"벌써 소식 들었니?"

나는 아무것도 몰랐다.

데미안은 내 팔을 누르며 어둡고 연민에 찬 특별한
눈길로 나에게 얼굴을 돌렸다.

"그래, 이봐, 이제 시작된 거야. 러시아와의 긴장이
고조되었다는 건 알았겠지."

"그러면? 전쟁이 난 거야? 그러리라 믿진 않았는데."

가까이에 아무도 없건만 그가 나직하게 말했다.

"아직 선포되지는 않았어. 그러나 전쟁이 일어날
거야. 믿어. 지금껏 이 일로는 널 더 번거롭게 하지 않았어,
그러나 그때부터 나는 새로운 징후를 세 번 보았어.
그러니까 세계의 몰락도 아니고, 지진도 아니고, 혁명도
아닐 거야. 전쟁일 거야. 그것이 어떻게 닥치는지 나도

보겠지! 기뻐들 하겠지. 벌써부터 다들 한번 터지기를
바라며 기뻐하고 있어. 그들에게는 삶이 그토록 맥없어져
버린 거야. 그러나 넌 보게 될 거야, 싱클레어. 이건
다만 시작이야. 어쩌면 큰 전쟁이 될 거야, 몹시 큰
전쟁이. 그러나 이것도 그저 처음에 불과해. 새로운 것이
시작되지. 새로운 것이란 낡은 것에 매달린 사람들에게는
충격적이겠지. 넌 무얼 할 거니?"

나는 당혹스러웠다. 그 모든 것이 나에게는 아직
낯설고 믿어지지 않게 들렸다.

"모르겠는데, 형은?"

그가 어깨를 으쓱했다.

"동원령이 내리면 곧바로 들어가야 해. 난 대위거든."

"형이? 그건 전혀 몰랐는데."

"그래, 그것이 내 적응의 한 형태였어. 알아. 난
겉으로는 눈에 띄는 것을 좋아하지 않아. 그리고 늘 행동이
다소 지나쳐 정확하지 못한 편이지. 한 주일 이내에 벌써
나는 전장에 서 있을 거야."

"맙소사."

"자아, 이봐, 일을 감상적으로 생각해서는 안 돼.
살아 있는 사람을 향해 총을 겨누도록 지휘하는 것이
근본적으로 내게 즐거울 리 없지. 그러나 그건 부차적일
거야. 이제는 우리 모두 큰 수레바퀴 안으로 들어와

버렸어. 너도. 너도 분명 징집될 거야."

"그럼 형 어머니는?"

그제야 나는 다시 십오 분 전에 있었던 일을 생각해
냈다. 세계가 얼마나 변했는지! 나는 가장 감미로운 영상을
불러내기 위해 모든 힘을 한데 모았더랬다. 그런데 이제
나는 운명이 갑자기 새롭게, 위협적으로 무시무시한
가면을 쓰고 나를 바라보는 것을 보았다.

"우리 어머니? 아, 어머니 걱정은 할 필요 없어.
어머니는 안전하셔. 지금 세상에 있는 그 누구보다도 더
안전하셔. 어머니를 그토록 사랑하니?"

"형도 알았어?"

그가 환하게 껄껄 웃었다.

"어린아이로군! 물론 알았지. 사랑하지도 않으면서
우리 어머니한테 에바 부인이라고 말한 사람은 아무도
없었어. 아무튼, 어땠어? 네가 어머니나 나를 오늘 부른
거지, 안 그래?"

"그래, 내가 불렀어. 에바 부인을 불렀어."

"어머니가 들으셨어. 갑자기 나를 보내셨거든, 너한테
가 봐야 한다고. 어머니께 방금 러시아에 대한 소식을
들려드린 참이었는데 말이야."

우리는 돌아섰다. 별로 더 많이 이야기하지 않았다.
그는 울타리에 매어 두었던 말고삐를 풀고 말에 올라탔다.

나는 위층 내 방으로 돌아가 내가 얼마나 지쳐 있는지
비로소 감지했다. 데미안이 전한 소식 그리고 그보다 조금
전의 긴장 때문이었다. 그러나 에바 부인이 내 소리를
들었다! 내 생각으로 마음속에서 그녀에게 가 닿은 것이다.
그녀 자신이 왔더라면 좋았을 텐데. 그러지 않았더라도
이 모든 것은 얼마나 특별한가, 근본적으로 얼마나
아름다운가! 이제 전쟁이 일어날 것이다. 우리가 이미
여러 번 이야기한 것이 이제 일어나기 시작한 것이리라.
그리고 데미안은 그것에 대해 그 많은 것을 미리 알고
있었다. 얼마나 기이한가, 지금 세계의 흐름이 더 이상은 그
어딘가에서 우리를 스쳐 가지 않는다는 것이, 그것이 지금
갑자기 우리의 가슴 한가운데를 뚫고 간다는 것이, 모험과
거친 운명 들이 우리를 부르며, 지금 아니면 머지않아
세계가 우리를 필요로 하고 스스로를 변모시키려는
순간이 온다는 것이. 데미안이 옳다. 그것은 감상적으로
받아들일 일이 아니었다. 그토록 외로운 일인 '운명'을 내가
이제 그토록 많은 사람들과, 온 세계와 공동으로 체험해야
한다는 것이 이상할 따름이었다. 그럼 좋다!

　　나는 준비가 되어 있었다. 저녁에 시내를 지나갈
때 구석구석이 큰 흥분으로 들끓고 있었다. 어디서나
'전쟁'이란 말이 들려왔다!

　　나는 에바 부인 집으로 갔다. 우리는 정원의 정자에서

저녁을 먹었다. 내가 유일한 손님이었다. 전쟁에 대해서는
아무도 말하지 않았다. 다만 늦게, 내가 떠나기 직전에
에바 부인이 말했다. "사랑하는 싱클레어, 오늘 날
불렀지요. 내가 왜 직접 가지 못했는지는 알겠지요. 그러나
잊지 마요. 당신은 이제 부름을 알아요, 언제든 표적을
지닌 누군가가 필요하거든 그때 다시 불러요!"

그녀가 일어나 뜰의 어스름을 뚫고 앞서 갔다. 그
비밀에 찬 여인은 당당하게 왕녀처럼 말 없는 나무들
사이를 걸어갔다. 그녀의 머리 위에서 조그맣고
사랑스럽게 많은 별이 빛나고 있었다.

내 이야기는 곧 끝난다. 사태는 급격히 진전되었다.
곧 전쟁이 있었고 데미안은 제복에 은회색 외투를 입은
놀랍게 낯선 모습으로 떠났다. 나는 그의 어머니를 집까지
바래다주었다. 곧 그녀와도 작별했다. 그녀가 내 입에
키스하고 한순간 나를 가슴에 안았다. 그녀의 큰 눈이
가까이에서 흔들림 없이 내 눈 속으로 타 들어왔다.

모든 사람이 형제가 된 것 같았다. 그들은 조국과
명예를 말했다. 그러나 그것은 운명이었다. 그들 모두가
한순간 운명의 숨김없는 얼굴을 들여다보았다. 젊은
남자들은 병영에서 나와 기차에 올랐다. 그리고 많은
얼굴들에서 나는 표적을(우리의 표적이었다.), 아름답고 가치

있는 표적을 보았다. 사랑과 죽음을 의미하는 것이었다.
나 역시 한 번도 본 적 없는 사람들의 포옹을 받았다. 나는
그것을 이해했고 기꺼이 응답했다. 그들이 그렇게 하는
것은 일종의 도취였다. 운명의 뜻이 아니었다. 그러나
도취란 신성하다. 그들 모두가 이 짧고 뒤흔드는 시선으로
이미 운명의 두 눈을 들여다보았기 때문이다.

　내가 전장으로 갔을 때는 이미 거의 겨울이었다.

　처음에 나는 총격의 선정성에도 불구하고 모든 것에
실망했다. 예전에 나는 한 인간이 하나의 이상을 위해 살
수 있는 일이 왜 그렇게 극단적으로 드문지에 대해 많이
생각해 보았다. 지금 나는 많은 사람들, 아니 모든 사람이
이상을 위해 죽을 수 있다는 것을 알았다. 다만 그것은
개인적 이상, 자유로운 이상, 선택한 이상이 아니었다.
그것은 떠맡겨진 공통의 이상이었다.

　그러나 시간이 가면서 내가 인간을 과소평가했음을
알았다. 그렇게 봉사와 공통의 위험이 제아무리 제복을
입혀 그들을 획일화해 놓았어도 나는 많은 사람들,
살아 있는 사람들, 죽어 가는 사람들이 운명의 의지에
눈부시도록 접근하는 것을 보았다. 많은, 아주 많은
사람들이 공격 때문만이 아니라 언제나 확고하고 먼,
약간 신들린 듯한 눈빛을 지니고 있었다. 그런 시선은
목적 외에는 아무것도 모르며 엄청난 것에 몰두해

있음을 뜻한다. 이런 사람들은 그들이 무엇을 원하든
믿고 생각한다, 자기들이 준비되어 있고, 쓸모 있다고,
그들에 의해 미래가 형성되리라고. 그리고 세계가 점점
더 경직되어 전쟁과 영웅주의에, 명예와 다른 낡은
이상에 맞춰져 있는 듯 보일수록 더 요원하게 그리고
더 거짓말처럼 외면적인 인간성의 목소리가 하나하나
울렸다. 이 모든 것은 다만 표면이었다. 전쟁의 외적이고
정치적인 목적들에 대한 물음이 표면에 그치듯이. 깊은
곳에서는 무언가가 생성되고 있었다. 새로운 인간성
같은 무엇이. 왜냐하면 많은 사람들을 볼 수 있었으며
그들 중 어떤 사람들은 바로 내 곁에서 죽었기 때문이다.
그들에게는 미움과 분노, 살육과 말살이 대상에 매여 있지
않다는 통찰이 느껴졌다. 아니다. 대상들은 목표들과
마찬가지로 완전히 우연이었다. 근원적인 느낌, 가장 거친
느낌들도 적에게 향해 있지 않았다. 그들의 유혈의 위업은
오로지 내면의, 그 자체 안에서 산산이 파열된 영혼의
발산이었다. 새로 태어날 수 있도록 광분하여 죽이고,
말살하고, 죽으려는 영혼의 발산이었다. 거대한 새가
알에서 나오려고 투쟁하고 있었다. 알은 세계였고 세계는
짓부서져야 했다.

어느 이른 봄날 밤 나는 우리가 점령한 농가 앞에서
보초를 서고 있었다. 가끔씩 미풍이 불었다. 플랑드르의

높은 하늘에 구름 떼가 몰려가고 있었다. 그 구름 뒤
어디쯤엔가 달이 있으리라는 예감이 들었다. 벌써 온종일
나는 불안했다. 그 어떤 근심이 내 마음을 어수선하게
했다. 지금 어두운 지정된 내 자리에서 보초를 서며 나는
간절하게 내가 지금껏 살아온 삶의 영상들을, 에바
부인을, 데미안을 생각했다. 포플러에 기대 요동치는
하늘을 응시했다. 남모르게 움칫거리는 하늘의 밝음이
곧 솟구치는 커다란 형상들의 연속이 되었다. 내 맥박이
기이하게 엷어진 데서, 내 살갗이 바람과 비에 둔감해진
데서, 섬광을 내는 내면의 깨어 있음에서 나는 내 주위에
어떤 인도자가 있음을 감지했다.

구름 속에서 커다란 도시를 볼 수 있었다. 거기서
수백만의 사람이 쏟아져 나왔고, 그들은 떼를 지어
넓은 풍경 위로 퍼져 갔다. 그들 한가운데서 힘찬 신의
모습이 나왔다. 머리에는 빛을 뿜는 별을 달고, 산처럼
크고, 에바 부인의 표정을 가지고. 그 모습 속으로 인간의
대열들이 거대한 동굴 속으로 빨려들듯 사라졌다.
그러고는 사라졌다. 여신은 바닥에 내려앉았다. 그녀의
이마에서 표적이 환하게 빛을 내고 있었다. 하나의 꿈이
그녀를 지배하는 힘을 가진 듯 보였다. 그녀가 두 눈을
감았다. 그녀의 큰 얼굴이 고통으로 일그러졌다. 갑자기
그녀가 맑고 높은 소리로 외쳤다. 그녀의 이마에서 별들이

튀어나왔다. 수천 개의 빛나는 별들이. 그 별들은 찬란한
포물선을 그리며 검은 하늘 저편으로 휘익 떨어졌다.

별들 중 하나가 환한 음을 내며 똑바로 나를 향해
씽 날아왔다. 나를 찾고 있는 것 같았다. 그러더니 별이
요란한 소리를 내며 수천 개의 불꽃으로 쪼개져서 나를 획
끌어올렸다가 다시 땅바닥으로 내동댕이쳤다. 천둥 같은
소리를 내며 내 머리 위에서 세계가 무너졌다.

나는 포플러 가까이에서 흙과 상처로 뒤덮인 채
발견됐다.

나는 어느 지하실에 누워 있었다. 머리 위에 포화가
퍼붓고 있었다. 나는 어느 수레에 누워 덜컹덜컹 빈 벌판을
지나갔다. 대체로 나는 잠을 자거나 의식이 없었다.
그러나 깊이 자면 잘수록 무언가가 나를 끌어당김을,
나를 지배하는 주인인 어떤 힘을 내가 따르고 있음을 더
격렬하게 느꼈다.

나는 어느 외양간 짚더미 위에 누워 있었다. 어두웠다.
누군가가 내 손을 밟고 갔다. 그러나 나의 내면적인 것은
더 나아가려 했다. 그것이 더 강하게 나를 끌고 갔다. 다시
나는 수레 위에 누웠다. 나중에는 들것 혹은 사다리에
누웠다. 점점 더 그 어딘가로 가라고 명령받고 있음을
느꼈다. 마침내 그곳으로 가려는 충동 말고는 아무것도
느끼지 못했다.

그때 나는 목적지에 도착해 있었다. 밤이었다. 의식은 분명했다. 이제 막 내 안의 끌림과 충동이 힘차게 느껴지던 참이었다. 이제 나는 넓은 홀에, 바닥에 깔린 자리에 누워 있었다. 내가 부름받은 곳에 와 있다는 느낌이었다. 주위를 바라보았다. 내 매트리스 바로 옆에 다른 매트리스가 바싹 붙어 놓여 있었고 누군가가 그 위에 있었다. 그 사람이 앞으로 몸을 숙이고 나를 바라보았다. 이마 위에 그 표적이 있었다. 그것은 막스 데미안이었다.

나는 말할 수 없었다. 그는 말할 수 없었거나 말하려고 하지 않았다. 다만 나를 바라보았다. 그의 얼굴에는 그 너머 벽에 달려 있는 신호등 불빛이 드리워 있었다. 그가 나를 향해 미소 지었다.

그는 무한히 긴 시간 동안 내 눈을 계속 들여다보았다. 천천히 그가 얼굴을 내게 더 가까이 밀었다. 우리가 거의 닿을 때까지.

"싱클레어!" 그가 나직이 말했다.

나는 눈으로 그의 말을 알아들었다는 표시를 했다.

그가 다시 동정하는 표정으로 미소 지었다.

"어린 소년이 됐네!" 그가 미소 띠며 말했다.

그의 입이 이제 내 입 아주 가까이에 있었다. 나직이 그가 계속 이야기했다.

"프란츠 크로머 아직도 기억해?"

나는 그에게 눈을 깜박여 보였다. 미소 지을 수도
있었다.

"꼬마 싱클레어, 잘 들어! 나는 떠날 거야. 너는 어쩌면
다시 한번 나를 필요로 할 거야. 크로머에 맞서든 그
밖의 다른 일이든 뭐든. 그럴 때 네가 나를 부르면 이제
나는 그렇게 거칠게 말을 타거나 기차를 타고 달려오지
못해. 그럴 때 넌 너 자신 안으로 귀 기울여야 해. 그러면
알아차릴 거야. 내가 네 안에 있다는 걸. 알아듣겠니?
그리고 또 뭔가 있어! 에바 부인이 말했어. 네가 언젠가
잘 지내지 못하면 나더러 네게 당신의 키스를 해 달라고.
나에게 주어 보낸 키스를…… 눈을 감아, 싱클레어!"

나는 선선히 눈을 감았다. 내 입술 위에 가벼운
입맞춤이 느껴졌다. 내 입술에서는 계속해서 조금씩 피가
흐르고 있었고, 피는 결코 줄어들지 않았다. 그리고 나는
잠이 들었다.

아침에 사람들이 깨웠다. 붕대를 감아야 했던 것이다.
마침내 완전히 잠이 깼을 때 나는 얼른 옆 매트리스로
몸을 돌렸다. 한 번도 본 적 없는 낯선 사람이 그곳에 누워
있었다.

붕대를 감을 때는 아팠다. 그때부터 내게 일어난 모든
일이 아팠다. 그러나 이따금 열쇠를 찾아내 완전히 나
자신 속으로 내려가면, 어두운 거울 속에 운명의 영상들이

잠들어 있는 곳으로 내려가면 그곳에서 나는 그 검은
거울 위로 몸을 숙이기만 하면 되었다. 그러면 나 자신의
모습이 보였다. 이제 그와 완전히 닮아 있었다. 그와, 나의
친구이자 인도자인 그와.

환상 소설

룰루

아름다운 옛 도시에 자리한 '왕관'이라는 주점에 모습을 드러낸
신비롭고 아름다운 아가씨 룰루. 모임의 동료인 하멜트, 텐처,
우겔, 라우셔는 하나같이 룰루에게 사랑의 감정을 느끼고,
시인인 라우셔와 바이올린 연주자 우겔은 전설 속 아스크 왕국의
릴리아 공주에 대한 기이한 환상을 경험한다. 자신의 눈물로 현을
지어 하프를 연주하던 릴리아 공주는 과연 룰루인 걸까. 헤세는
튀빙겐에서 서점 점원으로 잠시 일했는데 그곳 주점에서 일하던
매혹적인 여성을 '룰루'라는 애칭으로 불렀고, 그녀와 사랑에
빠진 경험이 있다. 환상과 현실 세계가 조화롭게 어우러진 이
작품은 독일 낭만주의 문학에 영향을 받았다. 1900년 작.

○○

룰루

○○

젊은 날의 한 체험
E. T. A. 호프만[1]을 회상하면서

1

아름다운 옛 도시 키르히하임[2]은 방금 내린 짧은
여름비에 말끔히 씻겨졌다. 빨간 지붕들, 풍향계와 정원의
울타리들, 둑 위의 관목 숲과 밤나무들이 즐겁고 활기차게
싱싱한 빛을 발하고 있었다. 무뚝뚝한 콘라트 비더홀트
노인은 역시 무뚝뚝한 부인과 함께 아직도 정정한 나이에
대해 은근히 기뻐했다. 말끔해진 대기 속으로 태양이

---

1   E. T. A. Hofmann(1776-1822). 독일의 작곡가이자 낭만주의 작가로
    환상적인 작품을 많이 썼다. 대표작으로 『칼로풍의 환상작품집』,
    『밤의 풍경들』(1816/1817), 『세라피온 형제들』(1819~1821),
    장편 소설 『악마의 묘약』(1815/1816), 『브람빌라 공주』(1820),
    『수고양이 무어의 인생관』(1819/1821) 등이 있다.
2   독일 남부 바덴뷔르템베르크주에 있는 작은 도시. 헤세가 서점에서
    점원을 하던 튀빙겐시가 가까운 거리에 있다.

다시금 강렬한 열기를 내리쏟았다. 나뭇가지에 매달린
마지막 빗방울이 햇빛을 받아 영롱하게 반짝였고, 넓은
둑길 위로 다정한 광채가 넘쳐흘렀다. 희희낙락 뛰어가는
아이들 뒤를 강아지 한 마리가 멍멍 짖으면서 따라갔다.
줄지어 서 있는 집들을 따라 노랑나비 하나가 이리저리
나풀거리며 불안하게 날고 있었다.

둑의 밤나무 밑, 우체국에서 오른쪽으로 세 번째
벤치 위에 여행을 즐기는 시인 헤르만 라우셔가 그의 친구
루트비히 우겔[3]과 앉아 있었다. 그들은 기분 좋게 내린
비와 다시 얼굴을 내민 푸른 하늘에 대해 즐겁고 유쾌한
대화를 나누고 있었다. 라우셔는 자신의 마음속에 담긴
환상적인 생각들을 결부시키며, 버릇대로 지칠 줄 모르고
이야기 보따리를 풀어 나갔다. 시인이 멋진 이야기를
길게 늘어놓는 동안 조용하고 다정한 루트비히 우겔은
여러 차례 보이힝겐 쪽으로 이어진 국도를 바라보았다.
그곳으로부터 올 한 친구를 기다리던 중이었다.

"내 말이 맞지 않아?"

시인은 활기차게 외치면서 벤치에서 약간 몸을
일으켰다. 등받이가 다소 불편한 데다 마른 나뭇가지 한

---

3 헤세는 튀빙겐의 헤켄하우어 서점에서 함께 일했던 친구 루트비히
핑크를 '우겔'이라고 불렀다. 법학도였던 우겔은 헤세처럼 시를 썼기
때문에 함께 '소동인(petit cenacle)'이라는 모임을 만들었다.

토막을 깔고 앉았기 때문이었다.

"그렇지 않느냐고?"

그는 다시 한번 외치면서 왼손으로 나뭇조각을 집어던지고 바지에 난 나무 자국을 폈다. "아름다움의 본질은 빛 속에 들어 있음에 틀림없어. 자네 그렇게 생각하지 않는가?"

루트비히 우겔은 눈을 비볐다. 그는 말을 듣고 있지 않았다. 라우셔의 마지막 질문만 알아들었을 뿐이었다.

"물론이지. 물론이야." 그는 성급하게 대꾸했다. "여기서는 그것을 볼 수가 없지. 그건 바로 슐로터베크네 헛간 뒤에 있으니까 말이야!"

"뭐가 어째?" 헤르만이 거칠게 소리쳤다. "헛간 뒤에 뭐가 있다는 거야?"

"외틸링겐 말일세. 카를에겐 다른 길이 없어. 틀림없이 그쪽으로 오게 될 거야."

여행을 즐기는 이 시인은 언짢은 표정으로 밝고 넓은 국도 위를 말없이 바라보았다. 두 젊은이를 벤치 위에 앉은 채 기다리게 하자. 그늘이 아직 한 시간쯤은 그곳에 드리워져 있을 테니까. 그동안 슐로터베크의 헛간 뒤쪽으로 가 보자. 그곳에서 외틀링겐 마을도 아름다움의 본질도 찾을 수 없지만, 고대하던 친구인 예비 법학도 카를 하멜트가 있을 것이다. 그는 벤들링겐에서 휴가를 보내고 돌아오는 길이었다. 그런대로 괜찮은 모습이었지만, 일찍 뚱뚱해진 몸집이 우스꽝스럽게 뒤뚱거렸다. 영리하나 고집스러워 보이는 얼굴에 우뚝 솟은 콧날이 기이하게 내민 입술이며 오동통한 뺨과 영 어울리지 않았다. 좁은 셔츠 깃 위로 주름 많은 넓은 턱이 보였고, 이마와 중절모 사이에는 짧은 머리카락이 땀에 젖은 채 드리워져 있었다. 그는 잔디밭 위에 사지를 뻗고 누워 편안히 자고 있는 것 같았다.

그는 정오의 뜨거운 햇빛을 받고 오느라 지쳐 정말로 잠이 들었다. 그러나 그의 선잠은 편안하지 않았다. 기이하게 환상적인 꿈이 그를 괴롭혔던 것이다. 그는 어느 낯선 정원의 이상한 나무들 밑에 누워 양피지로 된 옛날 책을 읽고 있었다. 그 책은 이상하게 뒤얽힌 글자에 전혀 생소한 외국어로 쓰여 있어 하멜트는 도대체 이해할 수가 없었다. 그럼에도 불구하고 그는 읽어 나갔고, 점차 글의 내용을 이해하게 되었다. 마술을 부리듯 꼬불꼬불하게 뒤얽힌 소용돌이 장식과 글자들로부터 영상들이 나타나 색색으로 반짝이다가는 다시 사라지곤 했다. 마치 마법의 램프 속에 줄지어 나타나듯 이 영상들은 아주 오래된, 정말로 있었던 이야기를 차례차례 묘사해 주었다.

부적인 청동 반지가 라스크샘의 사악한 마술로

탈취당해 난쟁이 왕의 수중에 떨어진 바로 그날, 아스크
궁의 밝은 별이 빛을 잃기 시작했다. 라스크샘은 고갈되어
거의 눈에 띄지 않는 은빛 실오라기처럼 흘렀고, 오팔
성(城) 아래로 땅이 가라앉았으며, 궁형(弓形)의 지하실은
흔들리면서 일부가 무너져 버렸다. 백합 정원에서는
끔찍한 죽음이 시작되고 있었다. 두 개의 왕관을 쓴 백합
왕만이 한동안 뽐내며 꼿꼿이 서 있었다. 에델충[4] 뱀이
고리를 이루듯 촘촘히 휘감고 있기 때문이었다. 황량한
아스크시엔 환희의 소리도 음악 소리도 멎고 말았다. 오팔
성에서조차 하프의 마지막 현(絃)이 은은한 노래를 멈추자
아무런 음향도 더 이상 들리지 않았다. 왕은 밤낮으로
석상마냥 커다란 연회장에 홀로 앉아 자신의 행복이
끝난 것에 대해 줄곧 의아해했다. 그도 그럴 것이, 그는
프로문트[5] 대왕 이래로 모든 왕들 가운데 가장 행복한
왕이었기 때문이다. 오네라이트[6] 왕이 붉은 외투를
입고 커다란 홀에 앉아 놀라움을 되씹고 있는 모습은
보기에도 안쓰러웠다. 고통이라는 선물을 받지 않고
태어난 그였기에 울 수도 없었다. 아침저녁으로 날마다
들리던 음악 대신 죽음 같은 정적이 흐르고, 문으로부터는

4 에델충(Edelzung)은 '고귀한 혀'라는 뜻의 독일어.
5 쿠바의 아바나시 동쪽에 있는 도시. 아바나만 근처에 있다.
6 오네라이트(Ohneleid)는 '고통이 없는'이라는 뜻의 독일어.

릴리아 공주의 나지막한 흐느낌이 새어 나올 뿐이었다.
다만 드물게 습관처럼 터져 나오는 짧은 웃음소리가 그의
마음에 충격을 주었다. 그전의 행복했던 날에는 매일
스물네 번의 두 곱을 웃어 대곤 했었다.

　궁의 신하들과 하인들도 모두 바람같이 흩어져
버렸다. 홀 안에는 왕과 슬픔에 잠긴 공주 외에 충복
하더바르트만이 남아 있었다. 그는 궁중의 시인이자
철학자이자 어릿광대의 직책을 갖고 있었다.

　청동 부적의 힘은 비겁한 난쟁이 왕과 마녀
치셸기프트가 나누어 갖고 있었다. 그들 지배 밑에서
세상이 어떠했으리라는 것은 능히 짐작할 수 있는
일이었다.

　아스크 왕국의 영화는 종말을 고했다. 어느 날 왕은 단
한 번도 웃지 않았다. 그날 저녁 그는 릴리아 공주와 충복
하더바르트를 텅 빈 연회장으로 불렀다. 뇌우가 몰아치는
날이었다. 검고 커다란 아치형 창문을 통해 번갯불이
음산하게 비쳐 들었다.

　"짐은 오늘 단 한 번도 웃지 않았노라." 오네라이트
왕이 말했다.

　어릿광대가 왕 앞으로 나서며 몇 차례 아주 험상궂게
얼굴을 찡그렸다. 수심에 찬 늙은 얼굴이 너무 절망적으로
일그러져 공주는 시선을 돌려야 했고, 왕은 웃을 생각도

못 한 채 무거운 머리를 흔들 뿐이었다.

"하프를 연주하도록 하라." 왕이 외쳤다. "어서
연주하라!"

이 말에 두 사람의 마음은 찢어지는 듯했다. 하프
연주자와 악사들이 떠나 버렸다는 것, 마지막으로 두 명의
충복만이 궁에 남아 있다는 것을 왕은 모르고 있었다.

"하프에는 현이 하나도 없습니다." 하더바르트가
말했다.

"그래도 연주해야 돼." 왕이 말했다.

하더바르트는 릴리아 공주의 손을 잡고 홀 밖으로
나왔다. 그는 황폐해진 백합 정원의 고갈된 라스크샘으로
공주를 안내했다. 그리고 대리석 수조에 남아 있는 한
움큼의 물을 퍼내어 그녀의 오른손에 부었다. 그들은
그것을 가지고 왕에게로 돌아왔다. 이제 릴리아 공주는
이 샘물로부터 일곱 가닥의 빛나는 현을 뽑아 하프
위에 드리웠다. 샘물이 여덟 번째 현까지 미치지 못하자
공주는 자신의 눈물을 사용해야 했다. 이제 그녀는
빈손으로 떨면서 현을 퉁겼다. 그러자 다시 한번 옛날의
달콤했던 환희의 선율이 홀 안을 가득 채웠다. 그러나
곡을 연주하고 나자 모든 현이 끊어졌다. 마지막 현이
끊어져 노래가 그치자, 천둥소리가 둔중하게 울렸다.
그러자 오팔 성의 아치형 천장이 요란한 소리를 내면서

무너져 내렸다. 하프 선율에 따라 부른 마지막 노래는
이러했다.

> 하프의 은빛 가락은 멈춰야 하네.
> 하지만 언젠가는 다시
> 하프의 노래 다시 울릴 거야.
> 이것과 똑같은 윤무곡이.

(라스크 샘물의 참 이야기가 끝나다)

예비 법학도 카를 하멜트는, 기다리다 못한 두 친구가
한 마장 거리의 국도를 걸어와 잔디밭에 누워 있는 그를
발견할 때까지 꿈에서 깨어나지 못했다. 두 친구는 그의
게으름에 대해 거친 말로 쓴소리를 해 댔다. 그러나
하멜트는 대꾸하지 않고 다만 고개를 까딱거려 인사를 할
뿐이었다.

"좋은 아침일세!"

우겔은 유난히 불쾌했다.

"그래, 좋은 아침이구먼!" 그는 화를 냈다. "아침 지난
지가 언젠데! 또 외틀링의 선술집에서 빈둥거렸군. 아직도
두 눈에 포도주 기운이 번들거리는데그래!"

카를은 싱긋이 웃으면서 이마를 가린 갈색

밀짚모자를 높이 들어 인사를 대신했다.

"자, 내버려 두게나!" 라우셔가 말했다. 세 친구는 도시로 향했다. 정거장을 지나고 시냇물 위에 걸친 다리를 건너 둑길을 따라 천천히 '왕관' 여인숙 쪽으로 걸어갔다. 이 집은 키르히하임 친구들이 맥주를 즐겨 마시는 곳일 뿐 아니라, 방랑을 좋아하는 시인의 숙소이기도 했다.

그들이 술집 계단 가까이 다가갔을 때, 갑자기 육중한 문이 벌컥 열리더니 하얀 콧수염의 백발 노인이 그들을 향해 번개처럼 빠르게 달려왔다. 노인의 얼굴은 노기를 띠고 몹시 흥분하여 벌겋게 달아 있었다. 세 친구는 그가 늙은 괴짜이며 철학자인 드레디훔이라는 것을 알아보았다. 그들은 계단 발치에서 그의 앞을 가로막았다.

"잠깐만요, 드레디훔 선생님!" 시인인 라우셔가 그를 향해 외쳤다. "철학자께서 어찌 이토록 마음의 평형을 잃으셨습니까? 돌아가십시다. 저 안에서 시원한 맥주 한잔하면서 선생님의 고충담을 들려주십시오!"

철학자는 고개를 들어 의심에 찬 눈초리로 날카롭게 째려보더니 세 젊은이를 알아보았다.

"아, 자네들이군." 그가 소리쳤다. "작은 모임의 회원이 전부 모였구먼! 어서 안으로 들어가 보게, 친구들. 맥주를 마시며 기이한 일을 직접 체험해 보게. 하지만 가슴과

머릿속에 악마들이 들끓는 이 늙은이와 어울릴 생각은
말게나!"

"하지만 드레디홈 선생님, 오늘은 또 어디가
불편하신가요?" 연민의 정을 느끼며 루트비히 우겔이
물었다. 그러나 즉시 계단 난간 쪽으로 떠밀리며
비틀거렸다. 철학자가 그의 옆구리를 주먹으로 쥐어박았기
때문이었다. 노인은 노기등등해 저주의 말을 내뱉으며
거리를 향해 달려갔다.

"못된 치셸기프트 같으니라고." 그는 내달리면서
울부짖었다. "불행한 부적으로 적청색 꽃이 마법에
걸렸다! 그 유일한 것을 잘못 다루어 산산조각 냈다
…… 사악한 사탄의 희생물 …… 고통에 찬 기억이
되살아난다……."

어리둥절해진 세 젊은이는 고개를 흔들었다. 그러나
화난 노인을 가도록 놔두고 술집 계단을 올라가려 했다.
그때 다시금 문이 열리더니 보좌신부인 빌헬름 빙골프가
문을 나서면서 집 안을 향해 다정한 작별 인사를 보냈다.
밑에 서 있던 사람들은 그에게 쾌활하게 인사를 보내고,
무슨 일이 있기에 온 얼굴에 축복의 광채가 넘쳐 나고
있는지 물었다. 그는 통통한 집게손가락을 의미심장하게
곧추세우더니, 시인을 다정히 옆으로 끌어내고는
익살맞은 미소를 지으며 귀에 대고 속삭였다.

"생각 좀 해 보게나. 내가 오늘 난생처음 시 한 수를 썼단 말일세! 그것도 지금 막!"

시인은 안경의 좁은 금테 위아래로 두 눈동자가 튀어나올 정도로 눈을 크게 떴다.

"한번 읊어 주세요!" 그는 크게 소리쳤다.

보좌신부는 세 친구를 향해 다시 한번 집게손가락을 세우더니 눈을 지그시 감고 자신의 시를 읊었다.

완전함이여,

좀처럼 그것을 보기 어렵지만, 나 오늘은 보았네!

한마디도 빠짐없이 낭독한 후 그는 모자를 흔들면서 세 친구를 떠났다.

"웃기는군!" 루트비히 우겔이 말했다. 시인은 말없이 곰곰 생각에 잠겼다. 그러나 잔디밭에서 깨어난 후 아직 한마디도 하지 않았던 카를 하멜트가 힘주어 말했다.

"그 시 좋은데!"

다소 이상한 감정에 사로잡히긴 했지만, 목이 컬컬해진 친구들은 이제 더 이상 방해를 받지 않고 서늘한 주점 왕관으로 들어갔다. 그것도 젊은 여주인이 몸소 시중을 들어 주는 좋은 방으로 안내받았다. 이런 낮 시간에는 늘 그랬지만, 그들은 유일한 손님이었기에 여주인과 함께 공손하면서도 익살맞은 인사를 나누었다.

그러나 세 사람 모두 들어가 착석하기 무섭게 뭔가 이상한 기분이 들었다. 즉 그 작달막하고 통통한 여주인이 오늘 처음으로 전혀 예뻐 보이지 않는 것이었다. 그러나 그들은 곧 은연중에 그 이유를 알게 되었다. 말끔한 식탁의 뒤편 어슴푸레한 복도 쪽에서 한 낯선 아름다운 소녀의 얼굴이 나타났기 때문이었다.

2

두 번째로 적지 않게 묘한 일이 또 있었다. 옆에 있는 조그만 탁자에 에리히 텐처가 앉아 있었는데, 들어오는 사람들을 바라보지도 않고 인사를 건네지도 않았다. 그는 모임의 중요한 회원이자 특히 카를 하멜트의 절친한 친구였다. 그의 앞에는 반쯤 마신 맥주잔이 놓여 있었고, 그 잔 안엔 노란 장미꽃이 꽂혀 있었다. 그는 약간 튀어나온 커다란 눈을 천천히 굴렸다. 그의 생전에 이렇듯 바보처럼 보인 적이 없었다. 때때로 그는 그 우람한 코로 장미의 향기를 킁킁 맡으며 거의 가자미 눈초리로 낯선 소녀를 흘끔흘끔 훔쳐보았다. 이러고 있는 그의 얼굴 표정은 왠지 평소와 달라 보였다.

세 번째로 기이한 일은, 에리히 옆에 그 늙은 드레디훔 씨가 아주 느긋하게 앉아 있는 것이었다. 그는 작은 병의 쿨름바허 맥주를 앞에 놓고, 입에는 주인이 피우는 쿠바산 담배 한 대를 물고 있었다.

"원 세상에, 드레디훔 씨 아닌가요?" 헤르만 라우셔가 자리에서 벌떡 일어나면서 외쳤다. "어떻게 여기로 오셨나요? 방금 선생님께서 둑 위쪽으로 달려가시는 걸 보았는데……."

"게다가 노기등등해 주먹으로 제 배를 내지르기까지 하셨지요!" 루트비히 우겔이 외쳤다.

"언짢게 생각지 말게나." 철학자는 아주 매력적인 미소를 날리며 응답했다. "언짢게 생각지 말게, 친애하는 우겔 군! 그대들에게 쿨름바허 맥주를 권하고 싶구먼!" 그러면서 그는 조용히 잔을 비웠다.

그동안 카를 하멜트는 여전히 넋이 나간 듯 축 처져 잔에 꽂힌 장미꽃을 들여다보고 앉아 있는 에리히를 향해 소리쳤다.

"자네 자고 있나?"

에리히는 고개를 쳐들지도 않고 대답했다. "아마 자고 있지 않을걸."

"아마 자고 있지 않다니, 그런 말이 어디 있나?" 우겔이 소리쳤다.

그때 소녀의 머리가 술집 카운터 뒤에서 움직였다. 아름답기 짝이 없는 낯선 소녀가 자태를 드러내고는 친구들의 테이블로 다가왔다.

"뭘 드시겠어요, 손님들?"

아름다운 여인의 그림 앞에서 넋이 빠져 서 있는데 갑자기 그림의 풍경 속에서 그 미인이 살아서 걸어 나온다면 어떤 기분일까? 지금 이 순간 모임의 형제들이 바로 그랬다. 세 사람은 모두 의자에서 벌떡 일어나 제각기 허리 굽혀 인사했다.

"아름답고 순박한 여인이로다!" 시인이 말했다.

"오 아가씨!" 우겔도 한마디 거들었다. 그러나 카를 하멜트는 아무 말도 하지 않았다.

"자, 쿨름바허 맥주를 마시겠습니까?" 아름다운 아가씨가 물었다.

"네, 좋아요." 루트비히가 말하자, 카를이 고개를 끄덕였다. 그러나 라우셔는 붉은 포도주 한 잔을 청했다.

날씬하고 상냥한 아가씨가 우아한 솜씨로 술 시중을 들자, 그들은 당황한 가운데서도 찬탄의 말을 되풀이했다. 그러자 그녀의 뒤쪽 구석에서 작달막한 키의 뮐러 부인이 종종걸음으로 다가왔다.

"이 미욱한 아이한테 너무 과분하게 대하지 마세요, 신사분들. 제 이복동생인데, 일손이 달려 우릴 도우러

온 아이예요. 주방으로 가거라, 룰루.[7] 손님들 곁에서
알짱대서는 못쓴다."

룰루는 천천히 물러갔다. 철학자는 분개해 쿠바산
시가를 질경질경 씹었고, 에리히 텐처는 몽롱한 시선으로
소녀가 사라진 쪽을 바라보았다. 세 친구는 화가 나고
당황해 아무 말도 하지 못했다. 여주인은 그들의 비위를
맞추려고 창가에 놓인 화분을 날라 와 탁자 위에 놓으면서
떠벌려 댔다.

"이 화려한 꽃잎을 좀 보세요! 이 꽃은 아주 희귀해서
아는 사람이 드물답니다. 오 년 혹은 십 년에 단 한 번씩
핀다고 해요."

모두 유심히 그 꽃을 바라보았다. 앙상하고 긴 줄기에
달린 붉은 꽃봉오리가 가볍게 하늘대며 이상한 향기를
은은하게 내뿜고 있었다. 철학자 드레디훔은 몹시 흥분해
여주인과 꽃을 향해 날카로운 시선을 던졌다. 그러나
아무도 관심을 갖지 않았다.

그때 갑자기 다른 테이블에 앉아 있던 에리히
텐처가 껑충 뛰어 다가왔다. 거칠게 꽃을 뽑아 들고는

---

7   1899년 8월 헤세가 튀빙겐을 떠나 스위스 바젤의 서점에 일자리를
    구해 떠나게 되었을 때, '소동인' 모임의 회원들은 키르히하임에서
    며칠을 함께 보냈다. 그때 헤세는 한 음식점 주인의 아름다운 조카딸
    율리에와 사랑에 빠졌다. 회원들은 그녀를 '룰루'라고 불렀다.

한걸음에 주방 안으로 사라졌다. 드레디훔은 조롱에 찬
웃음을 가볍게 터트렸다. 여주인은 놀라 소리를 지르며
에리히의 뒤를 따르다가 의자에 치마가 걸려 나뒹굴었다.
급히 따라가려던 우겔이 그녀 위를 뛰어넘었고, 시인이
그의 뒤를 따르려고 벌떡 일어나는 바람에 포도주 잔과
화분이 함께 떨어져 박살이 났다. 철학자는 속절없이
누워 있는 여주인에게 덮치듯 달려들어 그녀의 얼굴에
두 주먹을 들이대고는 이빨을 드러냈다. 우겔과
라우셔가 걸린 외투 자락을 잡아당기느라 애쓰는 것에도
아랑곳하지 않았다.

이 순간 술집 주인이 달려 들어왔다. 철학자는 돌변해
부인을 부축해 일으켰다. 옆방에서는 농부와 마부들이
문밖에서 일어나는 이 희한한 광경을 멍하니 바라보았다.
주방으로부터는 룰루의 울음소리가 들렸다. 에리히가
완전히 엉망이 된 꽃을 들고 그곳에서 나왔다. 모두 자신을
책망하며, 그를 나무라듯 질문을 퍼부으며, 웃으면서
그에게 몰려갔다. 그러나 그는 절망에 찬 사람처럼 망가진
꽃을 마구 흔들면서 모자도 쓰지 않은 채 밖으로 나가
버렸다.

3

다음 날 아침 친구들인 카를 하멜트, 에리히 텐처, 루트비히 우겔은 헤르만 라우셔의 새로운 시를 듣기 위해 그의 하숙방에 모였다. 커다란 포도주 병이 테이블 위에 놓여 있었고, 각자 손수 따라 마셨다. 시인은 몇 편의 우아한 시들을 낭송한 뒤 가슴 주머니에서 마지막 시가 적힌 조그만 종이쪽지를 꺼냈다. 그는 읽었다.

"릴리아 공주에게……."

"뭐라고?" 카를 하멜트가 소리치면서 안락의자에서 벌떡 일어났다. 약간 언짢아하면서 라우셔는 위의 제목을 한 번 더 읽었다. 그러나 카를은 깊은 생각에 잠겨 꽃무늬 장식의 쿠션에 다시 앉았다. 시인은 낭독했다.

> 나는 오래된 윤무곡 하나를 알고 있네.
> 그 맑은 은빛의 노래는
> 이상하고도 독특하게 울린다네.
> 마치 나지막한 바이올린의 선율에서
> 향수(鄉愁)의 마법이 유혹하듯 울려 나오고……

하멜트는 다른 두 사람이 계속 노래를 주의 깊게 듣도록 내버려 두지 않았다.

"릴리아 공주 ······ 은빛 노래 ······ 옛 윤무곡······"이라는 말을 재삼재사 반복했다. 머리를 흔들고 이마를 문지르다 허공을 망연히 바라보다가는 이글거리고 격렬한 시선을 시인에게 던졌다. 라우셔는 읽기를 마치고 하멜트의 눈을 올려다봤다.

"무슨 일이지?" 라우셔는 놀란 듯 외쳤다. "방울뱀이 가엾은 새를 노려보듯 나를 바라보는가?"

하멜트는 깊은 꿈에서 깨어난 것 같았다. "자네 이 시를 어떻게 얻었나?" 그는 억양이 없는 말로 시인에게 물었다. 라우셔는 어깨를 으쓱했다.

"다른 모든 시처럼 생각해 냈네."

"그리고 릴리아 공주는?" 하멜트가 다시 물었다. "옛 윤무곡은? 이 시가 자네가 지은 시들 가운데 유일하게 사실이라고 보지 않는가? 자네의 다른 시들은 모두······."

라우셔가 그의 말을 재빨리 가로막았다.

"좋아, 사실은," 하고 라우셔는 말을 이었다. "사실은 말일세, 여보게들. 이 시는 나 자신에게도 수수께끼라네. 나는 아무 생각도 않고 앉아 있었네. 그리고 지루함을 잊기 위해 습관대로 종이 위에 어떤 형상과 글자들을 끄적거렸지 아마. 그것을 마치고 나니 종이 위에 이 시가 쓰여 있는 거야. 내가 쓴 곳과는 완전히 다른 필적으로. 자 이것 좀 보게나!"

그러면서 그는 먼저 앉아 있는 에리히의 손에 종이를
넘겨주었다. 에리히는 눈앞에 종이를 들고 있더니 몹시
놀라 다시 한번 날카롭게 주시했다. 그런 다음 큰소리로
외치며 의자 속에 파묻혔다.

"룰루!"

우겔과 하멜트가 덤벼들어 종이를 들여다보았다.

"원 이런!" 우겔이 소리쳤다. 그러나 하멜트는
안락의자에 몸을 기대고 그 이상한 종이쪽지를 형언하기
어려운 놀라움의 표정을 지으며 관찰했다. 더할 나위
없는 기쁨과 섬뜩한 놀라움이 그의 얼굴 위에서 교차하고
있었다.

"라우셔, 말 좀 해 보게." 마침내 그가 외쳤다. "이것은
우리의 룰루인가, 아니면 릴리아 공주인가?"

"쓸데없는 소리!" 시인이 화를 내며 소리쳤다. "그걸
이리 주게!"

그러나 그가 종이를 받아 다시 한번 훑어보는 동안,
갑자기 낯설고 차가운 전율이 일면서 심장의 고동이 멎는
것 같았다. 불규칙적으로 휘갈겨 쓴 글자들이 흐르듯
모여들어서는 형언할 수 없는 방식으로 어떤 머리 모양의
윤곽을 그렸다. 좀 더 오래 지켜보노라니, 그 윤곽으로부터
한 소녀의 아름다운 얼굴이 만들어졌다. 그것은 바로
아름답고도 낯선 룰루였다.

에리히는 돌처럼 굳은 채 안락의자에 앉아 있었다. 카를은 무언가를 중얼거리며 의자에 드러누웠고, 그 옆에서 우겔은 고개를 절레절레 흔들었다. 시인은 방 한가운데서 창백한 얼굴로 망연자실하고 서 있었다. 그때 어떤 손이 그의 어깨를 두드렸다. 시인이 놀라 고개를 돌리자 거기에 철학자 드레디훔이 서서 닳아빠진 모자를 들어 인사를 보냈다.

"드레디훔 씨!" 시인이 놀라 소리쳤다. "맙소사, 천장에서 떨어져 내려오기라도 하셨나요?"

"뭐라고, 라우셔 군?" 노인은 미소를 지으며 대꾸했다. "나는 두 번이나 노크를 했다네. 내게도 좀 보여 주게나. 여기 멋진 원고를 갖고 있군그래!"

그는 시 혹은 그림이라고 해도 될 원고를 라우셔의 손에서 조심스럽게 빼앗았다.

"내가 종이를 한번 봐도 되겠지? 언제부터 자네는 이런 골동품을 수집하고 있는 건가?"

"골동품이라고요? 수집한다고요? 당신은 이 종이쪽지를 잘 알고 있나요, 드레디훔 씨?"

노인은 종이를 들여다보면서 사뭇 유쾌한 표정으로 만지작거렸다.

"물론, 알고말고." 그는 싱긋이 웃으면서 대답했다. "이미 오래전에 사라져 버린 책 속의 한 부분일세! 아스크 시대의 것이지."

"아스크 시대라고요?" 카를 하멜트가 외쳤다.

"그렇다네, 예비 법학자 나으리." 철학자가 다정하게
말했다. "하지만 친애하는 라우셔 군, 어디서 이 희귀한
물건을 구했는지 말해 주게나. 이것은 더 연구해 볼 가치가
있네!"

"터무니없는 이야기입니다, 드레디훔 씨." 시인이
답답하다는 듯이 말하며 웃었다. "이 종이는 새것입니다.
제가 바로 어젯밤에 여기에 썼는데요."

철학자는 의심의 눈초리로 라우셔를 훑어보았다.

"솔직히 말하지만," 그가 대답했다. "정말 솔직히
말하지만 그런 농담은 나를 적이 불쾌하게 만드는군."

라우셔는 이제 정말 화가 났다.

"드레디훔 씨," 그는 격하게 외쳤다. "제발 그 어릿광대
짓으로 절 혼란스럽게 만들지 마세요. 정 그 희한한
역을 연출하고 싶으시면 제 집이 아닌 다른 무대를
찾아보십시오."

"좋아, 좋아." 드레디훔은 즐거운 표정으로 미소를
지었다. "아마도 자네는 이 일에 대해 다시 한번 곰곰
생각하게 될 걸세! 그동안 모두 잘 있게나, 친구들!"

그러면서 그는 초록빛이 아른대는 모자를 백발이 된
머리에 눌러 쓰고 말없이 밖으로 나갔다.

아래층에서 드레디훔은 아름다운 룰루가 빈 홀에 홀로 서서 포도주 잔들을 행주로 닦고 있는 모습을 발견했다. 그는 술통으로부터 자신의 잔에 가득 술을 따른 후 소녀의 맞은편 테이블에 앉았다. 아무 말도 건네지 않고 이따금 부드러운 눈길로 아름다운 소녀의 얼굴을 다정하게 바라보았다. 그의 호의를 느낄 수 있었기에 소녀는 스스럼없이 일을 계속했다. 철학자는 빈 잔 하나를 움켜쥐더니 그 안에 약간의 물을 채워 넣었다. 그러고는 물에 적신 잔의 가장자리를 집게손가락 끝으로 문지르기 시작했다. 곧 윙윙거리는 소리가 들리더니 맑은소리로 변했다. 그 소리는 중단됨이 없이 때로는 부풀려졌다가 때로는 가늘어졌다가 하면서 방안 가득 울려 퍼졌다. 아름다운 룰루는 이 멋진 가락을 즐겁게 들었다. 잠시 일손을 놓고 귀 기울여 들으면서 수정처럼 감미로운 영원의 음조에 매료되었다. 노인은 종종 잔으로부터 시선을 들어 그녀의 눈동자를 다정하게 응시했다. 유리잔에서 나오는 음향이 온 방안에 넘쳐흘렀다. 룰루는 아무런 생각도 없이 그 한가운데 조용히 서 있었다. 무언가를 엿듣는 어린아이처럼 두 눈을 동그랗게 뜨고 있었다.

"늙은 왕 오네라이트는 아직 살아 있나요?" 그녀는 어떤 음성이 묻고 있음을 느꼈다. 그것이 노인의 물음인지,

아니면 유리잔의 음향으로부터 나오는 목소리인지 알 수 없었다. 그러나 그녀는 고개를 끄덕여 질문에 응답했다. 왜 그랬는지는 몰랐다.

"그리고 아직 질버리트[8] 하프의 노래를 알고 있나요?"

그녀는 끄덕일 수밖에 없었다. 왜 그랬는지는 몰랐다. 수정의 음향이 더 나지막하게 울렸다. 목소리가 물었다.

"질버리트 하프의 현은 어디에 있나요?"

음향이 점점 더 낮게 울리면서 작고 부드러운 물결이 되어 일렁거렸다. 그러자 아름다운 룰루는 울지 않을 수 없었다. 왜 그랬는지는 몰랐다.

방안은 완전히 조용해졌다. 그렇게 한참이 지났다.

"왜 우는 거지요, 룰루?" 드레디훔이 물었다.

"어머나, 제가 울었던가요?" 그녀가 수줍은 듯이 대답했다. "제 어린 시절의 노래 한 곡이 떠오르려고 해서요. 하지만 그 노래를 절반도 생각해 낼 수가 없어요."

그때 문이 획 열리더니 뮐러 부인이 달려 들어왔다.

"뭐야. 아직도 유리잔 몇 개에 매달려 있는 거니?" 그녀는 나무라면서 소리쳤다. 룰루는 다시 울었다. 여주인은 떠들썩거리며 꾸짖었다. 두 여인은, 철학자가 짤막한 담뱃대로 엄청나게 큰 연기 고리를 만들어 낸

---

8 Silberlied는 '은빛 노래'라는 뜻의 독일어다.

다음 그 위에 올라앉아 산들바람에 실려 조용히 사라지는
모습을 보지 못했다.

4

조그만 모임의 회원들은 인근 숲속에 모였다.
공무원 시보(試補)인 오스카 리플라인도 함께 왔다.
친구들은 풀밭에 누워 젊음과 우정에 넘치는 열광적인
대화를 나누었다. 그것은 웃음이 터지거나 잠시 골똘히
생각하느라 자주 중단되었다. 며칠 후 여행을 계속하게 될
시인의 생각과 계획이 주로 화제에 올랐다. 친구들은 그와
언제 어떻게 재회하게 될지를 몰랐다.

"난 외국으로 가려 하네." 헤르만 라우셔가 말했다.
"모든 것에서 떠나 주위로부터 다시 신선한 공기를
맛봐야겠어. 아마 다시 돌아오긴 할 거야. 하지만
지금으로선 이 편협하고 풋내기 어린애 같은 생활이며
싫증 나는 공부 따위에 완전히 질렸네. 내 모든 것이
담배와 맥주 냄새에 절어 있는 것 같아. 게다가 지난 몇 년
동안 예술가에겐 너무 많은 학문을 섭취하느라 진이 다
빠져 버렸네."

"어떻게 그런 말을 하는 거야?" 오스카가 끼어들었다.

"교양이 없는 예술가, 특히 시인들이 꽤 많다는 생각이
드는데."

"아마 그럴 거야!" 라우셔가 대답했다. "하지만
교양과 학문은 별개의 것이야. 내 생각 속에 갖고
있는 위험한 것은 점점 추구해 들어가는, 그 빌어먹을
의도성(意圖怯)이란 말일세. 모든 것은 머리를 통해야
하고, 모든 것을 이해하고 측량할 수 있어야 하네. 우리는
시험을 하고 자신을 측량하네. 자신의 재능의 한계를 찾고
스스로를 실험해 보는 거야. 그리고 마침내 뒤늦게 알게
되는 것은, 자신과 예술의 보다 훌륭한 부분을 무의식중에
비웃었던 젊은 날의 감동 속에 남겨 두었다는 사실일세.
이제야 우리는 팔을 뻗어 그 가라앉은 순수의 섬을 찾는
거야. 하지만 그것 역시 강렬한 고통 때문에 전혀 생각
없이 한 행동이 아닐세. 거기에는 또다시 뭔가 의도성, 즉
몸짓과 계획이 들어 있는 거야."

"그래서 자네가 생각하는 게 뭐지?"

카를 하멜트가 미소를 지으며 물었다.

"자네도 이미 잘 알 텐데!" 라우셔가 외쳤다. "그래,
고백하지. 최근 출간한 내 책[9]이 날 불안하게 한다네. 나는

9   1899년 7월 출간된 헤세의 산문집 『자정이 지난 뒤의 한 시간(Eine
     Stunde hinter Mitternacht)』을 가리킨다.

다시 충만함으로부터 창조하는 법을 배우고, 근원으로
되돌아가야겠네. 아주 새로운 작품을 쓰는 것보다 뭔가
유용한 삶을 신선하고 구애받지 않고 살고 싶네. 다시금
유년 시절처럼 시냇가에 눕거나 산을 넘거나, 아니면
바이올린을 연주하거나 여자애들의 뒤를 쫓아다니고
싶어. 자연의 푸름 속에 잠겨 살면서 나의 내부에서 시가
나올 때까지 기다리고 싶어. 숨 가쁘고 불안하게 그 뒤를
쫓아다니는 대신에 말이야."

"자네 말이 옳아." 갑자기 드레디홈의 목소리가
들려왔다. 그는 숲에서 걸어 나와 풀밭에 누워 있는
젊은이들 한가운데에 섰다.

"드레디홈 씨!" 모두 기뻐서 소리쳤다. "안녕하세요,
철학자 선생님! 좋은 아침이에요, 신출귀몰 님!"

노인은 잔디밭에 앉았다. 담배를 힘껏 빨고 나서
호인답게 다정한 얼굴을 라우셔 시인에게 향했다.

"사실은," 하고 그는 미소를 지으며 시작했다. "아직도
내 마음속에는 한 조각 젊음이 남아 있어서 다시 한번
젊은이들 틈에서 마음껏 지껄여 보고 싶네. 허락한다면
자네들의 환담에 끼고 싶구먼."

"좋습니다." 카를 하멜트가 말했다. "우리 친구
라우셔가 방금 어떻게 시인이 무의식으로부터 창작을
해야 하는가, 모든 학식이 얼마나 그에게 쓸모없는가에

대해 말하고 있었습니다."

　"나쁘지 않군!" 노인이 천천히 대답했다. "나는 늘 시인들에게 각별한 호감을 가지고 있네. 그리고 나와 유익한 우정을 나누고 있는 시인들도 많아. 시인들이란 오늘날에도 삶의 한가운데에는 그 어떤 영원한 힘과 아름다움이 은밀하게 들어 있다는 믿음을 다른 사람들보다 더 강하게 갖고 있는 사람들일세. 그러한 힘과 아름다움에 대한 예감은 이따금 한밤중에 번개가 치듯 수수께끼 같은 현재 속에서 빛난다네. 그들은 일상적인 삶과 자기 자신들을 아름다운 커튼 위에 그려진 그림에 불과하다고 여기지. 이 커튼 뒤에서야 비로소 원래의 삶, 진정한 삶이 연출된다는 거야. 또한 내게는 위대한 시인의 아주 고귀하고 영원한 말이 몽상가의 웅얼거림으로 보이네. 자신도 모르게 저편 세계의 높은 곳을 힐끗 바라보고 무거운 입술로 중얼대는 그런 몽상가 말일세."

　"아주 훌륭합니다." 여기서 오스카 리플라인이 외쳤다. "정말 멋지게 말씀하시는군요, 드레디훔 씨. 하지만 고리타분하지는 않고 그렇다고 새로운 말도 아니군요. 그런 몽상적인 설교는 오래전 소위 낭만주의자들이 했던 거지요. 그 당시 사람들도 그런 커튼과 그런 번갯불을 꿈꾸었습니다. 학교에서는 그런 시인병을 다행히 극복했다고 말할 정도로 오늘날에는 이미 더 이상 그런 꿈을 꾸는 사람이 없습니다. 혹시 그런 꿈을 꾸더라도 그는 잘 압니다. 자신의 두뇌가⋯⋯."

"그만하게!" 예비 법학도 하멜트가 외쳤다. "백년도 훨씬 전에 이미 그런⋯⋯ 그런 정신병자들이 존재해 지루한 연설을 했군요. 오늘날에도 여전히 그런 몽상가들은 자신들이 아주 약삭빠른 현실주의자들보다 더 당당하고 사랑받는다고 생각하지요. 꿈 얘기가 나왔으니까 말인데, 요 며칠 저도 아주 특이한 꿈을 꾸었답니다."

"그 이야기를 좀 해 보게나!" 노인이 청했다.

"다음에 하지요!"

"말하고 싶지 않다고? 하지만 짐작이 가긴 하네만." 드레디훔이 말했다.

카를 하멜트가 큰 소리로 웃음을 터뜨렸다.

"그러면 우리 한번 시도를 해 보세나!" 드레디훔이 고집을 부렸다. "우리 각자가 질문을 하나씩 내놓기로 하세. 그것에 대해 자네는 정직하게 예 혹은 아니오로 대답해야 하네. 알아맞히지 못하더라도 재미난 소일거리는 될 것 같은데."

모두 동의하고 이런저런 질문을 던졌다. 그러나 줄곧 최상의 질문을 한 사람은 철학자였다. 다시 그의 차례가 되자, 그는 잠시 생각한 후 이렇게 물었다.

"꿈속에 물이 나왔나?"

"네."

"이제 질문에 대해 긍정의 답이 나왔기 때문에, 노인은 또 하나의 질문을 던져도 되었다.

"샘물인가?"

"네."

"기적의 샘물?"

"네."

"그 물을 다 퍼냈나?"

"네."

"어떤 소녀가?"

"네."

"아니야!" 드레디훔이 외쳤다. "잘 생각해 보게나!"

"맞습니다."

"소녀가 물을 퍼냈단 말이지?"

"네."

드레디훔은 거칠게 머리를 흔들었다.

"그럴 리가 없어!" 그는 다시 말했다. "정말로 소녀 자신이 샘물을 퍼냈단 말이지?"

"아, 아닙니다." 하멜트가 당황해 소리쳤다. "처음에 물을 푼 것은 요정 하더바르트였어요."

"아, 그 얘길 들어 봐야겠군!" 다른 사람들이 환호성을 질렀다. 카를 하멜트는 라스크샘에 대한 꿈 이야기를 모두 털어놓을 수밖에 없었다. 모두 이야기에 귀 기울이며 놀랍고도 기이한 기분에 사로잡혔다.

"릴리아 공주!" 라우셔가 외쳤다. "그리고 은빛의 노래? 어째서 그 이름들이 내게 친숙하게 느껴질까?"

"이런," 노인이 말했다. "그 이름들은 둘 다 어제 자네가 보여 준 아스크 문서에 들어 있다네."

"내 시 속에!" 시인이 한숨을 쉬었다.

"그 아름다운 룰루의 모습 속에." 카를과 에리히가 속삭였다.

그동안 철학자는 새 담배를 입에 물고는 풀밭에 자욱한 연기를 내뿜었다. 그는 마침내 온통 담배의 푸른 연기에 휩싸이고 말았다.

"당신은 마치 굴뚝처럼 피워 대는군요." 오스카 리플라인이 담배 연기를 피하면서 말했다. "무슨 담배죠?"

"진짜 멕시코 산(産)일세!" 노인이 연기 구름 속에서 소리치고는 연기 내뿜기를 그쳤다. 한 줄기 바람이 자욱한 연기 구름을 거기에서 몰아냈을 때, 노인은 연기와 함께 사라지고 없었다.

하멜트와 라우셔는 흩어지는 연기 구름 뒤에서 나와 숲속으로 달려갔다.

"어리석은 사람들 같으니!" 공무원 시보가 투덜거렸다. 그는 애매한 모임에 참석한 것이 언짢았다. 에리히와

우겔은 이미 자리를 떴다. 그들은 늦은 오후 황금처럼
찬란한 태양 빛을 받으며 도시의 술집 왕관을 향해
걸어갔다.

하멜트와 라우셔는 흩어져 가는 담배 연기 자락을
따라 깊은 숲속까지 들어갔으나, 어쩔 줄 모른 채 어느 큰
밤나무 앞에 걸음을 멈추었다. 그들이 이끼 위에 앉아 잠시
숨을 돌리려고 했을 때, 나무 뒤에서 드레디훔의 목소리가
크게 들려왔다.

"거기가 아닐세, 여보게들. 거기는 너무 축축해.
이쪽으로 오게나!"

그들은 다가갔다. 그곳 땅바닥에 이상한 용 모양의
나뭇가지가 놓여 있고, 그 크고 앙상한 나뭇가지 위에
노인이 앉아 있었다.

"와 줘서 기쁘네!" 그가 말했다. "여기 내 옆에 좀
앉게나! 하멜트 군, 자네의 꿈과 라우셔 군, 자네의 원고에
관심이 가네."

"우선," 하고 하멜트가 격하게 말을 가로막았다. "우선
당신이 도대체 어떻게 제 꿈을 알아맞힐 수 있었는지
말씀해 주세요."

"그리고 제 시도 읽었지요?" 라우셔가 덧붙였다.

"그야 그렇지만," 하고 노인이 말했다. "그게 뭐 그리
놀라운 일인가? 신중하게 질문을 던지면 모든 것을

알아맞힐 수 있는 건데. 게다가 릴리아 공주의 이야기는 내가 아주 잘 알고 있어서 쉽게 생각해 낼 수밖에 없었지.”

“바로 그거였군요!” 예비 법학도가 외쳤다. “하지만 도대체 그 이야기를 어디에서 들으셨나요? 제 꿈에 대해서는 누구에게도 하지 않았는데, 갑자기 라우셔의 수수께끼 같은 시 속에 떠오르다니요. 그것은 어떻게 설명하시겠습니까?”

철학자는 미소를 지으며 부드러운 목소리로 말했다.

“우리가 영혼과 그것의 구원에 대해 깊이 생각해 보면 비슷한 경우가 수없이 많다는 걸 알게 되지. 릴리아 공주의 이야기도 몇 가지 아주 심하게 변형된 텍스트들이 존재한다네. 오랜 기간 동안 여러 차례 왜곡되고 변화되어 출현하는데, 자신의 영상이 주로 편안한 모습으로 나타나길 좋아하지. 게다가 완성의 과정이 마지막 단계에 있기 때문에 공주 자신이 직접 나타나는 일은 드물어. 내 말은 그녀가 인간의 모습으로 나타나서는 무의식중에 구원의 순간을 기다리고 있다는 거야. 나 자신도 최근에 그녀를 만나 이야기를 나누어 보려고 시도했네. 하지만 그녀는 마치 꿈속에 존재하는 것 같았어. 내가 용기를 내어 질버리트 하프의 현에 대해 물어봤더니 그녀는 눈물을 흘리더군.”

젊은이들은 두 눈을 크게 뜨고 철학자의 말에

귀를 기울였다. 그들의 마음속에 예감과 공감의
감정이 솟아올랐다. 그러나 드레디훔의 이상하게
뒤얽힌 말버릇과 반쯤 비꼬는 듯 찡그린 얼굴이 그들을
혼란스럽게 만들었다. 이야기의 실타래는 심하게 꼬여
풀어내기가 어려웠다.

　"라우서 군, 자네는 미학자가 아닌가." 철학자는 말을
이었다. "그러니 선(善)과 아름다움 사이에 가로놓인 좁지만
깊은 심연 위에 다리를 놓는 일이 얼마나 유혹적이며
동시에 위험한 것인지를 잘 알 걸세. 우리는 이 심연이
절대적인 분리가 아니라 단지 온전한 존재에 생긴 하나의
균열을 의미한다는 것, 그리고 선과 아름다움 둘 다
각각의 원리가 아니라 진실이라는 원리의 딸들이라는
것을 의심치 않는다네. 둘은 서로 이질적으로 보이지만,
그렇다네, 이 적대적인 봉우리들은 땅속 깊은 곳에서는
하나의 공동체가 되는 거라네. 하지만 우리가 그중 한
봉우리에 올라서서 벌어진 균열을 시시각각 바라보고
있다면, 그 인식이라는 게 우리에게 무슨 소용이 있겠나?
이 심연 위에 다리를 놓는 것, 그리고 릴리아 공주를
구하는 것은 동일한 의미를 지닌다네. 그녀는 우리의
영혼이 한번 보기만 해도 무게를 잃고, 그 향기를 맡기만
해도 정신의 강도를 약화시키는 푸른 꽃일세. 왕국을
나누어 가지는 어린아이요, 모든 위대한 영혼의 그리움이

합쳐진 꽃일세. 그녀가 성숙하고 구원되는 날 하프의 은빛
노래가 울리고, 라스크샘이 갓 피어난 백합 꽃밭을 통해
졸졸 흘러갈 거야. 그걸 보거나 듣는 사람은 그가 평생
악몽을 꾸며 누워 있었던 것 같을 것이요, 이제 처음으로
밝은 아침의 싱싱한 속삭임을 듣게 될 걸세…… 하지만
아직도 공주님은 마녀 치셀기프트의 주술에 걸린 채
괴로워하고 있으며, 폐허가 된 오팔 성 안에선 저 재난에
가득한 시간의 천둥소리가 아직도 메아리치고 있다네.
그리고 거기 황량한 홀 안에는 나의 왕이 아직도 납 같은
꿈의 사슬에서 헤어 나오지 못하고 누워 있다네!"

5

한 시간쯤 지나 두 친구는 숲에서 나왔다. 그들은
루트비히 우겔, 에리히 텐처, 그리고 공무원 시보가
화사하게 차려입은 여인과 드라이 쾨니히 주점을 나와
산으로 올라가는 것을 보았다. 곧 여인이 날씬한 룰루임을
알자, 그들은 기쁜 마음으로 되도록 빨리 동료들을 향해
달려갔다. 룰루는 명랑했다. 사랑이 넘치는 부드러운
음성으로 허물없이 대화에 끼어들었다. 산을 반쯤 올라간
후 모두 널찍한 벤치 위에 앉았다. 깨끗한 도시가 빛을

발하며 유쾌하게 골짜기 안에 자리하고 있었고, 주변의
높은 초원 위에선 저녁의 황금빛 안개가 눈부시게 빛났다.
꿈꾸듯 풍요로운 8월이 화려하게 펼쳐져 있었다. 나뭇잎
사이로 푸른 과일이 주렁주렁 매달렸고, 꽃으로 뒤덮인
마차가 밝게 빛나면서 골짜기 길을 지나 마을과 농가들을
향해 달려갔다.

　"무엇이 8월의 저녁을 이렇게도 아름답게 만드는지
모르겠어." 루트비히 우겔이 말했다. "그 때문에
흥겨워지는 건 아니라도 키 큰 풀숲에 누워 황금 같은
시간의 부드러움과 섬세함을 나누어 갖는 거야."

　"맞았어." 시인은 맞장구를 치면서 아름다운 룰루의
검고 맑은 눈동자를 들여다보았다. "우리를 부드럽게, 혹은
슬프게 만드는 것은 계절이 끝나가기 때문이야. 풍성하게
흘러넘치던 여름의 달콤함이 이 계절엔 연하고 피곤하게
되거든. 내일이나 모레엔 어느 거리에나 벌써 빨간 낙엽이
뒹굴게 되리라는 것을 알게 되지. 이것이 세월이라는
거야. 그때마다 우리는 시간의 수레바퀴가 묵묵히, 그리고
천천히 굴러가고 있음을 보게 되는 거지. 그러고는 우리
자신도 서서히, 그리고 슬프게 길 위에 빨간 낙엽들이 누워
있는 그 어떤 곳으로 내몰리고 있음을 느끼는 거야."

　그들은 모두 말없이 늦은 저녁의 황금빛 하늘과
형형색색의 풍경을 바라보았다. 아름다운 룰루가

나지막하게 어떤 노랫가락을 웅얼거렸다. 속삭이는 듯한
웅얼거림이 점점 부드러운 노래로 변해 갔다. 젊은이들은
취한 듯 말없이 귀를 기울였다. 그 고상한 음조의 부드럽고
달콤한 가락은 잠자는 대지의 품에서 나타나는 꿈처럼
축복받은 저녁의 심연으로부터 나오는 것 같았다.

> 저 멀리 맑은 하늘로부터
> 모든 평화가 내려온다.
> 모든 기쁨, 모든 고통이
> 달콤한 죽음의 노래 속에 스러진다.

이 구절과 함께 그녀의 저녁 노래는 끝났다. 즉시
동료들의 발치에 누워 있던 루트비히 우겔이 노래하기
시작했다.

> 오, 나무 그늘 밑을 흐르는 조그만 샘, 너 아름다운
> 은빛 샘물아,
> 저 아래로 은밀히 흘러 숲속의 하얀 성당까지 가거라.
> 거기 이끼 낀 견고한 계단 위에 성모 마리아께서
> 계시니,
> 조용히 성모 님을 불러라, 졸졸 속삭이듯 거칠지 않게.
> 나지막하게 전해 다오, 나의 깊은 고뇌를.

나의 입은, 아, 죄와 시끄러운 노래로 붉게 되었다고.

성모님께 나 대신 희고 깨끗한 백합꽃을 전해 다오.

핏빛 같은 내 삶과 내 죄를 용서해 주소서!

아마도 선한 성모님께서는 미소지으며 너를 굽어보실
거야.

그 아름다운 흰 꽃에서 감미로운 향기 퍼져 나오리.

사랑과 태양을 마시는 것은 시인의 죄이니,

노래하는 붉은 입은 은총 속에 키스를 받게 되리라!

뒤를 이어 헤르만 라우셔가 그의 노래 중 하나를
불렀다.

피곤한 여름이 머리를 숙이고

호수 속에서 자신의 연황색 모습을 바라본다.

나는 먼지를 뒤집어쓴 피로한 모습으로

그늘진 가로수 길을 헤맨다.

나는 먼지를 뒤집어쓴 피로한 모습으로 헤맨다.

젊음이 내 뒤에 서서 머뭇거리며

그 아름다운 머리를 숙이고는

나와 함께 앞으로 나가려 하지 않는구나.

그동안 해가 가라앉았다. 하늘에는 붉은빛이
넘쳐흘렀다. 소심한 공무원 시보 리플라인이 집으로
돌아가자고 성화를 부리자, 아름다운 룰루가 다시 한번
노래하기 시작했다.

> 나의 아버지에게는 수많은 성과
> 크고 넓은 도시들이 있었지요.
> 나의 아버지는 왕이랍니다.
> 바로 오네라이트 왕이랍니다.

> 멋진 기사 한 명이 나타나
> 날 자유롭게 해 줄 거예요.
> 그에게 나의 아버지는 틀림없이
> 왕국의 절반을 하사할 거예요.

그들은 자리에서 일어나 노을에 불타는 산을 천천히
내려왔다. 높은 산봉우리의 저편에는 아직 스러지지 않은
저녁 햇살이 눈부시게 빛나고 있었다.

"어디서 그 노래를 배웠나요?" 카를 하멜트가
아름다운 룰루에게 물었다.

"그 이상은 저도 몰라요." 그녀가 말했다. "아마도
민요일 거라고 생각해요."

이제 그녀의 발걸음이 빨라졌다. 갑자기 그녀는 걱정에 사로잡혔다. 늦게 돌아가면 주인 아주머니에게 꾸중을 듣게 될 것이 뻔하기 때문이었다.

"그런 걱정하지 맙시다!" 에리히 텐처가 격하게 소리쳤다. "뮐러 부인에게 내 의견을 분명히 말해야겠다고 생각하고 있어요. 난 이미 그녀를……."

"안 돼요, 안 돼요!" 아름다운 룰루가 그의 말을 가로막았다. "그러면 제가 더욱 난처하게 될 거예요. 저는 가련한 고아예요. 저에게 지워진 짐은 제가 나르겠습니다."

"아, 룰루 양," 공무원 시보가 말했다. "그대가 공주라면 제가 자유롭게 해 주고 싶은 마음이군요."

"아니," 하고 시인 라우셔가 소리쳤다. "그대는 정말로 공주입니다. 우리가 당신을 구해 줄 기사가 못 될 뿐이지요. 하지만 무엇이 우리를 가로막겠소? 내가 오늘 하고야 말겠어. 빌어먹을 뮐러 부인의 멱살을 잡아서……."

"제발, 진정해 주세요!" 룰루가 애원하듯 외쳤다. "제 운명은 저 혼자 이겨 내도록 맡겨 주세요! 오늘 아름다운 저녁을 더 볼 수 없는 게 유감일 뿐이에요."

그들은 이제 별말 없이 도시를 향해 빨리 나아갔다. 룰루는 다른 사람들과 작별을 고하고 혼자서 왕관 술집으로 되돌아갔다. 다섯 친구들은 그녀가 첫 번째 어두운 골목길로 사라질 때까지 그녀의 뒷모습을 바라보았다.

나의 아버지는 왕이랍니다.
바로 오네라이트 왕이랍니다……

카를 하멜트가 혼자 웅얼거렸다. 그리고 벤들링겐
마을을 향해 귀로에 올랐다.

6

그날 저녁 늦게까지 에리히 텐처는 왕관에 있었다.
라우셔가 촛불을 들고 그의 침실로 가 버리자, 에리히는
조용한 홀에 혼자 남게 되었다. 룰루는 아직 테이블에
앉아 있었다. 갑자기 에리히는 맥주잔을 거칠게 옆으로
치우고 아름다운 소녀의 손을 부여잡았다. 그러고는
그녀를 바라보면서 이렇게 속삭였다.
"룰루 양, 당신에게 꼭 말해야겠습니다. 당신을
원망하지 않을 수 없군요. 장차 검사가 되려는 내 마음이
흔들리고 있습니다. 당신은 너무도 아름답소. 누구와도
비교할 수 없이 아름다워요. 그것이 당신과 다른 사람들을
불행하게 만들고 있어요. 애써 변명하려 하지 말아요!

내 왕성했던 식욕이 어디로 갔단 말입니까? 강렬하던
갈증은? 마이젤의 목록을 참고 삼아 열심히 머릿속에
넣어 두었던 시민법 전서(全書)의 법 조항들은 어디에 있단
말인가요? 육법전서는요? 형법과 민사소송법은? 정녕코
그것들은 어디에 있나요? 내 머릿속에는 오직 하나의
조항만이 있을 뿐입니다. 그것은 룰루라고 부른답니다!
거기에 덧붙인 각주(脚註)는 이렇습니다. 오 그대 아름다운
이여, 오 그대 세상에서 가장 아름다운 이여!"

에리히의 두 눈이 튀어나올 정도로 크게 열렸다.
왼손은 울분에 찬 듯 최신 유행의 실크 모자를
찌그러지도록 짓눌러 댔고, 오른손은 룰루의 차가운 손을
꼭 움켜잡았다. 룰루는 불안해 빠져나갈 기회를 엿보고
있었다. 카운터에서는 술집 주인 뮐러 씨가 코를 골며 자고
있었지만 그를 소리쳐 부르고 싶지는 않았다.

그때 눈에 띄지 않게 문이 조금 열렸다. 플란넬 소매의
손 하나가 문틈 사이로 들어오더니 하얀 종잇조각 같은
것을 밀어 넣었다. 그것은 나풀거리며 바닥에 떨어졌다.
뒤쪽에서 문은 재빨리 다시 닫혔다. 룰루가 빠져나가
깡충깡충 달려가더니 뭔가 적힌 편지지 한 장을 집어
올렸다. 에리히는 불쾌한 표정으로 말이 없었다. 그러나
룰루는 갑자기 깔깔 웃어 대면서 그에게 종이에 쓰인 것을
읽어 주었다. 거기에는 이렇게 적혀 있었다.

아가씨, 당신은 웃음을 터뜨릴 건가요?

보세요, 시인의 뜨거운 머리를.

당신은 거만하고 냉정하다 여겼겠지만,

이제 부끄럽게 당신의 발밑에 엎드려 있습니다.

온갖 드높은 쾌락은 물론,

깊은 고통까지 알고 있는 나의 마음은

수줍게 당신의 조그만 손안에서 떨고 있습니다!

나그네인 내가 발견한 붉은 장미,

시인인 내가 노래한 정열의 노래도

그리움에 지쳐 시들어 가며,

불안하게 당신의 발치에 누워 있습니다……

당신은 웃음을 터뜨릴 건가요?

　"라우셔구나." 에리히가 격분해 소리쳤다. "이 교활한 녀석! 당신은 진지함을 가장한 이 경박한 녀석의 시구 따위를 믿지 않겠지요? 시 구절이라! 그 녀석은 삼 주가 멀다 하고 다른 여인에게 시를 써서 바친다고요!"

　룰루는 흥분한 에리히에게 아무 응답도 하지 않고 열린 창문 쪽으로 귀를 기울였다. 그곳으로부터 어지러운 기타의 선율에 섞여 베이스의 음성이 들려왔다.

　　나 여기 서서 학수고대하면서

기타를 연주합니다……

오, 더 이상 망설이지 말고

당신의 가수를 사랑해 주십시오!

한 줄기 바람이 불어와 창문을 쾅 하고 닫았다. 그 순간 술집 주인이 깨어나 짜증스런 표정을 지으며 카운터 밖으로 나왔다. 에리히는 마시던 맥주도 놓아둔 채 테이블 위에 돈을 던지고는 인사도 하지 않고 홀을 나갔다. 그러고는 한달음에 층계를 내려와 기타 연주자의 뒤로 달려갔다. 그것은 다름 아닌 공무원 시보 리플라인이었다. 그는 이내 에리히와 다투고는 화를 내면서 둑길 위 밤나무 밑으로 사라져 버렸다.

아름다운 룰루는 홀과 복도의 가스등을 끄고 그녀의 방으로 올라갔다. 헤르만 라우셔의 방을 지날 때 안에서 나는 발자국 소리, 그리고 이따금 내쉬는 긴 한숨 소리를 들었다. 머리를 흔들며 그녀는 침실로 들어가 몸을 눕혔다. 곧바로 잠들 수가 없어 다시 한번 그날 밤을 돌이켜 생각해 보았다. 그러나 이제는 더 이상 웃음이 나오지 않았다. 오히려 슬픈 기분이 되었다. 모든 것이 잘못된 익살극 같아 보였다. 그녀의 순수한 마음으로는 모든 사람들이 어쩌면 그다지도 어리석고 편협하게 자신만을 생각하는지, 그녀에 대해서도 그저 예쁜 얼굴만 칭송하고 사랑하는지 놀라울 따름이었다. 이 젊은 남자들이 그녀에겐, 입으론 거창한 말들을 내뱉지만 길을 잘못 들어 조그만 불빛 주위를 맴도는 가련한 밤나방처럼 여겨졌다. 항상 아름다움과 젊음과 장미꽃에 대해 이야기하면서 주위에 다채로운 말의 장벽을 쌓아 올리지만, 가혹한 삶의 진실이 낯설게 그들 곁을 지나는 모습이 그녀에겐 슬프고도 우스꽝스럽게 보였다. 소녀의 작고 단순한 영혼 속에는, 삶의 예술이란 고통과 미소를 배우는 가운데 존재한다는 진실이 소박하고 깊이 아로새겨져 있었다.

　시인 라우셔는 그의 침대에 누워 선잠이 들었다. 후텁지근한 밤이었다. 열병을 앓는 듯 미완성의 상념들이 재빨리 뜨거운 머릿속에 솟구쳐 올랐다가는 빛바랜 꿈들인 양 순식간에 사라져 버렸다. 8월 밤의 무더위와 몇 마리 모기들이 내는 집요하고 고통스런 노랫소리가 그의 의식에서 떠나지 않았다. 모기들의 앵앵거림이 무엇보다 그를 괴롭혔다. 그것은 곧 이런 노래를 부르는 것 같았다.

　　　완벽함이여,
　　　좀처럼 너를 보기는 어렵다. 그러나 오늘은……

그것은 곧 꿈속에 들리는 하프의 노래가 되었다. 그러자 갑자기 아름다운 룰루가 그의 시를 읽고 그의 사랑을 알고 있으리라는 생각이 들었다. 오스카 리플라인이 기타의 선율로 사랑의 세레나데를 바쳤다는 것, 에리히 역시 필경 오늘 밤에 사랑의 고백을 했으리라는 것을 모르는 바는 아니었다. 사랑스런 연인의 수수께끼 같은 신비로움, 철학자 드레디훔과 아스크의 전설, 그리고 하멜트의 꿈이 무의식중에 그녀와 맺고 있는 예감에 가득 찬 연계성, 이국적이고 영혼이 가득한 그녀의 아름다움과 일상 속에서의 불우한 운명, 이런 것들이 시인의 생각을 혼란스럽게 했다. 아주 절친한 모임의 동료들이 갑자기 자석에라도 이끌린 듯 낯선 소녀의 주위를 맴돌고, 그 자신도 작별을 고하고 여행길에 오르는 대신 매 시간 이 사랑스런 소녀의 그물에 갇혀 벗어나지 못하고 있었다. 이 모든 것을 생각하니 그와 다른 동료들이 마치 환상적인 꿈을 좇는 익살꾼, 또는 괴기한 전설의 주인공들 같았다. 그의 지끈거리는 머릿속에 떠오른 생각은 이 모든 혼란, 그 자신, 그리고 룰루는 늙은 철학자가 쓴 원고에 등장하는 힘없고 의지가 박약한 단편들, 혹은 완성되지 않은 미학적 공론에 시험적으로 배합해 넣은 가정(假定)의 일부분일지도 모른다는 것이었다.

그럼에도 불구하고 그의 내면에 존재하는 모든 것이

"나는 생각한다. 그러므로 나는 존재한다."[10]라는 불행한
명제에 반발하고 있었다. 그는 자리에서 벌떡 일어나
열린 창가로 걸어갔다. 이제 머리가 한결 맑아졌다. 그는
자신이 시로 사랑을 고백한 일이 절망적인 바보짓이었음을
곧 깨달았다. 아름다운 룰루가 그를 사랑하기는커녕
우스꽝스럽다고 생각하고 있으리라고 느꼈다. 슬픈
마음으로 그는 창가에 기대었다. 가볍게 흘러가는 구름
사이로 별들이 얼굴을 내밀었고, 밤나무의 어두운
수관(樹冠) 위로 한 줄기 바람이 불어왔다. 시인은 내일이
키르히하임에서의 마지막 날이 될 것이라고 결심했다.
그와 동시에 슬프지만 구원을 약속하는 체념의 감정이
밀려왔다. 지난 며칠 동안 꿈속에 불안하게 사로잡혀
있었던 그의 피곤한 의식 속으로.

7

다음 날 일찍 라우셔가 술집에 홀로 내려갔을 때,
룰루는 벌써 커피잔들을 정리하고 있었다. 둘은 김이

---

10 프랑스의 철학자 데카르트의 유명한 말. 원문에는
그리스어("cogitor ergo sum")로 명기되어 있다.

모락모락 피어오르는 커피를 놓고 마주 앉았다. 라우셔가
보기에 룰루는 눈에 띄게 변해 있었다. 거의 왕족 같은
명석함이 그녀의 깨끗하고 달콤한 얼굴 위에서 빛나고
있었다. 아름답고 깊은 두 눈동자에는 특이한 선량함과
현명함이 깃들어 있었다.

"룰루, 당신은 간밤에 더 아름다워졌어요." 라우셔가
놀란 듯 말했다. "그것이 어떻게 가능한지 모르겠군요."

그녀는 고개를 끄덕이며 미소지었다.

"네, 저는 꿈을 꾸었답니다. 꿈을……."

시인은 놀라는 시선을 테이블 너머로 보내며 궁금한
표정을 지었다.

"안 돼요," 그녀가 말했다. "꿈 이야기를 해선 안 돼요."

바로 이 순간 아침 햇살이 창문을 통해 들어와
아름다운 룰루의 검은 머리카락을 비추었다. 머리카락은
후광처럼 고고하게 황금빛을 띠고 번쩍였다. 슬픔과
기쁨이 뒤섞인 경건함을 지니고 시인의 시선은 이 황홀한
모습에서 떠나지 못했다. 룰루는 그에게 고개를 끄덕이고
다시 미소를 지으며 말했다.

"감사를 드려야겠어요, 라우셔 씨. 어제 저에게
시를 선사해 주셨지요? 제가 전부 다 이해하지는 못해도
아름다운 시 같았어요."

"어제저녁은 참 후텁지근했지요." 라우셔는 아름다운

소녀의 두 눈을 들여다보면서 말했다. "그 종이쪽지를 다시 한번 볼 수 있을까요?"

소녀는 라우셔에게 종이를 주었다. 라우셔는 다시 한번 나지막하게 읊어 보고는 접어서 주머니에 감추었다. 룰루는 말없이 바라보면서 사려 깊게 고개를 끄덕였다. 그때 주인의 발소리가 계단 위에서 들렸다. 룰루는 벌떡 일어나 아침 일을 시작했다. 인사를 하면서 작고 뚱뚱한 주인이 들어왔다.

"안녕하세요, 뮐러 씨!" 헤르만 라우셔가 인사에 답했다. "오늘로 저는 이 집의 마지막 손님이 되네요. 내일 아침 일찍 떠나렵니다."

"하지만 라우셔 씨, 제 생각에는……."

"그럼, 좋습니다. 오늘 저녁 차가운 샴페인 몇 병을 준비해 주시고, 뒷방도 좀 치워 주세요. 작별 파티를 해야지요!"

"라우셔 씨의 분부대로 하겠습니다!"

라우셔는 술집을 나와 절친한 친구인 루트비히 우겔의 거처로 향했다. 마지막 날을 그와 함께 보내고 싶어서였다.

슈타인가우가(街)에 있는 우겔의 조그만 방에서는 벌써 아침의 음악이 흘러나왔다. 우겔은 셔츠 바람으로 아직 빗질도 하지 않은 채 커피가 놓인 탁자 옆에서 바이올린을 힘차게 켜고 있었다. 그것이 그의 취미였다. 조그만 방엔 햇빛이 가득했다.

"자네 내일 떠나려 한다는 게 사실인가?" 우겔이 시인을 향해 외쳤다. 라우셔는 적지 않게 놀랐다.

"자네 그걸 어디에서 알았지?"

"드레디훔에게 들었네."

"드레디훔이라고? 거 참 귀신 같구먼!"

"그래, 그 노인이 어젯밤 반나절을 나와 함께 있었네. 괴상한 사람이더라고! 공주 이야기며, 백합 정원 같은 이야기를 다시 장황하고 현란하게 늘어놓는 거야. 내가 그 공주를 구해야 한다는군. 자네가 진정한 질버리트 하프가 아니어서 실망했대. 미치지 않았어? 나는 그의 말을 한마디도 이해하지 못하겠더라고."

"나는 이해하네." 라우셔가 조용히 말했다. "그 노인이 옳아."

그는 한동안 우겔이 시작한 소나타 연주를 끝낼 때까지 귀 기울여 들었다. 그다음 둘은 곧 팔짱을 끼고 시내를 떠나 플로힝거 오솔길을 따라 숲속으로 들어갔다. 그들은 거의 이야기를 나누지 않았다. 작별한다는 생각이 둘을 침묵하게 만들었다. 아침 빛이 아름다운 알프스산들 위에서 따뜻하게 빛나고 있었다. 길이 곧 깊은 숲속으로 굽어졌다. 두 산책자는 길에서 벗어나 시원한 이끼 위에 드러누웠다.

"우리 아름다운 룰루를 위해 꽃다발을 하나 만드세."
우겔이 말하고는 누운 채로 큰 양치류 풀을 꺾기
시작했다.

"그래, 아름다운 룰루에게 줄 꽃다발!" 라우셔가
나지막하게 말했다. 그는 땅에서 키가 크고 붉은 다년생
꽃을 통째로 뽑았다. "이것도 함께 엮어 주게! 붉은
디기탈리스일세. 이것 말고는 그녀에게 줄 것이 없네.
야생적이고 이글이글 붉게 타며 독이 있는……."

그는 더 이상 말하지 않았다. 달콤하고 씁쓸한 무엇이
흐느낌처럼 그의 목구멍에서 솟아올랐다. 우울하게 그는
몸을 돌렸다. 그러나 우겔이 그의 어깨를 팔로 감싸며
그의 곁에 누웠다. 그러고는 분위기를 바꾸려는 몸짓을
하며 연둣빛 잎새들 사이에서 희한한 놀이를 벌이고 있는
햇빛을 가리켰다.

둘은 각각 자신의 사랑을 생각했다. 숲의 나무들과
하늘을 바라보며 오랫동안 말없이 쉬었다. 그들의 이마
위로 서늘한 바람이 세차게 지나갔다. 그들의 영혼 위로,
축복받은 젊음 위로 어쩌면 마지막이 될지도 모르는
예감에 가득 찬 푸른 하늘이 펼쳐져 있었다. 우겔이
나지막하게 노래를 부르기 시작했다.

여왕의 이름은 엘리자베트
스러져 가는 태양의 숨결.
나는 하나의 이름을 갖고 싶었네.
사랑하는 여인 엘리자베트
그 아름다움 앞에 머리 숙이는 이름을.
그 이름 여린 장미꽃에서 감미롭게
잎새들에서 그다지도 부드럽고 가볍게
흰 장미꽃에서 창백하게 흩날리네.
늦은 저녁의 황금빛 노을을,
여왕의 입처럼 그렇게 오연(傲然)하게
여왕의 이마처럼 그렇게 깨끗하게
행복과 고뇌를 노래해야 하리
그 이름 기쁘고 슬픈 것이어야 하리!

아름다운 시간의 고요한 슬픔이 라우셔의 가슴을
고통과 즐거움에 젖게 했다. 그는 두 눈을 감았다. 그의
영혼으로부터 오늘 아침 보았던 아름다운 룰루의
모습이 떠올랐다. 태양처럼 신성하게 빛나는, 부드럽고
슬기로우며 가까이 다가갈 수 없는 모습이었다. 그의
심장은 흥분으로 고통스럽게 뛰었다. 그는 한숨을 내쉬며
손으로 이마를 감쌌다. 붉은 디기탈리스 꽃으로 부채질을
하면서 노래를 불렀다.

나는 모자를 벗고
그대에게 깊이 머리 숙이겠소.
바이올린을 연주하며 노래하겠소,
장미처럼 붉고 피처럼 붉은 노래를.

여왕에게 하듯
당신 앞에서 허리를 굽히겠소.
장미꽃으로 그대를 치장하겠소,
피처럼 붉은 장미로.

성모님 앞인 양 무릎을 꿇고
또한 그대를 위해 기도하겠소.
거절당한 나의 격렬한 사랑,
그리고 나의 노래를 바치면서.

노래가 끝나기 무섭게 숲의 안쪽에서 철학자
드레디훔이 누워 있는 친구들을 불렀다. 그들은 고개를
들어 덤불 숲에서 나오는 그를 쳐다보았다.

"안녕하시오, 친구들!" 그는 가까이 다가오면서
소리쳤다. "아름다운 룰루에게 줄 꽃다발 속에 이것도
넣어 주게나!"

그는 라우셔의 손에 커다란 백합꽃 한 송이를 쥐어

주었다. 그러고는 유쾌한 표정으로 친구들의 맞은편 이끼
낀 바위 위에 누웠다.

"마술사님, 말 좀 해 주세요." 라우셔가 그에게 말했다.
"선생님은 어디든 나타나고 모든 걸 아시잖아요. 아름다운
룰루는 도대체 누구인가요?"

"그런 질문을 많이 받았네!" 회색 수염의 노인은
싱긋이 웃었다. "룰루 자신도 그걸 모른다네. 그 애가 저
빌어먹을 뮐러 부인의 이복동생이라는 건 자네도 믿지
않을 거야. 나 역시 믿지 않네. 그 애 자신도 아버지도
어머니도 알지 못했네. 그 애가 고향에서 받은 유일한
편지가 바로 때때로 부르는 그 별난 노래의 시 구절일세.
그 노래 속에서 그 애는 오네라이트 왕을 아버지라고
부른다네."

"당치도 않은 소리!" 우겔이 화를 내며 욕했다.

"어째서 그러는가, 친구?" 노인이 부드럽게 대꾸했다.
"하지만 믿으려는 사람은 믿을 수도 있겠지. 그나저나
그런 비밀은 너무 지나치게 캐는 게 아닐세…… 라우셔
군, 듣자하니 내일 우리와 이곳을 떠난다면서? 얼마나
착각하기 쉬운 건지! 나는 자네가 훨씬 더 오래 머물
거라고 장담했었네. 내 생각에 자네가 룰루 때문에……."

"됐습니다. 됐어요.!" 라우셔가 발끈하여 그의 말을
거칠게 가로막았다. "왜 선생님께서는 다른 사람들의 연애

행각이나 기웃거리고 다니시나요!"

"너무 흥분하지는 말게!" 철학자는 미소를 지으며
그를 진정시켰다. "그런 게 절대 아닐세. 다른 사람들의
운명, 특히 시인의 운명이 어떻게 뒤얽혀 있는가를
살펴보는 것, 그것이 바로 내 학문이 연구하는 분야일세.
나로서는 자네와 우리의 룰루 사이에 어떤 미묘한 관계가
존재한다는 점을 의심하지 않네. 예견해 보건대 그 관계가
유효한 작용을 하기엔 아직도 극복하기 힘든 장애가 놓여
있는 것도 사실이고."

"좀 더 자세히 설명해 주셨으면 합니다!" 시인이
냉정히, 그러나 호기심에 가득 차서 말했다.

노인은 어깨를 으쓱했다. "아, 그렇게 하지." 그는 말을
이었다. "보다 높은 인간의 본성은 모두 의식과 무의식의
행복한 균형을 유지하고 있는 저 조화로움을 본능적으로
추구한다네. 하지만 파괴적인 이원성이 사고하는 자아의
삶의 원칙처럼 보이는 한, 노력하는 인간의 본성은 반쯤은
의식적, 반쯤은 본능적으로 대립된 존재와 연대하려는
경향이 있어. 자네는 내 말을 이해할 걸세. 그러한 연대는
말을 하지 않고, 심지어는 알지 못하고도 이루어질 수가
있네. 친족 관계가 그렇듯이 알지 못하더라도 순전히
느낌으로 살 수 있고 작용할 수가 있다네. 어쨌든 그러한
연대는 이미 정해진 채로 인간 의지의 영역 밖에 존재하는

것일세. 그것은 말할 수 없이 중요한 요소로, 우리는
그것을 운명이라고 부르지. 원래 그러한 연대에 힘입은
삶은 작별과 체념의 순간에 비로소 시작되었네. 그도 그럴
것이, 이러한 작별과 체념이 저 공감의 힘조차 물리친
우리의 소망 앞에 무릎을 꿇기 때문이야."

"선생님의 말씀을 이해하겠습니다." 라우셔가 달라진
음조로 말했다. "선생님이 제 친구처럼 생각되는군요,
드레디훔 씨!"

"그걸 의심이라도 했던가?" 노인이 유쾌한 미소를
지었다.

"오늘밤 왕관 주점에서 열리는 저의 작별 파티에 와
주세요!"

"그렇게 하겠네, 라우셔 군. 어떻게 보면 오늘 저녁
나에게 중요한 과제가 주어질 거야. 오래된 꿈을 성취하는
거지…… 어쩌면 하나로 합쳐질 수도 있을 거야. 또
보세나!"

그는 벌떡 일어나 손을 흔들며 인사하더니 계곡으로
난 길로 재빨리 사라졌다.

친구들은 정오까지 숲에 머물러 있었다. 둘은
작별한다는 생각, 그리고 각자의 사랑에 대한 생각에
골몰하며 서로 상반된 감정에 가득 차 있었다. 뒤늦게
그들은 점심을 먹으러 왕관에 갔다. 거기서 새 옷을

화사하게 차려입고 한껏 기분이 좋은 룰루를 보았다.
그녀는 그들이 가져온 꽃다발을 다정하게 받아 꽃병에
꽂았다. 그리고 두 친구가 식사하는 구석 테이블 위에
올려놓았다. 그녀는 아름다운 자태를 명랑하고 날렵하게
움직이면서 접시며 주발이며 술병들을 이리저리 날랐다.
식사를 끝내고 포도주를 마실 때, 룰루는 친구들 곁에
와 앉았다. 그들은 계획 중인 라우셔의 작별 파티에 대해
이야기했다.

　"우린 홀이랑 모든 것을 정말 축제 기분이 나게 꾸며야
해요." 룰루가 말했다. "보다시피 제가 먼저 시작했잖아요.
새 옷도 차려 입었고요. 꽃이 좀 부족하긴 한데……."

　"우리가 구해 볼게요." 우겔이 그녀의 말을 가로챘다.

　"좋아요." 그녀가 미소를 지었다. "등을 몇 개 걸고
색색의 리본으로 장식하면 훨씬 더 아름다울 거예요."

　"원하는 대로 얼마든지 하세요!" 우겔이 다시 외쳤다.
라우셔는 묵묵히 고개만 끄덕였다.

　"당신은 한 말씀도 하지 않으시네요, 라우셔 씨!"
룰루가 새침한 표정으로 말했다. "제 의견에 동의하지
않나요?"

　라우셔는 대꾸하지 않았다. 소녀의 날씬한 자태와
고운 얼굴에 시선을 고정시킨 채 이렇게 말할 뿐이었다.

　"당신은 오늘 참으로 아름답군요, 룰루!" 그러고는

다시 한마디. "정말 아름다워요!"

그는 지칠 줄 모르고 룰루의 우아한 자태를 보고 또 보았다. 그녀가 친구 우겔과 자신의 작별 파티를 준비하는 모습을 바라보자니, 묘한 고통이 생겨 그를 말이 없고 우울하게 만들었다. 매 순간 가슴을 저리고 아프게 하는 생각이 밀려왔다. 그녀를 체념하고 떠나려는 것은 사실이 아니다, 그녀의 발밑에 몸을 던져 자신의 온갖 불타는 열정을 고백해야 한다, 그녀를 얻기 위해 애원하거나 강요하거나 납치라도 해야 하는 게 아닐까 하는 생각이. 어쨌든 아무런 행동도 하지 않고 그녀 앞에 앉아 마지막으로 회동하는 시간을 갖자니, 행복한 순간이 재빨리 그리고 되돌릴 수 없게 흘러가는 느낌이었다. 그렇지만 그는 힘든 싸움을 벌이며 자신의 감정을 억제했다. 이 마지막 순간에 그녀의 아름다운 영상이 빛을 발하며 고통스럽게 자신의 영혼 속에 가라앉기를, 그리하여 잊을 수 없는 향수(鄕愁) 같은 것이 되기를 갈망했다.

홀에는 세 사람만 앉게 되었다. 우겔이 떠나자고 재촉했을 때, 결국 라우셔는 자리에서 일어나 룰루 앞으로 걸어갔다. 뜨겁고 떨리는 오른손으로 그녀의 손을 꼭 잡고 억지로 지어낸 듯 근엄하면서도 우스꽝스러운 어조로 속삭였다.

"아름다운 공주님, 부디 그대를 받들어 모실 수 있는 영예를 베풀어 주십시오. 그대의 기사, 그대의 노예, 그대의 개, 그대의 어릿광대라도 되겠사오니 명령만……."

"좋아요, 나의 기사여," 룰루가 미소를 지으며 그의 말을 가로막았다. "그대의 복무를 요청하노라. 오늘 저녁 진정한 친구이며 익살꾼 한 명이 필요하도다. 그는 어떤 파티를 흥겹고 재미있도록 도와야 하리라. 그대가 그 역할을 해 주겠는가?"

라우셔는 얼굴이 창백해졌다. 그러나 다음 순간 폭소를 터뜨리면서 우스운 몸짓으로 무릎을 꿇었다. 그리고 짐짓 엄숙한 목소리로 말했다.

"약속하겠나이다, 고귀한 공주님이시여!"

이제 그는 루트비히 우겔과 함께 서둘러 나왔다. 그들은 무엇보다 먼저 공동묘지 옆에 있는 아름다운 화원을 찾았다. 그리고 가위를 가지고 정원의 장미꽃들을 거침없이 잘랐다. 특히 라우셔는 쉬지도 않았다.

"나는 흰 장미꽃을 큰 바구니 가득 담아야겠어."

그는 계속 외쳐 대면서 모든 덩굴로 다가가 아름다운 룰루가 좋아하는 장미를 한 다스나 잘랐다. 그런 다음 정원사에게 돈을 지불하면서 저녁에 왕관으로 가져오라고 지시했다. 그는 계속해서 우겔과 함께 시내를 돌아다녔다. 상점의 쇼윈도에 뭔가 다채로운 것이 걸려 있으면 지체하지

않고 들어갔다. 그들은 부채, 천, 비단 리본, 종이 등(燈)을
샀다. 마지막으로 불꽃놀이용 폭죽도 한 뭉치 샀다.
왕관에서는 아름다운 룰루가 물건들을 받고 보관하느라
일이 넘쳐 났다. 친절한 드레디훔 씨가 저녁까지 그녀를
도와줬다는 사실은 아무도 알지 못했다.

8

 룰루는 다른 어느 날보다 아름답고 쾌활했다.
라우셔와 우겔은 그들의 저녁 식사를 마쳤다. 친구들이
차례로 주점에 도착했다. 친구들이 다 모이자, 아름다운
룰루와 팔짱을 끼고 걷는 라우셔의 뒤를 따라 모두 뒤쪽
큰 방 안으로 들어갔다. 벽에는 천과 리본, 그리고 꽃들이
장식되어 있고, 천장에는 형형색색의 등들이 줄지어
매달려 환한 빛을 발하고 있었다. 흰 천으로 덮은 테이블엔
샴페인 병들이 놓이고, 여기저기 싱싱한 장미꽃으로
뒤덮여 있었다.
 시인은 철학자가 준 백합꽃을 룰루에게 건네주었다.
반쯤 피어난 티로즈[11]를 머리카락 사이에 꽂아 준 다음

---

11 차와 같은 향기가 나는 중국 원산의 장미.

그녀를 제일 좋은 자리로 안내했다. 모두 유쾌하게
떠들면서 자리에 앉았다. 다 함께 노래를 합창함으로써
저녁 파티의 막을 열었다. 술병마다 코르크 마개가
튀어 오르고 맑은 고급 포도주의 거품이 영롱한 잔에
넘쳐흘렀다. 에리히 텐처가 축배의 연설을 했다. 위트 넘친
말과 웃음소리가 뒤엉켰고, 뒤늦게 도착한 드레디훔은
열렬한 환영을 받았다. 우겔과 라우셔가 우스운 시를 몇 편
낭독했다. 그런 다음 아름다운 룰루가 이런 노래를 불렀다.

왕은 사슬에 묶여 있었네,
깊은 어두움 속에서
이제 그는 부활했다네.
그의 이름은 오네라이트.

이제 다채로운 불빛과 노래들이
온 나라에 반짝반짝 빛나네.
이제 모든 시인들은
화려한 축제의 옷을 입고 있네.

이제 백합과 장미꽃이 피었네,
그 어느 때보다 희고 빨갛게.
이제 질버리트 하프가 노래하네,

축복이 넘치는 멜로디를.

노래가 끝나자, 라우셔는 앞에 놓인 장미 바구니 속에 깊이 손을 넣었다. 그리고 박수갈채를 보내면서 두 손 가득 쥔 흰 장미꽃을 룰루에게 던졌다. 유쾌한 싸움이 번져 나갔다. 장미꽃들이 이 자리에서 저 자리로 날아다녔다. 수십 수백 송이의 희고 붉은 장미였다. 늙은 드레디훔의 머리카락과 회색빛 수염에도 꽃들이 잔뜩 달라붙었다. 벌써 자정이 가까워졌다. 드레디훔은 자리에서 일어나 연설을 시작했다.

"사랑하는 친구들, 그리고 이름다운 룰루여! 우리 모두 오네라이트 왕의 제국이 새로이 시작하는 모습을 보고 있습니다. 나 또한 오늘 여러분과 작별을 해야겠습니다. 하지만 다시 만날 희망이 없는 것은 아닙니다. 돌아가 만날 나의 왕은 젊은 날의 친구이자 시인이기 때문입니다. 그대들이 철학자라면 아름다움의 부활에 대한 비유적이고 신비로운 이야기, 특히 신화의 반어적 변형을 통해 시의 원리를 어떻게 살려 내는가를 설명해 줄 수 있을 텐데요. 그 이야기의 축복받은 결말을 여러분은 오늘 알게 될 것입니다. 그러니 이 이야기의 결말 부분을 보다 유쾌한 영상으로 여러분 앞에 보여 드리는 게 더 나을 것 같습니다. 자 보십시오. 아스크족의 한 부분입니다!"

모두 그의 검지손가락이 가리키는 곳을 바라보았다. 방 한구석에 수를 놓은 커다란 커튼이 걸려 있었다. 커튼 안쪽에서 갑자기 은은한 불빛이 비치자 천에 그려진 무수한 은빛 백합꽃들이 나타났다. 이 꽃들은 대리석에서 아름답게 뿜어 나오는 샘물을 에워싸고 있었다. 커튼을 비추는 조명의 기술이 놀라워서 사람들은 백합이 자라나 고개를 숙이며 서로 뒤엉키는 모습을 보는 듯했다. 샘물은 졸졸 솟아 나와 넘쳐흐르는 것 같았다. 그렇다. 서늘하게 뿜어 나오는 샘물 소리를 뚜렷이 듣는 것 같았다.

모든 사람의 시선은 그 멋진 커튼에 매달려 있었다. 방안의 등불이 갑자기 하나씩 하나씩 모두 꺼져 버렸다는 사실을 아무도 눈치채지 못할 정도였다. 그들은 넋을 잃고 흥분한 채 가짜 백합꽃의 마술 놀이를 뒤쫓았다. 그러나 시인만은 거기에 주목하지 않았다. 그의 이글거리는 시선은 어둠 속에서 흠모의 정을 가득히 담고 아름다운 룰루에게 붙박여 있었다. 성스러울 정도로 아름답고 부드러운 빛이 그녀의 고운 얼굴에 어려 있었다. 그녀의 검은 머리카락에 장식한 하얀 장미는 영혼이 서려 있는 듯 은은하고 아름답게 빛났다.

백합꽃들은 형언할 수 없을 정도로 날씬하고 조화롭게 신기한 윤무(輪舞)를 추듯 샘물을 에워싸고

움직였다. 그 움직임과 섬세한 뒤엉킴은 숨죽이며
바라보는 구경꾼들의 마음을 달콤하고 몽상적인
놀라움과 즐거움의 그물 속으로 이끌었다. 그때 시계가
자정을 알렸다. 빛나는 커튼이 눈 깜박할 사이에 공중으로
말려 올라가더니 깊은 어스름 속에 넓은 무대가 펼쳐졌다.
철학자가 일어섰다. 의자를 움직이는 소리가 어둠 속에서
들려왔다. 사라지는가 싶더니 그는 곧 무대 위에 모습을
나타냈다. 머리와 수염에는 아직도 장미꽃이 잔뜩 덮여
있었다. 무대의 공간이 점점 밝아지면서 결국 빛으로 가득
차게 되었다. 마침내 커튼 속의 샘물과 백합 정원이 실제로
꽃을 피우고 졸졸 소리를 내면서 밝고 선명하게 눈앞에
전개되었다.

　그 한가운데 요정 하더바르트가 서 있었다. 형상이
커졌지만, 그가 바로 드레디훔이라는 것을 알 수 있었다.
그 뒤로 푸른 진주 빛의 아름다움을 뽐내며 오팔
성이 매혹적으로 솟아 있었다. 커다란 궁형의 창문을
통해 오네라이트 왕이 옥좌에 앉아 조용히 쉬고 있는
모습이 보였다. 빛이 점점 눈부신 광채로 확산되는
동안 하더바르트가 머리 숙인 백합들 사이로 거대하고
환상적인 은빛 하프를 무대 한가운데로 운반했다. 빛나는
광채는 이제 눈부시게 화려해져 은빛 아이리스 꽃처럼
물결치며 오팔 성벽 위로 쏟아져 내렸다.

귀 기울이는 자세를 취하며 요정은 하프의 가장 깊은
현을 퉁겼다. 크고도 장엄한 음이 울려 퍼졌다. 앞쪽에
있던 백합꽃들이 서서히 옆으로 물러나고 무대로부터
견고한 계단이 아래로 드리워졌다. 어두운 방안에서
아름다운 룰루가 날씬한 자태로 일어났다. 그녀가 무대
위에 오르자 계단이 다시 물러났다. 룰루는 말할 수 없이
아름다운 공주의 모습으로 나타났다. 요정 하더바르트가
깊이 허리를 굽히고는 하프를 그녀에게 넘겼다. 그 노인의
해맑은 두 눈에서는 눈물이 흘러 수염에서 흘러내린
장미꽃들과 함께 땅바닥에 떨어졌다.

공주는 빛나는 모습으로 질버리트 하프 앞에 우뚝
서 있었다. 그녀는 오른손을 성 쪽을 향해 높이 뻗었다.
그러고는 하프를 어깨에 갖다 댄 다음 가녀린 손가락으로
모든 현 위를 내달았다. 일찍이 들어 본 적이 없는
축복과 조화의 음조가 울려 퍼졌다. 키 큰 백합꽃들이
모두 공주를 경배하면서 주위에 몰려들었다. 다시 한번
충만하고 깨끗한 손길이 울리고 있는 마법의 현을
어루만졌다. 그러자 순식간에 커튼이 덜커덩 소리를
내면서 떨어져 내려왔다. 한순간 커튼 안쪽에 눈부신
광채가 여전히 남아 있었다. 수 놓인 백합들이 서로
뒤엉켜서는 격렬한 동작으로 춤을 추었다. 그 춤이 점점 더
빨라지더니 결국 단 한줄기의 은빛 소용돌이처럼 보였다.

그런 다음 돌연 소리 없이 칠흑의 어둠 속으로 가라앉고
말았다.

친구들은 넋이 나간 채 말없이 어두운 방안에
서 있거나 앉아 있었다. 그러나 곧 정신을 가다듬기
시작했다. 불이 켜졌다. 까맣게 잊었던 폭죽에 불을 붙이자
역겨운 굉음을 내면서 터졌다. 주인 부부가 달려와서는
징징거리며 나무랐다. 거리를 지나던 야경꾼들이
막대기로 닫힌 창문을 두드렸다. 친구들은 고함을 지르듯
서로에게 질문을 퍼부었다.

그러나 어느 누구도 룰루와 철학자의 흔적을
찾지 못했다. 사법관 시보 리플라인이 화를 내면서
사기극이라고 떠들었다. 그러나 아무도 그의 말을 듣지
않았다. 헤르만 라우셔는 그의 방으로 자리를 피한 다음
안에서 빗장을 질렀다.

그는 다음 날 아주 일찍 여행길에 올랐다. 아름다운
룰루의 자취는 아직도 찾을 수 없었다. 그는 즉시 외국
땅으로 들어갔다. 키르히하임에서 그 후 무슨 일이
일어났는지 알 길이 없었다. 그래서 자신이 직접 전에
일어났던 이야기를 사실대로 기록했던 것이다.

전쟁이 두 해 더 계속된다면

젊을 때부터 이따금 다른 세계로 사라지곤 하던 나는 전쟁이
지난 몇 해 뒤 고향에 돌아온다. 그런데 내가 살던 집은 폭격으로
파괴되고, 세상은 서류와 문서가 판을 치고 허가증 없이는
살지도 죽지도 못하는 세상으로 변해 있다. 1차 세계 대전 당시
헤세는 전쟁에 반대하는 글을 발표했다가 매국노, 변절자로
매도당하는 수모를 겪었다. 이 작품 역시 전쟁의 광포함을
옹호하는 국수주의와 획일적인 사고가 지배하고 있던 당대의
독일을 가공의 시공에 빗대어 희화화했다. 헤세가 가명으로 쓴
'에밀 싱클레어'가 주인공인 작품이다. 1917년 작.

전쟁이 두 해 더 계속된다면

젊은 시절부터 나는 이따금 사라져서는 기분 전환을
위해 다른 세계로 잠입하는 습관을 갖고 있었다. 그러면
사람들이 나를 찾다가 얼마 후에는 실종된 것으로
공표하곤 했다. 결국 다시 돌아오곤 했는데, 그때마다 늘
나를 즐겁게 하는 것은 나의 부재, 혹은 행방이 묘연한
상태에 대한 소위 지식층의 판단에 귀를 기울이는
일이었다. 내 천성에 어울리는 대로, 그리고 이르건 늦건
간에 대부분의 사람들도 할 수 있는 그런 행동을 했음에도
이 기이한 사람들은 나를 일종의 괴짜로 간주하여, 일부는
나를 광기 들린 사람으로, 다른 일부는 신통력을 부여받은
사람으로 불렀다.

요컨대 나는 또 잠시 떠나 있었다. 전쟁의 시간을 한두
해 지나고 보니, 나에겐 현재에 대한 매력이 많이 사라져
버렸다. 나는 얼마 동안 다른 공기를 호흡하고자 먼 곳으로

종적을 감추었다. 익숙한 방법으로 우리가 살고 있는
영역을 떠나 나그네처럼 다른 영역에 머물렀다. 한동안은
먼 과거로 돌아가 여러 민족과 시대 속을 불편한 마음으로
질주했다. 지상에서 벌어지는 통상적인 고행, 교역, 진보,
개선을 목도한 뒤 잠시 조화로운 우주로 돌아갔다.

내가 지상으로 돌아왔을 때는 1920년이었다.
실망스럽게도 여전히 이곳저곳에서는 여러 민족이
어리석은 전쟁을 고집하면서 대치하고 있었다. 몇 나라의
국경선이 바뀌었고, 제법 고귀한 옛 문화를 보존하고 있는
지역이 철저하게 파괴되어 있었다. 그러나 지상 위의 모든
것이 전체적으로는 큰 변화가 없는 것 같았다.

지상에서 크게 달성한 진보는 평등함이었다. 적어도
유럽에서는 내가 들은 대로 모든 나라가 아주 평등했다.
전쟁 국가와 중립 국가 사이의 차이도 거의 사라져 버렸다.
1만 5000 내지 2만 미터 상공에 떠 있는 기구(氣球)로부터
일반 시민을 향해 기계적으로 총격을 가한 이래로 예나
지금이나 날카롭게 지키는 국가 간 경계선이 무의미하게
되었다. 공중에서 포탄을 마구 떨어뜨리는 범위가
넓다 보니 그런 기구를 타고 사격하는 자는 자신의
영역을 맞히지만 않아도 만족이었다. 폭탄 중 많은 양이
중립국이나 심지어 연합국의 영역에 투하되어도 더 이상
개의치 않았다.

이것이야말로 전쟁 자체가 만들어 낸 유일한
진보였다. 여하튼 그러한 진보 속에서 결국은 전쟁의
의미가 명료하게 드러났다. 세계는 두 편으로 갈라졌고,
서로 상대편을 파멸시키려 애썼다. 양편 다 동일한 것,
즉 압제로부터의 해방, 폭력 행위의 근절, 영속적인
평화의 정착을 갈망했다. 영원히 지속되지 못할 것 같은
평화에 대해 사람들은 도처에서 아주 다른 입장을
취하고 있었다. 영원한 평화를 가질 수 없게 된다면 단연
영원한 전쟁 쪽을 택했다. 아득한 공중의 기구로부터
좋은 사람 나쁜 사람 가리지 않고 포탄의 축복을 비
오듯 내려 주는 태연자약함이야말로 이러한 전쟁의
의미에 완전히 부합했다. 그러나 전쟁은 옛날 방식대로,
중요하지만 불충분한 재료를 가지고 계속 수행되었다.
군대와 기술자들의 소박한 환상이 아직도 몇 가지 파괴
물질을 발명했다. 그러나 포탄 살포 기구를 고안해 낸
저 환상가야말로 최후의 발명가였다. 그 이후로 지식인,
환상가, 몽상적인 시인들이 점점 더 전쟁에 대한 관심을
잃어갔기 때문이었다. 말하자면 전쟁이 군대와 기술자들의
손에 맡겨졌고, 따라서 별 발전을 보지 못했다. 무척이나
끈질기게 여기저기 군대들이 대치해 있었다. 물자의
부족으로 벌써부터 병사들에 대한 표창을 종이쪽지에만
의존하게 되었음에도 불구하고 그 용맹함은 어느

곳에서도 별로 줄어들지 않았다.

　나의 거처는 비행기의 폭격으로 일부가 파괴되었다. 그러나 아직은 그 안에서 잠을 잘 수 있었다. 그러나 춥고 불편했다. 바닥에 쌓인 파편과 벽의 축축한 곰팡이가 마음에 들지 않았다. 그래서 나는 곧 다시 집을 떠나 산책길에 올랐다.

　나는 시내의 골목길 몇 군데를 돌아다녔다. 그것들은 전에 비해 많이 변해 있었다. 무엇보다 상점들을 더 이상 볼 수 없었다. 거리에는 생동감이 없었다. 길 위에 별로 오래 있지 않았는데, 모자에 양철 번호를 단 사람 하나가 내게 다가와 무얼 하는 중이냐고 물었다. 나는 산책을 하는 중이라고 말했다. 그가 물었다. "허가증을 갖고 계십니까?"

　나는 그 말을 이해하지 못했다. 둘 사이에 논쟁이 벌어졌다. 그는 나에게 인근 관청까지 자신을 따라오라고 요구했다.

　우리는 어떤 거리로 들어섰다. 집들마다 하얀 간판이 걸렸고, 그 위에 관청의 명칭과 번호가 적혀 있었다.

　한 간판에 '실업시민과(失業市民課)'라는 글과 2487 B 4라는 번호가 쓰여 있었다. 우리는 그 안으로 들어갔다. 대기실과 복도가 있는 통상적인 사무실이었다. 실내에선 종이와 축축한 옷가지와 관청의 냄새가 났다. 많은 질문이 있은 후 나는 72번 사무실로 보내져 그곳에서 심문을 받았다.

한 관리가 내 앞에 서서 나를 살펴보았다.

"당신은 부동자세를 취할 줄 모릅니까?" 그가 엄하게 물었다.

나는 말했다. "모릅니다."

그가 물었다. "왜 모릅니까?"

"나는 그걸 배운 적이 없습니다." 나는 수줍은 듯이 말했다.

"당신은 허가증 없이 산책을 다니다가 체포된 것입니다. 그것을 인정하시죠?"

"네, 맞습니다." 나는 말했다. "나는 그것을 알지 못했습니다. 이보세요, 나는 꽤 오랫동안 아파서……."

그는 손을 내저어 내 말을 저지했다.

"그 벌로 당신에게 사흘 동안 신발 신고 다니는 것이 금지될 거요. 당신의 신발을 벗도록 하십시오!"

나는 신발을 벗었다.

"이런!" 그 관리는 놀라서 소리쳤다. "이런, 가죽 구두를 신었군요! 그걸 어디에서 구했소? 당신 완전히 미친 거 아냐?"

"나는 정신적으로 완전히 정상적이지는 못할 겁니다. 나 자신도 그걸 정확히 판단할 수가 없어요. 구두는 전에 산 것입니다."

"아니, 일반 시민은 어떤 형태의 가죽신도 절대
신어서는 안 된다는 것을 몰랐단 말이오? 당신의 구두는
여기에 놔두시오. 이것은 압수하겠소. 그럼, 어디 당신의
신분증 좀 보여 주시오!"

이를 어쩐다, 나는 신분증을 갖고 있지 않았다.

"일 년 동안 이런 일은 처음 보았소!" 관리는 신음
소리를 내면서 경찰관 한 명을 불렀다. "이 사람을 194번
사무소 8호실로 데려가시오!"

맨발로 나는 몇 개의 거리를 지나 다시금 한 관청
안으로 들어갔다. 복도를 통해 걸어가면서 서류와 절망의
냄새를 호흡했다. 나는 어떤 방안으로 밀쳐졌고, 거기서
다른 관리의 심문을 받았다. 그는 군복을 입고 있었다.

"신분증이 없어서 거리에서 체포되었군요. 당신은
벌금으로 2000굴덴을 지불해야 합니다. 즉시 영수증을 써
주리다."

"죄송합니다." 나는 겁먹은 듯이 말했다. "그렇게 많은
돈을 수중에 갖고 있지 않습니다. 그 대신 날 얼마 동안
감금해 줄 수 없습니까?"

그는 큰 소리로 껄껄 웃었다.

"감금해 달라고? 이보시오, 어떻게 그런 생각을
하시오? 우리가 당신 같은 사람을 먹여 살릴 거라고
믿으시오? 아니오, 선생. 당신이 그 잔돈푼을 지불할 수

없다면, 아주 혹독한 벌을 면치 못할 거요. 당신에게서
잠시 거주권을 박탈하는 조치를 내릴 수밖에 없군요!
미안하지만 당신의 거주 승인서를 주세요!"

나는 갖고 있지 않았다.

관리는 이제 완전히 할 말을 잃었다. 두 명의 동료
직원을 불러서는 오랫동안 무언가를 속삭이며 여러
차례 나를 손가락질했다. 그들은 모두 매우 놀랍다는 듯
걱정스런 눈으로 나를 쳐다보았다. 그런 다음 관리는 내
사건의 혐의가 끝날 때까지 나를 유치장에 구금했다.

유치장 안에는 몇 사람이 여기저기 앉거나 서 있었다.
문 앞엔 군복을 입은 보초가 서 있었다. 신발을 신지 않은
것을 제외하고는, 모든 사람 가운데 내가 가장 좋은 옷을
입고 있는 것 같았다. 그들은 일종의 존경심을 가지고 내게
자리를 내주었다. 곧 조그만 남자 하나가 조심스레 곁에
웅크려 앉더니 내 귀에 대고 속삭였다.

"이봐요, 저한테 아주 굉장한 물건이 하나 있는데요.
저희 집에 사탕무가 하나 있거든요! 흠 잡을 데 없이
완전한 사탕무예요! 거의 3킬로그램은 나갈 겁니다. 그걸
사실 수 있을 텐데, 어떠세요?"

그는 자신의 귀를 내 입에 갖다 댔다. 나는 속삭였다.

"나에게 파세요! 그런데 얼마를 드려야 하지요?"

나지막하게 그는 내 귀에 대고 속삭였다. "115굴덴은

받아야겠는데요!"

나는 머리를 흔들고 나서 곰곰 생각에 잠겼다.

나는 너무 오래 떠나 있었다는 것을 알았다. 다시
생활에 적응하기가 어려웠다. 구두 한 켤레, 양말 한
켤레를 산다면 얼마나 많은 돈을 지불했을까? 그도
그럴 것이, 젖은 거리를 걸어야 했던 내 발이 꽁꽁 얼었기
때문이었다. 그러나 방안엔 맨발이 아닌 사람이 아무도
없었다.

몇 시간 후 누군가 나를 데리러 왔다. 285번 사무소
19f호실로 안내되었다. 경찰관이 이번에는 내 곁에 머물러
있었다. 그는 나와 관리 사이에 서 있었다. 아주 높은
관리인 것 같았다.

"당신은 아주 나쁜 상황에 처하셨군요." 하고 그는
시작했다. "이 도시에 체류하면서 거주 승인서도 갖고 있지
않다는 말씀이지요. 당신에게 중벌이 내려질 것을 아셔야
할 겁니다."

나는 가볍게 허리를 굽혔다.

"외람되지만, 조그만 청이 하나 있습니다." 나는
말했다. "내가 처한 상황이 심각하다는 것, 내 형편이
점점 더 어려워지리라는 것을 너무나 잘 알고 있습니다.
그러니 나에게 사형 언도를 내리면 안 될까요? 그러면 무척
고맙겠습니다만!"

그 고관은 나의 눈을 부드럽게 바라보았다.

"이해가 갑니다." 그는 부드러운 음성으로 말했다. "하지만 누구나 결국은 그렇게 될 것입니다. 어떤 경우든 당신은 우선 사망 카드를 장만해야 할 겁니다. 그걸 살 돈은 갖고 계신가요? 그 값이 5000굴덴입니다만."

"아니오, 그렇게 많은 돈을 갖고 있지 않습니다. 하지만 내가 갖고 있는 걸 모두 드릴 수 있을 겁니다. 나는 죽고 싶은 마음이 간절합니다."

그는 이상야릇한 미소를 띠었다.

"그 말씀을 믿고 싶군요. 당신이 유일한 사람이 아니었으니까요. 하지만 죽는다는 게 그렇게 간단하지가 않습니다. 당신은 한 국가에 속해 있습니다, 선생. 그리고 이 국가에 몸과 마음을 다 바쳐야 하는 것입니다. 그 점을 잘 아시리라 믿습니다만. 그런데 내가 방금 서류를 들여다보니까, 당신 이름이 에밀 싱클레어[12]라고 적혀 있더군요. 혹시 작가인 싱클레어 선생이신가요?"

"맞습니다. 제가 바로 그 사람입니다."

"오, 정말 반갑습니다. 선생님의 마음에 들고 싶군요. 경관, 이제는 물러가도 좋네."

---

12 헤세가 1919년 소설 『데미안』을 출간했을 때 저자의 이름을 에밀 싱클레어라고 표기했다:

경찰관은 밖으로 나갔다. 관리는 나에게 악수를
청했다.

"선생의 책들을 아주 관심 깊게 읽었습니다." 그는
상냥하게 말했다. "저는 가능한 대로 선생을 돕겠습니다.
하지만 선생께서 어쩌다 이 믿기 어려운 상황에 빠지게
되었는지 말씀해 주시겠습니까?"

"그렇게 하지요. 나는 얼마 동안 이곳을 떠나
있었습니다. 일정 기간 동안 조화로운 우주로 피난을
갔었지요. 아마 이삼 년은 되었을 겁니다. 솔직히
고백하지만, 그동안 전쟁이 끝났으려니 하고 얼마쯤
기대했습니다. 어쨌거나 내게 사망 카드 한 장을 마련해 줄
수 있겠습니까? 그러면 당신에게 참으로 깊은 감사를 드릴
텐데."

"아마도 잘될 겁니다. 하지만 그전에 선생께서는 거주
승인서를 가지셔야 합니다. 그것 없이는 물론 한걸음도
나아갈 수가 없습니다. 127 사무소에 보내는 추천서 한
장을 써 드리겠습니다. 그곳에서 저의 보증으로 적어도
임시 거주증을 얻을 수 있을 겁니다. 물론 한 이틀
정도밖에 통용되지 않겠지만."

"오, 그 정도면 충분하고도 남습니다!"

"그러면 좋습니다! 그걸 얻은 다음 다시 제게
오십시오."

나는 그의 손을 꼭 잡았다.

"하나 더 있습니다!" 나는 나지막하게 말했다. "질문을 하나 더 해도 좋겠습니까? 당신은 내가 모든 현실적인 것에 너무나 무지하다고 생각할지도 모릅니다."

"아닙니다. 어서 물어보십시오."

"네, 그렇다면 무엇보다 궁금해서 알고 싶은 게 있습니다. 도대체 이런 상태로 어떻게 삶을 계속 영위하는가 하는 것입니다. 그것을 인간이 참을 수가 있단 말입니까?"

"오, 그렇습니다. 당신은 일반 시민으로서 특히 나쁜 형편에 처하셨습니다. 그것도 증명서 없이 말입니다! 이제 일반 시민은 극소수입니다. 군인이 아닌 사람은 관리가 되어 있지요. 그래서 대부분의 사람들에겐 삶이 제법 참을 만합니다. 많은 사람은 심지어 아주 행복해하지요. 궁핍한 것에도 점점 익숙해졌고요. 감자의 배급이 점차 중단되어 풀뿌리 죽을 먹어야 한다면 ─ 그것도 꽤 맛있게 되겠지만 ─ 그때는 모두 더 이상 참지 못하겠다고 생각하겠지요. 지금은 제법 괜찮습니다. 모든 게 다 그렇습니다."

"알 만합니다." 나는 말했다. "앞으로는 도대체 놀랄 일이 아니군요. 그런데 한 가지만은 전혀 이해를 못 하겠습니다. 말 좀 해 주십시오. 어째서 온 세계가 이 엄청난 고통을 겪고 있는 걸까요? 이 궁핍, 이 법칙들, 이

수많은 관청과 관리들…… 사람들이 그걸 가지고 보호하고
유지하는 게 도대체 무어란 말입니까?”

놀랍다는 듯 그 신사는 나의 얼굴을 들여다보았다.

“그것도 질문이라고 하십니까!” 그는 머리를 흔들면서
외쳤다. “당신도 알다시피, 전쟁입니다. 온 세계가 전쟁
중입니다! 우리가 유지하는 것이 바로 그것이요, 법칙을
만들고 희생을 치르는 것도 바로 그것을 위해서입니다.
전쟁은 그런 겁니다. 이 엄청난 고통을 감내하고
의무를 수행하지 않는다면 군대가 불과 몇 주 동안도
버티기 어려울 것입니다. 그들은 굶어 죽기 십상입니다.
그거야말로 참을 수 없는 일이겠지요!”

“네, 물론 그렇게 생각할 수도 있겠지요!
따라서 전쟁이란 그러한 희생으로 보존될 수 있는
재화(財貨)이군요! 좋습니다. 하지만 ─ 이상한 질문을
용서해 주십시오 ─ 왜 당신은 전쟁을 그토록 높이
평가하는 건가요? 전쟁이 그 모든 가치를 지녔단
말입니까? 도대체 전쟁이 재화란 말입니까?”

가엾다는 듯 관리는 어깨를 으쓱했다. 그는 내가 그의
말을 이해하지 못하는 것을 알았다.

“친애하는 싱클레어 씨,” 그는 말했다. “당신은 세상
물정에 아주 어둡게 되었군요. 바라건대 단 하나의 길로만
다니고, 단 한 사람하고만 이야기를 나누십시오. 당신의

생각을 아주 조금만 바꾸어 선생 자신에게 물어보십시오. 아직 우리가 가진 게 무엇인가? 우리의 삶이 어디에 근거하고 있는가? 그러면 즉시 이렇게 말할 수밖에 없을 겁니다. 전쟁이야말로 우리가 가지고 있는 유일한 것이다! 즐거움, 개인적 소득, 사회적 명예욕, 소유욕, 사랑, 정신적인 일…… 이 모든 것은 더 이상 존재하지 않는다. 전쟁이야말로 우리가 덕을 입는 유일무이한 것이다. 그 덕분에 아직도 질서, 법칙, 사상, 정신 같은 것이 이 세계에 존재하는 것이다라고 말입니다. 그것을 볼 수 없단 말입니까?"

그렇다. 이제 나는 그것을 보았다. 나는 그 신사에게 깊은 감사를 보냈다.

그런 다음 그곳을 떠나면서 127동에 보내는 추천장을 기계적으로 주머니 속에 찔러 넣었다. 나에겐 그것을 사용할 마음이 없었다. 이 관리들 중 또 다른 사람을 귀찮게 하고 싶지 않았다. 그리하여 또다시 발각되어 해명을 요구받기 전에, 나는 내 마음속에 조그만 축복의 인사를 보냈다. 내 심장의 박동을 멈춘 다음 어느 숲 그늘 속으로 내 몸을 사라지게 했다. 그리고 더 이상 귀향하려는 생각을 접은 채 이전의 방랑을 계속했다.

남쪽의 낯선 도시

"어딜 가도 똑같은 도시, 똑같은 호수, 똑같은 부두, 그림처럼 재미난 옛 마을"뿐이다. 현대의 정신은 원시성 안에 문명을 모방하는 것이 아니라 자연성을 획일화하여 문명화해 개성과 정신을 훼손한다. '현대 정신의 익살과 실용성'을 꼬집는 이 소설에는 세태에 대한 비판뿐 아니라 구질서가 붕괴된 1차 세계 대전 이후의 혼돈 상태에서 이상적인 사회가 실현되기를 바라는 헤세의 바람이 담겨 있다. 당시 독일에서 창작 동화가 속속 발표되던 시대적 흐름의 연장선상에서 읽을 수 있는 작품이기도 하다. 1925년 작.

남쪽의 낯선 도시

이 도시는 현대 정신이 시도한 아주 익살스럽고 실속 있는 도시들 중 하나다. 이것은 천재적인 총합성을 기초로 생겨났고 건설되었다. 대도시의 심리학에 아주 정통한 전문가가 이것을 고안해 낼 때, 대도시의 혼을 직접 구현한 게 아니고 그 꿈을 실현하는 데 특징을 두려 한 듯 싶다. 이상적인 완벽성을 보이면서 평범한 대도시인들이 지닌 휴가와 자연에 대한 소망을 실현해 주고 있기 때문이다.

주지하다시피 대도시 사람들은 자연, 즉 전원적 평온함과 아름다움에 몹시 탐닉한다. 그러나 또한 주지하다시피 그들이 그토록 갈망하는 것, 얼마 전까지 지구상 어디에나 존재했던 이 아름다운 것들을 좀처럼 얻을 수가 없다. 그럼에도 불구하고 이제 자연에 집착하면서 그것들을 갖고자 하기 때문에 누군가 여기에, 카페인 없는 커피와 니코틴 없는 담배가 존재하듯,

자연성이 없는 자연, 위험하지 않고 위생적이고 변질된
자연을 구축해 놓았다. 어떤 경우든 현대 건축이 추구하는
저 최상의 원칙은 철저한 '순수성'의 요구를 표준으로
삼았다. 그렇다. 현대 산업은 이러한 요구를 특히 강조한다.
예전에는 그것을 알지도 못했다. 당시에는 모든 양(羊)이
실제로 순수한 양이었고, 순수한 양털을 선사했고, 모든
암소가 순수했고, 순수한 우유를 선사했고, 인공적인 양과
암소가 아직 만들어지지 않았기 때문이었다.

　　그러나 인공적인 것이 양산되어 순수한 것들을 거의
몰아낸 후에는 곧 순수함의 이상형이 고안되었다. 순진한
영주들이 독일 골짜기 어느 곳에 인공의 폐허, 가짜
암자(庵子), 축소형의 가짜 스위스, 가짜 포실리포[13]를
구축하던 시대도 지나갔다. 오늘날의 기업가는 예컨대
런던 근교에 이탈리아를, 켐니츠시[14] 근교에 스위스를,
보덴 호반[15]에 시칠리아섬을 만들어 눈속임이나 하려는
엉뚱한 생각을 전혀 갖고 있지 않다. 오늘의 도시인이
요구하는 자연의 대용물은 무조건 순수해야 한다.

13　이탈리아 나폴리 남쪽에 있는 응회암으로 된 구릉 줄기.

14　켐니츠(Chemnitz)는 독일 작센주 드레스덴 근교에 있는 도시로,
　　통일 전 동독에 속했을 때는 카를 마르크스 쉬타트로 불리다 통일 후
　　다시 옛 이름을 되찾았다.

15　보덴(Bodensee)은 독일 남부 스위스와의 국경에 있는 큰 호수다.

식탁의 은접시처럼 순수해야 한다. 부인이 끼고 있는 진주 반지처럼 순수해야 한다. 그들이 가슴속에 품고 있는 민족과 국가에 대한 사랑처럼 순수해야 한다.

이 모든 걸 실현하는 것은 쉽지 않았다. 부유한 대도시인들은 봄과 가을을 보내기 위해 그들의 생각과 필요에 상응하는 남쪽을 요구한다. 야자수들이 있고 레몬이 꽃피는 진짜 남쪽을. 푸른 호수와 그림 같은 도시들을. 그리고 이 모든 것을 참으로 쉽게 가질 수 있었다. 그러나 도시인은 그 밖에도 사교적 모임을 요구한다. 위생과 정갈함을 요구한다. 도시 분위기를, 음악과 기술과 우아함을 요구한다. 인간에게 쉬지 않고 복종하는 자연, 그에 의해 변형된 자연을 기대한다. 그에게 매력과 환상을 제공하지만 마음대로 조종할 수 있으며 그에게 아무것도 요구하지 않는 자연, 도시인의 모든 습관과 요청을 지니고 편하게 들어갈 수 있는 자연 말이다. 그러나 자연은 우리가 아는 한 아주 까다롭기 때문에 그러한 요구들을 실현한다는 것은 거의 불가능해 보인다. 그러나 주지하는 대로 인간의 능력에는 불가능이 없다. 그 꿈은 실현되었다.

남쪽의 낯선 도시는 물론 단 하나의 표본으로 만들어진 게 아니었다. 그러한 이상적 도시들이 삼십, 또는 사십 개나 건설되었다. 적합한 장소면 어느 곳에서나

그러한 도시를 보게 된다. 내가 그런 도시 중 하나를
묘사하려 할 때마다 물론 이런저런 도시라고 할 필요가
없다. 그것은 포드 자동차처럼 고유한 이름을 갖고 있지
않다. 그것은 하나의 표본이다. 많은 도시들 중 하나일
뿐이다.

　　부드러운 굴곡을 이루며 길게 뻗어 있는 부두의
방파제 사이에 푸른 호수 하나가 잔잔한 물결을 일으키며
놓여 있고, 그 가장자리에 자연을 만끽하는 정경이 펼쳐
있다. 호숫가에는 무수한 소형 보트들이 줄무늬가 쳐진
차일에 다채로운 깃발을 펄럭이며 떠다닌다. 우아하고
아름다운 보트의 조그만 갑판은 수술대처럼 깨끗하다.
보트의 주인들은 부두 위를 이리저리 오가며 모든
행인에게 자신의 배를 빌리라고 끊임없이 권한다. 이
남자들은 선원들과 비슷한 복장에 맨 가슴과 구릿빛
팔을 드러내고 다닌다. 그들은 진짜 이탈리아어로 말한다.
그러나 모든 외국어를 다 구사할 수가 있다. 남국인의
눈빛을 빛내면서 길고 가느다란 여송연을 피운다. 그들의
동작은 그림과 같다.

　　호숫가를 따라 그 보트들은 오르내린다. 호숫가를
따라 두 개의 길이 나 있다. 호수 쪽으론 가지치기가
잘된 나무들 아래로 보행자를 위한 길이 나 있고, 뭍
쪽 멋진 차도에는 호텔의 미니 버스, 승용차, 시가 전차,

화물차들이 가득 길을 메우고 있다. 이 도로변에 다른 도시들보다 한 차원 낮은 그 낯선 도시가 서 있다. 그 도시는 길이와 높이만 지닌 채 뻗어 있다. 넓이는 없다. 띠처럼 늘어선 호텔 건물로만 구성되어 있다. 그러나 지나칠 수 없게 매력적인 건물들, 이 오만한 띠의 뒤편에는 진정한 남쪽이 전개된다. 요컨대 그곳에는 옛 이탈리아의 도시가 서 있는 것이다. 비좁고 냄새 진동하는 그곳 장터에서 야채와 닭과 생선을 팔고 있다. 맨발의 아이들이 통조림 깡통으로 축구를 하고, 엄마들은 머리카락을 나풀대며 째지는 음성으로 아이들의 예쁜 이름을 불러 댄다.

여기에선 살라미 소시지, 포도주, 화장실, 담배, 수공업의 냄새가 난다. 이곳의 열린 가게 문 아래에는 호방한 남자들이 셔츠만 걸친 채 서 있다. 탁 트인 거리 위에는 구두 만드는 사람들이 가죽을 두드리면서 앉아 있다. 모든 것이 순수하고 아주 다채롭고 원초적이다. 이런 장면에서라면 매번 오페라의 1막을 시작할 수 있을 것이다. 여기에선 외국인들이 호기심에 가득 차 여러 가지를 발견하는 모습을 볼 수 있다. 교양 있는 사람들이 낯선 민족에 대해 이해심 넘치는 말들을 하는 소리가 들린다. 빙과 장사들이 달그락거리는 손수레를 끌고 좁은 골목길을 누비며 아이스크림을 사라고 외쳐 댄다.

여기저기 뜰이나 광장에서 피아노를 연주하기 시작한다.
매일 외국인들은 이 작고 더럽지만 흥미로운 도시에서
한두 시간을 보낸다. 밀짚으로 만든 제품이나 그림 엽서를
사고, 이탈리아어를 구사하면서 남쪽 나라의 인상들을
수집한다. 여기에선 사진도 아주 많이 찍는다.

훨씬 더 떨어진 곳, 옛 마을의 뒤편에는 시골 풍경이
전개된다. 거기엔 마을들과 목장, 포도밭과 숲이 있다.
그곳의 자연은 늘 그렇듯이 거칠고 조야하다. 외국인들이
간혹 승용차를 타고 이 자연 속을 지나간다면 별로 볼
것이 없다. 어디서나 도로변에 목장과 마을들이 먼지를
담뿍 뒤집어쓴 채 적의를 품고 놓여 있을 뿐이다.

때문에 이방인은 즉시 그러한 소풍을 끝내고 다시
이상의 도시로 돌아온다. 거기 서 있는 커다란 고층
호텔에서 지적인 지배인의 안내를 받고 상냥하고 신중한
종업원들의 시중을 받는다. 그곳 호수 위에는 매력적인
기선들이, 차도 위에는 우아한 승용차들이 달린다.
어디서나 아스팔트와 시멘트 위를 걷게 된다. 어느
곳이든 말끔히 청소가 되고 물이 뿌려져 있다. 어디서든
장신구들과 청량음료를 살 수 있다.

호텔 브리스톨에는 이전의 프랑스 대통령이, 파크
호텔에는 독일의 수상이 묵고 있다. 사람들은 우아한
카페로 들어가 베를린, 프랑크푸르트, 뮌헨에서 온

친구들을 만난다. 고국의 신문을 읽으면서, 옛 도시에서
공연하는 이탈리아의 오페레타로부터 다시금 고향, 그
대도시의 훌륭하고 믿음직한 분위기 속으로 들어간다.
깨끗이 씻은 손을 잡고 악수를 나누고, 서로 시원한
음료들을 권한다. 때때로 고향의 회사에 전화를 걸고,
다정하고 활기차게 옷을 잘 차려입은, 다정하고 유쾌한
사람들 사이를 오간다.

받침 기둥이 있는 난간과 복숭아나무 뒤편, 호텔의
테라스 위에는 유명한 시인들이 앉아 생각에 잠긴 눈으로
거울 같은 호수를 응시한다. 그들이 종종 신문기자를
맞게 되면, 사람들은 곧 이런저런 대가(大家)들이 어떤
작품을 집필 중인지 알게 된다. 작지만 멋진 식당에서는
고국의 인기 여배우를 보게 된다. 그녀는 환상적인
의상을 걸치고 애완견에게 디저트를 먹이고 있다. 호텔
팰리스의 178호실에서 창문을 열고 끝없이 이어져
가물대는 자동차의 불빛을 볼 때마다, 그녀 역시 자연의
아름다움에 넋을 잃고 감동에 젖을 때가 많다. 호반을
따라 움직이다가 부두의 저편으로 꿈결인 양 스러져 가는
불빛들을 말이다.

경쾌하고 즐겁게 사람들은 산책길을 거닌다.
다름쉬타트에서 온 뮐러 씨 가족도 거기에 끼어 있다.
듣자니, 내일 강당에서는 이탈리아의 한 테너 가수가

노래할 것이란다. 그는 카루소[16] 이후 유일하게 경청할
만한 가수다. 저녁 녘에는 기선들이 들어오는 것을 볼
수 있다. 거기서 하선하는 사람들을 지켜보다가 다시
친지들을 만나게 된다. 얼마 동안 가구와 수예품들이
가득한 진열창 앞에 서 있다가 서늘해지면 호텔, 그
콘크리트와 유리벽 뒤로 되돌아온다. 잠시 후 작은
무도회가 열릴 레스토랑에는 어느새 그릇과 유리잔과
은식기들이 번쩍거린다. 그렇지 않아도 음악이 벌써
연주되고 있다. 사람들은 저녁 화장을 마치기가 무섭게
달콤하게 흐느적거리는 멜로디의 영접을 받을 것이다.

저녁이 되면 호텔 앞에 피어 있는 꽃들이 서서히
그 화려함을 잃게 된다. 거기 꽃밭에는 콘크리트 벽
사이에 활짝 핀 꽃나무들이 빽빽이 서 있다. 동백나무와
커다란 종려나무들도 섞여 있다. 모두가 진짜다. 통통한
수국꽃에는 푸른 알갱이들이 탐스럽게 달려 있다. 내일은
큰 무리를 지어 ─아기오(─aggio)로 소풍을 가게 된다.
사람들은 기대에 넘쳐 있다. 만약 실수로 내일 ─아기오
대신 ─이기오(─iggio) 또는 ─이노(─ino)로 가게 돼도

---

16 엔리코 카루소(Enrico Caruso, 1873-1921)는 이탈리아 출신의
    세계적인 테너 가수다.

전혀 문제될 게 없다. 거기엘 가도 분명 똑같은 이상
도시, 똑같은 호수, 똑같은 부두, 그림처럼 재미난 옛
마을, 똑같이 유리벽에 둘러싸인 멋진 호텔들을 만나게
될 것이기 때문이다. 그 유리벽 뒤에서 종려나무들이
식사하는 우리를 바라볼 것이요, 똑같이 아름답고 은은한
음악이 들려올 것이요, 도시인의 삶에 속하는 모든 것들이
원하기만 하면 거기에 있을 것이다.

마사게타이족의 나라에서

여행에 대한 충동을 느낀 나는 화약을 발명한 이후 더는 가지
않았던 마사게타이의 나라로 여행을 떠난다. 하지만 위대한 왕
키루스를 굴복시킨 용감한 민족이 사는 이 나라는 방문자 모두를
엄격히 통제하고 자국에 대한 홍보 수단으로 활용하려 한다.
작가인 내게는 젊은 기자를 감시자로 보내 마사게타이국에 대한
나의 역사관과 사상을 검열하려 하고, 자신들의 이념에 부합하는
문명을 소개한다. 전쟁 후 쇼비니즘과 패권주의가 팽배하던 독일
사회를 패러디한 작품이다. 1927년 작.

마사게타이족의 나라에서

의심할 나위 없이 나의 조국(정말 내게 그런 게 있다면)이 안온함과 멋진 시설에서 지상의 다른 모든 나라를 능가한다 할지라도, 나는 최근에 다시 한번 여행에 대한 충동을 느껴 화약을 발명한 이후 더 이상 가지 않았던 먼 마사게타이의 나라로 여행을 떠났다. 한때 페르시아의 위대한 왕 키루스[17]를 굴복시켰던 이 유명하고 용감한 민족이 그동안 얼마나 변했으며 이 시대의 관습에 얼마나 적응했는지 보고 싶은 마음을 억제할 수가 없었다.

사실 나는 결코 용맹한 마사게타이족[18]을 기대감 속에서 과대평가한 적이 없었다. 앞선 나라에 속하려는

---

17 키루스(Cyrus)는 옛 페르시아국의 창건자로서 태양을 뜻하는 '쿠로스'에서 유래되었다.

18 마사게타이족(Μασσαγέται)은 카스피해와 아랄해 연안에 살던 이란의 고대 유목민을 말한다.

명예욕을 가진 모든 나라처럼, 마사게타이국 역시
최근에는 국경에 근접하는 모든 외국인에게 기자를
보낸다. 물론 방문자가 중요하고 저명한 인사일 경우엔
예외다. 그들에겐 그때그때 지위에 따라 보다 큰 경의를
표한다. 권투 선수나 축구 스타가 오면 체육부 장관이,
수영 선수가 오면 문화부 장관이, 만약 그들이 세계 기록의
보유자라면 수상이나 비서실장이 그들을 영접한다.
이번에 나는 그런 융숭한 접대를 모면했다. 내가 작가이기
때문이었다. 그리하여 국경에서 내게는 평범한 기자 한
명이 다가왔다. 잘생긴 용모에 편안함을 주는 젊은이였다.
그는 입국 전에 내게 나의 세계관, 특히 마사게타이족에
대한 견해를 간단히 진술해 달라고 요청했다. 이 아름다운
관행이 그동안 도입되었던 것이다.

  "선생," 나는 말했다. "나는 당신 나라의 훌륭한
언어를 완벽하게 구사할 수가 없습니다. 그러니 꼭
필요한 것만 말하게 해 주시오. 나의 세계관은, 내가
이따금 여행하는 이 나라의 그것과 똑같습니다. 그야
당연한 일이지요. 당신의 저명한 나라와 백성에 대한
나의 지식으로 말하자면, 아주 훌륭하고 고귀한 원천,
즉 위대한 헤로도토스[19]의 책 『클리오[20]』에서 얻은
것이니까요. 강한 군대의 용맹함과 영웅적인 토미리스
여왕의 명성에 깊이 놀라 나는 일찍이 이 나라를 방문하는

영광을 가졌거니와, 이번에 결국 새로이 방문하고 싶었던
것입니다."

"대단히 감사합니다." 그 마사게타이인은 약간
가라앉은 음성으로 말했다. "당신의 이름은 우리에게도
알려져 있습니다. 우리 공보처에서는 우리 나라에 대한
외국의 언급에 대해 매우 주의 깊게 추적하고 있습니다.
따라서 당신이 마사게타이족의 풍속과 관습에 대한 삼십
줄의 글을 한 신문에 게재했다는 사실도 익히 압니다.
이번 우리 나라 여행에 당신과 동행하게 되어 영광입니다.
그동안 우리의 풍습이 얼마나 많이 변했는지를 당신에게
보여 드리도록 유념하겠습니다."

다소 어두운 그의 어조를 통해 나는 눈치챌 수 있었다.
내가 그토록 좋아하고 놀라워하는 마사게타이족에
대한 나의 글이 이 나라에서는 전혀 환영받지 못했다는
사실을 말이다. 순간 나는 돌아갈까 생각했다. 위대한
키루스 왕의 머리를 피로 가득 찬 가죽 자루에 집어넣었던
토미리스 여왕, 그리고 이 활력 있는 민족정신이 나타내는
경이로움을 기억했다. 나에겐 여권과 비자가 있었다.
그리고 토미리스의 시대는 지나갔다.

---

19 (B.C.484?–B.C.430?). 그리스의 역사가로 '역사의 아버지'로
    불렸다.
20 그리스 신화에 나오는 뮤즈 신 아홉 중에서 역사를 주재하는 여신.

　　"죄송합니다만," 나의 안내자가 이제는 좀 더 다정하게 말했다. "우선 당신의 믿음을 알아보는 결례를 행해야겠습니다. 당신에 대해 눈곱만큼도 문제가 있는 것은 아닙니다. 선생은 전에 이미 한 번 우리 나라를 찾지 않았습니까? 아무렴요. 이건 단지 요식 행위에 불과합니다. 당신이 좀 일방적으로 헤로도토스를 내세우니 말입니다. 당신도 알다시피, 저 재능이 뛰어난 역사가의 시대에는 아직 공식적인 선전과 문화에 대한 업무를 보지 않았습니다. 따라서 그가 우리 나라에 관해 다소 소홀한 진술을 할 수도 있었을 겁니다. 오늘날의 작가가 헤로도토스, 오직 그 사람만의 견해에 의존하는 것을 우리는 인정할 수 없습니다. 그러니 선생께서는 바라건대 간단히나마 마사게타이인들에 대해 어떻게 생각하며 어떤 느낌을 갖는지 말씀해 주십시오."

　　나는 잠시 한숨을 내쉬었다. 그렇다. 이 젊은이는 나를 편안하게 놔두려 하지 않았다. 형식을 고집했다. 요식 행위를 말이다! 나는 말을 시작했다.

　　"물론 나는 자세히 공부했습니다. 마사게타이인들이 지상에서 가장 오래되고 경건하고 개화되었으며 가장 용감한 민족이라는 것, 가장 많은 무적의 군대와 가장 위대한 함대를 가지고 있다는 것, 그들의 성격이 굽힐 줄 모르나 가장 사랑받는다는 것, 여인들은 아름답고,

학교와 공공기관이 세상에서 가장 모범적이라는 것,
뿐만 아니라 그들이 온 세계인들의 추앙을 받을 정도로
다른 큰 민족들에게 결여된 미덕을 한껏 지니고 있다는
것, 즉 자신의 우월함을 느끼는 가운데 외국인에 대해
호의적이고 관대해서, 약소국에서 온 가련한 이방인이
마사게타이인다운 완벽함에 이르는 걸 기대하지 않는다는
것을. 이러한 사실에 대해 나는 내 고향에서 사실대로
충실히 보고할 것입니다."

　　"아주 좋습니다." 나의 동반자는 다정하게 말했다.
"당신은 우리의 미덕에 대해 실제로 잘 열거하셨습니다.
어쩌면 핵심을 찌르고 있습니다. 보아하니 당신은 처음에
알았던 것보다 더 많이 우리에 관해 공부하셨습니다.
마사게타이의 충실한 마음으로부터 우리 아름다운
나라에 오신 것을 환영합니다. 당신이 알고 있는 몇 가지
디테일에 물론 보완이 필요하긴 하지만 말입니다. 요컨대
두 가지 중요한 분야에서 우리의 고귀한 업적을 언급하지
않으셨습니다. 그것은 스포츠와 기독교 정신입니다. 선생,
한 마사게타이인은 눈 가리고 뒤로 뛰기 세계선수권
대회에서 11초 98로 세계 신기록을 달성했습니다."

　　"사실 말이지," 나는 정중하게 거짓말을 했다. "어떻게
그런 것까지 생각할 수 있겠습니까! 하지만 기독교의
영역에서도 당신의 민족이 세계 기록을 보유하고 있다고

하시는군요. 그 점에 대해 가르침을 청해도 될까요?"

"아, 물론입니다." 젊은이는 말했다. "선생께서 이 점에 대해 여행기에 호의적인 찬사를 좀 곁들여 줄 수 있다면 환영해 마지않겠습니다. 예컨대 우리는 아락세스강[21] 연안의 작은 도시에 신부(神父) 한 명을 보냈습니다. 그는 평생 6만 3000번의 장례 미사를 집전했습니다. 다른 도시에는 전부 시멘트로 지은 유명한 현대식 성당이 있습니다. 벽, 탑, 바닥, 기둥, 제단, 지붕, 세례반(洗禮盤), 설교단 등 이 모든 것이 현지의 시멘트로 되어 있습니다. 최근의 전등과 헌금 상자를 제외하고 말입니다."

이런, 하고 나는 생각했다. 너희는 필경 시멘트 설교단 위에 시멘트로 된 신부를 세워 놓았구나. 그러나 나는 침묵했다.

"이보세요," 나의 안내자는 계속했다. "저는 선생에게 모든 것을 공개하고 싶습니다. 우리는 기독교도로서 우리의 좋은 평판을 가능한 한 선전하려는 데 큰 관심을 갖고 있습니다. 수세기 전부터 우리 나라에 기독교 신앙이 증대되고 한때 마사게타이 신들을 경배하던 흔적이 없어졌음에도 불구하고 페르시아의 키오스 왕과 토미리스 여왕 시대에 믿었던 옛날 신들을 다시 받들려고

---

21 오늘날의 터키 남쪽에서 발원하는 강이다.

고집하는, 적지만 지나치게 열광적인 부류가 이 나라에
존재합니다. 이것은 몇몇 환상가들의 변덕에 불과하다는
것을 아셔야 합니다. 물론 이웃 나라의 언론이 이 웃기는
일을 취재하여 우리 군대 조직의 재편과 연관 짓고
있습니다. 그들은 우리가 다음 전쟁에서 모든 파괴 물질의
사용을 저지하려는 몇몇 시도를 보다 쉽게 중단시키기
위해 기독교를 말살하려 한다고 의심합니다. 이것이
바로 우리가 왜 기독교 정신의 강조를 환영하는가 하는
이유입니다. 물론 우리에게는 당신의 객관적 보고에
조금도 영향력을 행사할 생각이 없습니다. 하지만 적어도
당신을 믿고 알려 드릴 말이 있습니다. 당신이 우리의
기독교 정신에 대해 약간이나마 쓸 의향이 있다면, 우리
수상의 개인적 초대를 받으실 수도 있을 겁니다. 별도로
말입니다.”

　“생각 좀 해 보겠습니다.” 나는 말했다. “원래 기독교는
나의 전문 분야가 아니라서 말입니다. 그런데 당신의
조상들이 영웅적인 스파르가피세스를 위해 세워 준
기념물을 다시 볼 수 있을 것이 무척 기대됩니다.”

　“스파르가피세스라고요?” 그는 우물거렸다. “도대체
누구를 말하는 겁니까?”

　“그 토미리스 여왕의 아들 말입니다. 키루스 왕에게
속은 치욕을 참지 못하고 감옥 안에서 스스로 목숨을

끊었지요."

"아, 물론입니다." 나의 동반자가 외쳤다. "당신은 항상 헤로도토스의 역사에 머물러 계시군요. 네, 그 기념물은 사실 참으로 아름다웠다고 합니다. 그것은 기이하게 지상에서 사라져 버렸습니다. 들어 보세요! 당신도 아시다시피 우리는 학문에 대해 아주 엄청난 관심을 갖고 있습니다. 특히 고대 연구에 대해서 말입니다. 연구 목적을 위해 발굴한 땅의 면적으로 말하자면, 우리 나라가 세계에서 3, 4위는 차지할 것입니다. 주로 선사 시대의 유적을 찾기 위한 이 광범위한 발굴은 저 토미리스 시대의 기념물에까지도 이르렀습니다. 바로 그 지역이 소위 마사게타이의 매머드 뼈가 대량으로 출토되는 곳이기에, 사람들은 일정한 깊이에서 그 기념물을 발굴하려고 시도한 것입니다. 발굴 중 그것이 훼손되었지만 말입니다! 하지만 그것의 잔재를 마사게티쿰 박물관에서 볼 수는 있습니다."

그는 나를 이미 대기해 놓은 자동차로 안내했다. 우리는 활기찬 대화를 나누면서 이 나라의 중심부를 향해 달렸다.

노르말리아로부터의 보고

살던 곳을 떠나 노르말리아라는 곳에 정착하려 한 나는 공원에서
시를 쓰다 관리에게 문책을 당한다. 노르말리아 사회에서 시를
쓰기 위해서는 허가를 구해야 하고, 노르말리아 사회에서 살려면
누구나 조합에 가입해야 한다. 그런데 이 사회에는 '시인 조합'이
없어서 시인인 나는 가까스로 '재단사 조합'에 가입할 수 있다는
허가를 받게 된다. 가입 조건은 장례식과 가입식에 참석하는
것이다. 그러나 그 거창한 가입식 후 당국자들도 나를 알아보지
못하고 내가 알아보기를 요구하지도 않는 웃지 못할 상황이
벌어진다. 1948년 작.

노르말리아로부터의 보고

1948년의 한 단편

호의적으로 저를 격려해 주시는 경애하는 친구여,
제가 늘 대화라기보다 논박조의 독백을 더 많이 늘어놓는
데다 세월이 불운하여 중단되었던 우리의 편지 교환을
다시 시작하고 싶습니다. 그리고 당신에게 다시 한번 제
삶과 이곳의 형편에 대해 보고하고자 합니다. 저는 물론,
당신이 우리와 우리의 국가, 그리고 그 조직에 대해 저보다
더 잘 알고 계신지는 모르겠습니다. 주관에 사로잡혀
있는 저는 여기에서 마치 집에 있는 듯 느끼면서 잘 지내고
있습니다만, 우리의 사회와 삶 속에 존재하는 여러 가지
특이함과 모순, 또는 생소한 일들로 인해 때로는 놀라거나
경악하기도 하고, 때로는 우롱당하거나 속았다는 느낌을
갖지 않을 수 없군요. 지금이 바로 그렇습니다. 어쩌면

지구상 어디나 어느 때나 그랬고, 또 지금 그렇습니다.

　이미 말했듯이 저는 여기서 편안하다고 느끼고 있으며, 현 상황을 비판하거나 불평할 의도나 필요성을 추호도 갖고 있지 않습니다. 그와 반대로 우리의 크게 확장된 기관에서는 살기가 좋습니다. 이 노르말리아[22]에서 우리의 삶이 던져 주는 수수께끼들도, 당신의 북쪽 나라에서는 지금 뭐라고 부르는지 몰라도 아마도 서로 크게 다르지는 않을 것입니다. 우리는 예를 들어 이제 도대체 누가 우리의 지도자가 될 것인가 하는 의문에 몰두하고 걱정합니다. 그러나 당분간은 이런 중요한 문제에 대해서는 차라리 제가 입을 다물도록 해 주십시오! 과거의 전제 정치가 무너진 이후 우리가 공공연히 거론하는 ‘계급의 독재정치’가 대체 어떻게 도래했는가 하는 문제에 대해서는 아는 바가 너무 적습니다. 당신은 오히려 다른 문제, 즉 일련의 복합적인 문제에 관심을 가지시는 게 좋겠습니다. 요컨대 우리의 기관…… 아니, 우리의 광범위하고 인구 밀도가 높았던 공동체의 선사 시대 전설과 관련이 있는 문제에 대해서 말입니다. 당신도 아시다시피, 우리 노르말리아 사람들은 여기서 자유

22　노르말리아(Normalien)는 ‘원형, 규준, 모델’이라는 뜻의 독일어. 이 글에서는 나라 이름으로 사용하고 있는데, 너무 정상적이어서 오히려 구속이 된다는 역설을 내포하고 있다.

의지를 가진 사람으로서 동서부의 독재국가 연합에
속하는 연방국의 한 구성원으로 살고 있습니다.

그러나 우리 나라와 공동체는 북 아퀴텐[23]에
있던, 넓이가 1평방마일도 안 되는 조그만 공원에서
시작되었습니다. 한 다스 정도의 건물이 있는 이 공원은
지난 전쟁으로 정치적 변화를 겪기 전에는 아주 잘
운영되던 중간 규모의 정신병원에 지나지 않았습니다.
이 기관이 어떻게 완전한 국가로 발전했는가 하는 것을
공식적인 역사가들은 다음과 같이 해석합니다. 영광의
시대가 시작된 후 군중의 불안 심리 때문에 밀려드는
환자들을 저 널리 알려진 기관이 감당해야 했습니다.
그 결과 부락으로부터 하나의 마을이, 마을들로 구성된
집단이, 마침내는 시골과 도시로 이루어진 집단이 생겨
났고, 요컨대 지금의 우리 나라가 성립된 것입니다. 여러
증상을 보이는 환자들의 필요에 부응하여 중증 혹은
경증의 심리 장애인, 중독자, 노이로제 환자, 신경 쇠약자
등을 위한 기관 시스템이 생겨 났습니다. 그러나 심각한
환자들을 위한 요양소들을 당시의 병원 규정에 따라
이전처럼 의사들이 관리하고 있는 동안, 그 주변에 부락과
주거 공동체로 된 조그만 세계가 형성되었습니다. 그

---

23 아퀴텐(Aquitanien)은 프랑스 남서부의 역사적 지명 이름이다.

세계에는 의사도 정신병원도 없었으며, 그곳의 쾌적한 주거
환경 때문에 서쪽으로부터 편안함을 갈망하는 사람들이
대거 몰려들게 되었습니다. 우리가 그렇게 믿고 있거니와,
전설이 전하는 바에 의하면, W.O.(서동)국가연합이
안정화된 지 얼마 되지 않아, 계급의 독재에 기초한 우리의
공동체, 즉 이성적이고 정신이 말짱한 사람 3000만 명을
위한 연구소가 생겨났던 것입니다. 그 연구소 안으로는
이성적이고 정신이 말짱한 사람들 모두가 몇 가지 실험과
책임을 전제로 들어갈 권리를 갖습니다. 따라서 동풍과
서풍이 불어 모았던 집합체의 상당 부분이 많건 적건
환자와 장애인들로 구성되고 그들에 의해 통치된 반면,
국가로까지 확장된 우리의 연구소 안에서는 기관의 원래
규정에 어긋나게 건강하고 정상적인 사람들이 하나로
결합되었습니다.

전설은 그렇게 말하고 있습니다. 우리는 근본적으로
그 전설에 만족하고, 모든 생물이 자기 자신의 존재를
믿거나 믿어야 하듯이 그것을 믿습니다. 다만 비교적
최근에 황당한 다른 이론과 생각과 결탁해 다음과 같이
불쾌한 사상이 우리에게 침투해 들어왔습니다. 즉 미친
사람들이 자신을 정상적이고 건전한 사람들로 생각하고
그렇게 행세하는 것은 그들의 근원적 속성이라는
것입니다. 우리가 사는 나라 안에서도 마찬가지여서,

우리는 결코 이성적이거나 정신이 말짱한 사람들이
아니라 정신병자들이요, 이 가상의 나라에서의 체류는
자유 의지에 의한 것이 아니며, 우리의 국가는 국가가
아니라, 간단히 말해 미친 사람들로 가득 찬 거대한
정신병동이라는 것입니다.

이미 말했듯이, 이것은 그저 이따금 우리 중 몇몇이
제법 진지하게 천착하는 문제입니다. 물론 이들은 우리
가운데 꽤 예리하고 재치 있는 두뇌의 소유자에 속합니다.
우리 혹은 다른 이들이 미친 사람인가 하는 의문은
우리네 천재들의 철학과 사색의 중요한 내용이 되고
있습니다. 우리 다른 사람들, 즉 비교적 냉담한 중년들은
당연히 일반적인 규칙에 더 매달리기 때문에, 전해 오는
전설, 요컨대 노르말리아에 체재하는 우리의 합리성과
자발성을 충실하고 소박하게 믿습니다. 그러나 또한 이런
해결될 수 없는 문제에 집착하는 것은 아무 소득도 없는
짓이며, 우리가 미쳤는가 정상적인가, 우리가 우리 안에
갇힌 원숭이인가 아니면 동물원의 창살 밖을 멍청히
내다보는 얼뜨기인가를 확인하는 것은 그리 중요하지
않다고 생각합니다. 오히려 형이상학 같은 현존은 물론
문제가 없진 않지만 아주 의미심장하고 매력적인 놀이를
터득하고, 놀이를 하며 체험하는 선과 아름다움을 한껏
즐기는 것이 더 합당하고 바람직하다고 봅니다. 물론 우리

소장님의 인간성과 역할에 관해서는, 온갖 회의와 한번 검증해 봐야겠다는 주제넘은 생각을 금할 수가 없습니다. 하지만 우선은 아무 말 않기로 하겠습니다. 우리가 이렇듯 까다로운 문제를 풀기 위해 언어와 논리라는 거친 방법을 가지고 접근하기 전에 우선 많은 것이 편안하고 명료해져야겠습니다. 존경하는 후원자 여러분, 우리 함께 가까운 것, 보기에 확실한 것을 고수합시다. 투기와는 가능한 대로 적당히 경계를 유지하도록 노력합시다.

현재 저는 여러 번 주거지를 바꾼 끝에 다시 지난 몇 해처럼 노르말리아의 중심부, 즉 이전의 정신병동 자리에서 살고 있습니다. 예전의 유명한 공원을 커다란 실용원(實用園)과 갈라 놓는 울타리에서 멀지 않은 새 부속 건물에서 지냅니다. 이 거처는 우리 나라의 다른 장소가 모두 그렇듯이 나름의 장점과 단점, 특이한 지역적 전통, 특권과 예속성을 지니고 있습니다. 상대적으로 아직 젊은 나라, 극히 다양한 역사를 가진 지역으로 구성된 연방 국가에서 제아무리 강력한 제도와 이념도 지방의 독창성 강한 생활의 존속을 파기할 수 없듯이 말입니다. 예를 들어 옛 노르말리아의 주민인 우리는 국민의 의무에 대해 그리 신경 쓸 필요가 없습니다. 다시 말해 선거의 권리는 갖지만 선거의 의무는 없습니다. 그리고 국민의 가장 중요한 일인 세금 납부는 우리를 위해 기관장이 처리해 줍니다.

우리가 예금액을 아직 가지고 있는 한, 세금이 납부되는
것에 대해 걱정할 필요가 없습니다. 예금이 고갈되면,
이제 국가는 우리를 다른 지역의 어떤 기업으로 보내
우리가 다시 세입의 원천이 되게 합니다. 물론 자발성과
자결권의 원칙을 완전히 유지하면서 말입니다. 당분간,
제가 배운 대로라면, 저의 예금액이 아직은 4분기 결산과
세금 납부를 여러 번 하기에 충분합니다. 다시 한번
참으로 심각했던 저 위기가 도래하지 않는다면 말입니다.
그때에는 국민들이 한결같이 격분을 터뜨리며 전 재산을
세무서로 가져갈 것이고, 세리(稅吏)들을 협박하고
경우에 따라서는 폭력을 사용하면서 그것을 받아주도록
강요할지도 모릅니다. 그렇게 되면 관리들의 불평이
대단할 것입니다. 그도 그럴 것이, 우리의 헌법에 따르면
국가가 모든 재산의 독점자가 될 때마다 더 이상 징수할
것이 없기에 모든 관리들은 해고를 당하기 때문입니다.
그러나 그러한 관행들에 대해선 존경하는 친구여, 당신이
저보다 더 잘 아시리라 짐작이 갑니다. 왜냐하면 일정한
경계선 안에서 저는 오늘날의 완벽해진 연합 국가의
삶에서도 한 명의 개인주의적인 몽상가로, 무지하고
무관심한 들러리 인생으로 남아 있기 때문입니다.

꽤 오랫동안 우리의 편지 교환이 중단되었지요.
이제 다시 우정을 되살려 저로 하여금 무언가 기술하고

이야기할 수 있게 해 주십시오. 그러면 당신에게 흥미로운 것을 알려 드릴 수 있을 것입니다. 제가 말하는 우리네 삶의 디테일이 어쩌면 당신에게 새롭고 재미있을지도 모르니까요. 이미 지적했듯이, 거기에 속하는 것으로는 무엇보다 많은 지역적인 특색과 지방과 도시 등 서로 다른 행정 구역의 특별법, 자발적인 독재의 획일성에도 불구하고 끈질기게 지속되어 온 역사적, 부분적으로는 태고적 영역의 특징 등이 있습니다.

예를 들어 삼사 년 전에 저는 마음 내키는 대로 주거지를 옮겼다가 관청으로부터 경고를 받았습니다. 플락센핑겐시로 이전했던 것인데, 이 도시에 대해 저는 흥미로운 것들을 많이 읽었습니다. 저는 정원 정자를 하나 빌려 이사를 했습니다. 잠시 산책을 한 후 숲속에 있는 아늑한 벤치에 앉아 막 시 몇 줄을 적기 시작했습니다. 그때 오토바이를 탄 경찰관 한 명이 바람처럼 날렵하게 달려오더니 제가 뭘 하고 있는지 물었습니다.

"시를 짓고 있는데요."라고 저는 말했습니다.
"선생께서 그것에 대해 문제 삼지 않는다면 말이지요."

"이런," 그가 고쳐 주려는 듯한 어조로 말했다. "그것을 문제 삼지 않는다면, 제 임무를 제대로 하지 못하는 것이 될 테지요. 지금 시를 짓는다고 하셨나요? 그렇다면 선생님이 그럴 자격이 있는지, 그것을 허락하는 증명서는 어디에 있습니까? 조합원 증명서는 어디에 있지요?"

당황해서 저는 그런 것은 가지고 있지 않다고 털어놓았습니다. 그러나 감히 덧붙여 말하기를, 제가 알기로는 노르말리아 헌법의 어느 곳에도 조합 가입 의무나 조합 증명서에 대해서 언급하지 않고 있다고 했습니다.

"선생이 저를 가르치려 드는 겁니까?" 그는 언짢은 듯 소리쳤습니다. "노르말리아로 오건 노르말리아를 떠나건 알 바가 아닙니다. 여하튼 우리는 여기 플락센핑겐에 있습니다. 요컨대 증명서가 없다는 거지요? 도대체 조합의 일원이 아니라는 이야기를 하려는 거지요?"

사실 제 경우는 그러했습니다. 이제 전 이 도시에서 조합에 가입하지 않고 어떤 일을 하는 것만큼 철저히 거부되고 불가능한 일도 없다는 사실을 알게 되었습니다. 저는 종이와 연필을 넘겨주고 그 준엄한 남자를 따라갈 수밖에 없었습니다. 시청에 도착하자 시장 앞으로 인도되었습니다. 그런대로 호감이 가는 그 남자에게 저는 해명과 답변을 해야 했지요. 그리고 무엇이 문제인지 파악이 되자 시인 조합이나 문인 조합에 배정해 주기를 부탁했습니다. 그러자 시장은 좀 당황해했습니다. 그도 그럴 것이, 그러한 조합이 그 도시에는 없었기 때문이지요.

제가 조합에 배치받을 때까지 아무것도 하지
않겠다는 서약을 한 후 시의회가 소집되었습니다. 그
회의에서 형식적이지만 활기찬 토론이 있은 후, 저에게
가장 어울리는 조합이 재단사 조합이라는 결정이 났으며,
거기에 저를 받아들이도록 요청하리라는 것이었습니다.
다시 재단사 조합장들이 저를 방문하고 제게 다음과
같은 설명을 할 때까지 며칠이 흘렀습니다. 즉 그들의
정관(定款)에 의하면 원래 저를 받아들일 수도 없고
받아들이고 싶지도 않지만, 마침 가장 원로인 조합원 한
분이 돌아가셔서 저를 위한 자리 하나가 나게 되었다는
것이었습니다. 만일 제가 총회로부터 승인을 받으면, 비록
조합법에 어긋나더라도 기꺼이 입회를 보장하겠다고
다짐했습니다. 저는 물론, 어쨌든 인간과 시인으로서의
제 명예가 결합할 수 있다면 모든 것을 약속하겠다고
말했지요. 저를 검열하는 조합의 회의가 다시 열린 후,
저는 시험적으로 조합의 엄숙한 의식에 참석하도록
초대받았습니다. 바로 그 원로 조합원의 장례식이었죠.
저는 다소 불안한 마음으로 조합의 깃발 뒤에서 장례
행렬과 함께 걸었습니다. 그 깃발은 플락센핑겐시의
황금기에 외교 참사관이었던 리히터의 후원 아래 기증된
것이라고 합니다.

　　화환을 헌정함으로써 장례식을 마친 후, 우리는 좋은

백포도주를 곁들인 가벼운 식사를 하기 위해 '보리수'
주점으로 갔고, 거기서 꽤 많이 마셨습니다. 긴장이
풀리고 밝고 명랑한 기분이 감돌자, 나는 그 분위기를
이용해 품위 있는 사람들 중 한 명의 곁으로 갔습니다.
그리고 제가 이제 조합원으로 받아들여질 가망이 있는지
물어보았습니다.

"아," 그가 호의적으로 말했습니다. "왜 안 되겠어요?
선생께서 우리를 마음에 들어 하시는 한 지금까지 시인을
회원으로 둔 적이 없었다는 사실이 근본적으로 장애가
되진 않습니다. 솔직히 말씀드리자면, 전 여태까지
작품집을 썼던 시인 누군가는 이미 오래전에 죽었다는
생각을 항상 해 왔습니다. 물론 선생 쪽에서 아직
건재함을 보이고 선생의 좋은 성향을 증명할 뭔가를 해야
하겠지만 말입니다."

저는 그것에 대해 마음의 준비가 되었다고
설명했습니다. 그리고 어떻게 하면 신사들 앞에서 최상의
자기 소개를 할 수 있는지 조언해 달라고 부탁했습니다.

"뭐 그리 걱정할 일은 아닙니다." 그가 말했습니다.
"예를 들어, 글라스를 두드리고 일어서서 이렇게
말씀하시는 겁니다. 즉 조합 동료들과 하느님의 품에서
쉬고 있을 그 원로 회원에게 공감하여 고인에게 시 한
수를 바치고 오늘의 백포도주값을 지불하고픈 마음이

생긴다고."

"포도주값을 지불하는 아이디어는 꽤 맘에 드는군요."
저는 감사하면서 말했습니다. "하지만 어떻게 제가 알지도
못하고 뵌 적도 없는 노인을 위해 시를 짓겠습니까? 제가
아는 거라곤 그분이 재단사였으며 조합원이라는 명예를
가지고 있었다는 것뿐인데 말입니다."

"선생은 여기서 이방인입니다." 제 후원자가
말했습니다. "그렇지 않았다면 우리의 원로께서 재단사가
아니었다는 사실을 아셨을 겁니다. 조합장이나 저나 다른
어떤 조합원들도 재단사가 아니듯이 말입니다. 선생 역시
재단사가 아니면서도 우리 조합원이 되려 하고요."

"그렇다면 대체 돌아가신 분의 직업은 뭐였습니까?"

"저도 정확히는 모릅니다. 제 생각으로는 전에 술
공장을 경영하거나 소유했을 겁니다. 그분은 교양이 있고
아주 훌륭한 매너를 갖고 있었습니다. 하지만 선생의 시
때문에 쓸데없이 걱정할 필요는 없습니다. 시에 재단사
이야긴 없어도 되니까요. 단지 황금 가위가 그려진 붉은
비단 깃발, 그리고 죽음, 인생, 재회 따위에 대한 아름다움
같은 것이 들어 있으면 되겠지요. 그런 게 바로 이런 기회에
사람들이 듣고 싶어 하는 것입니다."

우리가 주점의 문을 들어서자, 그는 조급해지기
시작했습니다. 안의 조그만 홀에서는 유리잔들이

울리는 소리가 났습니다. 저는 그를 더 이상 막을 용기가
없었습니다. 그를 돌아오게 한 다음, 얼마 후 잔뜩
주눅이 든 채 그의 뒤를 따라갔습니다. 그러나 빵과
좋은 포도주를 들면서 점차 용기가 생기고 다시 기분이
좋아졌습니다. 저는 일어나서 즉흥적으로 시 한 수를
읊었습니다. 유감스럽게도 기록되지는 못했지만, 저의
다른 어떤 시보다 힘있고 활기차고 민중적인 것이었습니다.
그것은 회원들의 마음을 완전히 사로잡았습니다. 그들은
깊이 감동하여 동의한다는 듯 고개를 끄덕였습니다.
"브라보"를 외치면서 모두 일어나 함께 축배를 들고는 제게
찬사를 보냈고, 저를 그들의 조합원으로서 환영한다고
말했습니다. 저는 눈물이 날 정도로 감격했습니다. 그래서
모두와 악수를 나눈 뒤 이제 포도주값을 내겠다는 걸
알리려 했습니다. 그 순간, 술을 많이 마신 후 번개처럼
빛나는 통찰력 하나가 저에게 전혀 그럴 필요가 없다는
암시를 선사했습니다. 사실 제 얄팍한 지갑이 포도주값
지불을 걱정하고 있기도 했었지요. 그래서 저는 단연코
입을 다물고는 말없이 잔을 들어 많은 이들과 건배를
했습니다. 그들은 저를 오래되고 명예로운 조합에
받아들였습니다. 저는 안전했고, 제 일은 두 번 다시
감시당하거나 금지되지 않았습니다. 모든 것이 절차와
형식에 따라 만족스럽게 이루어졌습니다. 그리고 또한

재단사 조합에 대한 이야기를 두 번 다시 듣지 못했습니다.
이 한 번만 그들의 아름다운 비단 깃발을 따랐고, 재단사가
아닌 사람들 속에서 재단사가 아닌 사람으로 빵과
포도주를 나눴으며, 동료들에게 시를 들려주면서 형제의
정을 나눴던 것입니다. 어떤 얼굴이 친하다는 듯 제게
다가오는 일, 그리고 제가 그 사람이 조합원인지 아닌지
숙고하는 일은 드물었습니다. 그 얼굴의 주인공은 제 곁을
지나쳐 사라졌습니다. 그리하여 제게는 그 모든 체험
중에서 애도하는 술꾼들 무리 속에서 보낸 저 두 시간의
기억 외에는 아무것도 남아 있질 않았습니다.

　　그러나 그 기회에 그렇듯 비정상적인 방식으로 생겨나
그렇듯 많은 갈채를 받았던 그 시에 관해서는 아주
말짱한 정신으로 말해야만 하겠습니다. 그것이 기록되어
보존되지 않은 것이 더 잘된 일이고 다행이었다고
말입니다. 그 시는 제게 맞지 않는 상황에서 만들어진
산물이고, 이러한 상황을 피하고 예방하기 위해 전
평생토록 많은 희생을 치러야만 했습니다. 그 시는
낯설고 잘 맞지 않는 상황에 어쩔 수 없이 적응하면서
생겨났고, 무언가에 도취된 상황에서 생겨났습니다. 그
도취도 저에게 아주 편안한 기억으로 남아 있는 탁월한
백포도주에 의한 것이 아니라 오히려 사교성, 소속감,
공동체, 가슴과 가슴, 어깨와 어깨를 맞댄 그런 비일상적인

분위기 때문이었습니다. 그런 좋은 분위기는 어쩌면
정치가, 목사, 그리고 강연장의 달변가들에게나 어울리는
것이지, 사교가 아니라 은둔과 고독을 필요로 하는 시인들,
혹은 그 비슷한 직업을 갖고 있는 사람들에게는 걸맞지
않는 것이었습니다. 저는 무척 아름답게 보여 큰 성공을
거두었던 그 시를 잊어버렸거니와, 이미 그 사실만으로도
그것이 좋은 시가 아니었다는 것을 증명하는 셈입니다.
그러나 잊었다고 단정하지는 않겠습니다. 제 기억
속에는 약간의 후회와 수치심을 동반하면서 시랍시고 쓴
훈계조의 결말, 그 우스꽝스럽고 비겁하고 운명적이며
멋없는 생각이 남아 있습니다. 즉 죽음이 우리 모두를
기다리고 있지만, 그래도 무덤이 우리를 삼킬 때마다,
그 귀하고 오래된 깃발 아래 우리 함께 추모의 정을
헌주(獻酒)로 바치는 그런 동지를 알고 있다는 것이 하나의
위로가 된다는 구절입니다. 그렇듯 반지르르 기름을
친 어리석은 말이 제 입술에서 흘러나왔습니다. 회식
자리에 모인 고귀한 사람들을 현혹해 그들의 마음을
보다 높이 끌어올리기 위해서 말입니다. 이 회동자들
가운데에서 소속감과 비호감(庇護感)을 느끼는 것이
하나의 기만이었듯이, 늘 그랬던 것처럼 제가 사교성의
마술을 불신하고 경계하며 다시 외톨이로 방치되었듯이,
아마도 다른 사람들의 감격, 동지애와 우정 또한 단지

비누 거품처럼 달콤한 거짓이었을 것입니다. 나중에서야
전적으로 동감하게 되었지만, 저의 '재단사' 조합원
자격은 별탈 없이 유지되었고, 저를 위해 어떤 새로운
친선 모임이나 연회도 열리지 않았으며, 저에게 그
어떤 속박과 의무도 지워지지 않았습니다. 제 시의
청중으로서 감격하고, 감사와 열광을 보내 주었던 고귀한
형제들이자 동료 재단사들은 저와 격렬한 악수를 나눈
후에는 전혀 저를 거들떠보지 않았습니다. 바로 이것이,
다시 한번 조합이라는 사회, 즉 공공의 세계가 저에게
위협적인 요구를 하면서 다가왔던 아름답고 매력적인
이야기였습니다. 오토바이 소리도 요란하게 경찰이
나타난 후, 세상 사람들은 마치 다시 한번 제 직업을
금지시키려 하거나, 아니면 저로 하여금 그들의 인내심에
대해 터무니없이 크고 견딜 수 없는 희생을 치르게 하려는
듯 보였습니다. 그런 다음 모든 것이 장례 의식과 뒤이은
연회로 귀결되었고, 세상은 제게 주점을 가득 채운 격의
없는 사람들과 두세 시간의 술자리 이외에는 아무것도
요구하지 않았습니다. 그 사람들은 다음 날 더 이상
저를 알아보지도 못했고, 저에게 그들을 알아보도록
요구하지도 않았습니다.

　　존경하는 분이시여, 이것이 저의 플락센핑겐
체험담이었습니다. 그 후 곧 다시금 제멋대로 주거지를

옮긴 행위에 대해 경고를 받으며 이주한 서쪽 문화권 지역에서는 이런 일이 아주 다르게 일어났습니다. 이 구역을 선택한 데는 무엇보다 이 지역에 대한 열정적인 문화적 관심, 그리고 공포와 외경심의 대명사였던 노르말리아의 독재자가 여기에 자주 머물렀다는, 널리 퍼져 있지만 확인되지 않은 전설이 동시에 작용했습니다. 솔직히 말해 저로 하여금 서쪽 지역으로 진출하도록 부추긴 것은 늘 무엇보다 기회주의적인 고려들이었습니다. 저의 경제적 형편은 새로운 배정을 필요로 했습니다. 플락센핑겐에서 이렇다 할 수입이 없었을 뿐만 아니라 빚까지 졌기 때문입니다. 제가 비교적 짧은 체류 후 이미 자발적인 주거지 변경의 초대를 받은 것은 아마 다른 어떤 이유보다 이러한 경제적 불규칙성이 더 많이 작용했을 것입니다.

제가 얻은 정보들이 모두 거짓이 아니라면, 서쪽의 문화 지역에서는 지금 예술과 학문이 높은 평가를 받고 황금기를 누리고 있었습니다. 거기에선 학교, 대학, 예술가 양성소, 박물관, 도서관, 출판사와 잡지사 등이 높은 수준에 도달해 있으며, 각종 경연 대회, 국가의 위원회, 학술 기관들이 있다고 했습니다. 제 능력에 의해서든, 문단에서 인정받던 예전의 제 명망에 의해서든, 제가 그곳에서 기반을 잡고 한때의 명성을 다시 되찾는데 성공한다면 물질적 성공 또한 당연히 이룰 수 있었습니다.
그런 다음 계속해서 성공한 남자로 존경받으며 안온하게
서부 지역에 남아 풍족하고 평화로운 삶을 향유하고
비싼 세금을 물면서 높은 명망을 즐길 것인지, 아니면
여기에서 번 돈을 가지고 마음속으로 그리워하는 원래의
노르말리아 땅으로 되돌아가 한평생을 연금 생활자로
살아갈 것인지, 거기에 대해서 저는 당분간 많은 생각을
하지 않았습니다. 우리 나라의 근원지이자 공원 같은
그곳으로 돌아가고픈 유혹이 한 번도 저를 놓아 준 적이
없었습니다. 문화 지역의 정신적 전성기에 대한 외경심에도
불구하고 저에겐 문화적 활동 속에 함께 휩쓸리는 행복이
그것과 연관된 노력에 무조건 가치 있는 게 아닌 듯
보였습니다. 이러한 '행복'은 아마도 나이 먹어 평온함을
좋아하는 늙은이들보다 명예욕이 있는 젊은 사람들에게
더 큰 의미가 있을 것입니다. 그러나 한편 이 지역은 이미
언급한 바 있지만, 그 독재자와 제국의 이 지방 사이의
독특한 관련성에 대한 소문 때문에 저에겐 강한 매력을
갖고 있었습니다. 존경하는 후원자시여, 당신도 같은
생각이겠지만, 그 위대한 독재자, 그 미지의 인물에 대해
더 많이 아는 것, 그, 혹은 그의 막료나 동조자들과 관계를
맺어 그를 둘러싼 많은 비밀 가운데 한두 가지를 밝혀
내는 것이 저에게는 아주 의미 있는 일이었을 겁니다.

플락센핑거에 있는 이주 희망자들의 집결지에서
저는 수송차가 서쪽 지역으로 출발할 때까지 며칠을
기다려야 했습니다. 승합 버스에는 한 삼사십 명을 태울 수
있었습니다. 우리는 모두 지식인이거나 예술인이었습니다.
잘생긴 외모에 명랑한 성격의 두 젊은이만은, 제가
동행중인 신문기자를 통해 알게 되었지만, 이발사
계층에 속했습니다. 이 두 사람은 대다수의 동료들보다
더 제 마음에 들었습니다. 동승자들 중에서 다른 두
사람만이 제 취향에 맞았습니다. 둘 다 긴 백발에 수염을
길게 기른 노인들로 요즘에는 전혀 어울리지 않는 구식
예술가 타입이었는데, 머리카락, 수염, 그리고 옷차림이
세상과는 동떨어진 고귀함과 순박한 여유로움 때문에
돋보였습니다. 부끄러운 고백입니다만, 저는 항상 이런
스타일에 대해 일종의 호의를 느껴 왔습니다. 물론
바로 이 고귀하고 탈속적(脫俗的)이고 아름다운 두 백발
노인들은 완전히 유행에 뒤떨어진 헤어 스타일과 옷차림
때문에 젊은 이발사들의 조롱과 노골적인 경멸의 대상이
되었습니다. 혈기왕성한 젊은이들은, 훌륭한 노인들이
적어도 그들의 외관 속에서 계승하고 있는 예술가적
전통에 대해 무지했던 것입니다. 은발의 노인 중 한 명은
제 동료로 시인이었습니다. 저는 그것을 저 이야기하기
좋아하는 신문기자를 통해 알았습니다. 우리가 휴게소의

어느 식당에서 식사를 하는 동안 저는 막 쓰기 시작한
그의 작품 하나를 볼 수 있는 행운을 갖기도 했습니다.
그는 제 바로 옆 테이블에서 식사를 했는데 조그만 수첩
하나를 앞에 놓고 있었습니다. 아직 비어 있는 새 수첩의
첫 페이지에 앙증맞게 예쁜 필체로 몇 줄의 글이 적혀
있었습니다. 저는 호기심에 가득 찬 눈으로 엿보면서 그
글을 해독해 냈습니다. 그 글은 다음과 같았습니다.

파파갈로[24]

우리가 들은 바에 의하면, 얼마 전 모르비오의 한
지방에서 앵무새 한 마리가 태어났다. 이 앵무새는 학교를
다니는 동안에도 이미 모든 형제와 동료들 가운데서 나이에
있어서나 슬기로움, 예지, 미덕, 신과 인간에 대한 사랑이
너무나 뛰어나, 아라비아의 현자 아흐메드 나 지극한 존경을
받는 성자 아브라함 명성에 뒤지지 않을 정도로 여러 도시와
나라에서 이름을 떨치기 시작했다.

저는 고전적 전통의 세련됨과 원만함, 유려함이

---

24 파파갈로(Papagallo)는 특히 이탈리아에서 여성 관광객들과 관능적
    모험을 일삼는 불량 소년을 일컫는다.

현대적 의미의 간결함, 웅장함과 멋진 방식으로 어우러진
이 이야기 방식에 감탄해 마지않았습니다. 그 은발 수염의
노인이 내 마음에 들긴 했어도 이렇듯 훌륭한 능력을
지녔다는 것은 믿지 못했습니다. 그와 좀 더 가까워진다면
얼마나 기쁠까 생각했지만, 유감스럽게도 그의 민감한
예술가적 감각이, 막 쓰기 시작한 작품을 어떤 호기심
많은 자가, 어쩌면 예술을 알지도 못하는 문외한이, 어쩌면
아주 질투심 강한 동료 하나가 엿보고 있다는 사실을
눈치챈 게 틀림없었습니다. 갑자기 그는 자신의 수첩을
거칠게 덮어 버리더니 형언할 수 없는 경멸이 담긴 천재의
눈빛으로 저를 응징하는 것이었습니다. 저는 부끄럽고
서글퍼서 잔뜩 움츠러들었고, 결국 식사도 끝나기 전에
식탁을 떠나고 말았습니다…….

　(여기서 원고가 중단되었다)

에세이

까마귀

까마귀

까마귀 한 마리가 사람들이 사는 도시를 활보하며 부리로 쪼고
부수며 익살을 부린다. 사람들은 인간을 따르며 재주를 부리는
까마귀를 신기해하며 먹이를 주고 찬사를 보낸다. 그러나 내가
보기에 야콥이란 이름을 가진 까마귀는 엉뚱한 천재적 기질
때문에 종족에게서 추방당한 아웃사이더다. 인간의 눈에는
야콥이 재롱을 부리는 것처럼 보이지만, 사실은 오히려 야콥이
곡예사나 어릿광대를 구경하듯 사람들의 모습을 즐기는 것처럼
보인다. 헤세의 글솜씨가 유감없이 발휘된 짤막한 소품이다.
1915년 작.

까마귀

치료를 위해 다시 온천장으로 갈 때마다, 나는 이미
더 이상 놀라움에 사로잡히지 않는다. 언젠가 황금 벽의
마무리 공사가 끝날 날이, 아름다운 온천 공원이 공장
지대로 변할 날이 올 것이다. 그러나 나는 더 이상 그것을
보기 위해 살지 않을 것이다. 그런데 이번에 에네트
온천장으로 가는 추하게 경사진 다리 위에서 희한하고
감동적인 놀라움이 나를 기다리고 있었다.

온천 호텔에서 서너 걸음밖에 떨어지지 않은 이 다리
위에서 나는 날마다 몇 분 동안 빵 몇 조각을 갈매기에게
먹이면서 순수한 즐거움을 누리곤 한다. 갈매기들은
하루 종일 거기에 있지 않다. 설령 거기에 있더라도 늘
이야기를 나눌 수는 없다. 시간이 되면 갈매기들은 온천장
지붕 위에 길게 줄지어 앉는다. 다리를 주시하며 지나던
사람이 걸음을 멈추고 가방에서 빵을 꺼내 자기들에게

던져 주기를 기다린다. 어린 갈매기와 공중 곡예를 벌이는
갈매기들은 사람들이 공중에 빵 조각을 던질 때마다
좋아한다. 행운이 계속되는 한, 그것들은 빵 던져 주는
사람의 머리 위를 선회하며 그곳을 떠나지 않는다. 그러면
우리는 갈매기 하나하나를 관찰할 수 있고, 가급적
한 마리씩 차례대로 오게 할 수도 있다. 우리는 요란한
울부짖음의 소용돌이에 휩싸인 채 꽥꽥거리는 거친 삶의
무리에게 습격당하거나 구애를 받으며 쉴 새 없이 짧고
날카로운 울음을 토해 내는 하얀 날개의 구름 속에 서
있게 된다. 그렇지만 매번 신중하고 날렵함을 뽐내지 않는
갈매기 무리도 있다. 그것들은 소요(騷擾)에 관여하지
않고 여유 있게 림마트강 깊은 곳까지 날아간다. 고요히
흐르는 그 강 위로 공중에서 경쟁하는 곡예사들이 놓친 빵
조각들이 늘 심심찮게 떨어진다.

　　하루 중 갈매기가 전혀 보이지 않는 때도 있다. 학교나
클럽에서 행하는 소풍을 떠났거나, 아니면 림마트강의
아래쪽에서 더 풍성한 먹이를 찾고 있는지도 모른다.
어쨌든 그것들은 몽땅 사라져 버린다. 또 어떤 때엔
갈매기 족속들이 있기는 하지만, 지붕 위에 앉아 있지도
않고 먹이 주는 사람의 머리 위로 돌진해 오지도 않는다.
떼를 지어 시끄럽게 울면서 무언가 중요한 일이 있는지
흥분한 모습으로 강물 위에 바짝 붙어 한 마장 아래쪽으로

이동한다. 그때엔 빵을 던져 주겠다는 신호도 소용이
없다. 그것에 대해 조금도 아쉬워하지 않는다. 그것들은
바쁘다. 새들의 놀이, 어쩌면 인간의 놀이, 아니면 종족의
회합, 싸움, 투표하기, 증권 거래 때문일까? 그것을 누가
알겠는가? 여하튼 당신은 맛있는 것이 가득 찬 바구니를
가지고는 흥분될 정도로 중요한 그들의 사업과 놀이로부터
꾀어낼 수는 없을 것이다.

　　이번에 내가 그 다리 위에 왔을 때, 조그만 몸집의
검은 까마귀 한 마리가 난간 위에 앉아 있었다. 내가
가까이 다가갔는데도 그놈은 날아가지 않았다. 나는
더욱더 천천히 한 걸음 한 걸음 녀석에게 접근했다. 그러나
두려움도 불신도 보이지 않고 호기심에 찬 듯 나를 바라볼
뿐이었다. 나로 하여금 반 발자국 거리까지 다가오게
했으며, 생기 넘치는 눈을 빛내며 나를 탐색했다. 회색
분가루를 뿌린 듯한 머리를 갸우뚱하면서, 녀석은 마치
이렇게 말하려는 것 같았다.

　　"아, 영감님! 놀라신 모양이군요!"

　　사실 나는 놀랐다. 이 까마귀는 사람들과 어울리는
데 익숙해 있었다. 사람들은 그놈과 말을 할 수 있었다.
어느새 몇 사람이 다가왔다. 그들은 까마귀를 알고, "안녕,
야콥." 하고 인사했다. 나는 그들에게 물어 지금까지
야콥에 관해 많은 정보를 얻었다. 그러나 사람에 따라

정보가 서로 약간씩 어긋났다. 중요한 질문은 답변도
듣지 못했다. 즉 그 까마귀의 집이 어디에 있으며, 어떻게
사람들과 이토록 친밀하게 되었는지 하는 질문은. 어떤
사람은 까마귀가 엔네트 온천장에서 어떤 부인의 소유가
되어 길들여졌다고 말했다. 또 다른 사람들은, 그놈이
여기저기 자기에게 알맞은 곳으로 자유롭게 돌아다니다가
때로는 열린 창문을 통해 방에 날아들어 먹을 것이 있으면
쪼아먹거나, 혹은 흐트러져 있는 뜨개질감을 갈기갈기
쥐어뜯기도 한다는 것이었다. 새 전문가로 보이는 한
프랑스인은 주장하기를, 그놈은 희귀한 까마귀 일종에
속하는데, 그가 알기로, 프뤼부르크산에서만 출몰하며
거기 암벽들 속에서 산다고 단정했다.

　　그 후 나는 까마귀 야콥을 때로는 혼자서, 때로는
아내와 함께 거의 날마다 만나서 인사를 하고 함께
이야기를 나누었다. 한번은 아내가 위쪽 가죽이 뚫려 있는
구두를 신었는데, 그 구멍으로 양말의 일부가 비쳐 보였다.
이 구두, 특히 양말이 드러나는 부분에 야콥은 지대한
관심을 보였다. 녀석은 땅 위에 내려앉아서는 반짝이는
눈으로 그곳을 들여다보거나 열정을 가지고 쪼아 댔다.
여러 번 나는 녀석을 내 팔이나 어깨 위에 앉혔다. 녀석은
나의 외투와 옷깃, 또는 뺨과 목을 쪼거나 내 모자의 챙을
물고 늘어졌다. 녀석은 빵에는 별 관심이 없었다. 그러나

사람들이 녀석의 면전에서 빵을 갈매기들에게 나눠 주면 질투를 하거나 때로는 아주 못되게 굴었다. 녀석은 주는 사람의 손에서 노련하게 호두나 땅콩을 빼앗아 간다. 그러나 가장 좋아하는 것은 그 무언가를 쪼기, 뽑기, 잘게 부수기, 망가뜨리기였다. 구겨진 종이나 담배꽁초, 혹은 마분지 조각 위에 한 다리로 서서 참지 못하겠다는 듯 주둥이로 잽싸게 쪼아 대는 것도 좋아한다. 그리고 우리가 느끼건대, 이러한 모든 일을 반복하는 것은 자신만을 위한 것이 아니다. 자기 주위에 몇 명, 때로는 많이 모여드는 구경꾼들 때문인 것 같다. 녀석은 사람들 앞에서 땅 위를 종종걸음으로 뛰거나 다리 난간 위를 이리저리 거닐기도 한다. 사람들이 모여드는 것을 즐겨서 구경꾼의 머리나 어깨 위에 팔랑 올라갔다가는 다시 땅 위로 내려앉기도 하고 우리의 신발을 관찰하고 그 속을 힘껏 쪼아 댄다. 쪼기와 뽑기, 물어뜯기와 망가뜨리기가 녀석의 재미다. 녀석은 개구쟁이같이 즐거워하며 그 짓을 하지만, 관중도 거기에 휩쓸린다. 감탄하고 웃고 소리 지르고 우정을 확인함으로써 위안을 느낀다. 그런 다음 녀석이 양말이나 모자나 손을 쪼아 대면 다시 놀란다.

녀석은 자기보다 덩치가 두 배나 크고 힘도 몇 배 강한 갈매기들을 조금도 두려워하지 않는다. 때때로 녀석은 갈매기들과 함께 하늘 높이 날아오른다. 그러나

갈매기들은 그를 가만히 놔둔다. 우선 간신히 빵을 얻게
되는 녀석이 라이벌이나 놀이의 훼방꾼이 될 수 없다.
추측컨대 갈매기들은 녀석을 뭔가 희귀하고 수수께끼
같고 다소 신비한 현상으로 보는 것 같다. 그는 혼자다.
어떤 족속에도 속하지 않는다. 어떠한 관습이나 명령, 법도
따르지 않는다. 그는 많은 것들 중 하나가 되는 까마귀
족속을 떠났다. 자신을 놀라워하고 먹이를 제공해 주는
인간들에게 몸을 돌렸다. 마음이 내키면 어릿광대와
줄타는 곡예사로서 인간들에게 봉사했다. 녀석은 그것을
재미있어하고, 그것으로 인간들의 찬사를 넉넉히 받을
수 있다. 화려한 갈매기들과 온갖 종류의 인간들 사이에
녀석은 검은 자태로 뻔뻔스럽고 외롭게 앉아 있다. 유일한
종류이며, 운명적으로, 혹은 자신의 의지에 따라 종족도
고향도 없다. 당돌하게, 날카로운 눈빛을 빛내며 앉아 다리
위를 지나는 차와 사람들을 쳐다본다. 극소수의 사람들은
무심히 지나가지만, 대부분은 잠시, 대개는 오랫동안
걸음을 멈추고 경탄에 찬 눈으로 바라본다. 그것이
녀석에겐 즐거운 일이다. 사람들은 그에 대해 골똘히
생각하고, 그를 야콥이라고 부르기도 한다. 어떤 사람들은
그냥 지나가는 게 아쉬워 한참을 망설이기도 한다. 녀석은
사람들을 까마귀 이상으로 심각하게 만들지 않는다.
그러나 사람들 없이는 지낼 수 없는 것처럼 보인다.

  아주 드문 일이지만, 녀석과 단둘이 있을 때마다, 나는
녀석과 약간의 대화를 나눌 수 있었다. 이 새의 언어는,
내가 어릴 때 몇 년간 우리의 앵무새와 신뢰를 쌓아 가는
동안 배웠거나 스스로 창안해 낸 것인데, 가락을 띠고
짧게 연속적으로 내는 후음(喉音)으로 구성되어 있다.
나는 야콥 까마귀에게 몸을 구부리고 새의 방언을 반쯤
섞어 다정한 어조로 말을 걸었다. 녀석은 아름다운 머리를
뒤로 돌려 기꺼이 내 말에 귀를 기울이고는 곰곰 생각에
잠겼다. 그러나 뜻밖에도 녀석의 내부에 도사리고 있던
짓궂은 장난기가 먼저 발동했다. 녀석은 내 어깨 위로
훌쩍 날아올랐다. 그러고는 발톱으로 어깨를 움켜잡은 채
주둥이로 딱따구리처럼 내 목과 뺨을 난타했다. 결국 나는
견딜 수가 없어서 날렵한 동작으로 빠져나왔다. 그러자
녀석은 내 맞은편 난간 위에 앉아 마냥 재미있다는 듯
새로운 놀이들을 준비했다. 동시에 인도(人道)의 양편을
재빠른 눈초리로 더듬으며 새로운 사람들이 걸어오지
않나, 녀석에게 새로운 승리를 안겨 줄 무언가가 없나
탐색했다. 녀석은 자신의 위상을 정확히 알고 있었다.
덩치만 크고 굼뜬 동물인 우리를 압도하는 자신의 힘,
낯설고 볼품없는 종족 가운데에서 유일하게 선택된
자라는 것을 알고 있었다. 줄 타는 곡예사나 어릿광대를
구경하듯 자기 주위에 빽빽이 둘러서서 경탄하고

감동하고 웃어 대는 거인들의 모습을 즐겼다. 적어도
녀석은, 내가 자기를 좋아하도록 만드는 데 성공했다. 내가
녀석을 찾아왔다가 발견하지 못하면 실망하고 슬퍼하게
만드는 데 성공했다. 나는 많은 사람들보다 훨씬 더
녀석에게 흥미를 느꼈다. 나는 갈매기들도 높이 평가한다.
주위를 선회하는 갈매기 떼들 한가운데 서 있을 때마다
그 아름답지만 야성적이고 격렬한 삶의 표현을 사랑했다.
그러나 그것들은 개별적 존재가 아니었다. 하나의 종족,
하나의 무리였다. 내가 그들 중 하나를 아무리 정확한
눈으로 관찰하고 경탄한다 해도 무리가 내 시야를 벗어날
때마다 그놈을 다시 알아내기란 불가능했다.

야콥이 어디에서 어떤 방법으로 그의 종족으로부터
추방되었고, 익명성의 안전함으로부터 벗어나게
되었는지 나는 결코 알지 못하리라. 녀석의 특이하면서도
비극적이고 찬란한 운명을 스스로 선택한 것인지, 강제로
짊어지게 되었는지도. 후자의 개연성이 더 커 보인다.
아마도 아주 어렸을 때, 요컨대 아직 날개도 생기지
않았을 때, 둥지에서 떨어져 부상당한 채 사람들에게
발견되어 보호받고 길러졌을지 모른다. 그러나 우리의
상상력은 개연성에만 만족하지 않는 법. 통상에서 벗어난
것, 센세이셔널한 것을 연출하기 좋아한다. 그래서 나도
저 개연적인 것 말고 다른 두 가지의 가능성을 생각해

냈다. 첫 번째의 환상적인 생각은 이렇다. 이 야콥은
천재이기 때문에 어려서부터 정도 이상의 개성화와
차별성을 열망했다. 까마귀의 삶과 까마귀 족속이 알지
못하는 업적과 성공과 명예를 꿈꾸었고, 그것을 위해
고독한 아웃사이더가 되었다. 녀석은 실러의 시[1]에 나오는
젊은이처럼 야비한 형제들의 집단에서 벗어나 홀로
방황했다. 결국 세계가, 우연한 행운을 통해 지금껏 젊은
천재들이 모두 꿈꿔 온 저 아름다움과 예술과 명성으로
들어가는 왕국의 문을 열어 줄 때까지.

　　그러나 내가 생각해 낸 또 다른 우화는 이랬다. 야콥은
다분히 천재적 본성을 지닌 말썽꾸러기이자 개구쟁이이자
장난꾸러기였다. 녀석에겐 아빠, 엄마, 형제자매와 친척이
있었다. 결국 그의 종족과 무리도 그의 대담한 돌출
행동에 처음엔 아연실색했지만 때로는 즐거워하면서
녀석을 일찍부터 팔방미인, 혹은 약삭빠른 녀석쯤으로
여겼다. 그러나 뻔뻔함의 정도가 심해져 결국 부모와 이웃,
종족과 정부까지 화나게 하고 적으로 만들었다. 그 결과
공동체로부터 엄숙히 파문당한 후 속죄양처럼 황야로
추방되었다. 그러나 온갖 고초를 겪다가 죽음의 문턱에

1　　프리드리히 폰 실러(Friedrich von Schiller, 1759-1805)의 시
　　「종(鐘)의 노래」를 가리킨다.

이르기 바로 전에 녀석은 사람들을 만났다. 볼품없는
거인들에 대한 두려움을 극복하면서 그들에게 다가가
함께 어울렸고, 일찍부터 지니고 있던 대담한 본성과
특이함을 살려 그들을 매혹시켰다. 도시와 인간 세계로
들어가는 길을 찾아내자, 녀석은 여기서 즐거움을 주는
새, 배우, 매력 덩어리, 신동(神童)으로서 자리를 확보했다.
이렇게 녀석은 오늘날의 그런 존재가 되었다. 즉 대중의
사랑을 받는 새, 중년의 남녀들이 갈망해 마지않는 연인,
인간의 친구이자 인간을 멸시하는 자, 무대 위의 모놀로그
예술가, 볼품없는 거인들에게는 알려지지 않은 이국에서
온 전령이 되었다. 어떤 이들에게는 어릿광대였고,
다른 이들에게는 어두운 경고가 되었다. 사람들을
웃기고, 그들로부터 박수받고 사랑받고 찬탄과 동정을
함께 받았다. 모든 사람들에게는 배우였지만, 신중한
사람들에게는 문제아였다.

그러나 우리 사려 깊은 사람들은 — 의심할 나위 없이
나 말고도 아직 많은 사람들이 있을 것이기에 — 우리의
생각과 추측, 우리의 지적 충동과 상상적 본능을 야콥의
수수께끼 같은 출생과 과거로만 방향을 돌리지 않았다.
우리의 상상을 그토록 자극하는 그의 출현은 어쩔 수
없이 그의 미래에 대해서도 많은 생각을 불가피하게 했다.
우리는 망설이면서, 저항과 슬픔의 감정을 지니면서 그런

생각을 했다. 왜냐하면 우리의 사랑스런 야콥의 종말은
추측컨대 폭력에 의한 것이 될 가능성이 있기 때문이다.
우리가 녀석을 위해 아무리 자연스럽고 평화로운 죽음을,
예컨대 따뜻한 방이나, 그의 "주인이었다는" 엔네트
온천장의 전설적인 여인이 돌보는 가운데 맞게 되는
죽음을 그려 보려고 애쓰더라도, 그럴 가능성이 모두
희박해 보인다. 자유와 야성에서 벗어나, 같은 동족의
보호에서 벗어나 인간의 문명 세계 속으로 빠져든 동물은
아직도 재치 있게 주변의 낯선 환경에 적응할 수도 있을
것이다. 아직도 천재적으로 특이한 상황의 모든 장점들을
감지할 수 있을 것이다. 그럼에도 불구하고 이러한 상황은
무수한 위험을 숨기고 있어서 그것들로부터 빠져나가기가
쉽지 않을 것이다. 이렇듯 무서운 위험들을 상상하기
시작하다 보면, 전기에 감전되는 일부터 고양이나 개가
있는 방에 감금되거나 잔인한 개구쟁이에게 붙잡혀
고통을 당하는 일에 이르기까지 걱정스런 것투성이다.

　　옛날에 매년 왕을 선출하거나 추첨으로 고른
사람들의 이야기가 있다. 그 당시 아마 노예 같았는데,
잘생겼지만 가난한 무명의 젊은이 하나가 졸지에 곤룡포를
입고 왕으로 추대되었다. 왕의 궁전과 화려한 천막이 그를
맞았다. 복종적인 시종과 아름다운 시녀들, 부엌, 지하실,
마구간과 악대, 왕의 모든 권력과 부와 호사(豪奪)가 그

젊은이에게 현실로 되었다. 그리하여 새 통치자는 한 해가
바뀔 때까지 축제와 같은 날과 주와 달을 보냈다. 그러고
나서 그는 묶인 채 처형장으로 끌려가 죽음을 맞았다.

　　그 신빙성을 검증해 볼 기회나 욕구를 갖고 있지는
않았지만, 수십 년 전에 한번 읽었던, 동화처럼 아름답지만
잔인한 이 이야기가 이따금 떠오를 수밖에 없었다. 야콥이
여인들의 손에서 땅콩을 쪼아 먹는 모습을 볼 때마다,
너무 칠칠치 못한 아이를 부리로 쪼면서 훈계할 때마다,
나의 앵무새 같은 지껄임에 관심을 갖고 너그러운 양
귀 기울이거나 일층 관람석의 열광하는 관객들 앞에서
종이공을 발톱으로 움켜잡고 찢어 댈 때마다, 그의
고집스런 머리와 곤두선 회색 깃털이 분노와 기쁨을
동시에 표출하는 듯했다.

신들의 꿈

1914년 1차 세계 대전이 발발하기 약 팔 주 전에 헤세는 아주
특이한 꿈을 꾼다. 꿈속에서 헤세는 절망적인 기분으로 어둠
속에서 성스러움이 어디로 사라졌는지 찾기 위해 헤맨다. 밝은 방
안에 사람들이 모여 있고 학문의 사제가 서 있다. 사제는 전쟁의
신과 잠의 신, 사랑의 신, 농사의 여신 들을 차례로 호명하지만,
그 모든 신들 중 평화와 사랑과 풍요를 가져다주는 신들은 더
이상 효력을 잃은 채 사라진다. 마지막까지 남아 있는 것은 전쟁의
신이며 사제와 군중은 전쟁의 신을 찬양하며 환호성을 지른다. 그
장면을 본 나는 세계의 멸망을 예감한다. 1924년 작.

OO

신들의 꿈

OOOOOOOOOOOOOOOOOOOOOOOOOOOOOOOOOOOOOOOOOOOOOOOOOO

머리말

이제 세계 전쟁[2]이 시작된 지 십 년이 지났다. 그 시기를 상기하게 하는 많은 기억 가운데 온 세상에서 찾을 수 있는 것이 무엇일까? 전쟁과 관련한, 그 무수한 예감, 예언, 꿈, 환상도 그에 해당되리라. 이 황당한 경험을 많이 겪으면서, 내게 제법 중요한 것은 나 자신이 전쟁에 대한 많은 예지자와 예언자 축에 끼는 것이다! 나 역시 1914년 8월의 사건들을 겪으며 모든 사람처럼 놀라 마지않았다. 그러나 나 역시 수많은 사람들과 꼭 마찬가지로 이 새로운 재앙을 바로 직전에 감지했다. 적어도 전쟁이 시작되기 약 팔 주 전에 아주 특이한 꿈을 꾸었다. 나는 이 꿈을

---

2   1914년에 발발한 1차 세계 대전을 말한다.

1914년 말에 글로 썼다. 물론 이 글은 꿈을 언어로 충실히
묘사한 기록이 아니다. 그 당시 내게서 나온 짤막한 문학
작품이었다. 그러나 글의 핵심이 되는 부분, 즉 전쟁의 신과
그 부하들이 나타나는 장면은 의도적으로 지어낸 것이
아니고 실제로 있었던 꿈의 체험이었다.

그 꿈이 기이해서가 아니라 많은 진지한 생각들을
그 꿈과 연관 짓고 싶어서 나는 1914년의 그 글을 여기에
소개하고자 한다.

(1924)

나는 홀로 절망적인 기분으로 걸어갔다. 온통 어둠이
깃들어 있어서 형체를 분간할 수 없었다. 도대체 모든
성스러움이 어디로 사라졌는지 찾아내려고 달렸다.
창문들이 번쩍이는 새 건물이 거기 서 있었다. 출입문들
위에는 낮처럼 환한 빛이 불타고 있었다. 나는 문 하나를
통해 밝은 방안으로 들어갔다. 많은 사람들이 여기에
모여 있었다. 그들은 말없이 정신을 집중하고 앉아
있었다. 학문의 사제들에게서 빛과 위안을 구하러 온
사람들이었다. 군중 앞의 높은 단상에 학문의 사제가 검은
옷을 입고 서 있었다. 현명하지만 피곤한 눈빛의 조용한
남자였다. 그는 많은 청중을 향해 또렷하고 부드럽고
안정된 목소리로 말했다. 그의 앞 밝은 제단 위에는 네

개의 신상(神像)이 서 있었다. 그는 즉시 전쟁의 신 앞으로
가서 옛날에 이 신이 당시 사람들의 어떤 욕구와 소망에서
생겨났는지 이야기했다. 그 당시 사람들은 아직 세상의
모든 힘들의 통일을 인정하지 않았다. 그렇다. 그들이 늘
보는 것은 개별적이고 명확한 것이었다. 그리하여 필요에
따라 바다, 견고한 땅, 사냥, 전쟁, 비[雨], 해를 위한 신성을
각각 만들어 냈다. 그렇게 해서 전쟁의 신 역시 생겨난
것이었다. 학문의 사제, 이 지혜의 봉사자는 부드럽고
또렷하게 전쟁의 신상이 처음 어디에 세워졌으며, 언제
최초의 제사를 올렸는지 이야기했다. 결국 후에 인식의
승리로 이 신이 필요 없게 되었지만 말이다.

　　사제는 손을 흔들었다. 그러자 전쟁의 신이 사라지고
그 대신 제단 위에 잠의 신상이 서 있었다. 이 신상에 대한
설명도 있었다. 이 온화한 신에 대해 오래 듣고 싶었건만,
오, 그 설명은 너무나 빨랐다. 그 상이 가라앉고 뒤를
이어 명정(酩酊)의 신, 사랑의 신, 그리고 농사, 사냥,
가사(家事)의 여신들이 나타났다. 이 신성들은 각각 독특한
형상과 아름다움을 지니고 빛을 발했다. 인간의 지나간
젊음이 되살아나 인사를 보내는 것 같았다. 신들 각각에
대한 이야기와 왜 그들이 이미 소용없게 되었는가에 대한
설명이 뒤따랐다. 그러자 신상이 차례로 사라져 갔다.
그때마다 우리 마음속에는 정신의 승리감이 반짝이면서

동시에 가벼운 연민의 정이 자리 잡았다. 그러나 몇몇
사람들은 계속 웃으면서 손뼉을 쳤다. 학자의 말 앞에서
신상이 사라질 때마다 "꺼져 버려!" 하고 외쳤다.

　우리는 사제의 말을 경청하면서 알았다. 탄생과
죽음에도 더 이상 독특한 상징이 필요 없다는 것을. 사랑과
질투, 증오와 분노의 상징 역시 필요치 않았다. 그도
그럴 것이, 인류가 얼마 전부터 이 모든 신에 식상했기
때문이었다. 인간들은 자신의 영혼 속에도 땅과 바다의
내면에도 개별적인 힘과 특징이 존재하지 않으며, 오히려
이따금 위대한 원초적 힘이 존재하는데, 그것의 본질을
탐구하는 것이야말로 이제 인간의 정신에 부여된 커다란
과제가 되리라는 것을 알게 되었다. 그동안 신상들이
사라져서 그런지 아니면 나도 모르는 다른 이유 때문인지
방안이 점점 더 어두워졌다. 그래서 나는 알았다. 이 사원
안엔 순수하고 영원한 원천이 빛을 발하고 있지 않다는
사실을. 나는 결심했다. 이 집으로부터 도망쳐서 보다 밝은
장소를 찾아야겠다고.

　그러나 내 마음속에서 그런 결심이 발동하기 전에
실내가 훨씬 더 어두워졌고, 사람들은 불안해지기
시작했다. 그들은 돌발적인 뇌우에 놀란 양떼처럼 소리를
지르며 우왕좌왕했다. 아무도 더 이상 그 현자의 말을
들으려 하지 않았다. 무서운 불안과 후텁지근한 공기가

군중을 엄습했다. 탄식과 외마디 소리가 들려왔다.
사람들은 격분하여 문 쪽으로 내달았다. 방안 공기는
먼지와 자욱한 수증기로 가득 차 밤같이 어두워졌다.
그러나 높다란 창들 뒤에선 불이라도 난 듯 불그레한
불길이 불안하게 넘실거렸다.

　　나는 정신이 혼미해져 바닥에 쓰러졌다. 도망치는
사람들의 무수한 발길이 나를 짓밟았다.

　　내가 정신을 차리고 깨어나 양손에 피를 흘리며
일어섰을 때, 텅 비고 파괴된 집안에 완전히 혼자였다.
사면의 벽은 갈라지고 무너지면서 나를 덮치려 했다.
멀리서 천둥소리와 미친 듯 외쳐 대는 고함이 희미하게
들려왔다. 갈라진 벽을 통해 보이는 하늘은 작렬하는
불길로 인해 피 흘리며 고통에 찬 얼굴 같았다. 그러나 그
질식할 듯한 후텁지근함은 사라져 버렸다.

　　내가 파괴된 지식의 신전에서 기어 나왔을 때, 도시의
절반이 화염에 싸여 있었다. 밤하늘은 불기둥과 연기의
장막으로 가득 차 있었다. 타살된 사람들이 무너진
건물들 사이 여기저기에 쓰러져 있었다. 주위는 고요했다.
멀리서 뿌지직뿌지직 활활 불붙는 소리가 들려왔다. 그
뒤편 더 먼 곳에서는 지상의 모든 백성들이 끝없는 고함과
탄식을 질러 내듯 불안에 가득 찬 울부짖음이 요란하게
들려왔다.

세계가 멸망하는구나, 하고 나는 생각했다. 그러나 마치 오래전부터 바로 그것을 예견했던 것처럼 별로 놀라지 않았다. 불타고 무너져 내리는 도시로부터 이제 한 소년이 걸어오는 게 보였다. 그는 양손을 주머니에 찌르고 다리를 차례로 내디디며 춤추듯 깡충거렸다. 활기차고 명랑한 모습이었다. 소년은 걸음을 멈추고 솜씨 좋게 휘파람을 불었다. 우리가 라틴어 학교에 다닐 때 부르던 우정의 노래였다. 그 소년은 내 친구 구스타프였다. 그는 대학생 시절에 권총을 쏘아 자살했다. 곧 나도 구스타프처럼 다시 열두 살짜리 소년이 되었다. 그러자 불타는 도시의 먼 천둥 소리, 세계의 온 구석에서 들려오는, 폭풍 같은 울부짖음이 이제는 우리 귀에 놀랍고 소중하게 울렸다. 오, 이제는 모든 것이 훌륭했다. 그 어두웠던 악몽은 사라져 버렸다. 우리가 수많은 시간 절망 속에서 시달렸던 그 악몽이.

깔깔 웃으면서 구스타프는 내게 막 저편에서 무너져 내리는 성과 높은 탑을 가리켰다. 그 건물이 무너지든 말든 아무래도 좋았다. 사람들은 새로운 것, 보다 아름다운 것을 지을 수 있으니까. 이런, 구스타프가 다시 오다니! 이제 삶은 다시 의미를 갖게 되었다.

화려한 건물들이 무너지는 위로 거대한 구름이 피어올랐다. 우리 둘은 기대에 가득 찬 눈으로 말없이

그것을 응시했다. 그 먼지구름 속에서 거대한 신상 하나가
모습을 드러냈다. 그 상은 머리와 팔을 높이 치켜들더니
승리자마냥 연기 자욱한 세계 속으로 걸어 들어갔다.
그것은 바로 학문의 신전에서 본 것 같은 전쟁의 신이었다.
그러나 생명이 있었고 엄청나게 컸다. 불길에 비쳐진
얼굴엔 쾌활한 소년처럼 자랑스런 미소가 감돌고 있었다.
우리 둘은 말없이 한마음이 되어 그의 뒤를 따라갔다.
우리는 날개라도 단 듯 빠르게 화염에 싸인 도시를 지나
멀리 폭풍이 으르렁대는 밤 속으로 내달았다. 우리의
가슴은 황홀감에 넘쳐 뛰놀았다.

　　전쟁의 신은 산꼭대기에 올라서자 환호성을 지르며
자신의 둥근 방패를 흔들었다. 그러자 보라! 멀리 지상의
모든 방향으로부터 커다란 신상들이 웅장한 모습으로
그에게 다가왔다. 남신과 여신들, 정령과 반신(半神)들이
망라되어 있었다. 사랑의 신은 두둥실 날아서, 잠의 신은
비틀거리며, 사냥의 여신은 날씬한 자태로 엄숙하게
걸어왔다. 끝없는 신들의 행렬이 이어졌다. 나는 황홀하여
이 고귀한 형상들 앞에서 눈을 감았다. 나와 친구만 있는
게 아니었다. 우리 둘과 함께 주위에는 새로운 군중이
한밤중에 돌아온 신들 앞에서 무릎을 꿇고 있었다.

밤의 유희들

꿈의 세계에 대한 확신과 꿈의 예술적 측면은 헤세에게 언제나 영감을 제공했다. 아무리 알려고 안간힘을 쓰고 책을 통해 천재적 가르침을 접하더라도 세월이 지나면 꿈과 무의식 세계와의 만남에 연관될 수밖에 없었다고 헤세는 고백한다. 꿈의 세계에 대한 확신, 꿈의 예술적 측면이 예술가인 자신에게 영향을 주었으며, 예술 속에서 헤세는 늘 유희적인 것을 즐겼다. 하지만 헤세는 예술적 윤리와 책임감으로 작품에 사용하는 대신 자신만의 놀이로 활용했다. 헤세가 자신만의 예술 놀이로 사용한 꿈 이야기 세 가지를 기록한 작품이다. 1948년 작.

OOO

밤의 유희들

OOOOOOOOOOOOOOOOOOOOOOOOOOOOOOOOOOOOOOOOOOO

　　내가 밤에 꾼 꿈들을 기억하여 그것을 신중하게
재생산하는 기술에 익숙한 지도 벌써 몇 십 년이 지나갔다.
때로는 그것을 기록하기도 했다. 당시에 배운 방법에 따라
그 의미를 점쳐 보거나 폭넓게 느끼고 귀 기울임으로써
그 꿈으로부터 어떤 경고와 날카로운 직관 같은 것을
얻어 내려 했다. 경우에 따라서는 훈계와 격려, 어쨌든
우리가 흔히 갖고 있는 것보다 더 큰, 꿈과의 친밀함,
의식과 무의식 사이의 더 나은 교감을 말이다. 몇몇 심리
분석가들의 책들, 그리고 실제 체험을 통해 정신 분석
자체에 대해 알게 된 것은 나에게 아주 대단한 사건이었다.
그것은 현실적인 힘과의 만남이었다.

　　그러나 아무리 알려고 안간힘을 쓰고 아무리 인간과
책을 통한 천재적이고 감동적인 가르침에 접하더라도,
세월이 지나면 꿈과 무의식 세계와의 이러한 만남에

연관될 수밖에 없었다. 즉 삶은 계속 흘러갔으며, 점점 더
새로운 요구와 의문들이 제기되었다. 첫 번째 만났을 때의
그 놀랍고 센세이셔널했던 것은 새로운 것을 요구했다.
분석학에 대한 체험의 총체는 자체의 목적으로 계속
유지될 수 없었다. 그것은 조정되었다. 일부는 잊히거나
삶에 대한 새로운 요구로 대치되었다. 그것의 조용한
작용과 힘을 완전히 잃지는 않고 말이다. 그것은 마치
젊은이의 삶 속에서 횔덜린, 괴테, 니체의 글을 처음 읽은
것, 이성(異姓)을 처음 알게 된 것, 사회적, 정치적 경고와
요구에 처음 마음이 움직인 것이 일부는 과거의 일로,
다른 일부는 체험이라는 재산으로 변용되어야 하는 것과
같다.

　　그때부터 나는 늙어 갔다. 그러나 꿈을 통해 나
자신에게 말을 걸거나 안내를 받거나 은밀한 가르침을
받는 능력이 다시금 나를 완전히 떠나지는 않았다.
동시에 꿈속의 삶이 한때 잠시나마 가졌던 그러한 현실적
절박함과 중요성을 이전처럼 되찾지는 못했다. 그 이후
내 꿈을 기억해 내는 시간이, 아침이 되어 모든 꿈을 흔적
없이 잊어버리는 시간으로 바뀌고 있다. 그렇지만 여전히
나 자신의 꿈은 물론 다른 사람들의 꿈까지도 적지 않게
나를 놀라게 한다. 지칠 줄 모르는 창조적 환상 놀이를

통해, 천진난만하고 재치 넘치는 결합술을 통해, 그리고 자주 마음을 끄는 유머를 통해서 말이다.

꿈의 세계에 대한 일종의 확신, 꿈의 예술적 측면 — 지금껏 예술이 그러하듯, 정신 분석에 의해 아직 충분히 이해되거나 주목받지 못한 — 에 대한 수많은 생각이 예술가인 내게 영향을 주었다. 예술 속에서 나는 항상 유희적인 것을 즐겼다. 일찍이 청소년 시절에는 자주, 커다란 즐거움 속에서, 그러나 대개 나 혼자만을 위해 일종의 초현실적 글쓰기에 몰두했다. 오늘날에도, 예컨대 잠이 오지 않는 이른 아침 시간에 나는 그렇게 한다. 물론 이 비눗방울 같은 형상들을 써 내지는 않는다. 이러한 놀이를 하다 보면, 꿈의 소박한 기교와 초현실적인 예술 — 그것을 즐기고 습작하는 것이 내게는 많은 즐거움을 주고 힘이 덜 들지만 — 에 대해 숙고하다 보면, 내가 시인으로서 왜 그러한 종류의 글쓰기 연습을 삼가야 하는지 확실해진다. 나는 양심에 걸고 그것을 사적(私的)인 영역에만 사용하도록 나 자신에게 허락했다. 평생 동안 나는 수천 개의 초현실적인 시구(詩句)와 격언을 만들었고, 아직도 여전히 계속하고 있다. 그러나 세월과 더불어 얻게 된 일종의 예술적 윤리와 책임감이 이러한 개인적이고 무책임한 제작 기법을 나의 진지한 작품에 사용되는 것을 오늘날에는 더 이상 용납하지 않는다.

이제 이러한 논설을 여기에서 더 길게 늘어놓을
수가 없다. 내가 오늘날 다시 한번 꿈의 세계와 관련을
맺는다면, 그것은 의도나 정신적인 목적을 갖고 그런
것이 아니다. 그저 며칠 사이에 몇 번의 특이한 꿈들과
만났다는 사실에 자극을 받았기 때문이다.

고통스럽고 몹시 피곤해 일진이 안 좋았던 어느 날
밤 나는 첫 번째 꿈을 꾸었다. 강하게 압박하는 무의미한
생활 감정, 그리고 관절통에 시달리며 나는 누워서 자고
있었다. 이렇듯 즐겁지 않은 나쁜 수면 중에 내가 현실에서
했던 것을 정확히 꿈꾸었다. 내가 침대에 누워 있는 것,
힘겹고 기분 나쁘게 잠자고 있는 것을 나는 꿈꾸었다.
다만 알 수 없는 장소, 낯선 방, 낯선 침대 안에서였다. 그
낯선 방에서 잠으로부터 깨어나는 꿈을 계속해서 꾸었다.
천천히, 마지못해서, 피곤한 채로 나는 깨어났다. 피곤함과
현기증의 베일을 통해 나의 상황을 의식하는 데 오랜
시간이 걸렸다. 천천히 나의 의식이 돌아오도록 노력했고,
천천히, 그리고 마지못해 인정했다. 이제 유감스럽게도,
내게 힘을 돋우기보다는 오히려 더 피곤하게 만든 어떤
고통스럽고 무가치한 거짓 잠으로부터 깨어났다는 사실을.

그리하여 이제 나는 (꿈속에서) 깨어났다. 천천히
두 눈을 뜨고, 천천히 나의 잠자는 동안 무감각해진 팔
위로 약간 높게 머리를 얹고는 낯선 창문을 통해 회색빛

일광(日光)이 떨어지는 모습을 보았다. 그러자 갑자기
경련이 일면서 어떤 불쾌감, 일종의 불안이나 양심의
가책 같은 것이 내 마음속을 파고들었다. 나는 황급히
회중시계를 꺼내 시간을 보았다. 이를 어쩌나! 벌써 10시를
지나 거의 12시 반에 이르고 있었다. 몇 달 전부터 나는
한 김나지움의 학생, 즉 임시 청강생이었다. 그곳의 마지막
클래스에 참석해 열심히 그리고 늠름하게 공부함으로써
과거에 소홀히 했던 것을 만회하려 했다. 맙소사, 12시
반이라니! 8시부터는 학교에 가서 앉아 있어야 하는 건데.
최근에도 한 번 그랬던 것처럼 설령 내가 교장 선생에게
나의 실수를 증가하는 노령의 장애 탓으로 돌릴 수 있다
하더라도, 그렇다, 그의 이해를 구할 수 있을지라도, 어쨌든
나는 오전 수업을 빼먹었고, 오후에도 학교에 잘 갈 수
있을지조차 확신이 서지 않았다. 그동안 수업의 진도가
나갔을 텐데 내가 수업을 따라갈 수 있을지 점점 더
의심스러워졌다. 그리고 이제 일종의 그럴 듯한 변명거리가
떠오를 것 같았다. 김나지움에 재입학한 이후 몇 달 동안
그리스어 수업을 아직 한 번도 받은 적이 없어 불안했으며,
들고 다니기가 자주 힘겹게 느껴지는 무거운 책가방 속에
그리스어 문법책이 한 권도 없다는 사실 말이다.

아, 아마도 세상과 학교에 대해 소홀했던 의무를
벌충하고 무언가 올바른 것이 되려고 한 나의 고귀한

결심은 아무것도 아니게 되었다. 항상 나를 많이 이해해
주고 나의 책을 몇 권 읽어서 어느 정도 나를 아는 교장
역시 오랫동안, 아니 처음부터 내 시도의 허황됨을
확신하고 있으리라. 결국 나는 차라리 시계를 다시
집어넣고 눈을 다시 감고 오전 내내 침대에 누워 있을
것인가? 오후에도 똑같이 내가 무언가 불가능한 일에
도전하고 있다는 것을 시인하면서 빈둥거리게 될 것인가?
어떤 경우든, 오전을 위해 자리를 박차고 일어나는 일은 더
이상 의미가 없었다. 오전은 허비해 버린 것이다. 낯선 방
낯선 침대에서는 이러한 생각을 하기 무섭게 나는 실제로
깨어났고 창문을 통해 들어오는 가느다란 광선을 보았다.
그리고 내 방 내 침대 안에 있는 나를 발견했고, 아래층에
아침 식사와 많은 우편물이 기다리고 있다는 것을 알았다.
이 잠과 꿈을 더 고수할 방법이 없어 나는 마지못해 몸을
일으켰다. 그리고 이러한 꿈의 예술가인 나 자신에 대해
놀라며 미미하나마 미소까지 곁들였다. 그 꿈이 나를 거울
앞으로 이끌어 그 초현실적인 속임수를 아끼듯 사용하게
만들었다.

하루가 지나 현실적이지만 다소 시적이고 다소 동화
같은 꿈이 다시 가라앉아 거의 잊히려 할 때, 또 하나의
꿈이 내게 말을 걸어 왔다. 이번에는 시적이고 재미난
꿈이었다. 그러나 내가 꾼 것이 아니고 북독일의 어느

작은 도시에 살고 있는 알지 못하는 여성 독자로부터 온
것이었다. 그녀는 약 십이 년 전에 그 꿈을 꾸었다. 그러나
결코 그것을 잊지 않았다. 그리고 이제야 비로소 나에게
알려 줄 생각이 났다는 것이었다. 나는 지금 그 편지를
있는 그대로 인용하는 것이다.

　　"저는, 선생님께서 정원 일 하실 때 쓰시는 커다란
모자 위에서 엄지손가락만 한 크기로 서 있었습니다.
선생님은 관목을 심고 계셨습니다. 제가 알기로
선생님께서는 흙에 물을 섞어 반죽하고 계셨습니다.
폭넓은 모자 테에 가려 저는 그것을 볼 수 없었습니다. 제
눈앞에는 경이로운 테라스의 풍경이 펼쳐져 있었습니다.
저는 흔들거리는 그물다리 위를 걷듯 선생님이 허리를
구부리면 미끄러지지 않을까 약간 겁을 내면서 뒤쪽으로
달려갔습니다. 또한 이따금 선생님께서 머리에 눌러
쓰려고 양손으로 모자를 움켜잡을 때마다 옆에 있는 리본
의 매듭 아래로 몸을 숨겨야 했습니다. 선생님께서 저의
존재를 눈치채지 못하시는 게 저는 무척 재미났습니다.
아름다운 새의 노래가 울려 퍼지면 저의 기쁨이
배가되었습니다. 저는 어두운 나뭇잎 속에서 불새가
이글거리는 모습을 보았습니다. 불새는 조용히 저에게
이야기했습니다. '노래하고 있는 게 불새라는 걸 헤르만

헤세 씨가 아셨으면! 그분은 그게 파파게노[3]라고 생각하실 거야.' 어쨌든 모든 것이 다 제겐 위안이 되었습니다. 풍경, 커다란 모자 위에 올라 있는 난쟁이 같은 저의 존재, 새의 노래, 선생님의 정원 일, 그리고 불새에 대한 선생님의 착각까지도요."

그것은 정말 더 유쾌하고 아름답고 또한 재미있는 꿈이었다. 그러나 낯선 사람의 꿈이었기 때문에 나는 그것을 이해하고 해석하려는 충동을 느끼지 못했다. 단지 그 꿈으로 인해 기뻤을 뿐이었다. 그러나 적어도 이런 생각은 떨치지 못했다. "그게 타미노[4]가 아닌지는 하느님만이 아실 거야!"

내 보기에 이 낯선 여성의 꿈이 내 꿈보다 더 아름답고 순수한 것 같았다. 그 꿈이 나의 꿈꾸는 재능을 자극해 명예욕에 사로잡히게 한 듯 나 자신이 그 후 곧 꿈 하나를 꾸게 되었다. 이번엔 아름답거나 해학에 넘치는 것이 아니었지만 대신 아주 환상적이었다.

---

3   볼프강 아마데우스 모차르트(1756-1791)의 오페라 「마술피리」 에 등장하는 새 장수. 새의 노랫소리를 흉내내어 새를 잡아 밤의 여왕에게 넘기고 대신 술과 음식을 받는다.

4   모차르트의 오페라 「마술피리」에 등장하는 남자 주인공. 파파게노와 함께 밤의 여왕의 딸 파미나를 구하러 사라스트로의 성으로 들어간다.

　　나는 다른 사람들과 함께 어느 커다란 집의 위층
어딘가에 있었다. 내가 알기로 그것은 극장이었고,
그곳에서 어느 누군가에 의해 희곡, 또는 오페라로
각색된 『황야의 이리』[5]가 공연되고 있었다. 보아하니
초연(初演)이었고 나는 거기에 초대받았던 것이다. 무대
위에서 진행되는 과정이 부분적으로는 친숙한 것이었으나,
그것 중 아무것도 보고 들을 수가 없었다. 나는 성가대가
노래하는 교회의 위층 오르간 뒤에 몸을 숨기고 앉은
모양새로 일종의 벽감(壁龕)[6] 안에 앉았다. 거기엔 이러한
벽감이 더 많이 있었다. 본래의 극장 홀이 마치 나뭇잎에
싸이듯 벽감들에 둘러싸인 것 같았다. 나는 이따금
일어나서 연극을 볼 수 있는 자리를 찾았다. 그러나 그런
자리를 찾을 수 없었다. 우리는 공연에 지각한 사람들처럼
빙 둘러앉았다. 벽 뒤에서 연극이 상연되고 있다는 것을
알 뿐이었다. 이번 장면들은 각색자와 연출자가 음악,
세트, 조명 등에 비용을 아끼지 않은 것임을 알았다.
나는 혐오감이 들어 그것을 "허풍선이 연극"이라 부르며
방해하고 싶었다. 나는 불편함을 느끼기 시작했다. 그때
코로디 박사가 미소를 지으며 나에게 다가와서 말했다.

5　　헤르만 헤세가 1927년에 쓴 소설의 제목이다.
6　　꽃병 등을 놓는 벽의 오목한 부분.

"당신은 안심하셔도 됩니다. 텅 빈 집들을 걱정하실
필요가 없습니다."

나는 말했다.

"그럴 테지요. 하지만 제가 보기엔 이 허풍스런 연극
짓거리가 3막 전체를 망쳐 놓는 것 같군요."

더 이상의 대화는 없었다. 점차 나는 나를 원래의
극장과 분리하게 만든 수수께끼 같은 건축물이 바로
오르간이라는 것을 발견했다. 나는 다시 몸을 움직여
오르간을 돌아 관객이 있는 공간으로 나갈 통로를 찾으려
했다. 그것은 성공하지 못했다. 그러나 꼭 도서관을 연상케
하는 오르간 몸체의 다른 편에서 나는 어느 정도 자전거와
닮은 기계 쪽으로 오게 되었다. 그것은 적어도 같은 크기의
바퀴 두 개를 가지고 있었고 그 위에 안장 같은 것이 달려
있었다. 그 물건을 보자 곧 분명해졌다. 만약 안장 위에
훌쩍 올라타 바퀴를 돌린다면 일종의 파이프를 통해 무대
위에서 공연되는 것을 듣거나 볼 수 있다는 사실을.

그것은 하나의 해결책이었다. 내 기분이 훨씬
좋아졌다. 그러나 그 꿈은 해결과 만족감 이상의 것을
가져다주지는 않았다. 이 천재적인 기계를 발명한 것에
만족했다. 나를 기계 앞에 서게 한 것을 재미있어 했다.
바퀴 위에 꽤나 높게 달린 이 안장 위에 올라탄다는 것이
전혀 쉬운 일이 아닌 것 같았다. 자전거를 탈 줄 아는

젊은이들에게까지도. 또한 안장은 결코 비어 있질 않았다.
내가 올라타려고 몸을 밀어 올릴 때마다 이미 누군가가 그
위에 앉아 있었다. 그렇게 나는 서서 안장과 그 경이로운
파이프들만 뚫어지게 쳐다보았다. 그 좁은 통로를 통해
무대 위에서 벌어지는 일을 보고 들을 수 있었으련만. 극이
진행되는 동안 전문가들이 3막을 망쳐 놓겠지만 말이다.
나는 흥분되지도 슬프지도 않았다. 그러나 놀림을 당하고
속임을 당해 무언가를 빼앗긴 기분이었다. 비록 『황야의
이리』 드라마가 내 취향에는 절대로 맞지 않았지만, 연극
무대를 직접 보거나 아니면 적어도 경이로운 파이프 위에
달린 안장에라도 도달하고 싶었다. 그렇지만 아직 그것을
달성하지 못했다.

성탄절과 두 어린이의 이야기

성탄절 날 손자인 질버는 할아버지 헤세에게 자신이 쓴 글을
선물로 준다. 하느님에게 자신의 가장 소중한 선물인 탈러
한 닢을 드리려고 한 파울이라는 아이가 도움이 필요한 늙은
어머니에게 그 돈을 준다는 이야기다. 이 글을 읽은 일흔세 살의
노작가 헤세는 깊은 감회에 젖어 자신이 열 살 때 쓴 동화를
상기하며 두 작품의 공통점을 알게 된다. 바로 '진심 어린 선물
주기'다. 헤세가 열 살 때 쓴 동화 「두 형제」가 액자 형식으로
삽입된 작품이다. 제목의 '두 어린이'는 열 살짜리 손자 질버와
육십삼 년 전 열 살짜리 헤세 자신을 말한다. 1950년 작.

성탄절과 두 어린이의 이야기

우리의 조촐하고 조용한 성탄절 축제가 끝난 12월 24일 밤, 아직 10시 전이었지만, 나는 제법 피곤하여 잠자리가 그리웠다. 그리고 무엇보다 이틀 내내 우편물도 신문도 보지 않고 누워 있을 수 있다는 기대감에 차 있었다. 소위 도서관이라고 불리는 우리의 커다란 거실은 우리의 마음처럼 무질서하고 지쳐 보였다. 그러나 훨씬 명랑한 분위기를 자아내기는 했다. 우리 세 사람, 즉 주인, 아내, 여자 요리사만이 축제를 벌였지만, 환한 촛불들이 매달린 전나무에는 금빛 은빛 색종이와 리본들이 얽혀 있었다. 책상 위의 꽃들과 겹겹이 싸여 있는 신간 서적들, 꽃병에 기대어 놓은 그림들, 수채화 석판화 목판화 아동화, 그리고 사진들이 방을 축제 분위기에 넘치고 전에 없이 활기차게 만들었다. 마치 대목장이나 보물 창고처럼 생기와 파격, 동심과 유희의 숨결이 넘쳐 흘렀다.

거기에 송진과 타고 있는 초, 빵과 포도주와 꽃의 향기가
이중삼중으로 무질서하게, 그리고 도도하게 가세했다. 그
밖에도 그 시간의 방안에는 옛 사람들에게나 어울릴 듯한
영상들, 지나간 세월의 그 무수했던 축제의 울림과 향기가
켜켜이 쌓여 있었다. 일흔 번 이상이나 그 커다란 체험을
한 후 성탄절이 또 나를 방문했다. 아내에게는 성탄절
축제가 몇 년 적을 것이다. 그 대신 낯섦, 고향을 멀리 떠나
안온함을 잃어버린 듯한 기분은 나보다 훨씬 컸다.

　　무척 힘이 들었던 지난날 선물을 꾸리는 것, 선물을
받고 뜯는 것, 순수한 약속과 거짓된 약속에 대한 자각,
성탄절의 다소 과열되고 조급한 북적거림이 안정을 잃은
우리 시대에는 극복하기 어려운 일이었다. 따라서 이렇듯
수십 년간의 축제와 다시 만나는 것은 훨씬 더 엄숙한
과제, 그러나 적어도 순수하고 의미심장한 과제였다.
그리고 그 순수하고 의미심장한 과제는 기량을 마음껏
발휘하도록 요구할 뿐만 아니라 도와주고 강하게 해
주는 축복을 지니고 있었다. 특히 해체된, 의미의 결핍
때문에 병들어 죽어 가는 문명 속에서 개인 및 공동체가
계속 살아가기 위해서는 무엇보다 우리의 존재와 행위에
의미와 정당성을 부여해 주는 것 외에는 다른 치료제와
영양제, 다른 활력소가 존재하지 않는다. 평생의 축제와
그에 관련된 것들을 회상할 때마다, 유년기의 다채로운

분방함에 이르기까지 영혼의 소리와 움직임에 귀
기울일 때마다 바로 하나의 의미 하나의 통일이, 우리가
때로는 알면서 때로는 모른 채로 평생을 맴돌았던
은밀한 중심이 존재하고 있음이 드러난다. 초와 꿀의
내음이 진동하던 경건한 유년, 외견상 아직은 성스럽고
파괴로부터 안전하며 파괴의 가능성을 믿지 않는 세계의
성탄절로부터 우리의 사생활 및 시대의 온갖 변화, 위기,
동요, 성찰을 겪어 오면서 우리 마음속에는 하나의 핵심,
즉 하나의 의미 하나의 은총이 유지되어 왔다. 그것은
교회 혹은 학문의 독선에 대한 믿음이 아니라 상하고
파괴된 삶이라도 항상 새로운 질서를 부여해 주는 중심이
존재한다는 믿음, 우리 존재의 아주 내밀한 핵심을
떠나 신에게 도달할 수 있다는 믿음, 이러한 중심이 신의
현존과 부합된다는 믿음이었다. 신이 현존하는 곳에서는
물론 추한 것, 외견상 무의미한 것도 참아낼 수 있으리라.
신에게는 어느 곳에서도 현상과 의미가 분리되지 않으며
모든 것이 의미를 지니기 때문이다.

　　그 조그만 나무는 벌써 오랫동안 어둡게, 그리고 다소
멍청한 모습으로 그의 책상 위에 서 있었다. 그것은 얼마
전부터 매일 저녁 그랬듯이 영롱한 전구의 빛을 발하고
있었다. 거기 창문 앞에서 우리는 다른 종류의 성스러움을
느꼈다. 날은 맑았다 흐렸다 자꾸 바뀌었다. 호수가 있는

골짜기 저편 산허리에는 이따금 가늘고 흰 구름이 길게
드리워 있었다. 그것들은 모두 똑같은 높이에 매달려
꼼짝도 않는 것 같았다. 그러나 우리가 다시 올려다볼
때마다 그것은 사라지거나 모습을 바꾸곤 했다. 그리고
밤이 되었을 때에는, 우리가 밤새도록 하늘도 없이 안개
속에 처박혀 있어야 할 것처럼 보였다. 그러나 우리가
우리의 축제, 우리의 나무와 촛불, 우리의 선물과 점점
또렷해지는 기억에 몰두하는 동안, 밖에서는 많은 일들이
일어나고 연출되었다. 우리가 그것을 느끼고 방안의 불을
끄자, 온통 적막에 빠진 바깥에 너무나 아름답고 비밀에
가득한 세계가 놓여 있음을 발견했다. 우리 발아래 좁은
골짜기는 안개에 휩싸여 있었고, 그 위에서는 창백하지만
강렬한 빛이 넘실거렸다. 이 안개의 바다 위로 눈 덮인
언덕과 산들이 솟아 있었다. 그것들은 모두 똑같은 정도로
흩어진, 그러나 강렬한 빛 속에 서 있었다. 그리고 그 하얀
등성이에는 여기저기 앙상한 나무와 숲들, 눈이 녹은
암벽들이 뾰족한 펜으로 알기 힘든 글자들, 즉 비밀에 찬
상형 문자나 아라비아 문자를 써 놓은 것 같았다. 그러나
그 모든 것들 위에는 보름달 빛을 받아 빛나는 구름
떼와 함께 광활한 하늘이 흰 오팔처럼 번쩍이며 드리워
있었다. 보름달은 불안하게 일렁이면서도 온 하늘을
빛으로 지배했고, 유령처럼 스러졌다가 다시 밀집하는

구름의 베일 사이에서 숨었다 나타났다를 되풀이했다.
달이 하늘의 한 모퉁이를 점령하면 그 주위에 서늘하고
무지개 같은 달무리가 보였고, 그로부터 눈부시게
방사되는 색깔이 구름의 가장자리까지 물들였다.
진주처럼 우윳빛처럼 그 상쾌한 빛은 하늘을 가로질러
달리고 흘러내렸다. 그러나 아래쪽 안개 속에서는 한결
약해진 빛을 반사하면서 마치 살아 숨 쉬듯 팽창과 수축을
반복했다.

　　취침하기 전에 나는 다시 등불을 밝히고 선물이
놓여 있는 탁자로 시선을 던졌다. 그리고 어린이들이
크리스마스이브에 선물 몇 개를 침실까지, 어쩌면
침대까지 가지고 가듯, 나 역시 자기 전에 잠시 내 곁에
두고 살펴볼 요량으로 몇 개를 챙겨 들었다. 그것은 내
손주들의 선물이었다. 제일 어린 지빌레는 먼지 닦이
걸레를, 지멜리는 농가와 별이 떠 있는 하늘을 그린 조그만
그림을, 크리스티네는 내 늑대 이야기를 그린 두 장의
삽화를 선물했고, 힘에 넘치는 에바의 목판화와 그 애의
열 살 먹은 남동생 질버가 아빠의 타자기로 친 편지도 함께
있었다. 나는 그것들을 아틀리에로 가지고 갔다. 질버의
편지를 또 한번 읽은 다음 선물들을 거기에 놓아두었다.
그러곤 밀려오는 피로와 싸우면서 침실을 향해 계단을
올라갔다. 그러나 나는 오랫동안 잠들 수가 없었다. 그날

밤의 체험과 영상들이 나를 깨워 놓고 있었다. 내 손자의
편지는 매번 마음을 사로잡는 상상의 글로 끝맺었다.
이번에는 이렇게 썼다.

　사랑하는 할아버지!
　저는 지금 할아버지께 짧은 이야기 하나를
쓰겠습니다. 그건 이런 이야기예요.
　파울은 믿음이 깊은 소년이었어요. 그 애는 학교에서
사랑하는 하느님 이야기를 아주 많이 들었답니다. 그
애는 이제 하느님께 무언가를 선물하고 싶었어요. 파울은
자기의 장난감을 모두 살펴보았지요. 하지만 모두가
마음에 들지 않았어요. 그러자 파울의 생일이 다가왔어요.
그 애는 많은 장난감을 받았답니다. 그 가운데 탈러[7] 한
닢을 보았어요. 그 애는 소리쳤어요. 이것을 사랑하는
하느님께 선사할 테야. 파울은 말했어요. 저 밖 들판으로
나가자. 거기에 멋진 공터가 있어. 거기서 사랑하는
하느님이 날 보시고 데려가실 거야. 파울은 들판으로
나갔어요. 들판에 이르렀을 때, 파울은 도움이 필요한
늙은 어머니를 보았습니다. 그 애는 슬퍼졌어요. 그래서
그 은화를 여인에게 주었지요. 파울은 말했어요. 원래 이

7　18세기 중엽까지 사용한 독일의 은화.

돈은 사랑하는 하느님께 드릴 거였어요.

질버 헤세 올림

그날 밤 나는 더 이상 내 손자의 이야기가 불러일으킨
기억을 떠올리는 데 성공하지 못했다. 그것은 다음 날에야
비로소 저절로 나타났다. 나는 지금의 손자와 똑같은
나이의 소년 시절을 회상했다. 그러니까 열 살 때였다. 나
역시 한 번은 내 막내 여동생의 생일을 축하하기 위해
이야기 하나를 썼었다. 그것은 소년 시절에 쓴 몇 편의 시들
외에 유일한 문학 작품이었다. 어쩌면 나의 소년기로부터
아직까지 남아 있는 단 하나의 습작일지도 모른다. 나
자신은 수십 년 동안 더 이상 그것을 생각하지 않았다.
그러나 몇 년 전에 어떤 계기로 그랬는지는 모르지만, 이
소년 시절의 습작이 다시 내 수중으로 돌아왔다. 아마도
내 누이의 손을 통해 전해졌던 것 같다. 또렷이 기억할
수는 없지만, 그 글에는 육십 년도 더 지난 지금 내 손자가
나를 위해 쓴 이야기와 어떤 유사점이나 연관성이 있는
것처럼 보였다. 그러나 내 소년기의 글을 분명히 갖고
있다 할지라도 어떻게 그것을 찾는단 말인가? 서랍마다
온통 가득 차 있고 표제어를 써 놓은 서류와 편지들은
꽁꽁 묶여져 더 이상 구분할 수도 읽을 수도 없었다. 수

년 또는 수십 년 동안 쓰고 인쇄한 글들이 내버릴 결단을
내리지 못해 여기저기 보관되어 있었다. 애착심 때문에,
꼼꼼함 때문에, 단호한 결단력이 부족하기 때문에, 한 번
쓰인 것은 어떤 새 작업을 할 때 '귀중한 자료'를 제공할
수 있다는 과대평가 때문에 보존되었다. 마치 외롭고
늙은 부인이 편지, 말린 꽃, 잘라 낸 아이들 머리카락을
궤짝과 상자에 가득 담아 다락방에 보관하듯 말이다.
해마다 원고의 100파운드 정도는 태워 버렸는데도, 거의
주거지를 바꾸지 않으며 늙어 간 한 작가의 주위에는 많은
것이 끝없이 쌓여 갔다.

　　그러나 이제 나는 그 이야기를 다시 보고 싶다는
소망에 집착했다. 그 이야기를 내 동갑내기 친구 실버의
글과 비교해 보거나, 아니면 그것을 베껴서 그 애에게
답하는 선물로 보내고 싶었다. 나는 나 자신과 아내를
들볶으며 온종일 찾았다. 그리고 결국은 전혀 뜻밖의
장소에서 그것을 찾아냈다. 1887년 칼브[8]에서 쓴
이야기였다. 그 내용은 다음과 같다.

8　칼브(Calw)는 독일의 남부 보덴 호반에 있는 헤세의 고향이다.

두 형제

마룰라를 위해

옛날에 두 아들을 거느린 아버지가 있었다. 큰아들은 잘생기고 힘도 셌지만, 작은아들은 작고 불구였다. 때문에 형은 동생을 멸시했다. 동생은 그것이 마음에 들지 않아 머나먼 세상을 방랑하기로 결심했다. 그가 어느 정도 나아갔을 때 한 마부를 만났다. 그는 마부에게 어디로 가느냐고 물었다. 마부는 유리산에 사는 난쟁이들에게 보물을 가져가는 중이라고 했다. 동생은 마부에게 보수가 얼마냐고 물었다. 다이아몬드 몇 개를 받게 된다는 게 대답이었다. 동생은 난쟁이들에게 가고 싶었다. 그는 마부에게 난쟁이들이 자기를 받아들일 것 같으냐고 물었다. 마부는 그건 알 수 없다고 말했다. 그러나 동생을 데리고 갔다. 마침내 그들은 유리산에 도착했다. 난쟁이들의 우두머리가 마부에게 수고의 대가를 충분히 지불하고 그를 보냈다. 우두머리가 동생을 보고 무얼 원하느냐고 물었다. 동생은 모든 것을 말했다. 그러자 동생에게 따라오라고 했다. 난쟁이들은 그를 기꺼이 받아들였다. 동생은 거기서 멋진 삶을 보냈다.

이제 다른 형제에 대해서도 알아봐야겠다. 형은 오랫동안 집에서 아주 잘 지냈다. 그러나 나이를 먹게 되자 군대에 가야 했고, 전쟁에도 참가하게 되었다. 그는 오른팔을 다쳤고, 그래서 구걸을 하며 지내야 했다. 그 가련한 형도 유리산에 오게 되었다. 불구자 하나가 거기 있는 것을 보았지만, 그게 자기 동생인 줄은 몰랐다. 그러나 그 불구자는 형을 알아보았다. 동생은 형에게 무엇을 원하느냐고 물었다.

"오, 나리. 빵 껍질이라도 좋습니다. 배가 고파 못 견디겠어요."

"나와 함께 갑시다." 동생이 말했다. 그들은 한 동굴로 갔다. 동굴 벽은 진짜 다이아몬드로 빛났다.

"저기서 다이아몬드를 한 움큼 가져갈 수 있어요. 도움 없이 저것을 캐낼 수 있다면 말이에요." 동생이 말했다.

거지는 성한 손으로 다이아몬드를 캐내려고 했지만 물론 잘 될 리가 없었다. 그때 동생이 말했다. "혹시 형제가 하나 있지 않나요? 그가 도울 수 있도록 해 줄게요."

그러자 거지는 울면서 말했다.

"분명 예전에는 동생이 하나 있었어요. 키가 작고 불구였지요. 당신처럼요. 그렇지만 착하고 다정했어요. 그 앤 분명 나를 도왔겠지요. 하지만 내가 그 애를 무자비하게 쫓아내 버렸어요. 오랫동안 그 애 소식을 듣지도 못했어요."

그때 동생이 말했다. "내가 바로 그 꼬마예요. 이제는 고생하지 않아도 돼요. 나와 함께 살아요."

　　나의 동화와 내 손자 녀석의 이야기 사이에 유사성과
연관성이 존재하리라는 것은 분명 할아버지의 착각이
아니다. 보통의 심리학자라면 이 두 아이의 습작을 이렇게
해석하리라. 즉 두 이야기꾼 모두 물론 자기 이야기의
주인공과 동일시된다. 신앙심 깊은 소년 파울도 꼬마
불구자처럼 동일한 소원을 성취한다. 요컨대 그것이
장난감과 은화이든 온 산에 가득한 다이아몬드와
난쟁이들과의 편안한 삶이든 진심 어린 선물 주기다.
정상적인 성인들과는 거리가 멀다. 나아가서 이 동화
작가들은 또한 도덕적인 선행, 즉 덕행의 영예로움을
묘사하고 있다. 연민에 가득 차 자신들의 보물을 가난한
사람에게 선사한다.(실제로는 열 살짜리 늙은이도 열 살짜리
소년도 그런 일을 하지 않았을 거다.) 그것은 아마 사실일
것이다. 나는 거기에 대해 이의가 없다. 그러나 또한 내
보기에 그 소원 성취는 공상적이고 유희적인 세계에서
이루어진 것이다. 말하거니와 나는 열 살 나이에 자본가도
보석상도 아니었고 분명 다이아몬드에 대한 지식도 갖고
있지 않았다. 반면 그림 형제의 많은 동화나 알라딘의 요술
램프 이야기는 잘 알고 있었던 것 같다. 다이아몬드 산은
어린이에겐 부유함에 대한 상상이기보다 이룰 수 없는

아름다움과 마력에 대한 꿈이었다. 이번엔 특이하게도 이런 생각이 들었다. 나의 동화엔 왜 사랑하는 하느님이 등장하지 않을까? '학교에서' 비로소 하느님에 대한 관심을 갖게 된 손자에 비하면 나에겐 그것이 아마도 더 당연한 사실이었을 텐데 말이다.

슬프다. 인생이 그토록 짧은데도, 중요하고 불가피해 보이는 현실적인 의무와 과제들로 가득 차 있다는 사실이. 때때로 우리는 아침에 침대를 떠나고 싶지가 않다. 커다란 책상 위에 끝내지 못한 일들이 넘쳐 있고 종일 우편물 더미가 두 번이나 쌓일 것임을 알기 때문이다. 그렇지 않았다면 두 어린이의 원고를 가지고 아직도 재미있고 사려 깊은 놀이를 많이 할 수 있었으련만. 나에겐 예컨대 두 습작의 스타일과 문장론을 비교하고 연구하는 것보다 더 흥미로운 일이 없는 것 같았다. 그러나 그렇게 아름다운 놀이를 하기엔 우리의 인생이 충분히 길지가 않다. 또한 결국 두 작가 중 육십삼 년이나 어린 사람을 분석과 비판, 칭찬과 질책을 통해 그의 발전에 영향을 주려고 해서도 안 될 것이다. 경우에 따라 물론 그 애는 이 늙은이와는 다른 무엇이 될 수도 있기 때문이다.

창작 동화

사랑에 빠진 젊은이

세 그루의 보리수

사랑에 빠진 젊은이

성 힐라리온 시대 가자시에 순박한 부부가 아름다운 딸을
낳았는데 열 살이 되자 병에 걸리고 만다. 부모는 아이의 병이
나으면 그녀를 하느님의 신부로 바치겠다고 맹세하고, 아이는
기적같이 병이 낫는다. 그런데 같은 동네 젊은이가 그녀를 연모한
나머지 마술을 배워 그녀에게 사랑의 병을 씌우고, 이 사실을 안
부모는 성자에게 데려가 그녀를 치유한다. 하느님께 다시 영혼을
맡긴 그녀를 보고 상심한 젊은이에게 그녀는 말한다. "당신이
저와 헤어지는 건 잠깐 동안입니다." 우리의 삶이 남긴 흔적은
짧고 불확실한 전설보다 오래 남지 못할 거라고 헤세는 말한다.
1907년 작.

○○

사랑에 빠진 젊은이

○○

하나의 전설

　이 이야기는 성 힐라리온 시대에 일어난 일이다. 이
성자의 고향인 가자(Gaza)시에 순박하고 경건한 부부가
살고 있었다. 하느님께서 축복을 내려 이 부부에게
영리하고 아주 아름다운 딸을 선사해 주셨다. 그 귀여운
아이는 겸손하고 하느님을 공경하면서 자라나 모든
사람을 기쁘게 했다. 부모가 온갖 선한 것을 가르쳤기
때문에, 그녀는 정숙하고 매력적이었으며 천사를 보는
듯 사랑스러웠다. 그녀의 하얀 이마엔 윤기 나는 검은
머리카락이 일렁였고, 얌전히 눈을 내리깔 때마다 검고
긴 속눈썹이 그늘을 드리웠다. 그녀는 작고 앙증맞은
발로 종려나무 밑을 늘씬한 영양(羚羊)처럼 경쾌하게
걸어다녔다. 청년들에게 눈길 한번 주지 않았는데, 거기엔

까닭이 있었다. 열네 살이 되던 해 그녀는 치명적인
병에 걸리게 되었다. 때문에 부모는 그녀를 하느님의
신부(新婦)로 정하고, 만약 병이 회복된다면 그녀를
하느님께 바치기로 약속했다.

　이 순진무구한 소녀에게 같은 마을에 사는 젊은이가
사랑에 빠졌다. 이 청년 역시 아름답고 준수했다. 부유한
부모가 아들을 온갖 정성을 다해 가르치며 길렀기
때문이었다. 그러나 아름다운 여인을 사랑하게 된
다음부터 그는 아무것도 할 수 없었다. 기회가 있을 때마다
그녀를 찾아다녔고, 이 기품 있는 천사를 만나면 동경의
시선으로 넋을 잃고 바라보았다. 단 하루라도 그녀의
얼굴을 보지 못하면 우울하고 핼쑥한 표정으로 이리저리
돌아다녔고, 밥 먹을 생각도 하지 않은 채 숱한 시간을
한숨과 비탄으로 보냈다.

　젊은이는 기독교 집안의 훌륭한 교육을 받아
온유하고 경건한 성품을 지니고 있었다. 그러나 이제 이
격렬한 연모의 정이 그의 마음을 완전히 지배해 버렸다.
그는 더 이상 기도를 할 수 없었다. 성스러운 일을 생각하는
대신 그녀의 길고 검은 머리카락, 조용하고 아름다운
눈동자, 발그레한 뺨과 도톰한 입술, 가녀린 목과 작고
날렵한 발만이 눈앞에 어른거렸다. 그러나 그는 자신의
크나큰 사랑과 열망을 전하기가 두려웠다. 그녀가 어떤

남자에게도 마음을 줄 수 없다는 것, 하느님과 부모
이외에는 누구도 사랑할 수 없다는 것을 잘 알고 있었기
때문이었다.

　그리움 때문에 몸이 여위어 가자, 마침내 그는
그녀에게 긴 호소의 편지를 쓰게 되었다. 자신의 뜨거운
사랑을 말하고, 자기를 받아들여 함께 하느님의 뜻에
맞는 행복한 결혼을 하자고 간절히 청했다. 이 편지에 그는
페르시아의 귀한 향수를 뿌린 후 비단실로 묶은 다음 한
늙은 하녀를 시켜 그녀에게 은밀하게 전하도록 했다.

　이 편지를 받아 읽자, 여인의 얼굴은 진홍빛으로
물들었다. 처음엔 당황해 편지를 찢어 버리거나 당장
어머니에게 보여 줄 생각이 들었다. 그러나 어린 시절부터
젊은이를 잘 아는 데다 그녀 또한 그를 좋아했었다. 게다가
편지 속에서 겸손함과 부드러움을 느낄 수 있었기에,
그렇게 하지 않고 하녀에게 편지를 돌려주면서 말했다.

　"이걸 쓴 사람에게 편지를 되돌려 주세요. 그리고
전해 주세요. 다시는 이런 글을 보내지 말라고요. 나는
부모님에 의해 하느님의 신부가 되었노라고 말해 주세요.
나는 결코 남자의 청혼을 받아들일 수가 없어요. 성처녀의
신분을 지키며 하느님을 섬기고 공경해야 하고, 또 그러고
싶어요. 그분의 사랑이 내겐 인간의 사랑보다 더 고귀하고
더 가치가 있으니까요. 가서 말해 주세요. 나는 하느님의

사랑보다 더 고귀하고 가치 있는 걸 찾지 못했다고요. 나는
나의 맹세를 지킬 것이라고요. 하지만 이 편지를 쓴 분에게
모든 이성보다 더 고귀한 하느님의 평화를 기원하고
싶어요. 자, 돌아가세요. 그리고 다시는 이런 전언을 받지
않으리라는 것을 알아두세요."

하녀는 그녀의 단호함에 놀라 주인에게 돌아가 편지를
다시 돌려주었다. 그리고 그녀가 말한 대로 모든 것을
전달했다.

하녀가 많은 위로의 말을 곁들였음에도 불구하고
젊은이는 비탄해 마지않으며 옷을 찢고 자신의 머리 위에
흙을 뿌렸다. 더 이상 길에서 마주칠 용기가 나지 않아
먼발치에서만 그녀를 바라볼 뿐이었다. 밤에는 잠을 잘
수가 없었다. 애인의 이름을 부르면서 달콤하고 부드러운
사랑의 말을 수도 없이 되뇌었다. 그녀를 그의 빛, 그의
별, 그의 사슴, 그의 종려나무, 그의 위안, 그의 진주라고
불렀다. 그러나 그런 환상에서 깨어나 홀로 어두운 방안에
있는 자신을 발견할 때마다 이를 부드득 갈면서 하느님을
저주하고 머리로 벽을 들이받았다.

세속적인 사랑 때문에 하느님에 대한 외경심은
그의 마음속에서 흐려지고 사라져 버렸다. 대신
악마가 그의 마음속으로 들어와 나쁜 짓을 연달아
저지르도록 부추겼다. 젊은이는 그 아름다운 여인을

힘으로라도 반드시 자신의 것으로 만들겠다고
맹세했다. 그는 멤피스[1]로 떠났다. 그리고 이단의 성직자
아스클레피오스가 운영하는 학교에 들어가 마법의 기술을
배웠다. 일 년 동안 참으로 열심히 공부한 후 다시 가자로
돌아왔다.

그런 다음 그는 구리판에 강렬한 사랑의 마술을 거는
주문을 새겨 넣었다. 이 구리판을 그는 밤에 그녀가 사는
집 문지방 아래 묻어 놓았다.

다음 날 벌써 그녀는 달라져 있었다. 전에는 얌전히
내리깔던 시선이 대담해지고, 머리카락을 치켜올려
바람에 휘날리게 했다. 하느님께 올리는 기도를
게을리했으며, 아무도 가르쳐 주지 않은 사랑의 노래를
혼자 웅얼거렸다. 이런 행동은 날이 갈수록 도를 더해
갔다. 밤에는 베개 위에서 이리저리 뒤척이며 큰 소리로
청년의 이름을 불렀다. 그를 자신의 애인이라고 부르면서
자기 곁으로 오기를 소망했다.

마술에 걸려 변화된 소녀의 행동은 오래지 않아
부모의 눈에 띄게 되었다. 그녀의 말과 행실을 밤낮으로
주의 깊게 엿듣고 관찰한 그들의 놀라움은 컸다. 너무나
놀라고 실망한 나머지 아버지는 그녀를 못된 딸이라고

---

1   나일강 서안(西岸)에 있던 고대 이집트의 도시다.

부르면서 심지어는 내쫓아 버리려고까지 했다. 그러나
어머니가 남편에게 참아 달라고 간청하고는 사건을 면밀히
검토하기 시작했다. 그리하여 그들의 딸이 마술 때문에
그런 나쁜 품행을 보여 줬다는 사실을 알게 되었다.

그녀가 마술에서 풀려나지 못한 채 심지어 불경스런
말까지 서슴지 않으며 큰 소리로 애인을 불러 달라고 떼를
쓰자, 그녀의 부모는 성스러운 은둔자 힐라리온을 생각해
냈다. 이 성자는 오랫동안 마을에서 멀리 떨어진 황무지에
살면서 그의 기도가 닿을 정도로 하느님과 가깝게 지냈다.
무척 많은 환자들을 치유하고 악마를 몰아냈기 때문에,
그는 성 안토니우스 다음으로 그 시대에 아주 강력한
성직자로 불릴 만했다. 부모는 이 성자에게 딸을 데리고
갔다. 일어난 일을 모두 이야기하고 딸을 치료해 주도록
애원하고 간청했다.

성자는 그녀를 향해 외쳤다.

"누가 하느님을 섬기는 너를 못된 욕망의 덩어리로
만들었느냐?"

그러나 그녀는 성자의 여윈 몸과 그은 피부를
바라보고는 그를 조롱하기 시작했다. 자신의 하얀
피부와 날씬한 몸매를 자랑하면서 성직자를 옴에 걸린
허수아비라고 불렀다. 가련한 부모는 무릎을 꿇고
부끄러운 나머지 머리를 감쌌다. 그러나 힐라리온은

미소를 지으며 소녀의 마음속에 악마가 들어앉았음을
확인했다. 그러고는 즉시 악마를 힘껏 몰아세워 그를
알아본 악마가 모든 것을 실토하게 했다. 성자는 거칠게
반항하는 악령을 그녀의 내면으로부터 힘으로 몰아냈다.
그러자 소녀는 꿈에서 깨어나듯 정신을 되찾았다. 울고
있는 부모를 알아보고 인사를 한 후 힐라리온에게 축복을
내려주도록 청했다. 그 순간부터 그녀는 이전처럼 하느님의
경건한 신부가 되었다.

　　그동안 젊은이는, 사랑의 마술에 걸린 그녀가 그의
팔 안에 달려오기를 고대했다. 그녀에게 위에 언급한 일이
일어나는 동안에도 확신에 찬 희망을 품고 며칠을 보냈다.
그녀가 이미 치유되어 마을로 돌아왔을 때, 그는 골목에서
서성이다 멀리에서 그녀를 발견하고 마주 걸어갔다. 그녀가
가까이 다가오자, 그는 그녀의 이마가 옛날처럼 깨끗하게
빛나는 것을 보았다. 그렇다. 낙원에서 방금 돌아온 것처럼
그녀의 아름다운 얼굴엔 평온함이 가득 어려 있었다.
당황하여 젊은이는 걸음을 멈추었다. 그녀의 얼굴을
대하는 순간 벌써 자신의 악행이 부끄러워지기 시작했다.
그러나 그는 저항했다. 그녀가 아주 가까이 다가왔을 때,
그는 마법의 힘을 믿고 그녀에게 다가가 손목을 잡았다.

　　"이봐요, 당신은 나를 사랑하지요?"

　　그녀는 얼굴을 붉히지도 않고 시선을 들었다. 별처럼

반짝이는 그녀의 눈동자가 그의 눈과 마주쳤다. 형언할 수
없이 다정한 선의가 그 속에서 빛나고 있었다. 그녀는 그의
손을 꼭 잡으면서 말했다.

　"네, 형제님, 저는 당신을 사랑합니다. 당신의 가련한
영혼을 사랑합니다. 간절히 청하건대, 악에서 벗어나
하느님께 당신의 영혼을 맡기세요. 그러면 다시 아름답고
깨끗해질 것입니다."

　그러자 눈에 보이지 않는 손이 젊은이의 마음을
움직였다. 두 눈에 눈물이 가득한 채 그는 외쳤다.

　"오, 그렇다면 당신을 영원히 단념하란 말인가요?
그러나 당신의 명령이라면 원하는 대로 하겠습니다."

　그녀는 천사와 같은 미소를 띠고 말했다.

　"영원히 단념하지는 마세요. 우리가 하느님의 옥좌
앞에 서게 될 날이 올 거예요. 그분의 눈을 바라보면서
그분의 심판에 합격할 수 있도록 함께 노력하기로 해요.
그러면 저는 당신의 동반자가 되겠어요. 당신이 저와
헤어지는 건 잠깐 동안입니다."

　조용히 그는 그녀의 손을 놓았다. 미소를 지으며
그녀는 걸음을 계속했다. 젊은이는 잠시 신들린 사람마냥
서 있다가 그곳을 떠났다. 그러고는 하느님을 섬기기 위해
집을 떠나 황야로 들어갔다. 그의 아름다움은 사라져
갔다. 몸은 여위고, 얼굴은 갈색으로 그을었다. 자신의

거처를 들판의 동물들과 함께 나누어 썼다. 피곤하거나 절망에 빠져 다른 위안을 찾지 못할 때에는 수없이 그녀가 한 말을 되뇌었다.

"당신이 저와 헤어지는 건 잠깐 동안입니다."

그에겐 그 기간이 길었다. 머리는 회색이 되었다가 백발이 되었다. 그는 여든한 살이 될 때까지 지상에 머물렀다. 그러나 팔십 년 세월이 무엇인가? 시간은 흐르는 물처럼 지나간다. 그 젊은이가 떠난 후 다시 천 몇백 년이 흘러갔다. 우리의 행적과 이름 역시 얼마나 빨리 잊히는가? 우리의 삶이 남기는 흔적은 아마도 짧고 불확실한 전설보다도 오래 남지 못하리라…….

세 그루의 보리수

베를린에 사는 우애 좋은 세 형제 중 막내가 어느 밤 시체를
발견하는데 야경꾼들에게 오해를 사 살인자라는 누명을 쓰게
된다. 이 사실을 안 둘째 형이 재판관을 찾아가 자기가 범인이라
말하고, 이를 안 맏형이 재판관에게 자기가 범인이라 말하고,
이 사실을 안 막내가 재판관에게 자신이 범인이라 말하자
재판관은 판결을 위해 선제후를 찾아간다. 선제후는 셋 모두
범인이 아니라고 말하며, 심판을 위해 삼형제에게 들판에 어린
보리수 묘목을 심으라고 한다. 형제간의 우애를 그린 교훈적인
동화이다. 1912년 작.

세 그루의 보리수

　백년도 훨씬 더 전의 일이다. 베를린에 있는
성령(聖靈) 병원의 공동묘지에 세 그루의 아름답고
오래된 보리수나무가 서 있었다. 그 나무들은 어찌나
우람한지 서로 얽힌 가지들과 거대한 수관(樹冠)으로
커다란 지붕마냥 온 공동묘지를 뒤덮었다. 이 아름다운
보리수나무의 유래를 알아보려면 수백 년을 거슬러
올라가야 한다.

　베를린에 세 형제가 살고 있었다. 그들은 보기 드물
정도로 서로 우애와 믿음이 깊었다. 그런데 어느 날 저녁
그들 중 막내가 형들에게는 아무 말도 하지 않고 혼자
외출하게 되었다. 좀 떨어진 골목길에서 한 소녀를 만나
함께 산책할 작정이었기 때문이었다. 그러나 달콤한 꿈에
잠겨 걸어가던 그가 그 장소에 도착하기 전 두 집 사이
한구석으로부터 나지막한 신음 소리를 들었다. 그는

즉시 그쪽으로 달려갔다. 혹시 어떤 동물이나 어린아이가 불행한 일을 당하고 도움을 기다리고 있는 게 아닌가 해서였다. 그가 어둡고 조용한 그 장소로 들어갔을 때, 거기에는 놀랍게도 한 남자가 피를 흘리며 누워 있었다. 막내는 허리를 굽히고 동정심 어린 말투로 도대체 무슨 일이 일어난 것이냐고 물었다. 그러나 부상자는 대답 대신 약한 신음과 침 삼키는 소리를 낼 뿐이었다. 가슴에는 칼에 찔린 상처가 있었다. 결국 부상자는 잠시 후 도와주려 온 막내의 팔 안에서 죽고 말았다.

　젊은이는 이제 어떻게 해야 좋을지 몰랐다. 살해당한 사람이 더 이상 살아날 기미를 보이지 않았기 때문에, 그는 당황하여 어쩔 줄 모른 채 주뼛주뼛 걸음을 옮겨 그곳을 떠나갔다. 그러나 바로 그 순간 현장에서 두 명의 야경꾼을 만났다. 이들에게 도움을 청할지 아니면 오해받지 않고 그곳을 떠 버릴지 생각하는 동안, 야경꾼들은 당황해하는 그의 모습을 보고 가까이 다가왔다. 막내의 구두와 옷소매에 묻은 피를 보자 강제로 그를 체포하고 아무리 간곡하게 이야기를 하려 해도 그의 말을 들으려 하지 않았다. 그들은 옆에서 이미 싸늘해진 시체를 발견하고 이 살인 용의자를 연행해 지체 없이 감옥에 집어넣었다. 그곳에서 막내는 쇠고랑을 차고 엄한 감시를 받게 되었다.

　다음 날 아침 재판관이 그를 심문했다. 시체가 밝은

곳으로 운반되었을 때에야 비로소 젊은이는 죽은 자가
이전에 가끔 교분을 나누던 대장장이라는 것을 알게
되었다. 그러나 좀 전에 그는 죽은 사람에 대해 전혀 아는
바가 없다고 진술했었다. 때문에 그가 찔러 죽였다는
혐의가 더욱 짙어지고 말았다. 게다가 다음 날엔 죽은
자를 아는 증인들이 나타났다. 그들은 젊은이가 얼마
전부터 대장장이와 친한 사이였으나 한 소녀 때문에
싸움을 벌이고 헤어졌다고 말했다. 그들이 전부 다 옳지는
않았지만, 어쨌든 약간의 핵심은 맞는 말이었다. 죄를
저지르지 않은 젊은이 역시 두려움 없이 그들의 말을
인정했다. 그러나 자신의 무죄를 주장하면서 은총이
아니라 정의에 의해 판결해 달라고 청했다.

재판관은 젊은이가 살인자임을 의심하지 않았다. 곧
그를 교수형에 처하도록 충분한 증거를 찾을 수 있다고
생각했다. 젊은이가 부인할수록, 아무것도 알고 싶어 하지
않을수록 그의 혐의는 더욱 커 보였다.

그러는 동안 형들 중 하나가 — 맏형은 어제부터
밭일을 하는 중이었다 — 집에 와서 막내를 찾았다. 동생이
살인 용의자로 구금 중이나 범행을 완강히 부인하고
있다는 말을 듣고 즉시 재판관을 찾아갔다.

"재판장님," 그가 말했다. "당신은 죄 없는 사람을
잡아 가두셨습니다. 그를 놓아주십시오! 바로 제가

살인자입니다. 저 대신 죄 없는 사람이 고통을 겪는
걸 원치 않습니다. 저는 그 대장장이와 사이가 좋지
않았습니다. 그의 뒤를 추적하다 어제저녁 녀석이 은밀한
일 때문에 그 골목으로 들어가는 것을 보았습니다. 저는
그의 뒤로 따라 들어가 칼로 녀석의 가슴을 찔렀습니다."

　　재판관은 이 참회를 듣고 놀랐다. 둘째 형을 감금하고
진상이 밝혀질 때까지 신병을 확보하기로 했다. 그리하여
두 형제가 같은 건물에 갇히는 신세가 되었다. 그러나
막내는 형이 그를 위해 한 일을 알지 못하고 열심히 자신의
무죄만을 주장했다.

　　이틀이 지났지만 재판관은 아직 새로운 단서를
발견하지 못했다. 그는 자칭 살인자라고 자수한 형 쪽에
더 혐의를 두게 되었다. 그때 맏형이 집 밖의 일을 마치고
베를린으로 돌아왔다. 집에는 아무도 없었다. 그는 이웃
사람들을 통해 막내 동생에게 무슨 일이 일어났으며
둘째가 동생을 위해 재판관에게 가 있다는 이야기를
들었다. 그러자 아직 밤중인데도 재판장을 깨우고는 그
앞에 무릎을 꿇고 앉아 말했다.

　　"고귀한 재판장님! 당신은 죄 없는 사람 둘을
감금하셨습니다. 그들은 제가 지은 죄 때문에 고통을
당하고 있습니다. 그 대장장이를 죽인 건 막내 동생도
둘째도 아닙니다. 살인을 저지른 것은 바로 접니다. 전혀

죄가 없는데도 저를 위해 다른 사람들이 갇혀 있는 걸
저는 견딜 수가 없습니다. 간곡히 청합니다. 그 애들을
석방하시고 절 체포해 주십시오. 저는 목숨을 바쳐 저의
죄를 참회할 준비가 되어 있습니다."

　　이제 재판관은 더욱 놀랐다. 그리고 맏형마저 잡아
가두는 일밖엔 별 방책을 강구하지 못했다.

　　다음 날 아침 간수가 식사를 문 안으로 넣어 주며
막내에게 말했다.

　　"자네 셋 중에 누가 진범인지 정말 알고 싶구먼."

　　막내가 아무리 묻고 간청해도 간수는 그에게 더 이상
아무런 이야기도 해 주지 않았다. 그러나 막내는 간수의
말을 통해 추측할 수 있었다. 형들이 그 대신 자신들의
목숨을 내놓기 위해 여기에 왔다는 사실을. 그는 큰 소리로
울음을 터뜨리면서 자신을 재판관에게 데려다 달라고
졸랐다. 쇠고랑을 찬 채 재판장 앞에 서자 그는 다시
눈물을 흘리면서 말했다.

　　"오, 재판장님, 제가 오랜 시간 재판장님을 기만한
걸 용서하십시오! 아무도 제 행위를 보지 못했기 때문에
누구도 제 죄를 증명하지 못하리라 생각했던 것입니다.
하지만 이제는 잘 깨달았습니다. 모든 게 순리를 따라야
한다는 것을요. 저는 더 이상 거역하지 않겠습니다. 물론
대장장이를 죽인 게 저라는 것을 고백합니다. 목숨을 바쳐

죗값을 치러야 할 사람은 바로 접니다.”

재판관은 눈을 크게 떴다. 마치 꿈을 꾸고 있는 듯
놀라움이 극에 달했다. 이 기이한 사건이 내심 두려워지기
시작했다. 그는 막내를 다시 잡아 넣고 두 형들마냥
감시하도록 명령했다. 그리고 자리에 앉아 오랫동안
생각에 잠겼다. 형제들 중 하나만이 살인자라는 것,
그리고 다른 둘은 보기 드문 형제애로 교수형에 처해지길
자청하고 있다는 것을 잘 알았기 때문이었다.

그의 심사숙고는 끝날 줄을 몰랐다. 결국 보통의
사고방식으로는 목적을 달성할 수 없다는 결론에
이르렀다. 다음 날 그는 수감자들을 잘 지키라고 당부하고
선제후(選帝侯)를 찾아가 이 유별난 사건에 대해 아주
자세히 설명했다.

선제후는 깊은 관심을 갖고 이야기를 경청한 후 결국
이렇게 말했다.

“그것은 참으로 기이하고 드문 사건이로다! 내
생각으론 셋 중 아무도 살인을 저지르지 않은 것 같구나.
야경꾼들이 잡아들인 저 막내 동생 역시 아니다. 그가
처음에 말한 모든 게 사실일 거야. 하나 이것은 살인죄에
관한 일인즉, 혐의자들을 쉽게 방면할 수도 없는 노릇이다.
따라서 나는 이 세 형제들에 대한 심판을 하느님께 맡기려
한다.”

　　그 일은 이렇게 집행되었다. 어느 맑고 따뜻한 봄날 세
형제들은 공동묘지의 푸른 풀밭으로 호송되었다. 그리고
각자 어리고 싱싱한 보리수나무를 주어 그곳에 심도록
했다. 그러나 뿌리가 아니라 어리고 푸른 잎을 땅 속에
묻어 뿌리가 하늘을 향해야 했다. 만약 어린 묘목이 먼저
죽거나 시드는 경우 그걸 심은 사람이 살인자로 간주되어
처형당하게 될 것이다.

　　형제들은 그렇게 했다. 각자 신중하게 어린 가지가
달린 나무를 땅속에 묻었다. 그러나 얼마 지나지 않아 세
그루의 나무 모두 싹을 트고 새로운 잎을 피워 나갔다. 세
형제 모두 죄가 없다는 표시였다. 보리수나무들은 더욱
자라나 무성해졌다. 그리고 몇 백 년이 지나도록 베를린의
성령 병원 공동묘지에 서 있었다.

○○○

연보

○○○

헤르만 헤세 연보

수도원 학교를 나와 자살 기도, 첫 책 출간

1877년   7월 2일 독일 남부 뷔르템베르크주의
칼브(Calw)에서 선교사의 아들로 태어났다.
외조부는 유명한 인도학자이자 선교사인 헤르만
군데르트다.

1881~1891년   부모와 함께 스위스 바젤에 거주하고, 1883년에는
스위스 국적을 취득한다.(그전에는 러시아 국적이었음.)
1886년에는 다시 독일 칼브로 돌아와 학교에
들어가고, 1890년에는 괴핑겐에 있는 라틴어
학교에 다니게 된다. 1891년에는 뷔르템베르크
시민권(독일 국적)을 취득한다.

1891-1892년   마울브론 수도원 학교에 입학하지만 시인 외에는
아무것도 되지 않고자 했기 때문에 일곱 달 뒤
도망친다. 1892년 6월에 자살을 기도하고 슈테텐

신경과 병원에 석 달간 입원한다. 그해 칸슈타트 김나지움에 입학한다.

1894~1898년 칼브의 시계 공장에서 실습생으로 일 년간 일하다가, 1895부터 튀빙겐 헤켄하우어 서점에서 책거래 견습생으로 일하며 첫 책인 『낭만적인 노래들(Romantische Lieder)』을 출간한다.

활발한 저술 활동, 결혼과 전쟁 발발

1901~1902년 피렌체, 제노바, 피사, 베네치아 등지로 첫 이탈리아 여행을 떠났다. 1902년에 『시집(Gedichte)』을 출간한다.

1903~1904년 피렌체, 베네치아 등지로 두 번째 이탈리아 여행을 떠났다. 1904년에 『페터 카멘친트(Peter Camenzind)』를 출간하고, 마리아 베르누이와 결혼한다. 연구서인 『보카치오(Boccaccio)』와 『프란츠 폰 아시시(Franz von Assisi)』를 출간한다. 1905년에 첫 아들 브루노가 태어난다.

1906년 『수레바퀴 아래서(Unterm Rad)』를 출간하고, 잡지 《3월(März)》을 창간한다.

1907~1909년 1907년에 중단편집 『이 세상에(Diesseits)』를, 1908년에 중단편집 『이웃들(Nachbarn)』을 출간한다. 1909년 둘째 아들 하이너가 태어난다.

1910~1911년	1910년에 장편 소설 『게르트루트(Gertrud)』를, 1911년에 시집 『도중에(Unterwegs)』를 출간한다. 셋째 아들 마르틴이 태어난다. 그해 인도 여행을 떠난다.
1912~1913년	단편집 『우회로들(Umwege)』을 출간한다. 스위스 베른으로 이주한다. 1913년에 『인도에서. 인도 여행의 기록(Aus Indien. Aufzeichnungen einer indischen Reise)』을 출간한다.
1914년	장편 소설 『로스할데(Roßhalde)』를 출간한다. 전쟁 초에 군 입대를 자원했으나 복무 부적격 판정을 받아 베른에서 '독일 포로 구호' 기구에 복무하며 전쟁 포로들과 억류자들을 위해 잡지를 발행한다. 자신의 출판사를 만들어 1918년에서 1919년까지 스물두 권의 소책자를 펴낸다.
1914~1919년	수많은 정치적 논문, 경고 호소문, 공개 서한 등을 독일, 스위스, 오스트리아 신문과 잡지에 발표한다.

에밀 싱클레어라는 가명으로 『데미안』 출간

1915년	『크눌프. 크눌프 삶의 세 가지 이야기(Knulp. Drei Geschichten aus dem Leben Knulps)』를 출간한다. 단편집 『길가(Am Weg)』, 신작 시집 『고독한 사람의 음악(Musik des Einsamen)』, 단편집 『청춘은 아름다워라(Schön ist die Jugend)』를 출간한다.

1916년   부친이 사망하고, 아내와 막내 아들도 병으로 신경
쇠약에 걸린다. 헤세는 이 시기 첫 심리 치료를
받는다.

1919년   정치적 유인물인 『차라투스트라의 귀환.
어느 독일인이 독일 젊은이들에게 보내는
한마디(Zarathustras Wiederkehr. Ein Wort an die
deutsche Jugend von einem Deutschen)』를 익명으로
출간하고, 이듬해 베를린에서 실명으로 출간한다.
스위스 테신주의 몬타뇰라로 이주해 1931년까지
거주한다. 『데미안. 한 젊음의 이야기(Demian. Die
Geschichte einer Jugend)』를 에밀 싱클레어라는
가명으로 출간한다. 『동화(Märchen)』를 출간,
잡지 《새로운 독일적인 것을 위하여(Vivos voco)》를
창간한다.

1920년   색채 소묘를 곁들인 열 편의 시 『화가의
시들(Gedichte des Malers)』, 『방랑(Wanderung)』,
단편집 『클링조어의 마지막 여름(Klingsors letzter
Sommer)』을 출간한다. 『혼돈을 들여다보기(Blick
ins Chaos)』라는 도스토옙스키에 대한 에세이를
출간한다.

1921년   『시선집(Ausgewählte Gedichte)』을 출간한다. 창작
활동에 위기를 느껴 카를 구스타프 융에게 정신
분석을 받는다. 『테신에서 그린 수채화 열한 점(Elf
Aquarelle aus dem Tessin)』을 출간한다.

내면의 성찰 담긴 작품 발표, 나치의 탄압

1922년 　　　『싯다르타(Siddhartha)』를 출간한다.

1923~1924년 　『싱클레어의 수첩(Sinclairs Notizbuch)』을 출간한다.
마리아 베르누이와 이혼한다. 스위스 국적을
재취득하고, 1924년 루트 벵거와 재혼한다.

1925~1927년 　1925년에 『요양객(Kurgast)』을, 1926년에
『그림책(Bilderbuch)』을 출간한다. 프로이센 예술원
문학분과의 국제위원으로 선출된다. 1927년에
『뉘른베르크 여행(Die Nürnberger Reise)』, 『황야의
이리(Steppenwolf)』를 출간한다. 쉰 살 생일이 되던
이 해에 후고 발이 쓴 헤세 전기가 출간된다. 루트
벵거와 이혼한다.

1928~1930년 　1928년 『관찰(Betrachtungen)』과 『위기. 일기 한
토막(Krisis. Ein Stück Tagebuch)』을 출간한다.
1929년에 신작 시집 『밤의 위로(Trost der Nacht)』를
출간, 1930년에 『나르치스와 골드문트(Narziß und
Goldmund)』를 출간한다.

1931년 　　　니논 돌빈과 재혼한다. 몬타뇰라에 거주하며
『내면으로의 길(Weg nach innen)』을 출간한다.

1932년 　　　『동방순례(Die Morgenlandfahrt)』를 출간하고,
1943년까지 『유리알 유희(Das Glasperlenspiel)』를

집필한다.

1933~1937년   1933년에 『작은 세계(Kleine Welt)』를, 1934년
시선집 『생명나무에 관하여(Vom Baum des
Lebens)』를, 1935년에 『우화집(Fabulierbuch)』을,
1936년에 『정원에서 보낸 시간(Stunden im
Garten)』을, 1937년에 『기념첩(Gedenkblätter)』,
『신 시집(Neue Gedichte)』, 『마비된 소년(Der lahme
Knabe)』을 출간한다.

1939~1945년   헤세의 작품이 독일에서 불온하다고 간주되어
『수레바퀴 아래서』, 『황야의 이리』, 『관찰』,
『나르치스와 골드문트』가 더 이상 인쇄되지 못한다.
히틀러 집권 기간인 1933년부터 1945년까지
독일에는 총 스무 권의 헤세 저서가 나와 있었는데
십이 년 동안 총 481권의 문고본밖에 팔리지
않았다. 그래서 전집은 스위스 프레츠 운트
바스무트 출판사에서 펴낸다.

노벨 문학상 수상, 몬타뇰라에서 사망

1942년   『시집(Gedichte)』이 취리히에서 헤세의 첫
시선집으로 나왔다.

1943년   『유리알 유희』를 출간한다.

1945년   시선집 『꽃 핀 가지(Der Blütenzweig)』, 미완성 소설

『베르톨트(Berthold)』, 『꿈의 여행(Traumfährte)』을
출간한다.

1946년 『전쟁과 평화(Krieg und Frieden)』를 출간한다.
헤세의 작품이 다시 독일에서 나오기 시작한다. 이
해에 프랑크푸르트시의 괴테상을 수상하고, 노벨
문학상을 수상한다.

1951-1952년 1951년 『후기 산문(Späte Prosa)』과 『서간집(Briefe)』
출간, 1952년 일흔다섯 살 생일 기념으로 선집이
발간된다.

1954년 동화 『픽토르의 변신(Piktors Verwandlungen)』과,
『헤르만 헤세 – 로망 롤랑 서한집(Briefe: Hermann
Hesse – Romain Rolland)』을 출간한다.

1955년 후기 산문 『마법(Beschwörungen)』을 출간한다.
독일 서적상의 평화상을 수상한다.

1956년 헤르만 헤세상 재단이 설립된다.(바덴뷔르템베르크
독일 예술후원회.)

1962년 바이블러의 헤르만 헤세 전기 『헤르만 헤세.
전기』가 출간된다. 헤세는 8월 9일 몬타뇰라에서
사망한다. 이후 독일에서 헤세에 관한 많은
작품들과 연구서들이 출간된다.

디 에센셜

헤르만 헤세

1판 1쇄 펴냄	2022년 1월 27일
2판 1쇄 펴냄	2023년 1월 2일
2판 2쇄 펴냄	2023년 11월 8일

지은이	헤르만 헤세
옮긴이	전영애, 정서웅
발행인	박근섭, 박상준
펴낸곳	(주)민음사

출판등록	1966. 5. 19.(제16-490호)
주소	(우편번호 06027) 서울특별시 강남구 도산대로1길 62(신사동)
	강남출판문화센터 5층
	대표전화 02-515-2000	팩시밀리 02-515-2007

홈페이지	www.minumsa.com

ⓒ 전영애, 정서웅, 2022, 2023 Printed in Seoul, Korea

ISBN 978-89-374-5609-1 03850

＊잘못 만들어진 책은 구입처에서 교환해 드립니다.